彭庭松 著

诗境家园

浙江工商大学出版社
杭州

图书在版编目(CIP)数据

诗境家园 / 彭庭松著. — 杭州 : 浙江工商
大学出版社, 2023.11
ISBN 978-7-5178-5660-3

Ⅰ. ①诗… Ⅱ. ①彭… Ⅲ. ①随笔－作品集－中国－
当代 Ⅳ. ①I267.1

中国国家版本馆 CIP 数据核字(2023)第 156366 号

诗境家园
SHIJING JIAYUAN

彭庭松　著

策划编辑	张晶晶	
责任编辑	张晶晶	
责任校对	韩新严	
封面设计	观止堂_未氓	
责任印制	包建辉	
出版发行	浙江工商大学出版社	
	(杭州市教工路 198 号　邮政编码 310012)	
	(E-mail:zjgsupress@163.com)	
	(网址:http://www.zjgsupress.com)	
	电话:0571－88904980,88831806(传真)	
排　　版	杭州朝曦图文设计有限公司	
印　　刷	杭州钱江彩色印务有限公司	
开　　本	787mm×1092mm　1/32	
印　　张	17.5	
字　　数	420 千	
版 印 次	2023 年 11 月第 1 版　2023 年 11 月第 1 次印刷	
书　　号	ISBN 978-7-5178-5660-3	
定　　价	68.00 元	

目录

情亲书卷

书卷多情似故人	004
晴耕雨读	011
心心念念话书房	014
书房里的春节	019
藏书二十年	025
读书误人	030
析薪破理	035
古诗词中的除夕立春同日	038
元宵古诗词中的怕与爱	042
夜雨剪春韭	048
诗里清明仍飞雪	051
情起黄梅雨	054
黄梅时雨忆方回	058
古典七夕诗词中的爱情	062

四十六岁的苏东坡　　　　　　　　　　068

古诗里的老彭　　　　　　　　　　　　074

古典诗词中的柚　　　　　　　　　　　078

人家苦竹边　　　　　　　　　　　　　083

生吃鲜笋味殊别　　　　　　　　　　　087

诗里扬州芍药红　　　　　　　　　　　090

扬州瘦　　　　　　　　　　　　　　　094

心驰淮安　　　　　　　　　　　　　　098

武汉温柔　　　　　　　　　　　　　　104

骷髅茶坊　　　　　　　　　　　　　　110

君向潇湘我向秦　　　　　　　　　　　114

有条大路直到家　　　　　　　　　　　117

江西十大文化名人的身体承载　　　　　121

王安石的鄞县情结　　　　　　　　　　128

白头追想当时事　　　　　　　　　　　132

千年孤独拗相公　　　　　　　　　　　139

心遇浙韵

宋韵苏东坡,情系三西湖　　　　　　　152

寻宋不遇　　　　　　　　　　　　　　162

母亲的目光 168

铜岭桥村笛声扬 173

读罗隐《送灶》诗 178

烟雨楼下钓鳌矶 183

爱上妻妹的朱彝尊 187

吕蒙是座山 192

兴亡两口井 196

大脚西施 200

山水诗城 206

寻道天台山 210

宋韵临海：铭记两位庐陵人 213

彭仲刚善治临海 217

再访龙湫 222

山辉川媚映门楼 226

德怀儒风一亩居 231

人间至悲张玉娘 234

蜿蜒在时空中的独山乡愁 238

走笔临安

杭州王气天目来 248

钱王注目下的吴越名城　　　　　　252

春风一树　　　　　　256

三休亭得名有感　　　　　　259

登大朗山　　　　　　262

留椿屋，一卷书　　　　　　264

高山茶亭好人家　　　　　　267

书画卓然秉大雅　　　　　　271

张昱与《临安访古十首》　　　　　　276

张昱的洞霄宫胜迹诗　　　　　　281

苏轼与临安九仙山　　　　　　286

钱大王　　　　　　291

清明时节感钱王　　　　　　295

陌上花开，可缓缓归矣　　　　　　299

读洪咨夔《和礼灭翁感钱氏旧事》　　　　　　303

读文天祥《书钱武肃王事》　　　　　　307

钱宰珍重家族情　　　　　　311

千里来杭祭钱王　　　　　　316

清芬世守的《钱氏家训》　　　　　　321

古风庐陵

永远的庐陵欧阳修　　　　　　　　330

天祥第一　　　　　　　　　　　　335

胡铨的两则值夏功德疏　　　　　　338

古来海内几省斋　　　　　　　　　342

陆游的一番"老人言"　　　　　　346

杜审言遭贬吉州　　　　　　　　　352

张天赋的《过吉安府》　　　　　　357

五言金城刘洞　　　　　　　　　　362

藏书为公的曾崇范　　　　　　　　366

彭齐文章三昧　　　　　　　　　　370

潇洒君子杨存　　　　　　　　　　375

廉吏刘禹锡　　　　　　　　　　　380

徐俯始咏白鹭洲　　　　　　　　　384

儒者典范欧阳守道　　　　　　　　388

读泷江　　　　　　　　　　　　　396

如今再无朱陵观　　　　　　　　　401

抚今追昔西华山　　　　　　　　　405

吉水人与大乌山　　　　　　　　　410

燕坊三槐堂   415

水木清华   419

青原英雄气   423

历史深处的永慕堂   427

钓源古村的正与邪   430

凭眺造口   436

韶口说古   440

韶舟竞渡嘉年华   444

状元王佐知吉州   453

彭教兄弟取名索趣   458

邹元标的"菜根"诗   461

吉水人的"活"与"鹜"   464

脑后插笔   469

书楼乡韵   473

别趣诚斋

无声的雕版   480

古来四海几诚斋   484

仰慕诚斋的项安世   488

杨万里的永和情   492

杨万里诗颂吉州太守朱晞颜　　　　　　498

杨万里诗赞谢深甫　　　　　　　　　　503

杨万里的《登凤凰台》　　　　　　　　　508

杨万里《小池》三境　　　　　　　　　　512

杨万里的两首关于值夏的诗　　　　　　516

诚斋诗中看莳田　　　　　　　　　　　521

退休老子作渔夫　　　　　　　　　　　527

一生爱杀招贤酒　　　　　　　　　　　531

杨万里抗肺病　　　　　　　　　　　　536

除夕赶路的杨万里　　　　　　　　　　541

后　记　　　　　　　　　　　　　　　547

情亲书卷

书卷多情似故人

《徐氏笔精》云:"人生之乐,莫过于闭户读书。"这次突如其来的疫情,将人无情地锁在家门内,百忧攻心,读书便成了排遣的最好选择。

坐在四壁皆书的书房里,泡一盏佳茗,在袅袅升腾的水雾中,随意打开桌上的一本书,焦灼感顿时烟消云散。作家麦家说:"读书最大的好处就是让心变得宁静了,饱满了,柔软了。"有得之言,深惬我心。书,是爽心悦目的温柔美人,唐代皮日休说得好:"惟书有色,艳于西子;惟书有华,秀于百卉。"书,是启人心智的远去老人,就像赫尔岑所说的:"这是一代对另一代精神上的遗训。"书,更是肝胆相照的知心故人,明代陈继儒说:"吾读未见书如得良友,见已读书如逢故人。"诚哉斯言！

犹记得当年在浙大读书时，绝大部分双休日，风雨无阻，都要到旧书摊上去淘书。书就像是守约的故人，总是在那儿默默地等着我。我急匆匆赶到，它们似乎善解人意，纷纷来献于眼前。而我离开之时，也总是三番五次回头看那些书摊，算是和众书依依暂别。要是有那么一两次不能光顾，内心便会焦躁不安。担心失约不见，人书之间变得生分，好书跟着别人走，极有可能留下"从此彭郎是路人"的惆怅！

不只是国人，国外文学家将书比作朋友的，也大有人在，比如大名鼎鼎的高尔基和雨果。书不会说话，但它最为忠实和多情。读一本好书，交一个好友，总会有相见恨晚之感，自然会生出一份独特的知音体验。"相识满天下，知音能几人？"人们在茫茫世界中，孤独感与生俱来。"嘤其鸣矣，求其友声"，找到志同道合的知音，是人类不可阻遏的热切愿望。然而，一如《文心雕龙》中的感慨："知音其难哉！音实难知，知实难逢，逢其知音，千载其一乎！"现实生活中的知音可遇不可求，书籍当中的朋友却无往而不在。不言而喻，人们通过阅读来寻找共鸣和慰藉，在书中寻觅跨越时空的知音，便是顺理成章的选择了。

开卷有益。若是有缘，即使只看封面，也会有一见如故的感觉。手不释卷时，更会有"读尽世间好书"，交尽天下好友的宏愿。"多情应笑我"，这世间读书人对书的痴恋，莫不如此。"钟情正在我辈"，我等与书，是朋友，似情人，究竟有何难舍难分的情结呢？

人书结友，情深转亲。于谦在《观书》中写道："书卷多情似故人，晨昏忧乐每相亲。"若痴迷于书，便会多年故人成亲人，书自然成为须臾不离的人生伴侣。设若突然分离，顿时失魂落魄，这才发现如斯亲情早已沁入骨髓了。有次我正在看《杜诗详注》，突然接到一个紧急和保密的任务，不得不暂时和书卷告别。在隔离的一个星期里，每到夜间停下来，我首先想起的就是那苦难忧患的杜甫。回想起书中描述的种种不幸，心情沉郁顿挫，食不甘味。待到解封回家，饿虎扑食般拿起书，重新回到杜甫的世界。像是与患难之交久别重逢，悬着的心顿时放下了。

亲书之人，日亲日近，浸润感化，气质与精神渐至焕然一新。所谓"胸藏文墨怀若谷，腹有诗书气自华"，欣赏的就是这种奇妙的改变。申涵光《荆园小语》中更说道："貌相不论好丑，终日读书静坐，便有一种道气可亲。即一颦一笑，亦觉有致。"这经书熏陶的

"道气",内化为修养,外显为风度,望之仰慕不已。于斯人也,众莫不以亲近为荣。网络上有句戏谑的话:"人丑就要多读书。"我则对学生说:"多读无丑人。"亲近书香,自有独特美。与书做比较,任何化妆品都会黯然失色。

人书结友,雅致脱俗。书是文化的重要载体,是文明的必由阶梯,文明意味着对俗世的升华。读书与文明同向同行,它使心灵变得丰富高尚,使精神永葆高贵和自由。弥尔顿说:"书是伟大心灵的富贵血脉。"血脉周流无碍,内心光风霁月,这就是于谦在《观书》中推崇的"胸次全无一点尘"的境界。保持这一境界,绝非易事,我们一刻也不能疏远书籍这位可亲可敬的故人。黄庭坚早有告诫:"一日不读书,尘生其中;两日不读书,言语乏味;三日不读书,面目可憎。"人生挣扎于俗世的泥潭,受制于名缰利锁,极容易让恶俗泛滥。脱俗的本质是让心灵远离苦海,在自由的沙滩上享受高雅的和风和真理的阳光。唯其如此,陈寅恪先生才深刻地指出:"士之读书治学,盖将以脱心志于俗谛之桎梏,真理因得以发扬。"

俗不可耐是人精神上的顽疾,读书是医治它的灵丹妙药。"酒多人癫,书多人贤",这"贤"是指人内涵上的高雅。不以书为友，人就容易变得愚蠢粗鲁，甚至匪气十足。记得小时候，和人打架后，我哭哭啼啼回到家里。母亲教训道："你看人家，读书的，斯斯文文，看起来就客客气气。哪像你，打打杀杀的，又蠢又横！"一言点醒梦中人，后来当我把书当成密友后，更深切感觉到读书就是用来专治"蠢"和"横"的。不愿读书，官做得再大，也是"俗吏"；钱赚得再多，看起来都像"暴发户"。读书也能改变家族文化基因，使门第高华，子弟淳雅。反之，则会如俗谚嘲笑的那般："三代不读书，不如一窝猪。"

　　人书结友，爱之有道。朋友类型多种多样，书籍这位故人，我们当然要待之为挚友，敬之为畏友，爱之为石友，因为我等于书归根结底是道友。诗书传家远，有味是清欢，这才是正确的传承之道。宋代倪思说："闻他人读书声，已极可喜；更闻子弟读书声，则喜不可胜言矣。"喜的是书香不散，后继有人。爱书而藏书，如同将故人托付于后来者，这份道义能读懂者，天下有几人？黄宗羲有一方藏书印是这样镌刻的："穷不忘买，乱不忘携，老不忘读，子子孙孙，鉴我心曲。"如同沉重家训一般，读之不免怆然。天下没有不散的书，若书走出楼阁，得到更好去处，为更多读书人所利用,则藏书家的故友又可成为读者的新朋,这是生生不息之道,爱书人理应为"天下谁人不识君"而欣慰自豪。吾爱吾书,吾更爱其道。真正的爱,不能缺少批评和规劝,这类朋友谓之诤友。不能无条件爱书和信书,读者需要用批判性的眼光去读,主动做书本的诤友。孟子所谓"尽信书,则不如无书",王安石所云"糟粕所传非粹美,丹青难写是精神",袁枚所说"双眼自将秋水洗,一生不受古人欺",这些不只是正确的读书方法,推而广之也是待人处世之道。

并非人人可成知音,也不是每本书都能成为故人。汉代谚语云:"白头如新,倾盖如故。"意谓有人相伴到白头,也陌生如新识;而有人停车交谈一会儿,便像是相知已深的故人。对于书架上如青山乱叠的群书,不也正是如此吗?这次疫情,让我对生命有了新的感悟和认识,如同弗格森所说,打开了"从内开启的改变之门"。以前目之为心灵鸡汤的,从不打开的一些有关生命哲理的书,这次我掸去封面的灰尘,细细读了下去,以至于我和它们欣然订交,如见故人。疫情来势汹汹,一时间几乎要吞噬我们的精神家园。风雨故人来,感谢书籍及时的抚慰。疫情期间,是阅读,让我从浩瀚星空和历史长河的维度,重新审视个体生

命的意义。人生如寄，不愧旅程。人若星辰，要顽强
突破重重遮挡，发出属于自己的光芒。明乎此，刹那
间心灵得到安顿，光明乐观的情绪布满全身。打开窗
户，春风满面，院落中姹紫嫣红开遍的景象，和书本中
美妙的描述并无二样。

晴耕雨读

回眸古代理想的生活方式，"晴耕雨读"一直让人心向往之。在农业社会，能耕能读的，正是典型小康书香人家的写照。如果是劳碌人家，奔波于谋生，糊口都难，雨天怕也要穿蓑衣、戴斗笠忙于耕作，哪有心思和时间来读书？若是大富大贵人家，早就脱离了"耕"，这"读"即使有，怕也失去了纯朴的味道。无论晴雨，对于钟鼓馔玉人家，都没有了动人心弦的诗意。

晴耕雨读，简单。一晴一雨，一耕一读，对应起来便把所有白昼光阴占尽。耕的不是田，是那有热度的时光；读的不是书，是那有声音的时间。晴日耕田，轻装上阵，那蓑、那笠、那雨披，统统都是多余。一牛一犁一人，一鞭一吆喝，这耕夫的快意便随着翻起的泥土一同落进了诗行。雨日读书，只要轻轻将门关上，整个宇宙都是你的了，即便是蚊虫也不来打扰。无论坐躺，手执一卷，旁置一壶茶或一杯酒，便足以在雨声中享受悠然神往的上仙滋味。

晴耕雨读，充实。晴时有田可耕，汗滴有所成。春播夏长，秋收冬藏，一粒粟成万颗子，每走过一季，收获都是沉甸甸；雨时有书可读，一页一世界。天文地理，乾坤机巧，过眼烟云，经手岁月，皆在微微一笑中翻过。脑中留印记，心里得满足，墨香沁入每一个毛孔，既充且实。晴为阳气聚，雨为晴之余。耕为衣食也为读，读为耕余神为主。最闷的无聊，最苦的闲愁，在耕读之间终究找不到立足之地。

晴耕雨读，从容。天道有常，人法有度，柔顺周流而不勉强。晴日适合耕种，便自然去耕种；雨日适合读书，便自然去读书。日出而作，日落而息，心中悠扬的是羲皇上人的歌声。至于夜晚，不耕也不读，便匀着呼吸将那白昼耕读的场景揉入梦境。笔可以为锄，书可以为田，耕为晴日读，读为雨日耕。在万物齐一、等量齐观的老庄之道那儿，没有丝毫的局促和紧张。耕只管耕，不刻意去问收获；读只管读，但观大略，不求甚解。晴耕雨读，犹如徐徐打开的画卷，也似袅袅升腾的茶气，或如缓缓前行的马车，无一不在将人们带回到从前慢的意境。

　　大道至简，充实为美，从容不迫，这晴耕雨读的韵味如此交融婉顺，农业社会天人合一的景致栩栩如在眼前。在晴耕中想起雨读时的诗，扬起的打牛鞭瞬间变得仁义温柔；在雨读时想起晴耕时的乐，不由得看看正翻书的手指上的茧，恍然是书中沧桑凝聚而成，不禁粲然一笑。行文至此，坐在钢筋水泥丛林中的我，油然想起明代思想家陈献章的《咏江门墟》，诗云："二五八日江门墟，既买锄头又买书。田可耕兮书可读，半为农者半为儒。"诗里生活已不再，内心意气转惆怅！透过雨帘，我放下书本，向着家乡和历史的方向投以深情回望。

心心念念话书房

————————

我在浙大念书的时候，跟着同寝室的陶同学和王同学，出没于杭州的旧书摊，逐渐养成淘书癖好。这一发不可收拾的习惯延续至今，扳指一算，便二十余年矣。

来到浙江林学院（今浙江农林大学）工作的当天，我租了一辆小卡车，将堆放在寝室的书运到了教工宿舍楼。不知道是书多还是房间小，凡有空间，都塞得满满当当的。衣柜、床底、床头、桌椅上，无处不是；书山延长时，连过道都要跳跃而过。最是书生不自由，我是真成了书奴了，看着它们，只有一声叹息。

两年后，购置经济适用房。选房阶段，我的考虑很现实。一是求经济，陆游说"一贫自是书生分"，正可以给羞颜以安慰；二是求适用，若是有足够大的地方来装书，最大的心愿也就满足了。我和父亲一起盘算了老半天，最后选中了吴越人家小区临街的一处带阁楼的住处。

我把阁楼的一大半当作书房，请来木工将书架打到墙顶。每一个格子按照可以排两排书的规格放板。我央请木工加班加点赶进度，心啊，急着想看看书摆上去是不是很崇高的样子。几乎没有任何美学要求，这木匠师傅乐呵呵地忙活，半个月不到，便大功告成。一算成本，眼角有点湿润，这书架远远超过我的书价呢。买椟还珠，说的就是我啊！接着买了个大大的办公桌，特地配上能360度旋转的老板椅，我想如果坐在转椅上，全方位地看看四壁高低错落的书岭，想想"书似青山常乱叠，灯如红豆最相思"的意境，是不是既有"大王叫我来巡山"的气概，又有"百转千回情缠绵"的微妙？那年我三十六岁，穿件风衣走在风中，缓缓踩着落地黄叶，颇为自恋，心理就是这么个"刚柔相济"的状态。

这房子设计得也太不合理了，果然是经济适用房。阁楼外竟然无处能安放空调，通风性又很不好，这书房无论是冬天还是夏天，都不适合久待，这真是我始料未及的。书房就这样沦为书库,心疼的感觉连形容词都找不出。"我是人间惆怅客",每次看着库中书默默无语而生出不快情绪时,还得感慨一声:到底是学文科的。若是学理工科的,首先就会想到通风和空调的安装吧!

我于是又在想,猴年马月能再买房呢。若能如愿,书房定要能装空调,能坐得下来,吃一堑,就长那么一点点小智啊。转眼银杏十度黄,二毛瑟瑟笑清狂。丙申猴年,竟也从同事手里购得一套二手房。书房既通风,又有空调,这让我下决心的时候少了很多犹豫。然而和阁楼书库比起来,这书房面积太小太小,小得像是汪洋中的小岛。为了有足够的空间放搬来的书,除了卫生间、厨房和饭厅,其余能打书架的墙面我都利用上了。环壁皆书也,代价自然不菲。不过这次对成本有了心理准备,眼角就不再湿润。不再想着买老板椅、大台桌,代之以传统复古小方桌和木椅,冬天泡上一杯红茶,仰望对面那些几经迁徙的书,平静地想着在岁月中漂泊的古人,首先是那微笑的苏东坡,顿时"微吟罢,凭征鞍无语,往事千端",一切都在释然和不释然间。毕竟四十六岁了,矫情说,是中年,也是老中年,这个年龄,脚底路没有多少可徘徊,心头思却是徘徊又徘徊。

孔夫子搬家——尽是书（输）。每搬一次，都累得筋疲力尽，继而痛下永不能兑现的决心：从此力戒买书。为了省点脚力，也为了现场教学，我有时候请学生帮忙搬书。学生大多数惊讶，毕竟他们这个年龄，见到这么多书的机会不多。有的人会无动于衷，有的人自会触动，或自兹爱上书，爱上读书，这都是很难说的事情呢。帮我搬过书的人，有那么几个考上了研究生，有位叫梁达昌的同学，还上了浙大呢。由此我想到在浙大读书时，时任中文系副主任沈松勤老师叫我们几个研究生帮忙为系资料室搬书并整理上架之事。事成后，沈老师叫我们去买点书，拿发票来报，充当劳务费，这让我喜出望外又忐忑不安。在浙大西溪校区对面的三联书店，我下了个狠心，买了一套《全宋词》简体横排五册本，一百九十八元，竟然报销成功。这好像是白赚来的，不读心里过意不去，于是花了一个星期，将这书读了一遍。

现在越来越多的书不用翻了。电子书铺天盖地，许多还带有检索功能，这极大地方便了"做学问"。买实体书的人因此大为减少，再说房价的亢奋猛进，也让人即便买得起书，也买不起房。书房对于很多人来说,确实变得不那么"刚需"了。"此情可待成追忆?只是当时已惘然。"为之奋斗了十多年的书房梦,在岁月的梦中变成了庄生所化的蝴蝶,这于我而言情何以堪?邻居提着菜,看着我还在不断地提书进门,眼光都变得有些异样了。听说某著名大学古籍所的教授,竟然将家中藏书全部卖光,换成电子版了,这断舍离,不知有没有点"垂泪对宫娥"之感。于我而言,要是架上茫茫不见书,估计会当场晕倒。

民间不知哪位高人,曾有妙语:"书少非君子,无读不丈夫。"窃以为可以勉强跻身"君子"之列,然气短悲长的是确乎"非丈夫"了。浮躁氛围下,书房内也放不下一张平静的书桌。不要说完整地读一本书,很多人连翻一翻书都做不到。年岁越大,买重的书愈多。见书脊而不见书面,如同看到好友名字,知道在同一个城里,却从来没有面晤,看着熟悉,早已陌生。心心念念要书房,初心是储书而读,使命是印入脑海,目的是转化运用。不知是心走远了,还是路拉长了,回首来时,买书人一声长叹,不禁"头涔涔而泪潸潸"了。

书房里的春节

往年都是回老家过年，今年是个例外。原因只有一个，怕给中国铁路增加负担。年年春运，排队买票，将人的尊严挤得发出酸臭味，想想就兴味索然。父母开始是失落，但很快同情就取代了思念，同意我们留在临安家中过年。挂上电话的一刹那，我就知道，难得清静的一个春节就要到了。

牛年的春节，我准备将自己交给书房。由于工作和心情的原因，我设在阁楼里的书房长久未整理，这次春节不正可以慢慢料理一番吗？办公桌和转椅其实早就买好了，可惜积满了厚厚的灰尘，由于新装修，为了减少吸入甲醛，我是没有在上面长久待过的。想想都一年多了，再不利用，这新桌椅就要变成旧板凳了。为了增加一点气氛，我决定将买液晶电视的钱挪用到这儿来，购置了一台新的联想电脑，还将镶有镜框的学位照拿出来摆放在桌子上，不禁感叹，当年照相的时候，自感心力已老，而今对照，却感到那相片中的人到底是年轻。旁边书架上正好有一本孔子的书，犹然忆起他的逝水之叹，继而联想到《匆匆》，此刻真如朱自清先生所形容的那样，的的确确是"头涔涔而泪潸潸"了。

由于阁楼高度不规则，我的书架也只好因地制宜，就着墙壁的形状和高度，高低不一，错落生趣。疯狂购书的结果，就是我每个书格上都放了两层书，地板上还随手扔得到处都是。从哪里开始下手整理呢？本来我想先做一个目录，做了一个上午之后，手臂酸麻，进展甚微，一声浩叹之后，毅然放弃了。但是大体分类还是应当做的，可是没有目录，这分类也就成了难事。是按照图书馆式的分类法呢，还是按照学以致用的原则来排列轻重？这问题也令我棘手不已。想来想去，来了一个中庸的方案：先将现在可能常用的书放在靠近书桌的书架，之后便按照图书馆的分类法摆放。做这工作花费了我两天多，大年初一、初二就这样独自做着搬运工，女儿有时候跑来帮忙，但往往讲条件，说要分给她三层摆放小学生辅导书之类，我断然拒绝了。妻子在一旁看着，咯咯直笑，说："胖子，这是锻炼身体的好机会。省得你天天坐在电脑边，肚子大得都像怀孕好几个月了。"因为是过年，再累也不能骂人，只好擦着汗，对着她俩傻笑，想方设法将她们请下楼去看电视。欣赏别人的痛苦只会使痛苦者更痛苦，这是现实生活中的感受和法则。看电视就不一样，欣赏悲剧只会使观众自己更痛苦。想想山妻看《百万新娘》之类的肥皂剧，眼泪直流的样子，我怅惘不已，心想要是老婆面对现实时也有这万千柔情，我纵有侠气冲天，又怎能躲过那温柔一剑？

　　两天过后，书架整齐多了。坐在转椅上，任凭自己旋转着，看着一排排书脊，心理得到极大的满足。质量先不说，但就那数量来看，已是相当可观了。整整十年淘书，从当初的不到百本，淘出了今天的一个小型图书馆。这些书的来源很单纯，绝大部分是从地摊和孔夫子旧书网上得来的。我注重实用，或者直言之，就是眼光很低，因而我从来不敢以藏书自居。我淘书看重价格，有些书不是万不得已要用，我都会等待它降价的那一天，所幸绝大部分的等待是值得的。自然我的书房没有什么秘本和珍本，但从性价比和实用这两点来说,我还是引以为豪的。

快乐总是短暂,伤心总是难免。这悲从中来的原因大抵如下。一是我感到记忆力不如以前了。过去买书我绝少重复,而今整理出来的复本数量超过了我的承受范围。为什么会这样?这只能说明我是为买书而买书了,在形式主义的路上越走越远。二是很多买过的书竟然都没有翻过。这次整理时偶然翻翻,便翻出了不少感叹,买书不看到底是不是一种变态?这跟皇帝占有三宫六院有什么区别?但也翻出一点让人高兴的地方,比如某个古老的购书发票和书签,足以引发你对过去的种种联想,多么温馨和让人感动。比如,这次翻出的不少杭州古旧书店的发票,就让我沉浸于往事。当年我一个星期至少要跑两次的地方,后来竟然关门了,永远地关门了。当年是何等失落!老是不甘心它的关门,心中总往好处想,以为它总会重开的,现在不过是老板有事云游去了。之后几次都特意跑到那旧址去,待到确证它的确是消亡了,心里才逐渐接受这一事实。至今我还挂念那时候的六元一套的《两浙著述考》,以及那时候不屑一顾的盒装线装书。三是很多我尊敬的学者,他们的签赠本竟然也流落在书摊,到了我的书房。过去买的时候有过感触,这次整理的时候感触更强烈。人家把辛苦写出来的书赠你,你怎么能够当作废纸卖掉?尊重和尊严何在?而卖这书的人是谁呢?是本人,还是他们的子孙?更有甚者,大概为了面子,或者本来就内疚,竟然将签赠的这页撕掉,搞得书本身跟着遭殃!书是历史和现实的承载物,一切都会烟消云散。我这些书今后会到何方?书中的人物事而今安在哉?我遽然一惊,从转椅上站起来,拍拍身上的灰尘,顿觉满楼风雨飒飒来。

这个春节给我的另一个巨大改变就是,我尊重电子书的价值了。过去我对电子书几乎是不屑一顾,初六去王姓朋友家拜访,他向我津津乐道他的八百G电子书,并且打开他的三台电脑和各种各样的硬盘,这种直观的介绍太震撼人心了!当看到《皇清经世文编》清晰无比的书页时,我想我该亡羊补牢了。我当即购置了硬盘,从他那儿直接拷贝了五十G左右的书回来。我满载而归,满心欢喜,他却满是失落,不舍都写在他的脸上了,我很惊讶,说这本来就是不要钱的东西,何必有如此表现。他笑了笑,说:"这是要花时间和感情的,我辛辛苦苦得来的东西,你几分钟就得到了,还不知道珍惜和感谢。你只有经历过,才知道这种感觉是什么。"到现在为止,我已接连下载了近二十天的书了,看到论坛上的种种限制,感受到自己挖空心思赚分的辛苦,我真想对老王说声:"辛苦了,万分感谢!"

这个春节唯一的一次出行,就是拜访老王,这一拜,观念就地动山摇,收获之喜悦难以言表。其余真是难得清静,躲开了世俗的应酬,终日与书为伴,这份舒坦简直太过奢侈。坐在书桌前,透过阁楼的斜窗,看对面青山等春来,听万家鞭炮祝福声,此刻我想,古人的意境是否如此呢?推开窗户,举首望天,天空是如此的明丽和纯净。一扇窗户,连接的是里外,象征的是古今,流动的是自然,呼应的是传统和现代,生生不息,亘古常新。

藏书二十年

人书长伴，光景常新。蓦然回首，我的藏书生涯已有二十余年。

仔细忆来，我的藏书始于 2000 年，彼时正在浙大中文系读研究生。寝室同学皆好书，我们乐此不疲地往返于杭州各旧书店、特价书店、书摊之间，节衣缩食，买个不停，始有意于藏书。常去的旧书店有杭州古籍书店、沈记古旧书店、杭州书林、布衣书局杭州分店等，特价书店则有唐风书店、南华书店、博库书城文二路特价店等。新华书店、博库书城、三联书店、晓风书屋、枫林晚文史书店等皆以全价新书为主，我们只关注其打折处理信息，否则进去只读不买。不管什么书店，皆是明码标价。特价书、旧书都在封底用铅笔

标注卖价,原价因此失去了意义。老旧版本书标价绝
大部分要高于原价,也是我们最想买的那种。有的高
于原价数十倍,尽管你爱不释手,却苦于囊中羞涩,只
能悻悻作罢。总有一些书,你拿起又放下,放下又拿
起,用讨好的眼光看看店主,店主立马将头别过去,心
硬得铁石一般。这个情形,你若硬着头皮讲价,便是
长了店主的志气,灭了自己的威风,自取其辱。

要讨价还价,并且享受其中的乐趣,得到书摊上
去。说起杭州的书摊史,真真是读书人的伤心史也。
刚开始是学院路上热热闹闹的夜市书摊,后来转为浙
江图书馆前熙熙攘攘的假日书市,再后来就退到二百
大商场的地下室,寂寂寥寥的一角。时到如今,所有
的书摊都销声匿迹了。买书讲价是门特殊的艺术,毕
竟跟书打交道的人还要讲点斯文脸面。一来二往,摊
主和顾客做过几次生意后,其实十分熟悉,心理预期
和状态彼此心里都有本谱。你的价能讲到哪儿去呢?
软磨硬泡往往招致鄙夷,我反其道而行之,最喜用一
锤定音法。先豪气地选上一小堆,然后大声问摊主:
"这些个参差搭配,好孬不论,你说多少钱?"摊主盯着
我,沉吟许久,果断举着手指报了个价。我估摸着和
心理价位差不多,大约打个八折还回去,由于在合理

区间,往往成交。若是悬殊太大,我便头也不回往前赶,摊主若是不顾,便随他,"生意不成仁义在"。若是摊主大声呼唤你回头,你就尽情享受"柳暗花明又一村"的欣喜吧。

实体书店和书摊的消失,网络的兴起是最重要的原因。网上书店和平台林林总总,"乱花渐欲迷人眼",让人流连忘返。博士毕业参加工作后,我的藏书主要便来自网上了。选择面陡然扩大,面对的甚至是世界市场,兴趣和性价比都能轻而易举得到满足,因此藏书的数量和品种空前增加。满足感往往带来失落感,世上之事还真难有双全法。譬如在网上无法翻阅实体书,只是看图片下单,过程的掂量被瞬间的刺激取代。书买频、买多了,一不小心便重复,所买书动辄有复本,你立刻便会对自己的记忆失去信心,对青春大好年华一去不返怅惘不已。更为要命的是,若只是听任兴趣买书,挑选的尺度极容易被放纵从宽,古人批评的"糠秕混精凿"现象会大量发生。"藏书杂九流",固然有助开卷有益,然太杂、太泛未免分散精力,影响到读书的品位和深度。

买得起书,买不起房,这时代清寒书生多半要面临这样的尴尬。为了有一个足够大的地方藏书,我先是图便宜，买了一个顶层带阁楼的房子。就着阁楼墙面错落打书架，每格书架都要能放两排书，高高低低，在灯光的照映下别有情致。环顾四面，坐拥书城，小楼一统，有时还真有点踌躇满志呢！灯下读史，史中有爱，再回味"书似青山常乱叠，灯如红豆最相思"的意境，不觉感动肺腑，妙处直通周作人的"死书就变成活书"的读书境界了。年华渐老，腿渐疲惫，前些年我不得不换个楼层低一些的房子。没有了阁楼，为了安置那些书，我只能在书房、厅堂和卧室全都打上书架，代价自然不菲。妻子怒眼圆睁，明知故问："天天手贱买个不停，看往哪儿堆了！这到底是家，还是图书馆？"理亏不能嘴硬，我只能赔尽笑脸，说着不是，直到书架打成。熟悉的客人进门，大皱眉头，对着妻子说："你怎么允许他这样乱来？到处都是书，弄得进来的人大气都不敢出，谁还来做客呢？"客人这么一埋怨，我在家中的地位更是一落千丈了。

　　家里藏书虽多，然受限于财力，走的是平民路线，珍贵版本无从谈起。初心本来就是为读书而买书，因买书而藏书，藏书是为了读书。然令人汗颜的是，这些年只顾着买书藏书，读书却日益荒疏。每每看到书架上密密麻麻挤着的书脊，想到其中很多根本没有翻过,藏书竟然沦落成过过瘾,满足一下癖好的行为,不禁扪心自问:这与玩物丧志何异?!念及此,猛然想起藏书家周叔弢曾说过:"藏书不读书,何异声色犬马之好!"如同一声断喝,足以让人汗流浃背,幡然醒悟。书若不读,自与俗物无别;读而有得,才是高尚的朋友。都说"家有藏书不算贫",这道理的前提是藏书不能变成废纸。反之,则成家拥万卷贫彻骨,可叹、可气、可恨。读而不废,纸张飞扬,生命的精神贯注其中。如斯,藏书方如灯塔之光,熠熠生辉。

藏书二十年,不再务多贪全,到了止于所当止的时候了。今后的快意,应如陆游《梦归》所言:"细倾新酿酒,尽读旧藏书。"书架上的每一本书,几乎都是用心淘藏的,流淌着自己的志趣和心血。书里人事加上藏书故事,构成了鲜活精彩的往事。且将藏书从头读,世事纷纷眼前来。我期待着从那些旧藏书中读出新意,读回自己,读懂万物齐一的宇宙奥秘。

读书误人

北宋名相富弼曾有诗曰："读书误人四十年,有时醉把阑干拍。"这一声无奈何,往往搅得读者心潮难平。

"平生爱读书,反被读书误。"在有些读书人眼里,读书恰似双刃剑,搞不好就会聪明反被聪明误。若论痴爱读书,恐怕没有几个人比得过王安石(介甫)。王安石变法,引来巨大争议。反对者痛心疾首,怪罪他读书读狂了,读歪了,说什么"一生坳介甫,政坐读书误",以至于创立的新学"误人国家"。

王安石的确好疑古,倘不疑,何以新变代雄?若对圣贤书深信不疑,不管时代如何变化,笃定只要刻舟,便能求剑无虞,这就是将读书读成笑话了。到头有所悟,难免会发出"读书误我成迂叟"的哀叹。王安石最喜欢的孟子，早就告诫"尽信书，则不如无书"，读书是要挑选和分析的，既要过眼，也要过脑，这本是"四海公论"。如此看来，诋毁王安石为书所误的人未免情绪化。清代主张性灵诗学的袁枚，大声疾呼："双眼自将秋水洗，一生不受古人欺。"明白告诉读者，要避免读书误人，做到心明眼亮，就应多疑。以今观古，类似于我们今天所说的批判性思维，古人其实早就在运用了。

　　读书初心本是为了明道长智，充实和丰富自己的人生，是典型的"为己之学"。谁知读着读着，竟然引来了名和利，这就和初心渐行渐远了。特别是科举考试兴起后，读书成了一种统治术和富贵术。天下称之为读书人的，大多被功马利船拖着走，悲剧不断上演，这书读得，才是真正误人！千军万马过独木桥，能上岸取得功名的可谓十里挑一，然局中人总以为这"一"是自己，甘愿老死科场，九死不悔。"太宗皇帝真长策，赚得英雄尽白头"，"自制艺盛，而天下士人之读书误"，待到醒悟者体会到统治者这阳谋的恶毒，已然是回天无力了。

　　宋真宗作《劝学诗》，公然鼓吹穷人要翻身，读书定乾坤。皇上列出博得功名后的待遇，相当刺激，物质感极强：

> 富家不用买良田，书中自有千钟粟。
> 安居不用架高堂，书中自有黄金屋。
> 出门莫恨无人随，书中有马多如簇。
> 娶妻莫恨无良媒，书中自有颜如玉。
> 男儿若遂平生志，六经勤向窗前读。

四体不勤，五谷不分，这都不打紧，只要书读到金榜题名，便万事大吉，想有尽有，这真是"万般皆下品，惟有读书高"。此鼓动性极强的御诗，成就了一小撮人，耽误了一大批人。最误的当然是那群眼里只有富贵，光把仁义道德写在纸上的人。尽管是唱戏，宋代还确实存在相当数量的陈世美：考中功名忘糟糠，丧尽天良娶娇娘，虎头铡下悔不及，读书误人坏心肠。元末明初高明名作《琵琶记》，其中有"解三酲"的唱段，说道："我只为其中自有黄金屋，反教我撇却椿庭萱草堂。还思想，毕竟是文章误我，我误爹娘。""我只为其中有女颜如玉，反教我撇却糟糠妻下堂。还思想，毕竟是文章误我，我误妻房。"为了读书猎功名，狠心抛却父母妻儿，一人误了全家人，内心该是何等煎熬。一样读书两处误，陈世美是误了德，唱词所言是误了亲。

"三场辛苦磨成鬼，两字功名误煞人。"残酷的科举竞争，淘汰的是绝大部分，类似沙场"一将功成万骨枯"。其中黄巢、洪秀全等落榜之后激起反抗之心，既然读书误我了，对不起，我误那些曾经误我的人和不公的阶层。然有这胆和心的毕竟少之又少，绝大部分被考场所误的，只好默默承受现实的致命一击和接二连三的"后遗症"。清代贵成《感怀》诗云："疗贫无计空愁绝，作事常乖奈命何。不信读书偏误我，几回搔首发悲歌。"书读痴了，营生和做事都很笨拙，这尴尬难免遭人讥笑，除了"悲歌"又能如何呢？明末清初岑征《除夕》诗描绘的更心酸：

> 一生生计总成虚，垂老无闻悔读书。
> 日月又过三百六，行藏空度五旬余。
> 来时似戏还成梦，往事如棋拼一输。
> 瓜地久荒儿女长，明年春早好教锄。

科场一人深似海，功名到老一场空。五十多岁了，双鬓染霜，生计成虚。读书是一场豪赌，一生的筹码都卷进去了；读书是一盘烂棋，输个精光，满盘狼藉。罢了，罢了，余生还是要甘心服输，教儿女开荒种瓜才是正经营生啊。此等酸楚，让人想起杜甫的对比句"纨绔不饿死，儒冠多误身"。此欲何言，此欲何言，读书人一声长叹！

"穷吾分当尔，不为读书误。"这就对了，守得住"穷"，认得了命，做一个不把读书当敲门砖的君子，那谁还误得了谁？我等理应除去功名浮云，让读书回到初心，直指求知明理，在简单中追求丰盈的快乐。以古为新，将那圣贤气象召唤回来，我们的文化自信，一定会真气弥漫，绽放光华！

噫！微斯人，吾谁与归？

析薪破理

————————

　　小时候在江西老家，每到冬天，为了取暖，大人们都会忙着劈柴。劈柴看似简单，其实充满智慧，人们从中竟然能得到写作感悟。

　　刘勰《文心雕龙》中专有一篇"论说"，其中有段议论说道："故其义贵圆通，辞忌枝碎，必使心与理合，弥缝莫见其隙；辞共心密，敌人不知所乘，斯其要也。是以论如析薪，贵能破理。""论如析薪，贵能破理"，比喻何其精彩！"析薪"之义，简而言之就是劈柴。论说有如劈柴，可贵在于抓住纹理，顺其关键，薪柴应声而分，干脆利落。

　　这"薪"就是写作的材料，道理蕴含其中。如何从这复杂的材料中看出名堂，抓住关键，将道理剖析出来，就需要一个思维的过程。薪有年轮、纹理、关节交错。从何处下斧，需要审视、研究，然后删繁就简，找出主要纹路，集中力量，恰到好处运斤，理路豁然，大功告成。这个复杂的判断过程，目的在于"破"，运用的就是今天所说的批判性思维。

推论说而广之为一切写作，其中道理和劈柴并无二样。找到相对容易劈开的薪柴，如同选择利于写作的素材；研究薪柴，正如分析材料；找到自然纹理，正如掌握了材料的本质规律；将薪柴置于哪个位置最能直击要害，这便类同于写作角度的选择；抡斧下劈讲究稳、准、狠，有似于写作在思路清晰时一气呵成。

劈开之薪柴，码在屋檐下晒干，好似文章写成，在时间的流逝中沉淀。薪柴若用来赏，未尝不可；设若文章徒为好看，多少有些枉费心血。薪柴晒干入灶，生火做饭，为天大食事做贡献，理所当然；文章改好为用，纪事载道，乃经国之大业，下笔始知自振。

作文如劈柴，说明文章来自生产实践。这一比喻，其实早已为人所接受，只是习焉不察而已。下笔如举刀，内容如薪柴，故今日有"分析""剖析"之词。若请人指正，亦曰"斧正"，"删削"一词，亦是非刀不能为。若再深究一二，昔日文字载于简牍，剖竹成简，削木成牍,无不与刀活相连。刘勰之比喻,莫不正是受此启发?

《文心雕龙》是空前绝后的文论杰作,创作道理讲得让人心服口服,表述文字也能爽人耳目,此真正有得之言者也。从"析薪破理"比喻观之,这来自生活的灵感馈赠,并未因时间久远而褪色。刘勰绝非单纯的一介书生,他有着丰富的书斋外经验。这些经验活跃奔腾,时刻在启迪着他的思维,滋润着他的文笔,要不这比喻怎么会如此恰到好处呢?

作家们都希望拥有自己的心灵之房,"面朝大海,春暖花开"。但切不可忘记,幸福还来自"喂马、劈柴,周游世界""关心粮食和蔬菜"。从刘勰到海子,那一群群面目各异的才子,岂止有才,更是有材。亲爱的朋友,当你秉笔无言、抓耳挠腮之时,是否需要回转头来,对这"析薪破理"的道理"温故而知新"呢?

古诗词中的除夕立春同日

"一年难逢两头春,百年难逢岁交春。"2019年2月,除夕碰上立春,这样的机会,专家说百年内仅三次。双喜临门,福有双至,今年一定要过得喜气洋洋。古人碰上这样的双节同日,自然少不了吟诗作赋。"除夕立春"诗词就像是特别的烟花,绽放在古典文学的浩瀚天空中。

写得最婉约雅致的当是南宋吴文英的《祝英台近·除夜立春》。词曰:

剪红情,裁绿意,花信上钗股。残日东风,不放岁华去。有人添烛西窗,不眠侵晓,笑声转、新年莺语。

旧尊俎，玉纤曾擘黄柑，柔香系幽素。
归梦湖边，还迷镜中路。可怜千点吴霜，寒
销不尽，又相对、落梅如雨。

吴文英，字君特，号梦窗，今浙江宁波人，南宋著
名词人。上阕写的是看人家过年热闹。美丽的女孩
剪红裁绿，要让春天的花朵盛开在自己的头上。"残
日"喻指除夕，"东风"指立春，"不放岁华去"指除夕立
春同日谁也不让谁，写得真巧思，也真够雕琢。西窗
添烛，化用李商隐诗，共剪西窗，欢聚笑谈，新年更有
缠绵意。这是从寂寞者角度看人家夫妻甜蜜团圆，是
一种羡慕的语气，也反衬出自己客居的身份。下阕自
然转入怀旧，当年也曾有幸福供陶醉：美人掰黄柑，清
香入心扉。如今只剩归梦，梦也苍茫。头白如吴霜千
点，寒气销不尽，眼前何况落梅如雨。白头对落梅，年
华如碎片，留不住，且盘桓。这种伤感借着美的名义，
总能在读者中找到共鸣。吴文英词真是"映梦窗，凌
乱碧"，涩如李商隐，鬼如李长吉，绵丽幽邃，面对的是
小众化读者，只怕天地间也少此体不得。

写得最通俗易懂的该数宋代郭应祥的《鹊桥仙》。
他在此前还有一段自注：丙寅除夕立春，骨肉团聚，是

夕大雪。全词如下：

> 立春除夕，并为一日，此事今年创见。
> 席间三世共团栾，随分有、笙歌满院。
>
> 一名喜雪，二名饯岁，三则是名春宴。
> 从教一岁大家添，但只要、明年强健。

双节同日，老郭也是头一次见，该为自己的幸运高兴。三世同堂，团团圆圆，骨肉情亲，老郭光看着就高兴。犹如宋代程公许在《除夕立春送侄女归句氏娣家兄弟侄皆会席上》所言："岁除还有岁更新，华发相看手足亲。"瑞雪兆丰年，助兴正是时候，高兴；饯岁迎春，无缝对接，象征事业行云流水般顺畅而有美感，高兴；祝福大家身体强健，年年能如此，高兴。老郭知足常乐，热爱生活，是乐天派中国老百姓的代表。有关郭应祥的资料稀少，只知道他是今江西樟树人，能作词，有《笑笑词》一卷。一看词集名，作者的性格便可想见一二。

在具体描述除夕立春同日这一事象上，表现手法也是丰富缤纷。张栻《除夜立春》"谁知残腊底，已报早春来"最哲思；叶茵《除夜立春》"节序有终始，儿童争送迎"最含蓄;周永年《岁除立春》"除夕春朝共此辰,强凭迎送说新陈"最平易;赵蕃《岁除日立春》"旧岁此夕尽,新春今日回。天公贪省事,嘉节并相催"最俏皮;李梦阳《辛巳除夕遇立春》"改元明日初开历,除夕今年暗入春"最生动;杨公远《癸未元日》"昨夜灯花今岁兆,今朝元日昨宵春"最神气;释文珦《元日作是岁除夕立春》"腊穷春自至,四序递相延。玄发成华发,添年是减年"最淡定;陈维崧《满江红·乙巳除夕立春仍用前韵二首》其一"喜今夜、新春残腊,田园无恙"最兴奋;黄升《重叠金·除日立春》"新春今日是,明日新年至"最果决;艾性夫《除日立春》"岁如旧政方书满,春与故人同惠来"最浪漫;李洪《除日立春雪》"要看腊雪连春雪,独占新年与旧年"最顺畅;董纪《除夕立春》"今岁将除夜,明年预立春"最谦谨;王安石《次韵冲卿除日立春》"犹残一日腊,并见两年春。物以终为始,人从故得新"最爽气。

当然,写得最"端"且"装"的是这首《除夕立春》:"饯年兼饯腊,迎岁恰迎春。胜彩装屏丽,盘椒献座新。余寒退残夜,韶景入元辰。应律敷阳德,还思与物均。"作者是清高宗乾隆帝爱新觉罗·弘历。

元宵古诗词中的怕与爱

元宵，又称作元夜、元夕等。它是一个古老的节日，在古代过得比今天隆重许多。在古典诗词中，我们到处可以看到灯火辉煌、香车宝马、笙歌高唱、玉龙起舞的描写，果然是一片热闹升平的景象。但元宵最动人的地方不在于狂欢，而在于灯月光影下的动情。因为有了大量女性的参与，这节日才过得"别是一番滋味在心头"。

"金吾不禁夜，玉漏莫相催。"这一天在唐代也不实行宵禁，可以尽情去玩，唯一遗憾的是，一天的时间毕竟有限。允许女性出来观灯游玩，主要是出于习俗。一是元宵有"走百病"之说，只要这天多出来走走，一年的病都会没有。在河南等地，还允许妇女荡秋千，说是"元宵荡秋千，一年腰不疼"。在福建一带，"灯"与"丁"同音，观灯包含有求子生男丁的愿望。这过节还带有祈祷的任务，又是妇女受压迫的一重证据。因此种种，元宵这日，对女同胞来说，是难得的解放。

有点钱和身份的女性，盛装打扮自不在话下，因而能见到"满街珠翠游春女"。如果经济条件很好的，还要炫富，动不动就出动豪华车子，"宝马金为络，香车玉作轮"，这是何等的一份傲娇！马与车让人仰视，而自己可以在车内放胆窥视。"花间蜂蝶趁喜狂，宝马香车夜正长"，当中的况味，人人所品，恐怕体会不尽相同。古代豪车也不少，在节日里难免堵车，李商隐很羡慕这种堵，挥笔写下"月色灯山满帝都，香车宝盖隘通衢"的宏词。大词人辛弃疾脍炙人口的描绘："东风夜放花千树，更吹落，星如雨。宝马雕车香满路。凤箫声动，玉壶光转，一夜鱼龙舞。"让人想见的是娱乐场所、豪华会所前的停车场。摆阔也是咱民族传统之一，这点古今倒是没有差别的。

"不展芳樽开口笑，如何消得此良辰！"不管是大家闺秀，还是小家碧玉，难得出来一趟，何必拘束自己的欢笑呢？"蛾儿雪柳黄金缕，笑语盈盈暗香去"，"帘儿底下，听人笑语"，在这种银铃般笑声充斥大街小巷的时候，今夜何人能够入睡呢？"今夜可怜春，河桥多丽人"，这样的夜晚又怎能不情满天下呢？于是乎，男女之间的爱慕随着光影也不安地荡漾起来。对那些美女来说，何不"连手窥潘掾"？而对那些也刻意打扮过的后生来说，也是一饱眼福的时候，何不"分头看洛神"？"月满冰轮，灯烧陆海，人踏春阳"，在这样情愫燃烧的氛围下，一切男女都成了神，也没有哪一尊神不变成了人。

"遥想明年元夕好，玉人更著华灯照"，在灯光映照下的女性自是更加迷人。周邦彦《解语花·上元》云："衣裳淡雅。看楚女纤腰一把。箫鼓喧，人影参差，满路飘香麝。"传神地写出了男人心中女神的妙容芳姿。朱彝尊《木兰花慢·上元》："蛾眉帘卷再休垂，众里被人窥。乍含羞一晌，眼波又掷，鬓影相随。腰肢风前转侧，却凭肩回睇似沉思。料是金钗溜也，不知兜上鞋儿。"明里写的是女孩的动作神态，都在如痴如狂的少年郎窥探的眼里。不过细细想来，又怎不是女孩故意掉落金钗从而目寻男神？

世界上总会有人突破藩篱，冲出别人给自己画定的园子。"众里寻他千百度，蓦然回首，那人却在，灯火阑珊处。"我愿意理解为在茫茫人群中苦苦寻觅,最后心有灵犀,通在了一点惊喜上,等到了意中人相会的时刻。"飞琼结伴试灯来,忍把檀郎轻别。一回伴怒,一回微笑,小婢扶行怯。"这是一场幸福约会后分别时的生动写照,女孩子突突直跳的心连丫鬟都听得一清二楚。

更多的是无疾而终,"此情可待成追忆,只是当时已惘然"。"我是人间惘怅客,知君何事泪纵横。"果子长了,然而不成熟,该是何等酸楚。于是我们自然想起了《生查子》:"去年元夜时,花市灯如昼。月上柳梢头,人约黄昏后。今年元夜时,月与灯依旧。不见去年人,泪湿春衫袖。"去年一场朦胧心醉的约会,既秘密低调,又何尝不是在节日背景下的高调?卢照邻《长安古意》中:"得成比目何辞死,愿作鸳鸯不羡仙。"也许正是此刻的宣言。然而所有的承诺都要等一年,待到日子满的今天,但为什么又是"人面不知何处去"呢?所有的美景和节日的布置徒添悲伤,"泪湿春衫袖"的恐怕不只是一人吧?这样的幽会无独有偶。吕渭老《沁园春》云:"争知道,冤家误我,日许多时。心儿。转更痴迷。又疑道、清明得共伊。但自家晚夜,多方遣免,不须烦恼,雨月为期。用破身心,博些欢爱，有后不成人便知。从来是，这风流伴侣，有分双飞。"一次约会成为终生痴迷的期待。元宵过后盼清明，清明过后盼黄梅，身心憔悴，最后还是个劳燕双双飞。朱淑真《元夜》云："但愿暂成人缱绻，不妨常任月朦胧。赏灯那得工夫醉，未必明年此会同。"经历过婚姻失败的词人，深知人生的长久相爱只能是但愿，因而只要"暂成人缱绻"就够了。今日所言"只要片刻拥有，不求天长地久"，说的大概也是这种情形吧。

最怕过元宵的女人，恐是那失去了丈夫和家园，孑然流落江南的李清照了。"元宵佳节，融和天气"，总有不知愁的少妇乘着香车宝马"来相召"。易安居士哪有这等心情，因而断然"谢他酒朋诗侣"。少女时代偏重元宵，无限欢乐，那是因为彼时处于"中州盛日，闺门多暇"的状态啊。如今该和不该的都统统失去，自己成了憔悴妇人，"风鬟霜鬓"，颜值早就不及格了，有什么心情和责任陪着那群流落的贵妇打麻将、赏花灯呢？热闹是她们的，我什么都没有。"已觉城中尘土臭，急将清雨洗乾坤。"苏辙的诗句怕是此刻易安居士的心理写照吧。既然天地寂寞如初，就让我安安静静、寻寻觅觅找点对付孤独和无聊的良药吧。

一年首度月儿圆，元宵本身就是个充满遐想的爱的节日。著名的破镜重圆故事，据说也发生在这个日子里。在所有节日里，唯有与元宵和七夕有关的古典诗词，对女性给予了特别的关照。无论爱与恨，还是怕与喜，在诗人的笔下都难得有一份人道的温存。相对于火树银花，我们更愿意看到人性焕发的璀璨光芒。

夜雨剪春韭

雨后，妻从自家地里割来韭菜。晚餐，便翠绿堆盘。间在其中的黄色，不消说，那是鸡蛋。韭菜炒蛋，这菜传承数千年了。

春雨不但发韭菜，而且生诗意。东汉名士郭林宗"自种畦圃"，有天夜晚，好友范逵突然来到，郭林宗满身上下无不欢喜。不假思索便到后园中"冒雨剪韭"，然后细细切碎，擀入面饼，做热腾腾、香喷喷的汤饼来招待客人。韭如久，青翠长久，于是这韭菜便满含殷殷的友情了。安史之乱时，杜甫逃难，在一村庄偶遇故人卫八。二十年星散，今日不意相见，竟还能相认，真是无限激越感慨！看到好客主人的两行老泪，以及酒桌上的一盘青绿韭菜，杜甫立即想到了郭林宗，于是写下了"夜雨剪春韭，新炊间黄粱"的句子。在国破人散的时代，愁如割不完的春韭，旧梦如黄粱饭熟，每一次相逢都像是永别，不知道用多重的情才能永远留住。

韭菜容易种，产量很高，故又称作懒人菜。"一畦春雨足，翠发剪还生"，雨后春韭，疯长蔓延，可把剪刀忙坏了。南齐庾杲之，一生清贫，所吃无非腌韭菜、炒韭菜、煮韭菜，三样韭菜，谐音三九，便是二十七，所以古人写诗都喜欢拿庾郎开玩笑，说他一点都不穷，有二十七种菜好吃，赛过那山珍海味呢。

韭菜命大，割完再生，有不死的精神。吾乡吉水人、理学家邹元标，乃明代王阳明弟子，东林党领袖之一。他屡遭政敌毒打，然愈打愈烈，头高昂如山。民间谚语为之点赞："割不完的韭菜蔸，打不死的邹元标。"吾乡方言"蔸"读若"刀"，念起来还挺押韵的。或者直接将"蔸"换成割韭之"刀"，说韭菜割不尽，费刀，勉强也能说通。浙江余姚王阳明纪念馆，在介绍其江右弟子时，也引用了这句谚语，不过那里写作"割不完的韭菜地，打不死的邹元标"，一字之差，韵部和韵味全无。

韭菜炒蛋，这家常菜大多数人都会做。但如今面对这道菜,不免生出许多惆怅。韭菜品种不再是小时候熟悉的,如今激素催长,这绿便有如狰狞的眼;蛋也不再是土鸡蛋,敲碎后蛋黄清寡,有气无力,哪里比得上小时候的充实坚挺,洋溢着生命的气息和热情。

好在眼前这菜,货真价实:韭菜为妻子亲手所种,蛋为家乡土鸡所生。吾与妻相视一笑,小时候的幸福感便齐刷刷骏奔到筷子尖了。

诗里清明仍飞雪

"清明断雪，谷雨断霜"，这是很多人熟知的农谚。二十四节气征候以中原黄河流域为准绳，纬度更高的海河流域和东北地区，清明、谷雨是否断霜雪，委实拿不准。于是又有一句"清明断雪不断雪，谷雨断霜不断霜"用以补充。把话说得周全，正是中国人求圆满的心理表现。

诗歌同样是特定时空下的产物。它不只反映时代气候，也直接书写地理气候。检索古典诗词，发现清明时节仍在下雪的记载并不鲜见。天气有时很任性，这霜雪不是想断就能断的。

海河流域的北京，清明还经常下大雪。文彭在《清明大雪》中明确写道："清明何事雪漫漫，始识燕山春更寒。"十年后，文彭又遇到过一次，再作《清明大雪因忆十年前亦是日下雪盖北方常事而南人则未之见也》，诗云："清明大雪乱纷披，十载曾逢合更奇。点缀杏花红艳色，密封杨柳压新枝。寒侵绣幄冰重见，月冷瑶台露下迟。说与南人应不信，区区莫怪夏虫疑。"形象描绘了奇妙的雪景和奇特的遇合，并嘲讽不信清明下雪的南人是"夏虫不可语冰"。

南方人还真不要不信，即便纬度低得多的南方，清明都照样下雪呢。仅以南宋为例，相关诗咏便可枚举数例。杨万里有《清明日雨雪来早晴霁二首》，其二云："清明一雪怪生寒，逗晓新晴雪未残。要见海棠还傅粉，卷帘不彻急来看。"杨万里是江西吉水人，其家乡处在赣中腹地，是典型的南方了。本诗所写便是家居时的情形。这场雪下得有些惊奇，一个"怪"字直接托出了诗人心理。将雪压海棠形容为敷粉美人，细想起来还有一丝风趣。因为急着看雪景，帘子还没卷完便探出头来了呢。老来童心犹存，杨万里看雪的姿态，是我们要学习的心态。

宋末元初的方回有《清明大雪三日》，诗云："半月雕梁燕子归，怯寒著尽旧绵衣。何人醉眼西湖路，错认杨花作雪飞。"旧棉衣本已束之高阁，未承想清明大雪一来，还得翻箱倒柜找出来。若是人喝醉了，看那雪纷纷还以为是杨花飞舞呢。联想到局势的风雨飘摇，首都临安的这场雪，算是下到方回的心里去了。同样是宋末遗民，张炎有《柳梢青·清明夜雪》，词中写道："一夜凝寒，忽成琼树，换却繁华。因甚春深，片红不到，绿水人家。"这是自然的雪景，更是繁华被夜雪摧折，春天难再的黍离之悲。清明下雪冷激起惆怅的故国之思，天气的反常，恰是词人奉献给旧朝的无声祭奠。

中国哲学笃信普遍联系，因果关联。这清明下雪算是极端天气，其中是不是也有个极端原因呢？于是我想起了另一句农谚："大寒脱衣裳，清明雪打秧。"在老辈人看来，大寒本该大冷，却出现暖和到脱衣的现象。这反常时令种下的因，必会出现在清明下雪的果。天气的轮回，竟也讲究因果报应。这当然不是科学的观察或分析，而是建立在中国式哲学基础上的心理感悟。"看似平常最奇崛"，以此观之，中国农谚就不单单是经验的总结，更是经典中国心理的曲折写照了。

情起黄梅雨

　　入梅头一天，临安就豪雨不断。深夜听雨皱眉，醒来雨声依然。雨不嫌累，我却烦心如丝：照这样下去，我怎么出门去吃饭呢？念头一闪就为自己的俗不可耐而后悔，怎么只想到吃呢？不高兴听雨应该想起唐诗宋词，想起戴望舒的《雨巷》才是。

　　雨，是诗歌中最耐人寻味的意象之一。文学中的雨都是心雨，它时而惆怅满怀，时而悲壮弥天，时而苍凉透骨，时而狂躁难抑，风格如何，端的要看心风往哪个方向吹。不过，雨也不只是引发沉重压抑的怅触，它偶然间也会奏着欢快的调子。毕竟"久旱逢甘霖"的可贵、可喜不能视而不见，于是乎老杜几乎手舞足蹈地高唱："好雨知时节，当春乃发生。"毕竟靖康之变前的李清照顶多是"少年不识愁滋味",在归来堂中风雨不恼,轻唇一启,佳句天成:"枕上诗书闲处好,门前风景雨来佳。"毕竟青春时的陆游对未来有着战无不胜的信心,所以客居临安一小旅馆时,仍能从容吟出名句:"小楼一夜听风雨,明朝深巷卖杏花。"之所以掉这么一阵子书袋,全因想冲出梅雨的藩篱,一路狂奔到开阔地。笔到心到,现在我微微一笑,眼前已经幻现出"又一村"的酒幡在烟雨中招展了。

细细想来,我的文学活动还是有些实在的雨缘。年少气质颇为忧郁,曾想用"雨窗居士"为笔名。高中时办起的第一张班报,取了一个很萌且流行的名字"太阳雨"。大学时加入文学社,也有一个怯生生的名字"雨丝"。依稀记得在给汉语言文学专业 2005 级同学讲解南宋蒋捷《虞美人·听雨》时,天气还真善解人意,淅淅沥沥地将雨韵发挥到了佳处。睹景溯情,我表达了希望本专业拥有一份文学刊物的愿望。没想到杨帆同学还真热心,为此奔走呼吁,多方争取,终于迎来了《东湖》的诞生。弹指数年无情过,《东湖》在一群群文学青年的支持下,虽历经风雨,但终究更加稳健地在成长。如今,《东湖》已经走出了汉语言文学专业,在校内外都有相当影响,形成了一定的品牌效应。

作为任课老师之一,欣慰之情可想而知。经过几年凝聚打造,现在的《东湖》逐渐形成了"生态"和"文化"的特色,相信只要文学青年继续用热情和智慧深耕细作,这份受人关注的刊物一定会像雨后彩虹那样愈加清新美丽。

雨润万物细无声,文学滋养着我们的情怀,改变着我们的视角和世界。从这个意义上说来,《东湖》收服人心的实际功效虽未必敢言大,但它不懈努力的精神却如同风雨中的灯塔,象征着守望和指引,其价值不容小觑。喜欢文学是一件幸福的事情,从事文学创作和研究更要有天降大任的担当,妄自菲薄实不可取,自珍自重理当共勉。

雨还在继续下,莫非一直要缠绵到端午?这更引发了我对屈原无尽的怀念。既然已经沉浸在这氛围中,就让我填词一首权当结尾吧。

雨霖铃

黄梅时节,望书窗外,久雨难歇。天公问汝何故,倾盆不答,留人猜察。费尽心思最苦,又谁枉悲切?惜楚国,千古灵均,泽畔行吟独高洁。

《离骚》读罢情尤烈，更那堪、国破雄豪灭。人间看尽萧瑟，香草在，美人长诀。夜雨潇潇，应是、悲风寄响空穴。漫啸叹、端午风情，忍睹民饕餮。

黄梅时雨忆方回

梅雨它还是踩着时令的节拍来了,听窗外雨声潇潇,缠缠绵绵,不禁想起古代那些恼人的诗词。吾乡南宋名臣胡铨有句曰:"黄梅时雨忆方回。"正是我此刻心情的写照。方回是北宋词人贺铸的字,贺铸长相难以恭维,人送外号"贺鬼头"。但人丑词美,这有力地证明了"人不可貌相"的正确。贺铸众多绝妙好词中,便有这首脍炙人口的《青玉案》:

> 凌波不过横塘路,但目送、芳尘去。锦瑟华年谁与度? 月桥花院,琐窗朱户。只有春知处。飞云冉冉蘅皋暮,彩笔新题断肠句。试问闲愁都几许? 一川烟草,满城风

絮,梅子黄时雨。

此词最为人称道的是为"闲愁"提供答案的最后三句。愁本感觉,此处化为可见的三幅画面,是为通感,诗意因此鲜活葱茏,形象的质感便饱和到了眼前心间。通感又兼比喻,愁如满川烟草,但见蔓延不见边;又如满城飘絮,漫天飞舞,难有心灵安宁处;又如黄梅雨细密如织,连绵不断,心酸到无从排遣。烟草、风絮、梅雨,三个意象是接续三个月的不同景色,更是接踵而来的愁绪,才下眉头,却上心头,哪有逃离的机会? 这愁有的是广度、厚度和密度,任你用尽万千方法,都是"鸿雁长飞光不度"的宿命。因了这三愁句的铺排,人们便精准地给了他一顶"贺三愁"的帽子。三句之中,"梅子黄时雨"尤是妙中之妙,时人激赏之余,慷慨又送一外号曰"贺梅子",把个丑男人叫成美少女的感觉。

后人不断引用或化用这千古妙句,真可谓妙句自有妙人赏,知音最解寂寞心。清代谭宗浚说:"句传梅子贺方回。"实则是对胡铨"黄梅时雨忆方回"的默契呼应。"贺家湖上黄梅雨""城川絮草贺梅子""我是江南贺梅子""说与江南贺梅子""贺梅子昔吴中住,一曲横塘自往还""何人对雨怨黄梅,醋坊桥上贺方回"等表达,好像一众人都在自觉地维护着贺铸"黄梅雨"的专利,崇拜之情可见一斑。

更有直接用"梅子黄时雨"入诗词的,如"檐含梅子黄时雨,户进新篁绿处风""梅子黄时,梅子黄时雨""客愁何许? 梅子黄时雨"等。有趣的是,宋末元初有一位姓方名回的诗人,诗中亦有句"梅子黄时雨如许"。差不多同时的词人张炎干脆以"梅子黄时雨"为题自度曲,从此这名句一转而成词牌名,更多的愁笔集结于此惆怅吟唱。

诗词整句引用,确实有"点铁成金"成功的例子,青出于蓝而胜于蓝还是有一定概率的。但就大部分而言,转用总要比蓝本稍逊一筹。这好比将别人的材料拆卸下来,用到自己的建筑中,粘合起来。任是手段再高超,似乎也无法超越当初的融合无间了。难不成好句如良妇,也讲究首创的忠贞,终究要力保"曾经沧海难为水,除却巫山不是云"的品质?

然而,令人扫兴的是,竟然有人站出来指出"梅子黄时雨"非贺铸首创。胡仔《苕溪渔隐丛话前集》卷三十七引潘淳《潘子真诗话》云:"世推方回所作'梅子黄时雨'为绝唱,盖用寇莱公语也。寇诗云:'杜鹃啼处血成花，梅子黄时雨如雾。'清代吴衡照《莲子居词话》亦承袭此说，云：'词有袭前人语而得名者，虽大家不免。如方回'梅子黄时雨'……"可惜的是，目前我们看不到寇准整首诗，光凭残句来推断，两者的联系其实并不大，或者更明白地说，简直就没有瓜葛。必须承认，在写作过程中难免出现"妙句所写略同"的现象，我以为贺铸之于寇准正是如此。从客观上来看，贺铸确非首写；于主观而言，贺铸或从未怀疑自己的首创。许多暗合，都被读成了典故。不要说文学，就是在生活中也往往无巧不成书。

"不趁青梅尝煮酒，要看细雨熟黄梅。"窗外的雨还在淅淅沥沥、淅淅沥沥地下着。缓缓地，缓缓地，风雨磨蚀着青春，不待回首，便不知不觉地被赶到了黄熟的年龄。白了少年头的人，能说什么呢？纵有彩笔，也只能"新题断肠句"了。

古典七夕诗词中的爱情

牛郎织女是一个历史悠久的浪漫传说。这样带有神话色彩的爱情故事,在注重现实礼法的中国,就像是森严屋子里透出的阳光,弥足珍贵。文人骚客以此为题材进行的吟咏,自不在少数。其中表达的对爱情的礼赞和向往,当然是最动人心弦的部分。

曹丕的《燕歌行》是中国现存最早的完整七言诗。其中有句:"牵牛织女遥相望,尔独何辜限河梁。"借叹息牛郎织女为河汉所阻难得相会,写出了人间思妇独守空房的寂寞深情,缠绵悱恻。读后令人顿生惆怅。宋代王仲修《宫词》"银汉无梁不可渡,牵牛织女若为情",化用的正是这句,进一步表达了对夫妻分离的无奈与同情。

早期更为有名的是《古诗十九首》中的一首：

　　迢迢牵牛星，皎皎河汉女。纤纤擢素手，札札弄机杼。

　　终日不成章，泣涕零如雨。河汉清且浅，相去复几许！

　　盈盈一水间，脉脉不得语。

诗章浅语深情，无论是对动作神态的描绘，还是叠词的运用，都显示出令人惊叹的艺术水准。诗歌似乎有意取仰视角度，让想象与传说共同展翅，在安静无比的沉浸中，形成了妙合无垠的意境。宋代陈师道有《菩萨蛮·七夕》："东飞乌鹊西飞燕，盈盈一水经年见。急雨洗香车，天回河汉斜。离愁千载上，相远长相望。终不似人间，回头万里山。"化用了"盈盈一水间"之语，但词用赋笔写，缺少与传说相匹配的灵动背景，与艺术感觉便生出隔膜来。

传说中织女下凡，在老牛的帮助下，终与牛郎相见相爱，并组成了仙凡配家庭。生儿育女后，为王母娘娘侦得抓回天宫。面对追赶来的牛郎，王母娘娘拔下金钗划下银河，并严令他们只能一年一次相会在鹊桥。故事虽如此，然好出新的诗人，却喜欢暗中将故事进行更为文学化的改造。北宋张耒《七夕歌》所云，织女为天帝之女，工作十分勤劳，但到了少女怀春年龄，她满脸不高兴。天帝怜爱其无欢，做主让她嫁给了牛郎。不承想，嫁人后的织女无心工作，贪欢不归，还"绿鬓云鬟朝暮梳"。天帝大怒，于是乎将她抓回来，"但令一岁一相逢，七月七日河边渡"，织女的悲剧命运开始了，迎接她的是"空将泪作雨滂沱，泪痕有尽愁无歇"的漫漫岁月。此情此景，诗人该如何是好？只能在结尾不忘宽慰："寄言织女若休叹，天地无情会相见。犹胜嫦娥不嫁人，夜夜孤眠广寒殿。"比起嫦娥独守广寒宫，牛郎织女一年一次的相见是不是幸福到爆棚呢？

欧阳修有名句："人生自是有情痴，此恨不关风与月。"将牛、女二人称为一对情痴，恰如其分。唐代卢仝称他们为"痴牛与騃女"。苏轼《鹊桥仙》也说："缑山仙子，高情云渺，不学痴牛呆女。"一见钟情，相伴终生，浪漫到极致的境界，怎么能不学呢？还是薛道衡《豫章行》态度鲜明："当学织女嫁牵牛，莫作嫦娥叛夫婿。"元稹《决绝词》亦赞扬说："七月七日一相见，故心终不移。"唐末曹邺《古相送》也说："心如七夕女，生死难再匹。"当然说得最精警的是大家最为熟悉的秦观,他在《鹊桥仙》中说道:"两情若是久长时,又岂在朝朝暮暮!"爱情是一种超越时空限制的至上存在,凝聚着伟大的精神力量,这两句表达的意蕴正在于此。千百年来,人们共鸣不断,也是因为爱情坚守和付出的难能可贵。

然而精神之恋高尚是高尚,这份痛苦对于现实中的夫妻来说,却是不堪之重。不是每个人都赞成爱情至上,对于长期的分居,大多数人是不肯付出这代价的。朱淑真仿佛是读过秦观词,因此她在《鹊桥仙》中明确说道:"何如暮暮与朝朝,更改却、年年岁岁。"作为一个对爱情有着巨大渴盼的女词人,朱淑真更向往的是朝暮厮守、携手出入的亲密。唐代女诗人鱼玄机《迎李近仁员外》诗也说道:"今日喜时闻喜鹊,昨宵灯下拜灯花。焚香出户迎潘岳,不羡牵牛织女家。"听说心中的帅哥"潘岳"来访,这份发自内心的真喜悦跃然纸上。牵牛织女遥不可及的,在诗人这里变成了现实。即使痛苦很伟大,又有何好羡慕的呢?

伟大的爱情在于超越,这种超越是可歌可泣的。牛郎和织女做到了,他们超越的是仙凡两界。李隆基和杨玉环做到了,他们越过了身份、地位等藩篱,爱得轰轰烈烈,甚至地动山摇。一曲《长恨歌》,"在天愿作比翼鸟,在地愿为连理枝"已然成为千古名句。长恨的是,马嵬坡兵变中,李、杨的爱情终归血流成河。贵为天子,不能保护自己所爱,留给自己的是无穷的痛楚和思念。王涣在《惆怅诗》中写道:"蜀王殿里三更月,不见骊山私语人。"对这位多情天子充满同情。明代贝琼《辛亥七夕》有句:"玉环他日无穷恨,更比牵牛织女多。"将同情的天平倒向了贵妃一边。李商隐《马嵬》:"此日六军同驻马,当时七夕笑牵牛。如何四纪为天子,不及卢家有莫愁。"则对这位天子不仅不同情,还对他的无能为力进行谴责。

"织女牵牛送夕阳,临看不觉鹊桥长。最伤今夜离愁曲,遥对天涯愈断肠。"每到七夕,我都会想起清代德容这首诗。"情不知所起,一往而深",汤显祖的这名言,放到牛、女身上好像更贴切,更令人动容。一次天造地设的邂逅,是"情不知所起";至爱情婚姻被阻断,只得一年一聚,而依然信守初心,这是"一往而深"。这么带有悲剧美学的爱情故事,美丽赛过任何芍药和玫瑰花。

竟然有人写诗去考证这事情的不存在!洪咨夔《新秋药名两首》云:"乘槎欲到空青问,织女牵牛事有无。"更有人将这神话看成"邪说",宋代于石《七月七日》云:"谁与倡邪说,诞谩不复收。淫亵转相袭,寝使其辞浮。"连神话传说都要灭掉的诗人,怎么可爱得起来?有个成语叫"焚琴煮鹤",说的就是这样一类人呢!

四十六岁的苏东坡

2017 年 11 月 5 日，对应农历九月十七日，正是我四十六周岁的生日。晨起，有所感慨，在微信中写下一段自我寄语。其中有句："我与子瞻一样，认为天下无一不好人。即使眼拙，也还是拙点好。"苏东坡曾经说过："吾上可陪玉皇大帝，下可陪卑田院乞儿。眼前见天下无一个不好人。"我与苏轼心通的正是这句话，但我"陪"的本领没那么大。

苏东坡四十六岁时境况如何呢？苏轼生于景祐三年（1036）腊月十九，按照古人的计算方法，以及苏东坡的自我认定，东坡的四十六岁在元丰五年（1082）。

1082 年的苏东坡，在湖北黄州已经是第三个年头了。苏东坡因在湖州太守任上遭遇"乌台诗案"，被关押超过一百天。当中苏轼承受着巨大心理压力，甚至认为自己活不成了。天佑文星，最终命还是保住了。处理结果是断崖式降级，他被贬往黄州任团练副使，时为神宗元丰三年（1080）。

"乌台诗案"是苏轼真正见识政治残酷的开始。一方面他庆幸自己劫后余生，抬眼青山还在；另一方面则如惊弓之鸟，面对巨大的落差，他心中充满的是害怕与不平。他谨小慎微，深感"言语之间，人情难测"，担心"好事者巧以酝酿，便生出无穷事也"。他告诫自己"平生文字为吾累，此去声名不厌低"，完全是一副低调做人，夹起尾巴生活的样子。英风敛抑，大鹏缩翼，人间悲凉胜似雪了。

好在黄州官员和人民对待曾经"犯过错误的官员"还是宽容的，总体上没有为难这位来自四川眉山县（现眉山市）的大才子。但是，家室之累还是沉重，俸禄工资也就这么一点，苏轼到黄州后不久，不得不考虑种地营生了。他学习白居易在忠州的做法，将自己垦荒的地方命名为"东坡"。"自己动手，丰衣足食"，苏东坡自己充当起救世主来了。生活让苏东坡在黄州真正当过一段时间的农民，我估计这段时间他对陶渊明的感情会格外亲近。

　　元丰五年，苏轼在东坡的开垦面积已经较为可观，为了耕作和管理的方便，他索性在田地旁建起了房屋。在给人的信中，他说："近于城中得荒地十数亩，躬耕其中，作草屋数间，谓之'东坡雪堂'。种蔬接果，聊以忘老。"好一个"东坡雪堂"！明明就是几间拿不出手的草屋，竟然被取了个这么好听的名字。这么喜欢雪，因为它的纯洁，飞舞时的美姿，还是澡雪精神的励志，或者是取"独钓寒江雪"的傲骨？

　　劳动改造世界观。沦为农民的苏东坡在劳作中体会到了别样的快乐，在自食其力中唤醒了沉睡中的另一面价值和尊严。于是在适应了那么两年后，苏轼的心情大为改善。大不了隐居躬耕，还真能饿死人吗？想开了，水也会翻滚活跃。苏轼心胸因此旷达振奋，心灵在把锄中畅快自由，这感觉，拿起笔来不也是一样吗？

　　于是乎，苏轼有了喷涌而出的《念奴娇·赤壁怀古》。这心情就像激流回旋："惊涛拍岸，卷起千堆雪。"有了我行我素的《定风波》，悟出了"凡事都会过去"的道理："回首向来萧瑟处，归去，也无风雨也无晴。"有了《满庭芳》，开始了"叫花子心疼官"的劝告："蜗角虚名，蝇头微利，算来著甚干忙？"有了《临江仙

·夜归临皋》，表述了人在官场矛盾不舍的心态："长恨此身非我有，何时忘却营营？"那一年苏轼写了很多好词，大部分被粗略地视为豪放风格。这种词风的转变，是接地气的生活经历所酿造的。除词的创作璀璨夺目外，这个时期的诗文也更加寓深沉于平淡之中，明显比前期那些像是打了鸡血似的政治诗文耐读得多。至于作于这一年的《前赤壁赋》和《后赤壁赋》，更是天助神笔，有意让苏轼站在文学巅峰点燃文赋之灯。"客亦知夫水与月乎？逝者如斯，而未尝往也；盈虚者如彼，而卒莫消长也。盖将自其变者而观之，则天地曾不能以一瞬；自其不变者而观之，则物与我皆无尽也，而又何羡乎！"这样的哲理，它不会比庄子深刻，但这样的表达，庄子也会被惊醒啊。"江流有声，断岸千尺；山高月小，水落石出。曾日月之几何，而江山不可复识矣。"这样的表达，不会比柳宗元的小品峻洁，但这样的哲理，柳宗元是开不了那样的生面啊。

迫于生计，黄州时期的苏轼开始集中精力研究食物制作。先前有著名的《猪肉颂》："净洗铛，少著水，柴头罨烟焰不起。待他自熟莫催他，火候足时他自美。黄州好猪肉，价贱如泥土。贵者不肯吃，贫者不解煮。早晨起来打两碗，饱得自家君莫管。"要不是便宜,东坡还研究不出这道名菜呢。元丰五年,四川道士杨世昌来黄州,苏东坡从他那里学到酿造蜜酒的方法。其具体制作法,根据《东坡志林》记载:"予作蜜酒,格与真水乱,每米一斗,用蒸饼面二两半,饼子一两半,如常法,取醅液,再入蒸饼面一两酿之,三日尝看,味当极辣且硬,则以一斗米炊饭投之,若甜软,则每投更入曲与饼各半两,又三日,再投而熟,全在酿者斟酌增损也,入水少为佳。"酿成蜜酒后苏轼很高兴,常用来招待客人。"巧夺天工术已新,酿成玉液长精神。迎宾莫道无佳物,蜜酒三杯一醉君。"可爱的苏东坡,结交的都是一群"酒肉朋友"呢。

四十六的苏东坡,被生活的浪潮冲到了文坛的一个高峰。"问汝平生功业,黄州惠州儋州",这一年的创作奠定了"黄州功业"的最坚实基础。身份、角色的转变,以及劳动实践,这才是其文风转变的枢纽。许多论者都喜欢从苏轼读了什么书,受到谁影响去分析苏轼各个时期的风格,其实不客气地说,都是皮相。

好了伤疤忘了疼。喜欢创作的苏轼并没有因为文字狱之惧而真的将文笔束之高阁。据丁永淮等所编《苏东坡黄州作品全编》统计,在黄州生活的四年又四月间,苏轼计作诗二百二十首,词六十六首,赋三篇,文一百六十九篇,书信二百八十八封,合计七百四十篇。这数量已经是相当可观了,除了敬佩,我们能说什么呢? 锄耕要勤,笔耕也要勤,这点我得恭敬虔诚地向子瞻学习。

古诗里的老彭

"东风暗换年华。"不知从何时起,不再有人叫我"小彭"。也不知从何时起,自己接受也习惯别人叫我"老彭"了。"老彭"之称呼,最有人间烟火气。亲切也罢,尊重也罢,抑或单纯语气词也罢,都留在日常百姓交往的口头,谁想诗中也会出现"老彭"呢?

夜灯静坐,才回想起"老彭"是个典故。晋代张华《游侠篇》其二有句:"好古师老彭。"忽然想起这用的是《论语》中的话:"述而不作,信而好古,窃比于我老彭。"何晏《论语集解》引包咸曰:"老彭,殷贤大夫。"哦,原来商朝还有个大名鼎鼎的贤大夫叫老彭,让孔子都崇拜有加呢。老彭何许人也?不得而知。一旦说到好古之人,许多人就会习惯性用到这个典故。如王世贞《拟古七十首》其五十一《庾开府信校书》中："左史读丘索，孔公比老彭。"黄公度《题师吴堂》中："夫子贤尧舜，老彭尝窃比。"陈子升《过虞山忆钱牧斋先生》中："他日藏山司马在，而今述古老彭无。"也有人将孔子提到的老彭认定为彭祖篯铿，如杨维桢《篯铿词》中："君不见孔子窃比我老彭，老彭之寿称以德。"杨氏这样的断定是个特例，不知根据何在。

当然，除了这好古的贤大夫，确实也有一说认为"老彭"乃老聃、彭祖的并称。随着词语的演变，"老"字逐渐虚化，老聃也隐藏了，"老彭"更多时候就专指那长寿的彭祖了。很多人认为彭祖活了八百岁，很多诗都采纳此说。如黄庭坚《以虎臂杖送李任道二首》其二云："八百老彭嗟杖晚，可怜矍铄马征南。"刘基《古歌》其二："只言老彭寿最多，八百岁后还如何。"但也有诗认为他活了九百年，如舒岳祥《老彭像》："篯铿自古寿称延，上下尧殷九百年。"

不管人们是否相信长生不老，但总有个梦想，希望自己寿比老彭。刘宰《送无灰酒周马帅口占三绝》其三："药成预约分酬我，眉寿相期比老彭。"李廌《上姑丈间丘通牧少卿》："智恬欲相养，为寿期老彭。"都期待着自己能长命如老彭，区别在于药养和静养罢了。理想很丰满，现实很骨感，人生短暂的长吁短叹，在诗歌中总是不绝于耳。王十朋五十五岁的时候，就感到身体不行了，他写了《齿落用昌黎韵》，其中有："慨然怀古人，未有长不死。因思年方少，辈行多胜己。颜红齿牢洁，往往同逝水。吾衰况如许，宁复老彭比。览镜视颜色，今昨不相似。行年五十五，万事可休矣。"读起来深味人生苍凉。人老起来很快，五十知天命，这个时候唯物主义思想明显占上风。王氏说，我这么衰，怎么好跟老彭比呢？连励志都显得做作。人贵有自知之明，有真实、坦荡胸怀，参破生死，反倒能让自己活得更久远些。

有人看得比王十朋更开。陆游《纵笔》诗之三："但期少健游潼华，岂必长生似老彭。"白居易《放言五首》其五："泰山不要欺毫末，颜子无心羡老彭。"生命在于深度，不在于长度。在有限的少年健壮时光，就该痛快出游，表现出生命的活力。而一个有志于道的人，事业重于生命，儒家所言："朝闻道，夕死可矣！"这份崇高也许只有颜回这样的人做得到。

不是所有的"老彭"都是典故，提醒大家看诗要看题目。曹勋《谢彭大夫惠寒山诗三首》其一："老彭临安来，惠我以寒山。"这老彭就是彭大夫，不是临安天月山上下来的仙人,他送给诗人的是天台山寒山子的诗集。杨万里《题彭孝求碧云飞观》:"老彭有孙拉云住,海蜃吐楼压云去。"这老彭也就是诗题中的彭孝求。宋诗喜欢称老,将"老彭"这样的生活称呼入诗,在唐以前是鲜见的。有没有可能是双关呢?既实指生活中的人,又暗合典故中的"老彭",这当然不能排除,要根据诗的上下文来断定,但要忌讳"无一字无来处",以免穿凿过甚。

老彭我深夜作此文,不是要掉书袋。而是想与大家共勉:即使夜再深,也淹没不了一个有趣的灵魂。

古典诗词中的柚

在中国古典诗词中，柚绝大多数是与橘并举。除了语法平仄的要求，古人认为橘柚本同科近类也是一个重要原因。《春秋运斗枢》云："柚，似橘而大，其味尤酸。"郭璞云："柚似橙而大于橘。"说的都是橘柚同类，只不过柚子个头更大而已。张揖曰："柚，即橙也。似橘而大，味酢皮厚。"则认为柚子就是橙子，这一说法至今仍有影响。往细里说，橘柚两者在树高低大小、有刺无刺、果实形状、皮肉气味等方面还是有明显区别的。但是诗人不管这些，既然屈原作了有名的《橘颂》，司马相如《子虚赋》中又有"橘柚芬芳"句开并举先河，则为何不乘兴顺性，承继芳词之余泽呢？

柚子适合生活在南方，尤其在楚、蜀、岭南地区分布广泛。《吕氏春秋》云："果之美者，有云梦之柚。"南朝梁刘孝仪《谢东宫赐城傍橘启》："俛匹穰橙，俯连楚柚。"皆从一个侧面说明楚地种柚之盛。西晋左思《三都赋》之《蜀都赋》云："家有盐泉之井，户有橘柚之园。"则说明那时成都柚子种植很普遍。唐代皇甫冉《送夔州班使君》亦云："万岭岷峨雪，千家橘柚川。"人们想念家乡，也极容易想到家中常见的柚。因而在不少思乡诗中，能见到柚的身影。唐代王建《和武门下伤韦令孔雀》云："觅伴海山黑，思乡橘柚深。"顾况《游子吟》："客从洞庭来，婉娈潇湘深。橘柚在南国，鸿雁遗秋音。"宋代谭用之《秋宿湘江遇雨》云："乡思不堪悲橘柚，旅游谁肯重王孙。"这乡柚，在诗人的头脑中，一不小心就成为乡"诱"了。

在古典诗词中，不少诗人写到了柚花。柚花在寒食清明前后最盛。宋代周文璞《绝句》云："江乡橘柚花如雪，不许离人戴一枝。"柚花容易脱落破碎，故刘克庄《深村》有云："晚风一阵无端急，不为山人惜柚花。"柚花香气馥郁，沁人心脾，杨万里诗句："瓶里柚花偷触鼻，忽然将谓是烧香。"形容得是何等形象真切。柚花常用来做涂面的护肤品，也用来滋润头发，《本草纲目》云："蒸麻油作香泽面脂，长发润燥。"柚花也常用来作花茶，《说郛》有云："泡花，南人或名柚花，春末开，蕊圆白如大珠，既坼则似茶花，气极清芳，与茉莉素馨相逼。番人采以蒸香，风味超胜。"

柚子具有很高的药用价值。据古代医书记载，柚子可消食，去肠胃中恶气，解酒毒，治饮酒人口气，治妊娠妇女不思食口淡。古人重视柚子的食疗作用，生病时喜欢吃，唐代韩偓《秋深闲兴》云："病起乍尝新橘柚，秋深初换旧衣裳。"宋代李洪《漫成》云："病来乍怯衣裳袂，秋至新尝橘柚香。"

在果树中，柚子是成熟较晚的一种。如今全球气候变暖，加上吃东西也是快节奏，柚子一般在 10 月份就大量上市。"秋熟几家收橘柚"，在古代，柚子要采摘，起码要到下霜后。李白《秋日登扬州西灵塔》云："霜催橘柚黄。"张耒《偶成》云："霜过橘柚熟。"许浑《晓发郓江北渡寄崔韩二先辈》云："霜晴橘柚垂。"从时间上看，柚子成熟至少在农历十月。宋代姜特立有诗云："小春十月壶已尾，橘柚垂黄风日美。"明代文徵明《十月》亦云："雨中秋事芙蓉尽，霜后时新橘柚来。"

柚子成熟时节，首先闻到的是柚香，王昌龄《送魏二》云："醉别江楼橘柚香，江风引雨入舟凉。"孙光宪《浣溪沙》云："蓼岸风多橘柚香。江边一望楚天长。"

林季仲《登张知省溪楼》："木落霜清橘柚香，榜歌迢递起沧浪。"接着是展开的美丽柚林图。李白《秋登宣城谢朓北楼》："人烟寒橘柚，秋色老梧桐。"如同一幅古朴的图画，令人味之不尽。杜甫《放船》："青惜峰峦过，黄知橘柚来。"用借代手法，直接将颜色的对比放到眼前。释赞宁《寄题明月禅院》："鸟行黑点波涛白，枫叶红连橘柚黄。"更是一幅颜色丰富、层次分明的秋意流动图。"蟹鱼橘柚渐上市"，美丽的景色伴着收获的快乐，将这金秋的肃杀气氛缓解了许多。

柚子原本也珍贵，曾经是贡品。只是后来种植多了，就变得平凡起来。陆游《拟古》："橘柚禹包贡，后世称木奴。"到宋代，和黄柑比较，柚子就明显不在一个档次上，故司马光《黄甘》云："采助杯盘胜，羞将橘柚偕。"柚子进入千家万户的果盘，距今已久。汉代无名氏《橘柚垂华实》中云："委身玉盘中，历年冀见食。"在祝寿的供果中，柚子必不可少，这也屡见于诗篇。如吴泳《寿丞相庆七十五首》云："兰苕和露摘，橘柚带霜收。"梅尧臣《岁日旅泊家人相与为寿》云："盘中多橘柚，未咀齿已酸。"文人觉得柚子经炎度寒，持有晚节，对寿星是最好的祝福。正如柳宗元《南中荣橘柚》云："橘柚怀贞质，受命此炎方。密林耀朱绿，晚岁有余芳。"在民间,柚子外表金黄,象征着金玉满堂;柚子外形浑圆,象征着团圆美满。"柚"和"佑"同音,有保佑后代吉祥祝愿之意。

在农业社会中,毁林种粮,司空见惯。宋魏野《寄淮南制置使薛户部》云:"不使菰蒲侵黍稷,将令橘柚变桑麻。"这在今天看来是多么令人遗憾的事情!人生滋味百端,谁尝谁知道。黄庭坚《送刘道纯》云:"老身风波谙世味,如食橘柚知甘酸。"难道不是吗?人们常说:"如鱼饮水,冷暖自知。"我不是鱼,当然不知道鱼儿是冷是暖。然而我可以剥开柚衣,将牙齿向那梳子般的果肉咬去,这感觉是甜蜜还是酸楚,舌尖一触,不就知道了吗?

人家苦竹边

"鸟径青山外，人家苦竹边。"这是宋代李新《晚宿江涨桥》里的诗句。细细一想，苦竹自古以来就较为常见。只要翻一翻古典诗词集，便可见"苦竹村""苦竹驿""苦竹冈""苦竹渡""苦竹港""苦竹潭"等一众地名。苦竹无处不在，连接时空，象喻人间百态，真让人感慨再三而回味无穷。

顾名思义，苦竹本味为苦。苦竹瘦长，其笋纤弱，先天营养不良，令人心生怜意。明末清初广东诗人屈大均长期如徐霞客那样奔波，难得回趟家，一见到可怜的儿子，便想到"苦竹纤纤笋，寒花袅袅枝"，将自己瘦弱的孩子比作苦竹细笋、寒花瘦枝，满是疼爱。接着当然也免不了因"清贫常在外，教诲未多时"而产生深深愧疚。宋代秦观有句"始信别离情最苦",有告别,就有相思,这相思万种中,有一种扣人心弦便是有家不能回。清代叶方蔼《得二兄黔中书二首》其二云:"苦竹冈头望故乡,千峰万岭路茫茫。如何割得愁肠断,枉说山尖似剑铓。"脱胎于柳宗元《与浩初上人同看山寄京华亲故》,然并不让人觉得重复,反而得到一种跨越时空的新鲜共鸣。设若深陷困窘,又客居他乡,这份苦楚便自然而然生出"黄芦苦竹绕宅生"的怨恨来。白居易《琵琶行》中的那一株苦竹,不正是独立风中的自我写照吗?宋末元初的落魄公子张炎以泪当墨,写下"更叹我,黄芦苦竹,万里天涯"的词句,再次为"同是天涯沦落人"作了沉重的注解。

苦竹实苦,然总有一股韧劲辣味。多少缁衣芒鞋的苦行僧牢记慧能大师的"逢苦即往,遇竹且居"的偈训,硬是在荒山野岭间建起了一座座苦竹寺!苦竹格外有节,"进箨分苦节,轻筠抱虚心""苦竹经霜老,甘泉带雪流""岁月青松老,风霜苦竹疏"等诗句便是明证。"苦竹秋坚君子节",它始终有一股愈挫愈勇、不惧挑战的风骨气节。我本已苦,何惧再苦!苦难若是压垮不了人,一定会呛出积蓄已久要爆发的力量。"坏墙缘苦竹,破屋上凌霄。"墙欺苦竹瘦,不令出头行。哪知哪里有压迫，哪里便有反抗，这苦竹硬是穿墙而过，一路引首向天！苦命人，凌霄志，萧萧风中一苦竹！

苦竹亲近苦命人，苦命必有辛酸味。苦竹大众实用，"苦竹截篙芦缚舟"，它是撑船人的吃饭工具；"苇门破如席，纠以苦竹根"，它替穷人家遮住最后的门面；"为觅闲眠苦竹床"，它是百姓家里最廉价的卧具。对于那些穷困的文人士大夫，苦竹与他们的情分也不浅。"杜老奇愁吟苦竹"，杜甫有首《苦竹》诗，诗云："青冥亦自守，软弱强扶持。味苦夏虫避，丛卑春鸟疑。轩墀曾不重，剪伐欲无辞。幸近幽人屋，霜根结在兹。"与苦竹惺惺相惜，在同情中黯然伤己，这与他"恶竹应须斩万竿"的态度大异其趣。宋代陶梦桂最能理解老杜，亦作《苦竹》诗，诗云："住近幽人善卜邻，少陵诗句岂虚文。平生清苦过于我，只合呼为苦节君。"这简直是以诗解诗，将那清苦持节的杜甫精神略显心酸地绘出。文天祥在抗元逃亡过程中，作《高沙道中》，其中有这样一段："谁家苦竹园，其叶青戈戈。仓皇伏幽筱，生死信天缘。铁骑俄四合，鸟落无虚弦。绕林势奔轶，动地声喧阗。"描写了自己幸得藏身苦竹园，才躲过了敌兵搜捕的场景。字里行间渗出的都是国破家亡人抗争的心酸与无奈！

世间辩证法，有苦定有甜。"山家苦竹围茅屋"，这山居图恬淡自得；"苦竹笋抽青橛子，石榴树挂小瓶儿"，有趣的对比予人甜润感动。"江南苦竹生甘笋，春社雷惊出土长"，这伴随春雷蹦出的苦竹笋，"其味美于回"，先清苦而后甘自舌来。所以黄庭坚在《苦笋赋》中赞其"甘脆惬当，小苦而反成味；温润缜密，多啖而不疾人"。清代诗人杜关同意此说法，亦云："生食颇甘脆，熟食更浓郁。"宋代周紫芝《苦笋》诗曰："人莫不食鲜知味，妙理听君论反复。舌头谁识苦中甜，今乃苦口后为福。"更是揭示出一番先苦后甜的中国式道理。至此，我油然想起小时候熟悉的受教，寒窗苦读梅花香，这不正是先苦后甜的最传统教导吗？"谁家苦竹林，中有读书声？"这一问悠长隽永，怕是暗含对执卷子弟的几分欣慰和赞美吧。

墨分五彩，焦、浓、重、淡、清，无不生动。而这苦竹，苦辣酸甜，外加一无以言说之味，人间五味亦是桄触悠长。"岂知苦竹萌，风味常独擅"，我强作解人，苦心成文，不过是希望对这风味真能有一二"独擅"领略罢了。

生吃鲜笋味殊别

宜宾除了是名闻天下的酒都，还是令人心驰神往的竹国。竹品类之多，让我等来自江浙的人徒有羡慕之情。竹多自然笋丰富，生活在这里的人口福不浅。因遭贬而到宜宾居住的宋代大诗人黄庭坚，曾作《萧巽葛敏修二学子和予食笋诗次韵答之二首》，其一云："韭黄照春盘，菰白媚秋菜。惟此苍竹苗，市上三时卖。"其实，在宜宾，这些可爱的"苍竹苗"又何止"三时卖"？算上冬笋，那真是一年四季都能吃上鲜笋的。

笋是美食，烹饪花样也足以让人眼花缭乱。好奇的人不禁会问，不用烹饪，笋可以生吃吗？答案是可以的，但生吃也确实不常见。浙江长兴有一种春笋名叫黄芽笋，被称为"笋中珍品"，要在它深藏地下没有破土的时候挖，品质最佳。笋农好不容易挖出，在享受成功感的同时，剥去笋衣，就地生吃，春风满怀，此乐何极！无独有偶，在宜宾备受推崇的苦笋，也是可以生食的。清代杜关，宜宾长宁县人，他有一首《食苦笋》长诗，其中写道："吾家苦竹林，森森覆茆屋。春余苗新笋，清香满幽谷。生食颇甘脆，熟食更浓郁。其味美于回，冠盖东西蜀。"明确写到苦笋可以"生食"。至于回味甘脆，正好可以和黄庭坚在宜宾所作《苦笋赋》相印证。赋曰："僰道苦笋，冠冕两川，甘脆惬当，小苦而反成味。"生吃苦笋，也最好是在苦笋未出土或刚出土时。我在宜宾屏山县五指峰调查，主人拔来五十厘米左右高的苦笋。我迫不及待生尝，却只有苦味，没有甘甜的回味，顿时失望到眉峰紧锁。

7月底，骄阳似火，我们来到宜宾兴文县考察竹产业。热情好客的主人，端上一盆切成块状的生笋，微黄透白，样子极为清爽。食客胃口大开，顷刻间一扫而光。生笋长成的竹，学名是佯黄竹，当地叫巨黄竹，是四川有名的特产。笋味清淡微甘，鲜脆可口，在炎热的夏季有明显的清火降温的效果。这种笋是水果风味，口感像雪莲果。出人意料的是，除了兴文，附近县市竟有很多不知道这笋是可以生吃的，错失了就在身边的美味。当年宜宾人都认为苦笋不能吃，黄庭坚作《苦笋赋》，告诉他们不但能吃，而且好吃，甚而能吃出文化味儿，在这回味当中体悟人生。我们也有个期待，希望这道美食能媲美水果，成为一种特别风味，端上千家万户的餐桌，吹起一阵令人难忘的巴蜀风。

吾乡大诗人杨万里《船中蔬饭》曾有告诫："食笋食梢莫食根。"但从鲜笋生吃这一点来看，这位美食家所言也未必全对。无论是黄芽笋，还是苦笋，乃至佯黄笋，最好是在其未出土时，也就是说，还是作为"根"埋在土壤中时食用，味道最为上乘。杨万里在《晨炊杜迁市煮笋》中写到嚼笋的感受："绕齿籁籁冰雪声。"这若是用来形容生吃竹笋，尤其是佯黄笋时的感受，真是形象逼真极了！天下之鲜，莫过原味；天下之人，最喜新鲜。如此两相欢，竹笋生吃看来前途不可限量。

诗里扬州芍药红

————————————

　　有着两千五百多年历史的古城扬州,盛产"其名最古"的芍药。牡丹洛阳赏,芍药扬州红。一枝是浓艳的花中王,一枝乃雅丽的花中相,这"王"和"相",将两座历史文化名城映照得高华流丽,令人心驰神往。

　　扬州又名广陵、维扬、江都、芜城等,自古以来便是令人魂牵梦绕的地方。早在梁朝殷芸的《吴蜀人》中便有记载:"有客相从,各言所志:或愿为扬州刺史,或愿多资财,或愿骑鹤上升。其一人曰'腰缠十万贯,骑鹤上扬州',欲兼三者。"客人们的夸夸其谈,不料竟成了扬州繁华的最好佐证。只是这"骑鹤上扬州"后来不知道怎么变成"骑鹤下扬州"了。

　　经隋炀帝大力打造,到了唐代,扬州便成为国内一流的繁华都市。这里不只是商人冒险的场所，更是文人墨客流连的乐园。扬州最容易勾起人挥霍的欲望。李白在此"散金三十万"，挥霍的是钱财；而杜牧，"十年一觉扬州梦，赢得青楼薄幸名"，挥霍的则是青春。"春风荡城郭，满耳是笙歌"，扬州的夜晚充满暧昧、微醺的美丽。在那个叫二十四桥的地方，开满了红红的芍药，于是有人就干脆将这桥也叫作红药桥了。二十四美人吹箫于此，桥因此而得名。有此由来，这笨笨的数字顿时化朴为雅，桥跨过的水，也就一直浪漫荡漾。扬州美人如玉，艺术水准又高，离开多年的杜牧难以释怀，于是便有了"明知故问"："二十四桥明月夜，玉人何处教吹箫？"桥边吹箫芍药开，才子佳人月中来，难怪张祜会有"月明桥上看神仙"之叹。风流才子杜牧，用整个青春为画笔，为扬州城抹上了艳丽如芍药的色彩。

从来名花似美人。在苏轼的眼中，扬州芍药是"红玉半开菩萨面，丹砂浓点柳枝唇"，透露出大气、富态的宗教美；在苏颂的笔底，扬州芍药是"腻脸丰肌百态生"，显示的是性感、高贵的气质美。在孔尚任的心里，扬州芍药是"料得也能倾国笑，有红点处是樱唇"，描摹的是自信、妩媚的形态美。千人千面，这芍药呈现的，真是无处不美，它们在春风中展开了丽人的绰约风姿。

红豆相思，芍药定情。远在《诗经》时代的郑国之地，便有了这样的歌谣："维士与女，伊其相谑，赠之以芍药。"芍药在古代是为离别而开的花朵，崔豹《古今注》云："古人相赠以芍药，相招以文无。文无一名当归，芍药一名将离故也。"将芍药当成定情物，是期待一颗红心开在你手中吗？吾乡方言，药与"约"近音，不知道扬州是否也如此。若是如此，是要将韶华来相约吗？繁华不久留，扬州注定是一座随时要与之离别的城市。我也不知道杜牧离开时，相赠几朵芍药。不禁吟诵起他的《赠别》："娉娉袅袅十三余，豆蔻梢头二月初。春风十里扬州路，卷上珠帘总不如。"少女美貌绝伦，杜牧满是欣赏赞叹，想想怎能舍得离去？脸上的欢笑掩盖着心中的悲伤，莫非这就是"多情恰似总无情"？豆蔻少女满含憧憬地接过芍药，将一滴清泪落在花瓣上，然后轻轻合拢，在心中静待着才子大哥的归来。

芍药固然有义，文人飘然不归。人一走，承诺风流云散。这世上最难定的就是这既重过泰山又轻过羽毛的情。杜牧走后，还在"思扬州之欢娱"，不知是轻薄的得意还是自省后的真悔。宁可将往事尘封，亦不将情事提起，给人以徒唤奈何的嗟叹，或许会让扬州归于宁静和深沉。最理解杜牧的是南宋的姜夔，这位漂泊江湖的多情词人，在《琵琶仙》里这样劝说："十里扬州，三生杜牧，前事休说。"他从冷月无声的二十四桥上走过，心若微波，荡起层层涟漪。他在遥想昔日从这桥上走过的杜牧和恍若天仙的佳人，笑渐不闻声渐悄，人与情而今安在哉？他打量着桥边的红药，终于发出了"年年知为谁生"的深长怅触。

"有情芍药含春泪，无力蔷薇卧晓枝。"高邮人秦观，以扬州特有的情致，将景语融化成情语，写下了这丰神婉弱的女郎诗。柔情似水，佳期如梦，这芍药的红泪，在感伤的喟叹声中，将这扬州玉人的爱与恨凝结成一团，晶莹剔透。

扬州瘦

在挥金如土、无限繁华的古扬州背后,有一种特别叫"扬州瘦"。

看官立马会想到瘦西湖。扬州西湖瘦长如带,取此名者,深谙扬州气质,一字形容,出尘脱俗。杭州诗人汪沆曾有诗句:"也是销金一锅子,故应唤作瘦西湖。"他认为除了瘦西湖景色和杭州西湖相似,扬州也是销金窝,以奢侈消费而闻名。西湖之名可以借用,可为什么不唤作金西湖呢?我闭目沉思,觉得总有花钱过头、钱包变瘦的原因在。为谁倾囊为谁瘦?回答正是:"为伊消得人憔悴。"

所谓伊人,在彼维扬。"扬州胜地多丽人",据《五杂俎》记载:"维扬居天下之中,川泽秀媚,故女子多美丽。"刘细君、赵飞燕、上官婉儿、大小周后、朱帘秀、田秀英等，历史上与扬州有牵扯的美人名单，如同运河一样绵长。独步天下的赵飞燕以"掌上飞燕"广为人知，她或许开创了扬州以瘦为美的传统。自此，瘦美人层出不穷。即便是在欣赏丰满大气女子的唐代，诗人们对扬州瘦美人还是念念不忘。在他们的笔下，扬州女子几乎都是清瘦窈窕、内心充盈的文艺形象。"萧娘脸薄难胜泪，桃叶眉尖易得愁""娉娉袅袅十三余，豆蔻梢头二月初""落魄江南载酒行，楚腰纤细掌中轻""扬州桥边小妇，长干市里商人""风前弱柳一枝春，花里娇莺百般语"等一众芬芳的诗句，将一个个小巧窈窕的佳丽描绘得韵味十足。"烟花三月下扬州"，那些浪漫的诗人，不辞远途来到扬州，用追欢来刺激精神。"自古烟花佳丽地，扬州只合少年游"，诗人们仗着年轻，翩翩来到扬州，希望逢着像飞燕一样的姑娘，在曼妙的歌舞声中，将男人清澈的、饱满的泪水滴在知己的红巾翠袖间。

扬州女子富有文艺修养和才能，琴棋诗画的培养，融进了扬州人的日常生活。郑板桥诗句"千家养女先教曲，十里栽花算种田"，真实形象地再现了清代扬州文艺生活的盛况。文艺的女孩当然需要懂文艺的人来珍惜，否则不免会有"知音少，弦断有谁听"的感叹和失落。即便这些女孩的职业在青楼，诗人们照样尊重和同情她们，留下的那些情怀满满的诗篇，总是顽强地突破黑暗，歌唱彼此心底升腾起的阳光。

　　然而，不幸的是，当盐商主宰扬州时，商业的魔爪便伸向了那些瘦弱美丽的女子。"峨峨虹霓裳商，日簇红儿饮"，他们想借助金钱解放欲望，过上风流放纵的生活。随之而来的是，畸形罪恶的"养瘦马"职业在明代的扬州迅速发展。这一名称的由来，有人认为是源自白居易的诗："莫养瘦马驹，莫教小妓女。"所谓"养瘦马"，就是从贫穷人家手里买来瘦小姣好的女孩，教给她们文艺才能和应酬之道，养大到合适时候，就卖给富商巨贾做小妾或丫鬟。若是无法成交，很可能就要被卖到烟花柳巷，过着更加凄苦的生活。明末张岱的《陶庵梦忆》、清代丁耀亢的《续金瓶梅》，对此都有生动翔实的描写。将那些美丽而不幸的女子，比作买卖中的牛马，这是多么粗俗无耻的行为。为了满足变态审美的需要，那些美丽的女孩被迫在瘦身途中狂奔，身板似薄纸，小脚缠金莲。"讨来扬州小瘦马，任我骑来任我打"，沦为商品的那些瘦弱的美丽女孩，她们所遭受的摧残，是中国历史上最为黑暗的行径之一。

千秋粉黛,丽质相承。阳光雨露下的今天,扬州美女玉骨冰肌,长身玉立,焕发着时代特有的美丽和自信。只是扬州的经济无论是纵向和历史相比,还是横向与江苏其他城市相比,类型轻瘦,总量偏瘦。扬州瘦要变成扬州美,需要勃勃生机来推动。扬州兴盛于汉,繁盛于唐,鼎盛于清,创造过三次辉煌。如同平山堂前匾额所书"放开眼界"那样,扬州市委擘画了"满足世界人民对扬州的向往,争创扬州发展的第四次辉煌"的宏伟蓝图,我们期待着这大气磅礴的目标能早日实现,让扬州在重现辉煌中扬眉吐气、扬波欢歌。

心驰淮安

我是人间惆怅客，只因未曾到淮安。

2023 年 4 月 22 日至 24 日，唐诗之路年会在淮安召开。先前，唐诗之路研究会会长卢盛江先生发来邀请函，我甚感荣幸，当即答应参加。脑海中掠过一个题目"浮在浙江运河上的唐诗"，准备敷衍成一个发言纲要。我把即将参会的消息告知在淮阴师范学院工作的师妹，她自然很高兴。毕竟杭州一为别，暌违近廿年。她说："相迎不道远，直到高铁站。可惜我只有驾驶证却不敢开车。"这不是幽默，是几十年不变的真诚。

都怪那可憎的调课，原本"五一"放假，补课时间是 5 月 7 日，不承想调到 4 月 23 日了，再加上 24 日本来就有一整天的课，这样就与会议时间重叠。淮安，还没擦肩就错过了。前两天上课，正讲到晚唐赵嘏"赵倚楼"，想起他是淮安人，于是在课堂上忍不住表达了遗憾之情。同学们不约而同"啊"了一声，遗憾便变成了心动的集体力量。《江楼感旧》"独上江楼思渺然，月光如水水如天。同来望月人何处？风景依稀似去年"，别具一种感染力。

淮安是一座地级市，名字和辖区变化较大。我较为熟悉的名字有淮阴、淮安、盱眙、洪泽湖等，也知道历史上它叫过山阳和楚州。

小学三年级时，有课文《周总理的睡衣》。老师声情并茂讲完后，还补充了一句："敬爱的周总理是江苏淮安人。"这是我第一次闻淮安之名。后来我就慢慢听到淮阴侯韩信的故事了，对他忍受胯下之辱深表不平。对"淮阴恶少"极为憎恶，我打小就见不得善良人被当作无用欺负。好在有个善良的漂母，让我对淮阴有了毕竟好人多的感慨。宋代金朋说议论："纷纷天下奇男子，不及淮阴一妇人。"说得极好，过瘾！仁者无敌的分量，一下子就掂出来了。

我在江西省吉水中学上高中时，县城流行吃龙虾，满大街都是夜摊。有次听到邻座有个光膀子的瘦汉大声嚷道："我们吉水龙虾不好吃，比不上人家江苏盱眙的一个小指头。"说着还真竖出一个小指头，来衬托他的见过大世面。只是"盱眙"二字，他念成了"于台"。真应了"认字认半边，认错了不要怪先生"这句话。说实话，这两字我也经常认错，错得跟瘦汉一模一样。为了便于记忆，我还编了"龙虾有须，坚信不疑"八个字。找到两字正音，绕了八个字的弯路，我这是腿长不嫌路远吗？

　　淮安，宋代庐陵大佬欧阳修、杨万里、文天祥都来过。欧阳修有《将至淮安马上早行学谢灵运体六韵》，一看题目就知心情不错。其中一句"寒鸡隔树起，曲坞留风吟"，将早行所听所见融入细腻的感受中，连节奏都恰到好处，非亲历者不能道。杨万里衔命作为接伴金使，沿着运河经过了淮安很多地方。然而，那时候，宋金的分界线就在淮河中线，"白沟旧在鸿沟外，易水今移淮水前"，这让他心情很不爽。"何必桑乾方是远，中流以北即天涯"，淡淡笔触后面是一管浓浓痛楚！划淮而治，谁之过欤？谁之过欤！更令人悲痛的是，文天祥被俘后押送至大都，1279年的农历九月一日和二日都在淮安逗留，写有《淮安军》和《发淮安》。其中"累累死人冢，死向锋镝中""烟火无一家，荒草青漫漫"两句,足见当时战祸带来的是何等民不聊生!"江南有游子,风雪上燕山",这北上之路的背后是国破家亡,但文天祥做到了挺起脊梁!我这老乡,圣贤书没有白读,他用生命铸就了信念的巍巍丰碑。读其书,想见其风采,令人荡气回肠!

淮安看起来悲剧色彩较浓,甚而与冤屈也剪不断,理还乱。《窦娥冤》中那句:"也只为东海曾经孝妇冤,如今轮到你山阳县。"这山阳应该就是以淮安为本的吧?如果这是个虚构的故事,那岳飞和秦桧与楚州的关联却是铁板钉钉的事情了。当年秦桧在金人之手,竟然不明不白从楚州逃脱,回到南宋改变历史。岳飞纵横驰骋抗金,曾救楚州之围。后张俊又要修缮楚州城,准备就此固守。一心要收复失地的岳飞极为反对,认为应该北上乘胜追击,直捣黄龙府才对。没想到这后来竟成为他"弃守楚州"的罪状,岳飞含冤莫辩。想起岳武穆"天日昭昭,天日昭昭"那八个大字,我又岂止是数声叹息,更是无限疑惑,是谁把这楚楚可人的世界,捣弄成沉沉不可测的冤楚!史书可谓汗牛充栋,翻来读去,汗流浃背,可惜大多还是说不清楚。

南蛮北侉,南船北马。淮安是中国地理和人文意义上的分界线,据说现在还有个分界线公园。南草北木，立下可判，真有这么神奇吗？那养护得要多少成本啊。作为南来北往的枢纽，淮安在历史上一定规模不小，运河繁忙的景象超乎想象。淮扬菜调和了南北口味，赢得了最广泛的舌尖认可。它后来能成为人民大会堂的国宴菜，地位升高应是水到渠成。今夜，各路学者专家大部分应该到了，摆在你们面前的是蟹粉狮子头、菊花豆腐、松鼠鳜鱼、软兜长鱼吗？夜深还在打字的我，抓起一把黄豆嚼，真是"徒有羡鱼情"了。

淮安还是枚乘、吴承恩、刘鹗等人的故乡，自带文学气息和光环。主办会议的淮阴师范学院，有着实力雄厚的文学院。因为做博士论文，我了解了令人尊敬的于北山先生，从而记住了淮阴师范学院。后来看《诗词蒙语》，知周本淳先生；看《楚辞研究》，佩服萧兵先生。这几位早已成为淮阴师范学院的台柱子，至今仍然矗立在后来学者和学子的心中。高山仰止，景行行止。

从杭州到淮安，高铁不到四个小时，时代的车轮为什么要这么快呢？我虽心驰淮安，然若下次有机会去，我愿意按照思念的速度慢慢来。也就背个电脑包，坐上那慢船，沿着运河悠悠然北上就是了。本想坐他个三天三夜，写就一组运河之诗，读给青草岸树听。只怕是船没这耐性，徒然留下漫长奢望了。

　　人间多少惆怅客，慢寻帆起淮安船。浮在心里的诗句，如花瓣般洒落在运河的水面上。此刻，夜深人静。

武汉温柔

"大江东去、浪淘尽",英雄已去,留下了城市和柔情。武汉的温柔在史的深处,诗的软肋,如今鲜有人提及。西望武昌与汉阳,琴台音声可神伤?伯牙伯牙今安在,子期子期身先亡!翻开古书,先想到的是这一章:

> 伯牙善鼓琴,钟子期善听。伯牙鼓琴,志在登高山。钟子期曰:"善哉,峨峨兮若泰山!"志在流水,钟子期曰:"善哉,洋洋兮若江河!"伯牙所念,钟子期必得之。

> 子期死,伯牙谓世再无知音,乃破琴绝弦,终身不

复鼓。

　　一个水边琴师，一个山中樵夫，相会在山水相连、悠扬婉转的音乐世界，这是世上最浪漫、最顶峰的邂逅。这样的邂逅，不许人间再回头。于是人走了，琴摔了，美却留下了。"不惜歌者苦，但伤知音稀。愿为双鸿鹄，奋翅起高飞"，我每次念及《古诗十九首》中的句子，总觉得伯牙子期化作了鸿鹄，与天地精神独往来，峨峨兮，洋洋兮！有了这等至美的传承，艺术岂能不落地生根？

　　于是楚国来了，巫山云雨来了；屈原来了，神奇的花草来了。香草美人，楚腰屈骚，这浪漫的唯美最终"唯"成了凄美。东晋陶侃来了，在鄂州至武昌一带遍种官柳，这武昌柳婀娜多姿的形象，又让人想起了美女。"武昌春柳似腰肢"，你，这柳，是要舞破春风不肯回吗？于是，隋朝的张碧兰写下了《寄阮郎诗》："郎如洛阳花，妾似武昌柳。两地惜春风，何时一携手？"不管名花与否，我只是念柳想留，春风已来，归期难定，莫非你想与别人携手？但愿这一问，是对阮郎的误解与怨愁。不是不相思，纵清狂，人在江湖难商量。谓予不信，君且听，张衡《四愁诗》里这般唱："我所思兮在汉阳。欲往从之陇阪长，侧身西望涕沾裳。"

　　终于等到大唐李白的到来。一生总想飞的诗仙登上了黄鹤楼,笛声适时奏起,竟是那李延年的《梅花落》。他将端起的酒杯放下,提笔写下《黄鹤楼闻笛》:"一为迁客去长沙,西望长安不见家。黄鹤楼中吹玉笛,江城五月落梅花。"即便有些许伤感,李白从容潇洒的笔致,若春风吹皱的江水,总让人销魂荡魄。这样的柔情谁人不喜?于是那城市更多地被人唤作江城。柔情似水,所泻处,无不温润。友情再无壮语,只有男人的惆怅无声。在岸边,作揖相送。帆起舟行,转身再爬至黄鹤楼最高处,目送,目送,目送! 这就是脍炙人口的《送孟浩然之广陵》:"故人西辞黄鹤楼,烟花三月下扬州。孤帆远影碧空尽,唯见长江天际流。"作为李白"故人"的孟浩然孟夫子,此刻是天底下最幸福的人。

　　都说江城是九省通衢,既为"衢",难宁居。逗留江城的人,都是过客。住在江城的人,多为商民。舟车到了江城,乡愁如暮色席卷,此中人在扳指计算着到家的路程。曾经的少年浪子崔颢,刚看到黄鹤楼的飞檐,两颗泪水就"啪"的滴入长江。船各走各路,人各回各家,只是不知道那骑黄鹤的去了哪。我不是江湖诗人,可哪儿是我的家? 面朝黄鹤,诗冷花不开,崔颢徐徐吟道：

> 昔人已乘黄鹤去，此地空余黄鹤楼。
>
> 黄鹤一去不复返，白云千载空悠悠。
>
> 晴川历历汉阳树，芳草萋萋鹦鹉洲。
>
> 日暮乡关何处是？烟波江上使人愁。

崔颢没想到他这下子的真情流露，会让李白心服口服。"眼前有景道不得，崔颢题诗在上头。"有次李白登上黄鹤楼，诗兴大发时，恰好目遇此诗。如一盆冷水泼过，直接将他的信心火焰浇灭。失落的诗歌大帝沿着当年孙权的路，东下金陵，灵感飞舞，挥毫作下《登金陵凤凰台》，这才敢与崔颢《黄鹤楼》一分伯仲。这一"台"，一"楼"，顺水凝望，遥相呼应。朦朦胧胧中，尾声如诗"使人愁"。

这"水杉河柳相茏葱"的江城啊，柳多折不完，所以慷慨地上演着一茬又一茬的"使人愁"的离别。此江城的商民，总是逐着利的季节走，却不顺着情的召唤回。看多了江边"误几回、天际识归舟"的江汉女，不知是元稹还是刘禹锡，将同情的文字写进了《全唐诗》。题目或是《所思》，或是《有所嗟》，曰："鄂渚蒙蒙烟雨微,女郎魂逐暮云归。只应长在汉阳渡,化作鸳鸯一只飞。"人生百年,谁愿是空房长相守的女郎?情接千秋,又不能没这记录缺憾的笔。

"相思相见知何日?此时此夜难为情!"李白的心如春潮涌动,他是永远的妇女之友,他要为她们代言,二话没说,长长的《江夏行》一挥而就。人间难得是深情,再长照录我看行。诗曰:

忆昔娇小姿,春心亦自持。为言嫁夫婿,得免长相思。
谁知嫁商贾,令人却愁苦。自从为夫妻,何曾在乡土。
去年下扬州,相送黄鹤楼。眼看帆去远,心逐江水流。
只言期一载,谁谓历三秋。使妾肠欲断,恨君情悠悠。
　　东家西舍同时发,北去南来不逾月。
　　未知行李游何方,作个音书能断绝。
适来往南浦,欲问西江船。正见当垆女,红妆二八年。
一种为人妻,独自多悲凄。对镜便垂泪,逢人只欲啼。
不如轻薄儿,旦暮长相随。悔作商人妇,青春长别离。
　　如今正好同欢乐,君去容华谁得知。

本没想去傍大款,无非是愿长相随,凭啥以我的青春换悲啼?诗中女子在控诉,诗外作者在质疑。人生多少悔与怨，跨越时空如幽灵。悔是伯牙，怨是子期，来一曲高山流水，到底还是知音心上人！

温柔缱绻、缠绵悱恻的江城，就这样一路从诗中走来。子在川上曰："逝者如斯夫！"风吹浪打后，当惊世界殊。僻居乡间，孤陋寡闻，我知武汉之名，竟然是从一本《知音》杂志开始的。里面那些充满人情美和人性美的文章，常使少年泪婆娑。一段时间里，我以为天下温柔之气皆萃于武汉。直到有一天，老师缴掉了我藏在抽屉中的《知音》，丢给我一本《读者》。老师厉声呵斥道："读那些谈情说爱的文章干什么！多看《读者》，有利于提高作文水平！"老师就是那威武的汉子，一下子将藏在我内心的江城温柔，赶到九霄云外了。

骷髅茶坊

————————

　　上午翻阅南宋吴自牧所著《梦粱录》，卷十六有"茶肆"条，中有记载："大街有三五家开茶肆，楼上专安著妓女，名曰'花茶坊'，如市西坊南潘节干、俞七郎茶坊，保佑坊北朱骷髅茶坊，太平坊郭四郎茶坊，太平坊北首张七相干茶坊，盖此五处多有吵闹，非君子驻足之地也。"南宋风气真是挺开放、够堕落，不只有喝花酒，竟然还有饮花茶，借着茶坊的由头，公然开起了"非君子驻足之地"的妓院。中间有粗豪者，也不怕影响生意，竟让自己的茶店有了个惊悚的名字：骷髅茶坊！

　　骷髅，亦写作"髑髅"，枯索尸骨耳！自古风月场中无情义，若是贪恋必是败财、伤身、毁名。《金瓶梅》

中曾引唐代吕洞宾的《警世》诗:"二八佳人体似酥,腰间仗剑斩愚夫。虽然不见人头落,暗里教君骨髓枯。"诗很有震撼力,作棒喝声,但到底还是没有点破所有的迷局中人。与此相类似的,还有一副对联:"芙蓉白面,不过带肉骷髅;美艳红妆,尽是杀人利刃。"美色如生命,生命如黄粱,到头来不过都要化作梦中一堆骷髅。只是这骷髅带肉时,多少风流便在于只逗肉欲而不见骷髅? 待至油尽灯枯,色刃归鞘,便只能给后人留下"今日风流都不见,绿杨芳草髑髅寒"的感慨了。黄庭坚少年亦曾追欢忘返,晚年忽若有悟,乃有《髑髅赞》,曰:"黄沙枯髑髅,本是桃李面。如今不忍看,当时恨不见。业风相鼓击,美目巧笑情。无脚又无眼,著便成一片。"到底是大学问家,写得耐人寻味,将悔化作悟,读着使人升华。

　杭州城内朱氏到"吵闹"是非之地开茶坊,推测起来颇有几分无奈,迫于生计但又不能昧着良心。于是取个讨人嫌的晦气名字,明摆着告诉你:学好,别来!预先告知,你还要懵懂逆反,还要"明知山有虎,偏向虎山行",那就放胆到这"粉骷髅芙蓉帐"中走一遭吧!但是依着人性的弱点,对色的痴昧是非要撞着南墙不可。如同今日告知"吸烟有害健康",烟民有增无减一样,我想即便在古风犹存的南宋,朱氏家的骷髅茶坊买卖至少是不会差的。保不齐还会像今天到处新开的鬼屋一样,生意火爆得很呢!

花茶坊盛行,说明南宋杭州是座典型的畸形消费城市,这座被称作销金窝的都城迅速忘记了行在的使命,在偏安的暖风中醉生梦死。"直把杭州作汴州",他们把剩水残山当作安乐舞台,一心上演丰亨豫大的麻醉神剧。尽管外是强敌环伺、危机四伏、边关吃紧、英雄落泪,内是贫富悬殊、民不聊生、义军四起、国势动荡,然这也一点不妨碍统治集团重点投资,将都城,不,他们叫行在,或者叫行都的杭州建设得漂漂亮亮。形象工程很快有了效果,按照《都城纪胜录》的说法,场面是"民康物阜,过京师十倍",场景是"中兴百年余,太平日久,视前又过十数倍",这样的"大宋"怎能不产生终焉之志?本该投资国防的钱,用来打造繁华都市,这是有意本末倒置吗?四库馆臣在《都城纪胜录》的提要中,毫不留情地批评这是"文武恬嬉""苟且宴安""竞趋靡丽,以至于斯"!乾隆皇帝对这种"后市前朝夸富庶,歌楼酒馆斗笙丝"的风气甚为不满,严厉批评宋朝统治者"徽钦北去竟忘之""正当卧薪尝胆日,却作观山玩水时"。"江南妩媚,雌了男儿",偏安忘危，丧失血性和斗志，不管是时人还是后人，对此都表达过深深的失望甚至是愤怒！

骷髅，不只是声色惑溺的下场，后来更成为赵宋王室难以言表的苦楚与耻辱。谁会料到呢，南宋灭亡后，它的敌人开掘了皇陵，"截理宗顶以为饮器，充骨草莽间"。直到朱元璋建立明朝，这成为饮器的宋理宗的头骷髅，才重新被安葬。

君向潇湘我向秦

"数声风笛离亭晚,君向潇湘我向秦。"每当看到毕业的大学生手拉行李,扬手作别浙江农林大学东湖时,我都会情不自禁想起江西老乡郑谷的这句诗。

四年前,正是他们,手拉行李,稚气未脱,走进了这湖光山色的校园。风缓缓,水微兴,荡漾学子心。五舟齐并进,吟啸且徐行。春风数载,四季轮回,不觉有一天,长着脚的日子便奔到了毕业时节。不分西东的聚首,终要做天南地北的辞别。深情回眸,波光闪闪;毅然前行,高雁飞飞。

人生角色各异,同学最是长情。为了生活,无论是高兴还是无奈,人总会求同,社会因此渐至趋同。不是所有的"同"都契合无间,恰到好处。同道太高,同盟太实,同气太虚,同事太累,同伙太险。唯有这因书香而结缘的同学,如陈年老酒,窖藏得适得其中,只要端起,总有"妙处难与君说"的滋味。

"同学同年又同舍",这"舍"于今让人常想起宿舍。斗室之中,卧谈则乾坤万里,沉默则前无古人。激昂时"以手推松曰去";无聊时"为赋新词强说愁";惆怅时"脉脉此情谁诉"。一舍的喜怒哀乐,就是青春的晴雨表。即便将来身居高楼大厦,在心的某个所在,一定还会有这年华的位置。"同学连床听雨眠,此情回首几经年?"离开宿舍,才会想念宿舍,航船已走,涛声依旧。许多年之后,这舍中人才知道,彼一桌一床,原是心灵徘徊、梦想起飞的地方。又何止是宿舍?这食堂,这操场,这教室,还有被中文系同学称为蓬莱的图书馆,哪一处在别离时刻不成为留恋的对象?对了,还有屡被拆迁的大小西门对面,它既撞击心灵,又诱惑舌尖;来来往往的汽车东站和后来居上的地铁站,从598路到16号线,这校园中的每个人都在见证和体验时代的高速发展。

往昔岁月,曾有过意气风发,集贤亭上笑傲东湖,"岂将书剑负行藏";也有过老成气象,满床堆书墨上墙,人称呆子又何妨?他年若是被问起,"言貌犹萦肠!"偶然也曾躺平成佛系,"弥勒是同学,释迦是长兄",高卧西径下,任它雨中落山果,灯下鸣草虫。醒时我是我,风是风;醉时风是我,我是风?歌哭欢笑真性情,岁华摇落叹蹉跎。只道是一声前程锦绣,换来杨柳依依别离中!

此地一别成两思,山高水长来入梦。虽说是"无为在歧路,儿女共沾巾",虽说是"莫愁前路无知己,天下谁人不识君",但依我见,豪迈的气概终究莫要变成铁石心肠。风雨潇湘,黄沙秦腔,别离时的温润柔软值得一生好好珍藏。忧的是,走过岁月走过忙,额有皱纹脸沧桑,当年同学情,仅存模糊照片一张。想起我老乡,啊,那状元胡广,一声叮咛"同学旧游烦寄语,别情应似宦情浓",有情有义,语重心长。别离饱含对重逢的期待,"几时相聚慰平生",经此一问,永记心间。"门前银杏如相待,才到秋来黄又黄",母校的风景成为深情的邀约,等你一生,常回家看看。

"风帆相别东西去,君向潇湘我向秦",但愿君心似我心,且行且珍惜。

有条大路直到家

虽非远在天涯，终究还是做了游子。临近过年，总会收到邀请：回家。

祖国日新月异，交通四通八达。从临安到吉安，高速直抵家门口。风景从车窗外闪过，前进一里，便是离家近了一里，"心似百花开未得，年年争发被春催"，是团聚的期盼，春风的吹拂，让心花怒放在"悠悠天宇旷，切切故乡情"的诗意氛围中。

屈指一算，来到浙江工作已经二十五年。昔在浙东台州谋生，回趟家山路崎岖，辗转劳顿。坐在后窗洞开的大巴里，寒风嗖嗖梳骨，那时就一个奢望：有条大道直到家，便是人间最大福。后到浙府杭州求学，沿着浙赣线挤火车回家，有条大道直到家的愿望是实现了,但在满是异味的车厢里,又生新愿望:要是有个舒适点的座位该多好!今在浙西临安教书,有了自驾车,轻松地顺着大路直到家。车上陪着家人说说家常,感慨古人"年年为客遍天涯,梦迟归路赊"的惆怅,对比产生幸福,幸福即如山泉汩汩而出。服务区车如海洋,人如潮涌。不同省份车牌号一溜排着,从车里走出来的人几乎操着同样的乡音。第一件事,便是拨通家里的电话:"爸,刚才在开车,现在到军山湖服务区了。再过四五个小时,就可以到家了。您放心,顺利平安!""宝宝,妈刚才在开车。妈带了好多吃的,很快就要到家了。别哭哈……"喊着"宝宝"的年轻妈妈眼里噙着泪水,这是人性深处美好涌出的甘泉,立在风中的她,尽管头发凌乱,却显出别样的美丽。高速越修越多,回家的路越来越近。离开军山湖服务区,便知明年不必再经过这里,可从万年县抄近路到抚州。心中有些不舍,军山湖浩渺辽阔,走在桥上有如行经舟山跨海大桥。路迢迢,水长长,我不禁想起韩磊用雄浑的声音唱出的《走四方》。常把人生比作路,这东西南北万里程啊,不过是半径长短不同,圆心却只有一点:家。

到了抚吉路,家的感觉更进一层。抚州与吉安,一个有梦有戏，一个文章节义，这是一条令人心潮澎湃的文化之路。走在这条路上，脑海中浮现出王安石、曾巩、汤显祖、欧阳修、杨万里、文天祥……当年穷乡僻壤地，他们是如何以梦为马，逢山开路，遇水搭桥，走出自己的新天地呢？对伟大人物而言，没有哪条路是笔直的。既然天将降大任于是人也，命运必然会给他们"山重水复疑无路"的困惑，好让他们倍加珍惜"柳暗花明又一村"的幸运与欣喜。风尘羁旅，家外打拼让人身心交瘁。游子归家，回到初心，调整再出发，这本乎人性的选择，往往成为诗意的歌唱。此刻，我想起了王安石的诗句："五年羁旅倦风埃，旧里依然似梦回。猿鸟不须怀怅望，溪山应亦笑归来。"

怀想间，车出吉安东，拐个弯，便到家了！家人笑盈盈地等在路边，暖暖地喊一声，相互招呼着，熟悉中多了几分羞涩的客气。这气氛竟然感染了在旁边晒太阳的水牛，它仰起头，欢快地"哞"了一嗓子。"我母本强健"，可现在满头银发，眼花步迟，我还没来得及说心疼的话，母亲便用满含怜悯的目光望着我，说我瘦了，老了，教点书怎么操这么大的心？我不知道该怎么接话，刹那间，油然想起的是蒋士铨《岁暮到家》

中的诗句："见面怜清瘦,呼儿问苦辛。低徊愧人子,
不敢叹风尘!"

江西十大文化名人的身体承载

人与江山相互激发，才情因此怒绽璀璨。初唐时分，山西王勃南行至秀美江西，仿佛一见钟情酬知己，倾尽才力写就万古不朽名篇《滕王阁序》并《滕王阁》诗。他情不能已，夸赞江西"物华天宝""人杰地灵"，这抒情的酣畅真有"不知何处是他乡"之感。平心而论，王勃时代的江西，还说不上人才奔涌。这更像是热烈祝福和深情呼唤，之后宋明时代，江西就完全担得起这八个字了。江西人物，多是才学兼容，以扬才为先，为学辅之，想极致浪漫，却总被理性唤回。别处人物，往往各有偏至，个性彰显得让赣人瞠目结舌的也不在少数。

不知何人何单位，评选出江西十大文化名人，他们是陶渊明（九江）、晏殊（临川）、欧阳修（永丰）、王安石（临川）、黄庭坚（修水）、杨万里（吉水）、朱熹（婺源）、文天祥（吉安）、解缙（吉水）、汤显祖（临川）。虽说见仁见智，但认了这十位，总不至于有太多争议。十名人生地都与水有关，看来咱江西古色文化钟水，革命文化靠山。十人中宋前的只有一位，其余要么是宋，要么是明，这让我们感到荣耀的同时，也产生沉重的反思。如果把江西比作一个赣巨人，这十大名人则如同身体各部，各有承载，各有优长，如此构成了巨人的不同侧面。

陶渊明，口味最平淡的人。这位官位很小、心气奇高的诗人，犹犹豫豫做了几次官之后，发现官场这桌饭菜，浓名烈利，口味太重，便再也忍受不了。督邮走后，他也摘下头上乌纱帽，不再为五斗米折腰，作了首《归去来兮辞》，算是辞宴宣言，提起脚便走，高高兴兴回农村田园去吃粗茶淡饭了。这真是：平平淡淡才是真，"豪华落尽见真淳"，不吃荤来只吃素，生态自古更无伦。

晏殊，手笔最温润的人。晏殊成名很早，人也诚实，一路走来并无多少坎坷，年份和时机到了，便拱手做了宰相，培养了一大帮子臂膀有力的能人，后来都能在政坛上呼风唤雨。他的儿子晏几道晚来落魄得很，但都没有屈膝弯腰，向他们求过任何关照。填词有一丝惆怅，一份闲愁，一缕忧郁，但都亲手处理得很艺术，很暖，很净。后人以温润秀洁来形容，实在恰切。赞曰"一向年光有限身"，我喜此中味厚醇。不堪奈何花落去，似曾归燕穿岭云。

欧阳修，意志最坚定的人。观其诗文，凛然正气；读其小词，怦怦心跳。"人生自是有情痴"，且将真性写风月。他一个政治家，想过的却是"六一"艺术生活。一生没有少受打击，但有机会也打击别人，比如主持考试时，出手便将西昆派与太学体打得落荒而逃。他主导的诗文革新运动，干成了韩愈想干却干不成的事情，推动苏轼走到想要达到最终也达到了的高度。不管别人如何交口诋毁，他都走在自己认为正确的方向上，腿朝前迈得果断有力。慨然曰：总言忧劳可兴国，感公论议争煌煌，文章不厌百回改，简而能丰意深长。

王安石，脾气最执拗的人。不修边幅狂读书，不洗脸便抬脚上班，韩琦皱眉误认扬州再迎活杜牧。少有壮志百折难回，一旦得志一往无前更不顾，不畏天地，不畏祖宗，不畏人言，生就一副铁石心肠。拗相公之名不胫而走,不畏浮云他还要奋力登高。晚年退居金陵,创荆公体,悲壮寓于闲淡中,这滋味读者有时候都添堵难受。如此一抝,功过是非,纷纷扰扰,到今天都没有停息过。叹曰:幕府青衫最少年,锐气弥漫岁月间,谁人激荡能识我,拜倒孟子画像前。

黄庭坚,腹笥最丰富的人。双井黄家将读书看成代代承传的使命,到黄庭坚这里便累积成奇迹。他到底看了多少书无人知晓,他的记忆力有多强,看看他如何将作为藏书家的舅舅吓倒便知道。书读多了,前人典故都无处躲藏。他爱杜甫,爱他"无一字无来处",发誓要脱胎换骨,点铁成金,冶炼出一个新时代的杜甫来。殊不知杜甫脚走四方,过的是流亡生活;而庭坚多是手握黄卷,过的是书斋生活。共鸣的只能是表象啊。后来他也被贬到西南,有了这流放心境,再看杜甫再写诗,那就是心灵的对话了。有道是"江湖夜雨十年灯",读书都到白头时。想君开派成鼻祖,信徒纷纷写新诗。

杨万里,骨子里最幽默的人。若说这诚斋体,扳着手指说特征,总有那么五六条,幽默定然是第一条。"不笑不足以为诚斋诗",当然这么说,不是张口一笑了事,笑完后嘴里还留点回味。诚斋诗中哲理多是飘忽的,生擒活捉都拿将不住,这好像是让读者蒙住眼睛,与他的"活法"玩捉迷藏。幽默哪里只是表现在语言和机智上,他友善地嘲讽大自然,"出洋相"的瞬间抓得那么准,以至于"处处山川怕见君"。多少年诗里不写活泼的自然了,杨万里在常州的一天早上,突然悟到,学这学那,不如都不要学,直接和大自然轻松玩笑交谈,将其睿智调皮地写下来,不就是天地间欠不得的一体吗?笑曰"不听陈言只听天",此言似怼黄庭坚。笑读接续读着笑,诚斋谁人能读穿?

朱熹,心智最邃密的人。"旧学商量加邃密,新知培养转深沉。却愁说到无言处,不信人间有古今。"朱熹写给陆九龄的这首诗,值得细细品味。理学和心学,思维是两个不同方向,总想着在争辩中统一,即便是两个江西人都做不到。严格来说,朱熹那时属于徽州婺源,应是安徽人才是。由于婺源后来被划给江西,如此江西就等于天上掉下个大名人。不过朱熹学问有头有脸,声名远扬,已不是一方地域所能范围,他超越古今俨然成为再生圣人。他的心才是宇宙理性呢,陆氏兄弟的宇宙那是心的诗性。感曰"无边光景一时新",孔孟久寂待中兴。经典重注立秩序,以今视昔徐廓清。

文天祥，血性最壮烈的人。值夏镇的胡铨离文天祥家乡最近，胡铨是脖子最硬的人，大喊与金势不两立，要斩杀秦桧，这种精神直接传递给了富田镇的文天祥。事实上，文天祥后来在白鹭洲书院读书时，就表达过对这位乡贤典型的滔滔敬仰。文天祥是状元中的状元，鹤立鸡群的是那高傲的精神，毫无疑问那是头等中的头等。为了坚守正气和节操，文天祥历万死而从不苟惜一生。两军对垒，刎颈杀头，痛快一死，几人能做到；而多少次死后余生，不知有后怕，从不往后退缩，一等圣贤方能有此等沸腾热血！更至后来，高昂头颅，挺直脊梁，为全节慷慨赴死，这并非生无可恋，而是认定了死重泰山！敬曰"留取丹心照汗青"，先生巍巍树典型，功名对比何渺小，节义文章家国情。

解缙，脑袋最灵光的人。在民间，解缙矮子机灵的故事广为流传。他脱口而出的对联雅俗共赏，老百姓佩服得五体投地，说："矮又矮，一肚子拐。"在靖难之役中，是忠于旧君还是迎接新君，他不是没有徘徊，最后站队朱棣，取得了政治上的正确。出人意料的是，他后来插手朱家立太子之事，想再来个政治选边，没承想触犯了帝讳，让龙颜大怒，以致身陷囹圄，最后被人灌酒雪埋。苏轼曰："我被聪明误一生。"解缙是不是也有"聪明反被聪明误"之叹呢？生命戛然而止，文化事业永放光芒。他总编《永乐大典》的时候，编《四库全书》的纪晓岚还要三百多年后才会在另一个朝代出生呢。乃曰：学士家在鉴湖边，学成北上要朝天，一着不慎身家误，后生总把才子怜。

汤显祖，目光最深情的人。人生如梦，汤公干脆写个临川四梦。那个时代，理与情冲突得厉害。他看不得虚伪的"理"，忠于真实的"情"。他的才集中在情上，绝代奇才写就千秋不朽的深情剧作。至情超越生死，"情不知所起，一往而深，生者可以死，死可以生"。如此情亦一场梦，非此不能消除隔阂。他大声疾呼，门第算个啥，在爱面前，唯愿"有情人终成眷属"！现实为官，他也重情，在遂昌担任县令，还让犯人回去过年，元宵出来赏灯，这人情味的温度几可化坚冰。有人将他与西方莎士比亚相提并论，人性与审美超越国界，汤公、莎翁都是世界财富。或曰：四梦得意在牡丹，良辰美景奈何天，词匠情心耀千古，愿作鸳鸯不羡仙。

十位不同时代的名人，就这样构成了江西的文化身体。江西这位文化人，从远古走到现在，从赣江走向全国乃至全世界。他的性格和走过的轨迹，同伴羡慕不已，只是他自己不敢相信而已。

王安石的鄞县情结

　　王安石(1021—1086)，字介甫，号半山，抚州临川（今江西临川县）人。庆历二年(1042)，王安石考中进士，在韩琦手下做了几年幕府后，于庆历七年出任明州（今宁波）鄞县知县，这是王安石真正踏入仕途的开始。在主政一方的三年多时光里，王安石满怀政治热情和忧国忧民的情怀，殚精竭虑，身体力行，在治水、兴学、富民等方面都颇有建树，为以后全国范围内的大变法提供了"鄞县经验"。郡县治，天下安。王安石在鄞县的杰出作为，为"宰相必起于州部"这句话做了最好的注解。

　　人生青春第一次的政治实验，将会是一生挥之不去的情结。在离任时分，王安石心中有太多的不舍。

他写下了《离鄞至菁江东望》："村落萧条夜气生，侧身东望一伤情。丹楼碧阁无处所，只有溪山相照明。"当中的复杂情感，反映出王安石对这片土地的深挚热爱。本来打算来个潇洒离去，结果在夜色袭来的时分，还是生出几分伤感来。一生执拗强硬的王安石，内心情感其实丰富。不用读他的很多作品，稍微读几首，你很快就会体会到此言不虚。

后来的王安石在政治道路上越走越远，但他对鄞县的牵挂始终就没有停歇过。鄞县的山水人文，风情民俗，无一不在他的回忆中。《忆鄞县东吴太白山水》深情写道："孤城回首距几何，忆得好处长经过。最思东山烟树霭，更忆南湖秋水波。三年飘忽如梦寐，万事感激徒悲歌。应须饮酒不复道，今夜江头明月多。"在最接近鄞县的一次旅途中，王安石心绪难宁。"三年飘忽如梦寐，万事感激徒悲歌"，是经历打击后，回忆初心时的悲怆，还是面对人生如梦的虚无时，祭祀青春的感奋振拔？我久读此诗，心情每次都不能平复。

离开一个地方后，要再见就要看缘分，几十年来王安石或再没有踏上鄞县的土地，那激情燃烧的岁月在深切的思念中变成对现实的拷问。这情结既然无法释怀，就必然盘根错节。于是乎，有人送来了《明州图》。就算是望梅止渴，也是一种心理必需。王安石挥笔写下《观明州图》："明州城郭画中传，尚记西亭一舣船。投老心情非复昔，当时山水故依然。"读此诗，我不由自主想到他的《入瓜步望扬州》："落日平林一水边，芜城掩映只苍然。白头追想当时事，幕府青衫最少年。"两者的笔调看起来很闲淡理性，实际都是深婉中暗寓悲壮。两首诗所写，说到底，就是一个解不开的青春情结。岁月尽可流逝，皱纹可以平添，但青春难说再见！

更让王安石悲伤的是，他很喜欢的一个女儿不到两岁，就在鄞县夭折了。在父亲角色最强烈、感情最深绵的时节，遭此打击，王安石内心的痛苦夫复何言？女儿在鄞县出生，又在鄞县死亡，仿佛只是上天安排她到此地匆匆走一回。名字都还来不及取，那就叫作鄞女吧。王安石郑重安葬了这位人间过客，并且写下简短的《鄞女墓志铭》："鄞女者，知鄞县事临川王安石之女子也。庆历七年四月壬戌前日出而生，明年六月辛巳后日入而死，壬午日出葬崇法院之西北。吾女生惠异甚，吾固疑其成之难也。噫。"真的是因为特别聪明，人间到底留不住吗？"惠异甚，吾固疑其成之难也"，天不怜才，不让才长，徒留"噫"声！

在告别鄞县的时刻，王安石很快收拾了行装，但是心情迟迟难以收拾。于是他来到可怜女儿的墓前，做了一番诀别，留下了颤动肝肠的《别鄞女》："行年三十已衰翁，满眼忧伤只自攻。今夜扁舟来诀汝，死生从此各西东。"后来王安石有女儿远嫁，或许她并不幸福，寄来了伤感的诗。面对亲人的不幸福，王安石真的无能为力。也许王安石想到这早夭之女，感到人生诸多不如意，都要求助于佛的安慰了。如此，他写下《和诗赠女》："青灯一点映窗纱，好读楞严莫忆家。能了诸缘如幻梦，世间唯有妙莲花。"

鄞县，王安石的政治始发站，就这样承载了情感之厚重。我在宁波旅馆写下以上文字，怀想荆公风采。总想践行一些"放下"哲学，然而，毕竟不能放下。王安石再三致慨："无奈被些名利缚！无奈被它情耽阁！可惜风流总闲却！"于此，我豁然有悟：人生啊，解不开的又何止是情结！

白头追想当时事

落日平林一水边，芜城掩映只苍然。

白头追想当时事，幕府青衫最少年。

中年历事后形成的心境，极容易和王安石这首《入瓜步望扬州》共鸣。细细品来，这绝句风格并非人们常说的"雅丽精绝"，而是杜甫式的"沉郁顿挫"。字面上或许看不太出来，只有共情于作诗时的怅触万端，那感觉才会拍击心岸。

时值宋熙宁八年（1075），王安石再次拜相，距离上次罢相还不到一年时间。变法事业错综复杂，随时都有中断的危险。再次出山，实在是迫不得已。作此诗前不久，同样在路上，他还在感慨"明月何时照我还"，功不成，身难退，这心情既苍凉又沉重。

王安石心头在长草，真是一片荒芜杂乱的景象。诗中不直言扬州而用芜城代之，不仅仅是为了避免和诗题重复，也不单是为了让人想起鲍照《芜城赋》来踵事增华，而实实在在是借字面之喻来写感受之真。唐代李端《芜城》诗曰："今日又非昔，春风能几时？"这位饱学宰相会想起这句子，对于未来或已作悲观计，此行若无法力挽狂澜，那就算是尽人事而听天命了。

望见扬州，便是一眼看到少年。老来心中池，激动起涟漪。进士及第后，王安石仕途的第一站就到了扬州。从庆历二年（1042）到庆历五年（1045），一共三年时光。先担任的是签书淮南节度判官，后转评事，这跟唐代杜牧类似，是个幕僚官。"身着青衫手持版，奔走卒岁官淮沂。"这正是他当年生活的夫子自道。那年，他不过二十二岁，青衫飘逸，年少翩翩，眼前和未来都是新鲜的。他总想将所学化作实践。用跃跃欲试来形容此时状态，还真是形象贴切呢。

当年乌发，如今白头，距离离任扬州也三十年了！三十年间，做官从起点做到了一人之下、万人之上的顶点，王安石没有欣慰，心头只有千斤重担。当年那"青衫最少年"的初心守住了吗？此刻"追想当年事"，五十五岁的他会翻动记忆中的哪些旧照呢？

正是在扬州任内，他回到老家江西临川，从金溪县迎娶了青梅竹马的表妹吴氏。庆历四年，长子王雱出生。结婚生子，人生大喜，但王安石并没有过多沉浸在儿女情长中，他孜孜以求的是事业。转眼间王雱三十二岁了，在疾风暴雨的政治风浪中，聪明的儿子快速成长，变法时已然成为父亲的重要帮手，且还在朝廷中担任重要职务呢。性子刚烈的王雱有些自恃才华，得罪了不少人。在激烈的党争中心力交瘁，他年纪轻轻，身体却很差，这让王安石实在是放心不下。

刚到扬州时，知州是宋庠。宋庠是文学家，又和王安石叔祖王贯之有旧，如此一见两欢便是自然而然。后陈商、王达又相继接任，走马灯似的。庆历五年，功勋卓著的韩琦自枢密副使出，以资政殿学士身份知扬州。

王安石本来酷爱读书，天性使然，绝不因功名已得而稍显松懈。回金溪时，他见到了昔日神童方仲永，发现仲永由于充当交际工具已久，诗书荒废，如今"泯然众人矣"，深致慨然而作《伤仲永》。忧患意识和自律精神让回到扬州后的他读书刻苦更甚。通宵达旦后，来不及盥漱便去上班，确实如同丧面囚首。注重形象的韩琦见之皱眉,怀疑这是"夜饮放逸"所致。扬州繁华,青楼众多,莫非王安石要以风流杜牧为榜样?终于有一天,韩琦委婉地对他说:"你还年轻,不要荒废读书,不能自暴自弃。"王安石默然不答,回来的时候就说:"韩公到底不了解我啊。"刚开始确实不了解,然君子"人不知而不愠",等不了多久,韩琦果然发现了王安石的"贤"。韩想将王收之门下,然志向高远的王安石又岂能以门客屈人之下!

不少记载都说到了韩、王的不和,到后来王安石变法,两人更成为政敌。然两位都是君子,光明磊落,有关人格上的攻击记载,我不以为然。说王安石看不起韩琦,讲他除了形象好外一无是处,这定然是恨王的人添油加醋弄出来的味道。王安石是执拗,但他绝不狂悖,对于守旧派中的著名人物,他始终是尊敬他们的才华和人格的。

韩琦的爱才那也是一定的,但他推许的是王安石的文学才华,却不认为他政治能力很强,这也是事实。所谓"为翰林则有余,为辅弼则不可",力阻皇帝任命王安石为宰相之臣,这是韩琦基于自身判断,出于对国家负责而采取的行动,绝不能以意气用事来看待。王安石对韩琦有个评价:"韩公德量才智,心期高远,诸公皆莫及也。"反对归反对，但这不是心胸褊狭所致，王安石还赞扬了韩琦的胸襟开阔、志向远大。政治的归政治，人格的归人格，两说分得多清楚！

这都是当时料想不到的后话啊。当年在扬州，芍药后园红。园中有个好品种，上下红，中间黄色缠绕，总共四朵，美其名曰"金缠腰"，像是官员的金腰带，自然能引发吉祥祝福的联想。韩琦觉得是个祥瑞，于是将王珪、王安石、陈升之邀来共赏，每人簪上一朵，乌纱帽上富贵花，各有前程思无涯。无巧不成书，后来四人都做了宰相。于是芍药身价水涨船高，后来还被人称为花中宰相呢。

尤其在少年时，王安石志向不在文学，所在恰是韩琦认为王安石不在行的"吏事"。学以致用，用则果断，这是王安石读书结合实践得出来的结论。他要撇开浮云，透视真谛，用类似于今天的批判性思维去疑古出新。他认为真理掌握在少数人手里，若有判断，经过自己脑子再三思考，反复推敲，若是驳不倒，便是圣贤之道。知道就要行道，心底无私天地宽，勇往直前又何惧！刚到扬州那一年，王安石认识了热血青年孙正之，二人抵掌而谈，大有相见恨晚之势。可惜不久，道友就要去广州，王安石是多么地依依不舍。为此，他还专门写了一篇送别序言，开首便道："时然而然，众人也；己然而然，君子也。己然而然，非私己也，圣人之道在焉尔。"这是共勉，更是宣言，掷地有声。

此刻面对落日平林，一水苍茫，王安石一定会想到这少年壮志的写照吧！当年的初心，以苍生为念，公心行大道，至后来具体化为富国强兵国策，践行的是圣人吾道一以贯之的大道。只是多少擘画，最终艰难险阻落地不了，或者落地变形，虽早有准备，然还是在意料之外。"此忧难与世共知，忆子论心更惆怅"，当年寂寞的诗句，如今想起，如是状写眼前。"不惜歌者苦，但伤知音稀"，王安石变法中的孤独，到至难时刻，怕会是男儿泪落砸地成窝了。

"白头追想当时事"，青衫少年的使命仍然在，潇洒却是荡然无存了。王安石此行，遗憾的是没有能够逆转大局，变法派四分五裂，王雱因此大病而亡，这让他万念俱灰！作此诗后数月，韩琦又在相州病逝，同悲之感难以抑制。身在朝廷，不能亲往致哀，只能作诗挽之。其中有句："幕府少年今白发，伤心无路送灵辆。"显然脱胎此诗而来。

距离此行一年多一点，伤痕累累的王安石再次被罢相。王雱生前曾作《倦寻芳慢》，有云："这情怀，对东风、尽成消瘦。"怕正印合此时情境吧。踏着明月，再过瓜步、瓜洲，又多了许多不堪回首的追忆，倒转头重吟这《入瓜步望扬州》，王安石要么是老泪纵横，要么是欲哭无泪，心头的坚强化作了眼中的柔软。

回到金陵后，王安石筑起半山园，来往于城市和山林之间。白首不再追忆当年，远离那些热闹和繁华，在研读佛典和寻觅诗句中排遣郁闷悲壮。"花鸟总知春烂漫，人间独自有伤心"，王安石的悲痛，花鸟不懂，别人不懂，能懂的也只有他自己了。

千年孤独拗相公

———————————

一

王安石，江西抚州临川人，中国历史上著名的政治家、思想家、改革家、文学家。非常之事必待非常之人，在宋神宗支持下，他极力推动熙宁变法，功罪至今争议不断。

王安石公认的最显著的性格就是执拗，性格决定命运，他一生的幸与不幸都脱离不了这种性格。他的最大政敌司马光曾说："人言安石奸邪，则毁之太过；但不晓事，又执拗耳。"许是据此，明代冯梦龙在《警世通言》中便有一出小说演义《拗相公饮恨半山堂》，其中写道："因他性子执拗，主意一定，佛菩萨也劝他不转，人皆呼为'拗相公'。""执拗"一词，听起来是贬义，实则是双刃剑，利弊各有，矛盾的人生集中体现在性格上。

执拗的第一个突出表现就是勇于任事，不惜自用。从《上仁宗皇帝万言书》开始，王安石便自认为改革规划已经做好，就等着授权实施。此时是何等激情满满："议论高奇，能以辨博济其说；果于自用，慨然有矫世变俗之志。"一旦得志，立行霹雳手段，便是千头牛也拉不回。"天变不足畏，祖宗不足法，人言不足恤"，这三不足的宣言是典型的离经叛道，如此惊世骇俗，一定会有人认为他疯了。然而，王安石继续向前，就像他最崇拜的孟子所言："自反而缩，虽千万人，吾往矣!"《宋史》说他："性强忮，遇事无可否。自信所见，执意不回。"性格都像"开弓没有回头箭"一样，直直地飞奔，难不成王安石认为他这样是践行圣贤的"直道而行"?

执拗的第二个突出表现是老成不用，六亲不认。在用人上，王安石大力提拔年轻干部，所谓"罢黜中外老成人几尽，多用门下儇慧少年"。尽管"老成"对王安石都有恩情，或奖赏，或推荐，或提拔，对其才华是青眼相加的。但王安石公私分明，在公的这一部分他不认为这班人能支持新法，会促成其事。这些老师辈们，尽管名头很大，但王安石觉得大部分已是因循庸碌、暮气沉沉的群体了。认为他们不要说做事，甚至连书都不读，过的都是糊涂日子。自视甚高至此，是容易把人活活气死的。

老乡晏殊教他做人宽容圆润的道理，他却认为是庸俗："为大臣，而教人为此，何其卑也。"老师欧阳修说了几句提醒话，并以丢官为警告，没承想他一点情面不留："在一郡坏一郡，在朝廷坏朝廷，留之何用？"老长官韩琦此刻在他眼里"但形相好尔"……说这样的狠话，或许是心直口快，抑或是急火攻心，但这在流俗看来就是翻脸不认人。即便老成们修养再好，这也是"伤人之言，深于矛戟"呀。说还不是主要的，做得更绝，他将老成们或外放或逼辞，中央缺口的干部，便启用竞争上岗。思想路线决定组织路线，一批高调表态支持新法的新人眨眼就上来了。没的说，变法就是运动。

或许就是这样残酷的思想斗争和组织斗争，震撼了体制，触动了太多的既得利益者，加之其骄傲的个性实在扎眼，所以王安石受到的攻击便如暴风骤雨。毫无疑问，变法确实存在主观愿望急于求成，法令贯彻落实不力，法令与实际不合等因素，于是政敌们迫不及待将变法定性为失败，釜底抽薪，为清算不遗余力。进而将矛盾对准"罪魁"王安石，全方位升级斗争，在人格上也冠之以"奸诈"之名，污名化也是一场运动，绵延不绝。甚至罗大经在《鹤林玉露》中，还将他与秦桧相提并论，令人情何以堪！

平心而论，若论私德，王安石几乎无懈可击。酒色财气，王安石一概不沾。这点连政敌也佩服，旧党黄庭坚曾感叹道："余尝熟观其风度，真视富贵如浮云，不溺于财利酒色，一世之伟人也。"南宋时，老乡陆九渊也说："（公）英迈特往，不屑于流俗，声色利达之习，介然无毫毛得以入于其心，洁白之操，寒于冰霜，公之质也。"王氏性格缺点不少，可用的批评词汇有的是，唯独在人格上确实没有太多把柄。"奸诈"一说是有意中伤，实在是太情绪化、太怨恨化了。

一方水土养一方人。王安石执拗等性格的形成，多少与家乡文化有些关系。明代郑晓在《地理述》中曾总结说："江西之民，质俭勤苦，时有忧思，至争曲直、持官府，即费财不吝。"以之对照王安石，似乎都很契合。质朴勤俭，王安石是出了名的始终如一。即便做大官了，也是理财而不爱财，吃穿毫不讲究，刻苦读书而不论环境。他岂止是一般意义上的生于忧患,那是忧心忡忡到了焦虑难眠的地步;他何止是平常的争强好胜,是非曲直不把对方辩到理屈词穷,誓不收口。抚州地方志中,又说到民风"喜事而尚气""任气好刚",这些在王安石身上不也正符合吗?稍微说开些,王安石变法举措的核心是希望政府当老板把控市场,商业化、金融化、垄断式运作特点十分明显。而抚州历来"人稠多商,行旅达四裔",这种从商传统和风气也应该会对王安石的变法思维产生一定影响。

二

"不畏浮云遮望眼,自缘身在最高层。"青壮年时期的王安石,雄心勃勃,孤独感只是如白驹过隙,一闪而已。他毫不留情地准备将长久的孤独留给政敌,期待他们安静地做点学问事,看着改革成功,并情不自禁地鼓掌。然而,这一厢情愿很快遭到连串的无情嘲讽和精准反击。宋神宗动摇了,变法集团内部也分裂斗争了,从为理想而奋斗蜕化为为官位而争斗,人性中阴暗的魔鬼跳出来张牙舞爪,狰狞得让人感到惊愕目眩。他最得力和最信任的助手吕惠卿为了一己私利,背叛了他。他的儿子王雱因此也生气致病而亡,这成了压垮政治骆驼的最后一根稻草。

王安石万念俱灰，浸透着悲凉的孤独感如潮卷来，深切体会到"高处不胜寒"的嗖嗖之感。他不再执着于政治，热情急转为厌倦，执拗地要求退出，回到金陵去，医治伤痕累累的精神伤口。他修筑了半山园，邀请佛禅和文学两位大夫，来为自己把脉，调理出另外的一种生活。先是一匹马，后是一头驴，半山老人随它们走到哪里就是哪里，颇有王维"行到水穷处，坐看云起时"的况味。

他登上了凤凰山，老泪都要出来了，挥笔写道：

> 欢乐欲与少年期，人生百年常苦迟。
>
> 白头富贵何所用，气力但为忧勤衰。
>
> 愿为五陵轻薄儿，生在贞观开元时。
>
> 斗鸡走犬过一生，天地安危两不知。

"人生不满百，常怀千岁忧"，原是为万世开太平，到头来弄得自身都难太平，这样的反讽怎能让人心甘，这怨愤怎能不透过诗的管道流出？皱眉不如开怀，这天地安危管了又怎样，不管又怎样？贞观开元，曾经想助皇上复兴之，怎料反成一场白日梦。人生苦短，老成渐去，同辈避嫌交往，留下的只有善摄珍重了：

> 渐老偏谙世上情，已知吾事独难行。
>
> 脱身负米将求志，勠力求田岂为名。
>
> 高论颇随衰俗废，壮怀难值故人倾。
>
> 相逢始觉宽愁病，搔首还添白发生。

"变风俗，立法度，最方今之所急也。"当年回答皇上的话语，掷地有声，铿锵冒烟。现如今法度随时有废弃的风险，复辟的势力伺机反扑。风俗依然还是衰颓，正如当年在《答司马谏议书》中所言："人习于苟且非一日，士大夫多以不恤国事、同俗自媚于众为善！"知音不存，高论不出，添白发，减壮志，搔首间空空如也。

"花鸟总知春烂漫，人间独自有伤心"，政治的灯火已阑珊，那"凌寒独自开"的墙角老梅有谁会再眷顾呢？"年光断送朱颜去，世事栽培白发生"，既是如此，只好如此。半山老人开始试用佛禅治心，转执拗为放下；专心写诗以畅怀，寓悲壮于闲淡之中。在"以意气自许"的宦途岁月，"何妨举世嫌迂阔，故有斯人慰寂寥"，他将孟子视为知己，从他身上吸取进取的鸡血、战斗的力量；如今"独立苍茫"的退休生涯，"惟公之心古亦少，愿起公死从之游"，他将杜甫视为精神偶像，用诗来写意寄托，尽全力实现另立历史地位的企图。"精严深刻"求其工，"深婉不迫"得其趣，"雅丽精绝"自成高，这位读书多、历事多、感悟多的临川先生，硬是将这些"多"化为砚墨，流写成诗，坚韧不拔，不断超越，执拗地创造出"荆公体"来。如此看来，王安石一生"变"与不变总是辩证、神奇地交织着，诗歌的风格变了，刚直变为含蓄，性格呢，想变但终究没有变，若一定要说有所变，那也是由显性的执拗变成了隐性的执着。

再倔强的性格也拗不过自然规律，北宋元丰七年（1084），王安石大病一场。神宗派来御医，将他从死亡的边上拉了回来。"独卧无心起，春风闭寂寥"，再也不能骑驴觅诗，那半山园的一半功能又有何用？于是他舍宅为寺，神宗赐额"报宁寺"。元丰八年宋神宗去世，保守派全面回朝。曾公亮曾欣喜地说过："上与介甫如一人，此乃天也。"可想而知，皇上驾崩会对疾病缠身的王介甫造成何等的打击！打击接踵而来，司马光似乎也预感自己来日不多，飞速废黜新法。一道道新法相继被废，就像是一把把刀剜向王安石的心脏。新法除，安石终，忌日定格为元祐元年四月初六（1086 年 5 月 21 日）。

"纵被东风吹作雪，绝胜南陌碾成尘。"拗相公郁然而去，将无穷的争议留给了后代，历史学家现在还在为如何评价熙宁变法争得面红耳赤。然而，王安石特立独行的君子人格与风范，全面而卓绝的文学成就，历经岁月的擦洗，愈发锃亮。出生于药都樟树的他，忧虑太深，一心想着用猛药疗世，没想到副作用伤着大夫了。"坐感岁时歌慷慨，起看天地色凄凉"，孤独的王安石竟成了悲怆人物，然而他问心无愧，无怨无悔。坦荡为天下，力排众议，即知即行，此乃君子行圣人之道也。他自己不是说过吗？"时然而然，众人也；己然而然，君子也。己然而然，非私己也，圣人之道在焉尔。"勇哉，斯言！诚哉，斯言！

往事越千年，回看须臾间。见字如见面，读王安石书，想见其为人，拗相公依然是那样生动鲜活。昔日的严肃，如今看来有几分趣味和可爱。对于个体生命而言，确乎是"前不见古人，后不见来者"，对一个群体而言又是"人生代代无穷已"。以此观之，一个伟大孤独的灵魂，愈往后世，愈加惹人共鸣，千年孤独无非是千年不孤独的另一种说法而已。

心遇浙韵

宋韵苏东坡,情系三西湖

　　说到宋韵人物,苏东坡(苏轼)是最典型的代表。悠悠宋韵回味无穷,千古苏东坡最为人所津津乐道。生于西蜀的苏东坡,一生与西湖最有缘。"东坡到处有西湖",此言不虚。他游历过的有许州西湖、雷州西湖、廉州西湖等,为官处更有杭州西湖、扬州西湖、颍州(今安徽阜阳)西湖、惠州西湖。什么叫不解之缘,这就是。他自称"西湖之长",到南宋,他的铁杆粉丝杨万里,生怕别人忘记,写诗专门强调说"东坡元是西湖长",保护偶像的情态煞是可爱。如此多的西湖,苏东坡最用情的是杭州西湖、颍州西湖和惠州西湖。

一

杭州西湖名气最大,是苏东坡最留恋之地。苏轼两次到杭州做官,前次任通判,后次做知州,前后相差大约十五年,所以苏轼有"不见跳珠十五年"的感慨。"跳珠"之说,来源于他做通判时所作《望湖楼醉书》里的句子:"白雨跳珠乱入船。"把那大雨激起的水花比作"跳珠",这灵感是要有点酒精才能激发的。

漫步在十里苏堤,我们想念苏东坡。1089年,苏东坡刚上任知州,发现西湖淤积严重,水草芜漫,赶紧向朝廷打报告要求疏浚。民生工程朝廷当然也重视,同意,但是拨款有限。东坡便向朝廷要了一百个度牒,度牒其实就是僧人出家名额,当时朝廷控制得很紧,因而紧俏值钱。靠着变卖度牒,东坡自筹款项到位。工程中挖出大量淤泥,运出湖外堆积太过困难,成本也高。东坡问计于一线民工,民工说最好的办法就是沿着南北方向堆出一条堤坝,省时省力还利交通。好在东坡虚心听取了群众意见,不然今天或许见不到这个天下名胜了。东坡命人在堤坝上遍植杨柳桃树,以便牢固路基,美化环境。光一条堤坝解决不了问题,东坡又设置管道引水入水库,水库再将水分流到千家万户，老百姓为喝上"西湖自来水"兴高采烈。

这西湖治理堪称功在当下，利在千秋。苏东坡为了表彰有贡献的属吏，决定在堤旁立碑刻上他们的名字。谁知这些人还不满意，认为"堤"谐音"低"，这不是犯了官越做越低的忌讳吗？没多久，苏轼因此还受到责备。哎，那些富贵迷们，活该不能流芳百世。

徜徉于湖光山色间，苏东坡乐而忘返。他戏称这如同白居易所言"中隐"，既当官又做个闲人。他吟诗作赋，饮酒挥毫，留下了大量西湖诗。作为书法家，自然也给西湖留下了珍贵的手迹，譬如《游虎跑泉诗帖》《次辩才韵诗帖》《表忠观碑》等。这些墨宝"辉映湖山，错落相照"，让人想象其鲜活的神采。尤其是《表忠观碑》，其颂扬吴越王钱镠的忠义伟绩，不仅"文极老洁"，翰墨更是"瑰玮独绝，尤极神妙"。文墨合璧，光彩熠熠，无价之宝，说的就是它吧。

在水光潋滟的湖面上，应该有一场浪漫的相遇。那年，通判苏东坡三十五岁，舞女王朝云十二岁。面对这可爱清纯的出水芙蓉，东坡乃"爱幸之，纳为常侍"。后来在黄州，进一步把朝云升为侍妾。这是巫山上下来的一朵彩云啊，初次相遇，人面湖光相辉映，苏轼脱口而出："欲把西湖比西子，淡妆浓抹总相宜。"

古时有个西施，眼前有个朝云，都纯美如西湖之水。这样的比喻，既是神来之笔，更是心底花开。开花的时候，苏轼人到中年。之后苏轼无论走到哪里，见到西湖便是西子，因为在他的心底眼中，西湖与其说是湖，毋宁说是西子姑娘的化身。

"天下西湖三十六，就中最美是杭州。"离开杭州后，苏轼心心念念的是西湖。"别后西湖付与谁？"这一问，道出了东坡深长的牵挂。"何日西湖寻旧赏？"总成为心头难以挥去的愿望。不过，在之后凄风苦雨的贬谪生涯中，西湖也渐成梦幻，"回首西湖真一梦，灰心霜鬓更休论"。再美的西湖，归根结底也是飞鸿雪泥，不说也罢，不说也罢。

二

颍州西湖为欧阳修所钟爱，是苏东坡最感亲切之地。欧阳修道德文章高尚，又对他东坡有提携大恩，因而，东坡一直将欧阳修看作自己最敬爱的老师。想当年欧阳修是进士主考官，他对题为《刑赏忠厚之至论》的考卷赞不绝口，正要给个头名，转念一想，此等文章怕只有自己的亲学生曾巩才能写出吧。还是委屈一下，给个第二名，免得别人说三道四。待到公布结果时,这才吃惊地发现受委屈的是苏洵的儿子苏轼。经过数次交谈,欧阳修认定这位青年才俊"他日文章必独步天下"。于是不遗余力推荐,"放他出一头地"。欧阳修还对儿子说:"因为苏轼,三十年后,没有人会记得我了。"

欧阳修曾从扬州转任颍州知州,一来便"乐颍州民物水土",直呼"西湖烟水我如家"。并且还真生出在这里安家置业的念头。颍州西湖有名气,"盖自欧阳永叔始",说的真是事实。欧阳修一口气为西湖写了十三首《采桑子》词,其中十首,开头不复含蓄,直喊"西湖好",这活生生就是古人响亮的广告呢。

1091年,苏东坡到颍州做知州的时候,欧阳修在颍州病故近二十年,他的后代果真定居于此。来到恩师就任和安家之所,东坡自有归家之亲切感。爱之所及,追踪恩师生前游踪,常泛舟于西湖,缅怀并追和恩师西湖诗词。有次与欧阳修儿子泛舟西湖,听到湖中有很多美女在唱欧阳修的词,不免感慨物是人非。说如今这里能认识恩师的人,除了你我,怕只剩下"西湖波底月"了。此情此境,闻歌落泪怕是在所难免。由于这样特殊的机缘,苏轼觉得杭、颍两处西湖分量应不分高下,乃有诗句:"大千起灭一尘里,未觉杭颍谁雌雄。"这当然不是风景西湖的比较,而是情感西湖的掂量。

颍州西湖水利破败,欧阳修主政时曾经疏浚和整治过。几十年过后,问题又变得突出起来。苏东坡上书朝廷,决定再次全面浚理。有了治理杭州西湖的经验,东坡驾轻就熟,信心满满。他挖通清河、西湖与焦陂塘的水道,让行船之道纵横相通。又在清河上修了三座水闸,用来调节西湖之水。他照例将施工过程中清出的淤泥,堆成护堤,照例在堤上遍植垂柳花卉,弄出一道"烟花澹荡"的景观。吃水不忘挖井人,如今阜阳人民还把湖中一堤称为苏堤呢。

毕竟苏东坡在颍州只待了八个月,没等到西湖治理工程竣工,他就被调到扬州去了,剩下的工作由继任赵德麟来主持完成。经过数月奋斗,赵德麟向东坡报告了大功告成的消息。远在扬州的东坡听闻,自然高兴得要作诗,他"不满"地说:"二十四桥亦何有,换此十顷玻璃风。"都说扬州二十四桥浪漫值得拥有,我看也没什么啊,竟然被它换取了十顷西湖的清风!诗句显然是对提前调离而未见西湖治理全功的遗憾,但功成不必在我,人家填补了自己的遗憾不也值得高兴吗。有意思的是,当年欧阳修从扬州调到颍州,曾作诗说:"都将二十四桥月,换得西湖十顷秋。"表达了依依惜别二十四桥的遗憾,觉得拿颍州十顷西湖来换不值得。对比师徒这两句诗,发现徒弟对师傅的诗意来了个反转,这有趣的灵魂,都渗透到逆向思维里了。

三

惠州西湖曲折幽回,是苏东坡最感伤心之地。东坡贬岭南,如大难至,侍女纷纷逃离,唯朝云不离不弃。东坡说她"一生辛勤,万里随从",这话像是无声宣言,表明爱情是坚定的脚步而不是甜蜜的嘴巴。1094年,东坡被贬到惠州。他见城西丰湖酷似杭州西湖,意味深长地看了看身边的朝云,于是将丰湖径直叫作西湖了。惠州西湖"标名亦自东坡公",这早已成为共识。

岭南多瘴气,家本杭州的朝云很不适应。加之体弱多病,朝云对于生命的深切担忧萦绕心头,挥之难去。苏东坡作《蝶恋花》,朝云锁眉唱之,不觉泪如雨下。本已飘零,你还写啥"枝上柳绵吹又少"? 本已苦恼,你还说啥"多情却被无情恼"? 本知你"不合时宜",果然还在展望什么"天涯何处无芳草"! 朝云定是使尽全身之力,为东坡生下了遁儿。老泪纵横的苏轼写下《洗儿》诗,自述对这个老来子,不指望其有多聪明,只希望他"无灾无难到公卿"。谁知道怕什么就来什么,灾难还是找上门,这老来子一点也不同情患难的父母,"未期而夭",竟然逃遁到另一个世界去了!这是朝云难以承受之痛,不多久,她油灯枯竭,眼看着要追随遁儿而去。死前她紧握着东坡干瘦的手,诵《金刚经》四句偈:"一切有为法,如梦幻泡影,如露亦如电,应作如是观。"

苏东坡将朝云"葬之丰湖之上,栖禅山东南"。用湖之本名,是生怕触动内心的痛弦。从杭州西湖相识,到惠州西湖邃别,这位苦难的红颜知己,归心一何速!东坡为之亲撰墓志铭和挽联。挽联云:"不合时宜,唯有朝云能识我;独弹古调,每逢暮雨倍思卿。"当年苏轼曾指着自己的肚子问侍女们:"你们知道我肚子里装的是什么吗?"有人说是文章,有人说是见识,唯有朝云大胆说装的是"不合时宜"。东坡慨叹道:"知我者,唯朝云也。"说真话,说准话,这才称得上是知根知底的知音啊。"笑渐不闻声渐消",朝云一去,并不是苏轼厄运的终止,更大的灾难还等在后头。之后没多久,苏轼被贬往海南,真的是要去见见天涯芳草了!

　　苏东坡忧国忧民的本性，促成了他的治湖自觉。惠州西湖的治理，他戴罪之身，只有建议权了。好在广南东路提刑程正辅、惠州太守詹范接纳了他的意见，于是在湖上修建了两桥一堤。为了这项水利工程，他带头捐助了一条珍贵的"犀带"，还动员弟媳妇史氏捐出"黄金钱数千助施"。工程竣工，老百姓可高兴了，纷纷摆酒庆贺，东坡写诗说那场面"父老喜云集，箪壶无空携。三日饮不散，杀尽西村鸡"。为了纪念东坡的功绩，后人照例将长堤命名为"苏堤"，堤上的一座桥也被称为"苏公桥"。

　　于个人而言，人生百年，遭贬至此何其不幸；于地方而言，文脉千古，惠州得东坡何其大幸！还是清代惠州诗人江逢辰说得好："一自坡公谪南海，天下不敢小惠州！"这自豪的语气，就像是西湖的水荡漾心岸，激起人们对东坡的无限景仰和怀念。

　　"三处西湖一色秋，钱塘汝颍及罗浮。"杨万里的诗句，准确概括了苏轼的西湖情缘。只不过这一色秋乃为时令，心中的秋却是三色的。于东坡而言，杭州的秋还是翠绿，这记忆的叶不舍枝头；颍州的秋是暖黄，这记忆的果如同家中庭院饱满的橙橘；惠州的秋是惨白，这记忆似横扫落叶的悲气，要将最爱的风景剥夺。

　　解读宋韵苏东坡，三处西湖水，激扬的也是读者的不了情。西湖不是忘情水，宋韵缕缕上心头。亲爱的读者朋友，这感觉你也有吗？

寻宋不遇

相传风水大师郭璞有《天目山谶》诗："天目山前两乳长，龙飞凤舞到钱塘。海门一点巽山小，五百年间出帝王。"有人解释为这是预言钱镠建立吴越国，也有人认为预测的是赵构建立南宋。"龙飞凤舞"本为比喻虚言，不承想有人坐实为杭州的玉皇山（古称龙山）和凤凰山。姑且不论坐实解释正确与否，然两山位置确实在相当长时间内处于政治中心地位。从五代十国吴越国王宫，到北宋州府治所，再到南宋的大内皇城，都在凤凰山麓，而相邻的玉皇山自然也成了许多政治活动的场所。

正月十二，我兴冲冲来凤凰山寻宋。在馒头山路边发现立有全国重点文物保护单位"临安城遗址（皇城遗址)"的碑,颇为兴奋,对前行充满期待。但是走着走着,一点古时的气氛都没有。我顺着一个口子拐进了省军区附属单位区域,往上走是凤凰御元文创园。冷冷清清,所谓遗迹荡然无存。看到一个介绍牌,说这里附近就是南宋皇宫北门和宁门所在,当年这是天街入皇宫的最重要通道,文武百官都从这里肃然而入。如今这里的上午静悄悄,几只飞鸟划过天空,直让人想起刘禹锡的《乌衣巷》。从原路退出沿着凤凰山脚路前行大约三百米,旁边"宋城路"指向牌映入眼帘。严格说来,这是一条通往山上的寂静小路,一边是厂房,一边是低矮的民房,与农村乡镇几无差别。我顺着这路往上走了五百米左右,啥遗迹都没见着,便没有了再往上走的信心。见一八九十岁的大娘,便询问她上头是哪里,有什么可看的没有?她摇摇头说,上面是将台山,山上空气好,可以直接到吴山广场。我问她是否知道这里曾经是皇帝住的地方,她笑了笑说:"晓得的。皇帝都死了好几百年了。"

失望地返回,附近找到公交站点,前往八卦田。公交很空,路上行人也不多,难以想见当年熙熙攘攘的情形。没多久,八卦田遗址公园到了。据记载,这里是南宋籍田所在,每年春天,皇帝都会来这里举行祭礼,祈祷风调雨顺、五谷丰登。不过,也有人认为,这里不是农事祭祀的地方,而是南宋的郊坛。放眼望去,一水绕田,中有高阜密林,四周平畴连成八块,乡野风光令人心旷神怡。在八卦田附近,有钱俶生母吴月英墓,我们没有寻着。直接沿着白云庵边的小路,开始了攀登玉皇山之旅。

玉皇山海拔不过二百三十九米,然山道曲折,爬起来较累。爬得开始喘气时,便到达了天龙寺。天龙寺始建于吴越国时期,后来时毁时建,目前寺庙看起来新建不久。这里最珍贵的是,完整保存了三处吴越国时期的佛教造像,虽经风雨,依然生动。尤其是观音造像,大不同于一般形象,很像是敦煌里的水月观音,更显得价值非凡。天龙寺附近有天真精舍遗址,原为王阳明门人王臣、钱德洪等人为纪念王阳明而建。选择此处而建,或寄托了钱德洪的钱氏家族情感。在遗址附近,能看到一些模糊的石刻。现在恢复了过去的天真山碑亭,让大家在歇脚时正好读读旁边的石刻。

从天真山碑亭往里走不到二百米,便是吴越郊坛遗址。吴越郊坛,又称钱王郊坛,这在许多文献中都有记载。宋代赵彦卫《云麓漫钞》中云:"余杭之凤凰山,即今临安府大内丽正门之正面;按山上有天柱宫及钱王郊坛,尽处即嘉会门。"《方舆纪要》亦明确记载:"在嘉会门外,上有钱王郊坛。"郊坛是天子祭天的圆丘,最早为吴越国开创者钱镠所建。郊坛石壁上有钱镠题记:"梁龙德元年岁次辛巳十一月壬午朔一日天下都元帅吴越国王镠建置。"题记内容与文献记载吻合。钱镠是在建此郊坛两年后册封为吴越王的,这么早就建个僭越之台,表明他确实有做天子的企图。遗址说明牌上这样表述:"郊坛规模制虽较为简易,却暗藏着那个动荡年代一颗帝王的心。"为尊者讳,表述煞费苦心,挺有意思。郊坛分三层,面朝钱塘江,自有气势。然毕竟简易,反映出兵荒马乱时代钱王心底的徘徊。钱王最后毕竟没有公开称王称帝,审时度势的政治理性确保了一方安宁和家族的延续与兴旺。

此遗址发掘于 2008 年,考古人员对最重要的墙基进行勘察,确定年代是五代至宋时期。因为珍贵,相关部门在此上面建有廊亭保护。庭柱上刻有一副楹联,曰:"移来槛外烟云适开新境,就此眼前山水犹见故人。"此联截自清代王惟诚《五咏堂联》,原联为:"造物本无私,移来槛外烟云适开胜境;会心原不远,就此眼前山水犹见古人。"依愚见,要引最好全联引,语境才会完整，也尊重原作者。横批是"江湖慰眼"，其实也有来处。宋末元初董嗣杲《慈云岭》有句："后唐刻石初开路，南宋郊天别筑台。慰眼江湖空岁月，伤心陵寝堕尘埃。"慈云岭连接凤凰山和玉皇山，钱镠曾开凿慈云岭古道。取此意来作横批，甚为贴切。若刻在玉皇山顶，更有情景合一的妙处。因为站在此处，左看西湖，又看钱塘江，江湖慰眼，这才是既写实又抒情。

在郊坛两边还发现了灵华洞和甘露井。灵华洞里原有苏轼、林逋等人的题刻，可惜现在不见了。今天见到的洞很小，估计遭遇过坍塌堵塞。洞崖石刻上的文字表明洞在光绪二十五年三月开凿重修过。在洞的对面，重修起朱天庙。朱天庙是民间纪念明代崇祯皇帝而建，将纪念皇帝的庙宇建在祭天的郊坛边，彰显了隆重和尊重。本来想进去看看，工作人员料到有人要进去，忙将门关上了。

本来还想往上爬到紫云洞，奈何脚力有些不支，兴味也萧索，于是便从朱天庙旁边上到盘山公路。宋没有寻到，吴越国倒是意外遇见，不能说一点收获也没有。沿着公路而下，我寻到了虎跑泉和李叔同纪念馆。自然想起李叔同的《送别》："长亭外，古道边，芳草碧连天。晚风拂柳笛声残，夕阳山外山。天之涯，地之角，知交半零落。一壶浊酒尽余欢，今宵别梦寒……"歌与词俱美，这份唯美的感伤沁入骨髓，让人想起宋词的忧郁风调。寻了老半天的宋，遗迹有无刹那间感到并不重要了。那宋的精神韵味像流水一样，穿越时空逶迤而来，从不同方向渗到人们的心田。寻宋老半天，那宋其实就在我们心里。

母亲的目光

　　我在杭州西溪湿地洪园,参观"钱塘望族——洪氏家族文化展",为一处蜡像雕塑所吸引。雕塑的名称是"母渡书郎",展现的是母亲姚氏摇船送少年洪钟上学的故事。西溪湿地那时河网密布,芦花如雪,这情形诗人看起来很浪漫,但对老百姓来说,却可能给生活带来不便。通往学校的桥坍塌了,孩子们无路可走,母亲毅然每天接送洪钟上下学,工具就是那手摇船,风雨无阻。画面上,儿子端端地坐在前头,身心十分安稳。他一定能听到哗啦啦的摇橹声,感受到母亲的力量节奏。不用回头,他也知道背后有一道充盈温柔和期待的目光,像是三春的阳光,播洒在他的后背和心房。

一个目光在前，一个注视在后，希望和支撑，给河荡注入了生命活力，树立了精神的象征，文明因此在流动中传承。母亲的目光，是世上最温馨的爱的表达。在这图景面前，尽管已过知天命之年，我依然为这位年轻母亲的目光而感动。

如同画面所呈现的，可以想见彼时洪钟家境的清寒与艰难。雕像上的小木船还有模有样，但这只是艺术美化。实际情况据洪钟后来回忆，只是"编竹而渡"，也就是说，母亲是撑着小竹排在水面行走，根本无法奢望一条船来稳渡。母亲时刻挂念着安全，精神高度集，坚毅自信，她传递给孩子的温柔，是通过刚强地战胜困难来传递的。

她不能不刚强，阴晴圆缺，旦夕祸福，生活的担子一下子压在她肩膀上。她的丈夫洪薪英年早逝，临终前将重任托付给了她。在合适的时机，她将遗言向洪钟做了转述：

> 汝父存时，见汝聪明过人，每喜谓人曰："人皆积金以遗子孙，吾惟教子以一经耳。"每得当代名公文稿，必亲手录以为汝式。又尝私语汝曰："吾家自安抚公以来，累世称

德，然未有显发者，虽吾祖与父大负才美，而不获见用，吾亦偃蹇若是。所以显发而昌大门户者，尚有望于尔曹也。汝能记之乎？"

知子莫如父。父亲认定了洪钟是棵聪慧的读书苗子，满心欢喜，悉心加以栽培，对他抱有光宗耀祖的巨大期盼。只恨天不假年，如今这个任务要转交给孩子母亲了。母亲将这满含血泪的遗嘱转达后，"钟拜泣受命惟谨"，自此更加刻苦问学。母亲在疲惫的劳作后，看到懂事孩子手不辍卷，笔不离手，目光顿时变得欣慰。苦有所盼，盼有所成，累死也心甘，希望果然是照亮前行的灯。

功夫不负有心人。洪钟在母亲目光的鼓励下，一步步地开拓自己的人生，最终不但获取了科名，而且成为一代"公卿所敬重"的名臣，为国家和人民做出了名垂青史的贡献。母亲的目光由青春变成了苍老，洪钟报之以炽热的孝心。无论官做到哪里，他都要把母亲带到身边，尽量让她享享清福。然这位母亲始终牵挂儿子的成长，即便儿子做了大官，每晚忙完公事回来，她也"必问所治事当否为忧喜"。在母亲的眼里，儿子似乎总长不大，总放心不下。眼看着身体有日薄西山之虞,母亲坚决要求叶落归根,洪钟这才送她回到西溪洪家埭。没几个月母亲撒手西去,享年六十七岁,洪钟痛哭难已。

遥想母亲的目光,洪钟将目光移到"编竹而渡"的时候。为了寄托哀思,他在当年摆渡的地方,建起了一座桥,盖起了一座亭,取名皆曰"思母",并亲撰《思母亭记》。这一记碑还在,可惜的是文字已经漫漶难辨了。父亲的遗嘱,母亲的目光,当中蕴含的辛劳和情感,洪钟视作宝贵的财富。他曾写《命子作》,诗曰:

> 汝父慕清白,遗无金满籝。
>
> 望汝成大贤,惟教以一经。
>
> 经书宜博学,无惮历艰辛。
>
> 才以博而坚,业由勤而精。

清白为人,勤通诗书,这就成了传家宝。他告老回乡后,创办了两峰书院,扩建了洪府,盖起了一座座藏书楼,创造最好的条件来课子弟读书。洪氏家族自此开始了宋以后的中兴,书香传远,人才泉涌,真所谓"代有科名","世泽贻谋,罕有伦比",此一切皆"诗书之报"也。

母爱的力量无穷无尽，母亲的目光有温有暖。洪氏家族的中兴，洪钟自然是关键的人物。他从母爱的目光中走出，健康苗壮成长。一个人成了大树，若干年后，整个家族就成了森林。

铜岭桥村笛声扬

从余杭中泰街道出发，背对繁华，顺着缓长的峡谷往山里去，直到山脚下，映入眼帘的是散落在竹林中的人家。暮色浓，炊烟起，鸟归巢，笛声扬，游子回首望，"青山一道同云雨，明月何曾是两乡"。

人家成村落，村落名叫铜岭桥。名字像是古战场，偏偏成了桃花源。潺潺流水，片片山坡；峰回路转，竹影婆娑。路上时常遇樵夫，相逢一笑，好像见过，在王维的诗中，在孟浩然的酒里，在千里莺啼的春里！在久远的历史长河中，洞霄宫的金钟，依稀可辨；石孟寺的暮鼓，唤醒心中的那尊佛。偕君同隐，与世无争，竹林岁月长，江湖烦恼多。若一定要信宿命，铜岭桥天生属于艺术和诗，它和尘世总有一段距离。

环山皆苦竹，逶迤三万亩。这铜岭桥的竹海当得起壮观这样的形容词。苦竹之名，由来已久，晋朝戴凯之《竹谱》："杞发苦竹，促节薄齿。束物体柔，殆同麻枲。"苦竹长而瘦，竿细而淡绿，篾性一般，只能编编竹篮，做做晾衣竿，再高端点也就用作伞柄罢了。"苦竹笋抽青橛子，石榴树挂小瓶儿。"景致虽然热闹，然"其笋味苦甘寒"，黄庭坚《苦笋赋》转述蜀人话说："苦笋不可食，食之动痼疾，使人萎而瘠。"苦竹无论从形貌、用途还是口味，都不那么招人待见，其价值之轻贱可想而知。就算是虫鸟，也不喜欢它，杜甫《苦竹》诗云："味苦夏虫避，丛卑春鸟疑。"像是在为这可怜的竹子打抱不平。很长时间以来，铜岭桥的村民面对这苦竹海洋也愁眉苦脸，一筹莫展，因为砍下的竹材大量累积，能卖出去的价格也很低廉。当靠山不能吃山时，老百姓无暇诗意，心中充满的只能是失意。

寂寞和屈辱意味着坚强的等待，"世上何人怜苦节"，心中有期盼，知音就会随缘而来。1984年冬天，一场大雪过后，上海制笛师周林生辗转来到铜岭桥。这位江南笛王赵松庭的弟子，或许正是受了师傅的指点，满怀虔诚来这里考察笛材呢。笛王用心考证过，元、明、清历代皇室都曾派人到中泰来伐竹制笛。明代朱载堉的《律吕精义》白纸黑字还写着："余杭县南笔管竹最佳。"周林生置身竹海，那真是忘我地兴奋！一会儿摇摇这棵，哦，摆动幅度太大，太嫩；一会儿摇摇那颗，明显吃力，蹲下仔细看看色都转黄，再看看纹路，哦，这就是"踏破铁鞋无觅处"的上等好竹啊。由于地形陌生和雪后路滑，不知疲倦的周林生不慎重重地摔了一跤，是村民董仲彬将他救下山来的。在乡亲们的细心照料下，周林生伤愈。出于感恩的心态，他将制笛技术传授给了村民，并且负责销售制作出来的笛子。此后，他又牵线搭桥，让村里和上海民族乐器一厂联营办厂。村里派出十七人到上海培训一年，系统掌握了制笛技术。星星之火已经点燃，铜岭桥村成功由原材产区变成生产新区。产业发展到今天的燎原之势，直至成为声动四方的"中国竹笛之乡"，村里的人当然感谢这位"贵人"，不，准确地说，是知音。据说，在众多品牌中，就有一个"灵声"牌，用的便是周林生名字的谐音呢。

"不经一番寒彻骨，怎得梅花扑鼻香？"同样，不经几番风霜苦，哪得笛声响悠扬？瘦弱的苦竹"霜根结在兹"，顽强地扎根在山岭坡地。"岁月孤松老，风霜苦竹斑。"历经风霜之后的苦竹，只有经过了严寒的考验,才有资格发声吐音。李白《劳劳亭》诗句:"苦竹寒声动秋月。"看来不只是浪漫的抒情,还是浓缩甘苦的写实。经霜苦竹于腊月砍伐后,还得阴干存放三年,那些坚韧圆整、饱满严密的真材才会脱颖而出。制作一根笛子,看似简单,其实需要经过烤竹、定调、划线、打孔、校音、上漆、缠线、镶饰等五十道工序!艺无止境,每道工序若要精益求精,舍勤学苦练并无他途。

做得好笛子,还得卖得出。酒香不怕巷子深,笛好不怕林子深的时代早已过去。为了扩大销路,铜岭桥村人经历了从代销到自销,从实体售卖到网络销售,从单纯营销到文化推销的全过程。每一次转型,都要经历千辛万苦,说尽千言万语,走遍千山万水,想尽千方百计。是时代的浪潮追着他们走在前列,让他们从竹农变成了笛匠,由笛匠变成了笛商,未来他们可能还要变成懂音乐和懂文化的儒商。这一路走来啊,就好比先是《春到湘江》,接着又《姑苏行》,转眼间就到草原听《牧民新歌》,这节奏恰如《扬鞭催马运粮忙》啊。小小铜岭桥,时代大先声,支撑他们不辞劳苦、乐此不疲干下去的力量是什么? 倘若一定要概括,那就是:坚韧不拔、久久为功的苦竹精神!

今天,每一个中泰中小学生的书包上,或许都横着一根竹笛。这来自最好原材地的笛子，是高贵品质的象征。自小受过艺术熏陶的年轻朋友，未来属于他们的舞台一定会更为精彩和广阔。吃得苦中苦，方能居高声自远；耐得苦中累，方显英雄本色曲；味得苦中情，方识大千世界音。若人人能如此发扬光大苦竹精神，埋头苦干，中泰的明天就一定会再奏凯歌，蜚声中外！

读罗隐《送灶》诗

　　一盏清茶一缕烟，灶君皇帝上青天。

　　玉皇若问人间事，为道文章不值钱。

　　这是晚唐诗人罗隐的《送灶》诗。据晋代周处《风土记》记载："腊月二十四日夜，祀灶，谓灶神翌日上天，白一岁事，故先一日祀之。"农历小年前后祭祀灶王爷，作为一项民间信仰和习俗，一直延续至今。灶君灶王爷虽是小神，然主管百姓烟火，俨然是千家万户的土皇帝。每年你家吃了点啥，别人未必知道，他却一清二楚。由此，你私下里说了哪些不该说的话，做了哪些不该做的事，他都看在眼里，记在心里。每年一次的上天汇报，要是他不高兴，在玉皇大帝面前随便说上一嘴，玉皇大帝怪罪下来，谁受得了？这就不难想见，为何每年这位灶君上天的日子，大家都诚惶诚恐，奉上大鱼大肉、美酒、麦芽糖等来祭祀，赔上笑脸，为他隆重送行。媚灶，显然是希望他能在玉皇大帝面前多多美言，说些含糖量高的话，至少不能告黑状。

罗隐这首诗很特别，没有丝毫逢场作"媚"的味道。诗虽然"语多平易"，通俗顺畅，然奥妙处还是值得品味的。容我演绎一下：家里穷，通常供品买不起，只好一盏清茶，热气成烟，简单成就一个罗氏祭祀场景，算是为灶君您上青天来一场清雅的送行吧！玉皇大帝高高在上，人间万事细如毛，够繁够烦的，恐怕他是不想关心吧。家家户户情况都要听汇报，贵为至尊大神，他做得到、忙得过来吗？退一步说，玉皇大帝真的心血来潮，想问问人间的事，灶君您就算不甜言蜜语，也不要心怀怨恨，只要照直反映：如今文章不值钱了，穷书生们太苦了！如此便算你完成了任务。

诗的亮点在最后，"诙谐不羁之句"，是笑中带泪的心酸。在媚灶的日子里表达的是激愤情绪，罗隐是想对着世界大喊"我不相信"吗？读者朋友不禁要问：愤从何来，怒从何起？罗隐所处的时代是唐末尾途，直奔五代十国，风雨飘摇，衰飒得紧。国家命运都岌岌可危，个人命运自然是像风一样不知道往哪个方向吹，无法完全自主。罗隐出身寒微，长相寒碜，性格又直来直去，这注定了他求仕之途异常坎坷，饱受伤害成了家常便饭。唯一自信的就是那过人的见识和才华，凭此纵横科场，照道理该是绰绰有余，然结果却是屡试不第！他越看越不明白，越想越想不开，先是迷茫，继而愤怒，情绪越来越难以自控，无论是口里，还是笔下，带刺的话语和文字冲决而出！这溅起的光芒，往远处看，是多么得活力四射！平庸之辈做了朝官，有才之人流落江湖，他的眼光怎能不鄙夷？他用鼻子说："哼！什么朝官！我用脚夹笔，文章也胜过他们数辈！"《宣和书谱》卷十一说罗隐："有诗名，尤长于咏史。多不称意，穷愁感慨之间，言或讥刺怒张，以故为时所黜。"慨叹的是性格决定命运，风格决定命格。而《全浙诗话》卷八在引用完这首《送灶》诗后，接着便评论："当今之选，非钱不行。自唐已然，岂独今日。"原来科场也不是阳光普照的地方，有时候若没有钱开道，也是行不通的。这评点，可谓一针见血！"为道文章不值钱"，我不知道罗隐是否如后人那样明白：文章本身不值钱，文章外的手段那才真值钱！不过，我更愿意相信,罗隐是不屑于这样做的,他对科场正义还顽强地抱有一丝希望。

然而,付出了大半生精力来与科场周旋,希望还是彻底落空了。对镜伤流景,白发瑟瑟都要抖出眼泪来。罗隐下意识里觉得需要通过一场心理疏导来达成自我和解,他找到了以前不愿意去见的"深于相术"的罗尊师。尊师笑着指点,人生路何必执着一条,在一棵树上吊死是可怜的。这么爱考,即便考上又能如何?年华蹉跎成这样,做官"亦不过簿尉尔"。若是能与科举断舍离,"东归霸国以求用,则必富且贵矣"。罗隐听得还是举棋不定。邻居卖饭老妪见他沮丧徘徊,来了个干脆决断的主意:"秀才何自迷甚焉?且天下皆知罗隐,何须一第然后为得哉!不如急取富贵!"人不管地位尊卑,只要在对的时候说了对的话,对方觉得对了听进去了,就是金玉良言活菩萨。罗隐"闻之释然",欣欣然就近投奔吴越国国王钱镠去了。晚年君臣相得,罗隐才华得到施展,文章也就值钱了。

北宋作《寒窑赋》的吕蒙正,有《祭灶》诗,曰:"一碗清汤诗一篇,灶君今日上青天。玉皇若问人间事,乱世文章不值钱。"在罗隐诗基础上改动数字,意思说得更直白,但诗韵大大减弱。少经贫寒的吕蒙正,后来高中状元，大富大贵，位尊德崇。取得这样的功业，他却在《时运赋》中写道："非我之能也，此乃时也、运也、命也。"不得不说，吕蒙正心态平和远胜罗隐。心态平和者或在官场上走得更远，满腹牢骚者或在文学上垂名青史。心态本身无所谓好坏，德行才华如何适应和驾驭，这才是一门需要修炼的大学问。

烟雨楼下钓鳌矶

嘉兴南湖湖心岛，烟雨楼下钓鳌矶。

明代万历年间，四十五岁的无锡人龚勉来到嘉兴任知府。看到著名的烟雨楼已然破败，第二年便组织重修。完毕，见楼下有岩石突出，形似钓矶，这位书画家、诗人思索再三，挥笔写下"钓鳌矶"三字，并刻之于旁边之石。嘉兴名士彭辂称赞这三字："心画神藻，波勒飞动，有苏黄姿韵，览者珍之。"

烟雨已经是诗意朦胧，若在烟雨下垂钓，那意境就要逍遥出人间，"妙处难与君说"了。再观南湖水中波光潋滟，岸边青林重叠，又有伍相祠、壕股塔呼应，这情境不由得让人想起孟浩然《与杭州薛司户登樟亭楼作》："水楼一登眺，半出青林高。帘幕英僚敞，芳筵下客叩。山藏伯禹穴,城压伍胥涛。今日观滇涨,垂纶学钓鳌。"然而,这位父母官想到的当然不只是山水诗人的闲情逸致,他的心中一定是有所期待的吧。

初,我以为三字典出《庄子》寓言"任公子钓鱼",后一想此处非钓鱼,而是钓鳌,当另有出处。经查,源出《列子·汤问》:"龙伯之国有大人,举足不盈数步而暨五山之所,一钓而连六鳌,合负而趣归其国。"因此,后用"钓鳌"来形容有大理想、大抱负,要干大事业之人。又因为"独占鳌头"成为科举状元的专夸之词,这"钓鳌"自然也就集中用来形容科场取得大胜之人了。宋人方岳《瑞鹤仙》云:"难得。钓鳌连六,虎榜登名,新题淡墨。"用典就十分恰切。

龚知府如此题词,勉励嘉兴学子踊跃争先之意甚明。在封建时代,要想实现布衣入而绿袍出的梦想,唯一通道就是高中科举。"十年寒窗无人问,一举成名天下知",如此天上人间的差别,这位嘉兴父母官是有切身体会的。没有考中举人之前,龚勉坐馆私塾,收入微薄,甚至还欠了一屁股债。有年大年三十,他躲债到了绿萝庵。吃着尼姑给他的素斋饭,迎着尼姑同情的眼神,他"啪"的一声将男儿泪径直砸在了碗中。草草吃完,提笔写下著名的《避债诗》:"柴米油盐酱醋茶,件件都在别人家。今朝大年三十夜,绿萝庵里看梅花。"此刻,落魄的龚先生哪有赏梅花的心情,脑海中怕都是没钱花的烦恼吧。自此"绿萝庵里看梅花"便成为书生可怜的写照,久而久之也就成了穷到家的典故了。

龚知府的期盼很快就变成了现实。钓鳌矶建好的第二年,便有人获得了朱笔题名的荣耀,嘉兴人朱国祚独中状元。自此,钓鳌矶声名大振,成为考生膜拜之福地。朱状元的曾孙便是清初大名鼎鼎的学者、文学家朱彝尊。朱彝尊也经常来钓鳌矶,想必会有份特别的情感。他作有《鸳鸯湖棹歌》,其中有句云:"却似钓鳌矶边鹭,往来凉月影毵毵。"到雍正、乾隆年间,嘉兴又出了沈延文、汪如洋两位状元。汪如洋的外祖父金甡于乾隆七年连中会元、状元,三十八年后,他自己也复制了外祖父的荣光,同样连中会元和状元!有梦想谁都了不起,外公外孙共同创造了奇迹。

钓鳌取富贵,都得遵循正道,不然便真成了沽名钓誉。正如彭辂在《钓鳌矶记》中所言:"又问:钓有道乎,曰有。始必患无其具,有其具,患无其时。有其时,患无其用。具者何,学术是也。用者何,经济是也。"钓之道须真有学术之具和经济之用,两者皆备才能应时而出、应运而生。一言以蔽之,才学要名副其实。若是德才不配其位,那就不要去钓鳌,看情况钓个小鱼小虾,心安理得自然也就知足常乐。宋代和尚师范有《蚬子赞》云:"溪尾溪头打野盘,捞虾摣蚬当朝餐。想应不是钓鳌手,得个虾儿便喜欢。"这份欢喜心最不易得,唯有不贪不求,才有心海的风平浪静。

是啊,人生只有到了一定年龄和境界,智慧才会更加接近真谛,懂得随遇而安、怀素抱朴、进退自如的可贵可珍。难道不是吗?就连那题写"钓鳌矶"的龚勉,在仕途奔波疲倦后,也将那烟雨看穿,壮心磨灭,晚年平静地去做他的六观居士去了。

爱上妻妹的朱彝尊

朱彝尊是浙西词派的盟主，其词自称是接近张炎。而我读了一些之后，更觉得与姜夔"清刚"接近，而所谓"醇雅"之定评我反而觉得无感。有意思的是，两个人对"江湖"都情有独钟，姜夔自号"江湖散人"，其诗作往往被认为是江湖诗派的前身。而朱彝尊五十岁才承认并接受清朝的现实去参加科考，之前家境穷困，家族潦倒，也颇有几分江湖自命的味道。其词集干脆取名《江湖载酒集》，显然是来自杜牧"落拓江湖载酒行，楚腰纤细掌中轻"。姜夔在江湖中传出风流韵事不少，夏承焘先生花力气考证出他恋上合肥姐妹的情事之实。而朱彝尊呢，却也与妻妹冯寿常有一段刻骨铭心的恋情，无独有偶，这朱彝尊莫非是姜夔后身？

朱彝尊词作之"情深"，是清人公认的。朱早年家贫，入赘冯家。冯寿常小朱彝尊七岁，在朝夕相处中，朱由喜欢到逐渐恋上了这位可爱的姑娘。她有多可爱？看看朱彝尊这首《清平乐》：

> 齐心藕意，下九同嬉戏。两翅蝉云梳未起，一十二三年纪。
>
> 春愁不上眉山，日长慵倚雕阑。走近蔷薇架底，生擒蝴蝶花间。

豆蔻年华的活泼神态一扫朱彝尊的愁眉苦脸，让他体会到了阳光的热度。那被生擒的蝴蝶扇着轻盈的翅膀停在了他的心头。《生查子》总是喜欢用来写情，看朱彝尊如何写眼中人的情窦初开：

> 刺绣在深闺，总是愁滋味。方便借人看，不把帘垂地。
>
> 弱线手频挑，碧绿青红异。若遣绣鸳鸯，但绣鸳鸯睡。

　　这"方便借人看,不把帘垂地","若遣绣鸳鸯,但绣鸳鸯睡",若非真实,单凭痴想,怎么可能笔墨到此?

　　冯寿常十九岁出嫁,朱彝尊肝肠欲断。而后她归宁,朱又是何等喜出望外!他们的恋情终究像是以为扑灭了的山火,结果火星只是埋在灰里,一遇上这爱情风,又"呼呼呼"地燃烧起来。这种不伦之恋不要说是在清代,就是现在也不为社会所容。痛苦纠结在一块,这寿命自然缩短得特别快。冯寿常在三十三岁时香消玉殒。朱彝尊痛不欲生,干脆将他的八十三首情词成集,命名为《静志居琴趣》。"静志",乃冯寿常之字也。后来又作五言长诗《风怀二百韵》,实为《静志居琴趣》之注脚。无论是词还是诗,都写得一往情深。既然已经突破了礼仪,又何必对情做更多的约束呢?于是乎,在这些诗词中,有的写得很露骨和大胆了,如《风怀二百韵》中云:"乍执掺掺手,弥回寸寸肠。背人来冉冉,唤坐走佯佯。啮臂盟言覆,摇情漏刻长。已教除宝扣,亲为解明珰。"

　　在晚年亲定著作时,有人劝他将那些诗词删掉,特别是《风怀二百韵》。在这个问题上,朱彝尊"欲删未忍,至绕几回旋,终夜不寐"。最终果断决定"宁不食两庑特豚,不删《风怀二百韵》"。意思是宁肯死后不受那猪头肉的祭拜,也不删去那诗! 潜台词是,朱彝尊你学问渊博,著述甚丰,文采特好,将来留名青史,死后被请进文庙接受顶礼膜拜是不成问题的。但一定不能有道德瑕疵,这是前提啊。生前身后名,自然是男人最看重的。但朱彝尊还真有敢作敢为、敢爱敢恨的担当,他宁要这情诗爱词流传任由后人说,也不愿意人为自树一个道德君子的形象。这清代人,特别是明末清初的读书人,还真把个"情"字高高举起不肯放下,这种现象我觉得是个很有趣味的研究课题。

"思往事,渡江干,青蛾低映越山看。共眠一舸听秋雨,小簟轻衾各自寒。"朱彝尊的这首《桂殿秋》,实是一篇感人的悼亡词。然而,自然也有人在质疑或者说其为显者讳,极力否定这恋情的存在。以为朱彝尊和许多梦想家或者说是强说愁者如出一辙,不过是空想爱情家罢了。有人还举出朱的著名的《解佩令·自题词集》:

　　十年磨剑,五陵结客,把平生、涕泪都飘尽。老去填词,一半是,空中传恨。几曾围、燕钗蝉鬓?

　　不师秦七,不师黄九,倚新声、玉田差

近。落拓江湖,且分付、歌筵红粉。

　　料封侯、白头无分!

　　说其中名句"老去填词,一半是,空中传恨",说的是"空",其实是在否定社会上有关他的各种绯闻。我不晓得这种读解根据何来,哪怕是心理根据。于是将这首词反复读了三遍,再加以揣摩,更觉得这"传恨"其实是有难言苦衷! 也就是说,这反倒为坐实恋情提供了更丰富的解读。

　　朱彝尊在《书东田词卷后》中说:"予少日不喜作词,中年始为之。为之不已,且好之。"词之为体,长于言情。中年多情,源于伤情。于人生百年而论,最好不要有这等伤心事;于千秋而论,又不可无此等伤心诗词。感谢朱彝尊为我们留下了这些真实的所谓艳诗艳词,过滤其他,我们在文学上获得了享受。

吕蒙是座山

浙江长兴县吕山乡，因乡政府背后那座吕蒙山而得名。三国时东吴名将吕蒙曾在此屯兵操练，于是有了这座小山的称呼。

吕蒙是座山，他有着山一样的勇气、尊严和意志。十四五岁时，他便偷偷来到姐夫邓当的军营，英勇杀敌。邓当发现时，大吃一惊，告知岳母。吕蒙对母亲说："现在这样的贫贱生活，很难维持下去。参军作战，侥幸立下战功，能改善境遇，获得富贵。何况古人说过，不入虎穴，焉得虎子！"母亲闻言，哀而舍之。什么叫作自古英雄出少年，这就是！唐代诗人孙元宴有诗概括曰："幼小家贫实可哀，愿征行去志难回。不探虎穴求身达，争得人间富贵来。"军营中有人嘲笑这位乳臭未干的战士，说他这样不过是以肉喂虎，并且当面侮辱他。吕蒙没有二话，将嘲笑者杀了。什么叫士可杀人不可辱己，这就是！在破黄祖之战中，他身先士卒，亲杀其前敌将领陈就，敌军闻风丧胆，在战斗中起到了关键性作用。什么叫两军交战勇者胜，这就是！关羽一代名将，威名赫赫，驻守荆州，鲁肃等东吴将领几乎一边倒，主张与蜀国讲和，更不敢与关羽直接一战。在一片怯战声中，独有吕蒙最早而且最坚决主张灭除关羽，收复荆州，以稳固东吴国势。什么叫不迷信，敢叫板，这就是！

　　吕蒙是座山，他有着山一样的胸怀和坚韧。山因其大，才有虚怀若谷。孙权劝他多读书，他争辩一句被孙权驳斥后，立马改正。刻苦攻读，这使得他超越了一般武将的境界，成为具有"国士之风"的一代名将。乃至鲁肃见到他，一番谈论，已有甘拜下风的感叹，真所谓"士别三日当刮目相看"，吕蒙早就不是那吴下阿蒙了。蔡遗曾告他黑状，他不计前嫌，后来力荐他担当重任。甘宁粗暴好杀，素与他不和睦，而且时常违抗孙权的军令，孙权恼怒不已，要杀之。吕蒙劝导说："天下未定，斗将如宁难得，宜容忍之。"一个忍字，说起来容易，做起来就难，难事吕蒙做到了，感动得孙权也做到了。出于公心者,才有天下胸怀,又何必斤斤计较于私利! 即便到死,吕蒙还能以两袖清风让后人无限景仰。《三国志》有段记载:"蒙未死时,所得金宝诸赐尽付府藏,敕主者命绝之日皆上还,丧事务约。权闻之,益以悲感。"面对着这位戎马倥偬一生,心中只有国家,而绝少考虑自己的将军,后世读者焉能不为之动容!

吕蒙是座山,他有着山一样深藏宽厚的智慧。"兵者,诡道也。"吕蒙在计擒郝普,称病回建康让关羽撤除后方之兵、白衣摇橹暗度精兵等方面,表现出出人意表的谋略,从而出奇制胜,这是他在饱读兵书之后的具体应用。吕蒙还擅长用政治手段来强化军事成果,庐陵贼起,诸将讨伐均未能成功。孙权叹息曰:"鸷鸟累百,不如一鹗。"这才使用王牌吕蒙。吕蒙采取"诛其首恶,余皆释放"的政治手段,很快平复了叛乱。而在攻占荆州之后,他厚待关羽及诸将家属,严明纪律,对百姓秋毫无犯,很快将民心收复。关羽想要夺回失地,但早已经陷入失道寡助的境地,以致败走麦城,最后在临沮悲壮牺牲。吕蒙能从"果敢有胆"成长为"学问开益,筹略奇至,可以次于公瑾(周瑜)"的人物,军事谋略与政治智慧的完美熔铸当是其中最为重要的原因。

正当吕蒙处于事业巅峰，或将取得更多令人高山仰止的成就时，天不怜其才，这座吴国的"高山"，令人遗憾地倒下了，享年四十二岁。留下的四座吕蒙城，成为后来诗人临风怀古的最好怀念。而被青草蔓延的坟墓，就更加让人惆怅低回、欲说还休了。清初彭孙贻在《咏怀武原古迹二十六首》其六《吕蒙冢》中写道：

> 吕冢春风叫鹧鸪，阿蒙奇策冠东吴。
> 白衣江上人何在，青草原头墓有无。
> 地势三分留故垒，丘陵万古积寒芜。
> 未须惆怅临沮事，潮打楼船歇霸图。

当中透露的个人才华与对历史大势的咏叹，实在可引发千古共鸣。

我在吕山乡政府会议室里，透过窗户看近在咫尺的吕蒙山，心潮难平，写下了以上文字。对于一代名将的纪念，除了地名永存，我们更要牢记制止分裂、尽最大努力避免战争的重要性。"是非成败转头空，青山依旧在，几度夕阳红"，于我们而言，既要凭吊往来如梭的英雄，更要为抚平沧桑的江山奉上深切的敬畏。

兴亡两口井

公元589年,隋朝大将韩擒虎带兵攻破陈朝首都建康(今南京),士兵闯入宫中搜寻后主陈叔宝。隋兵见后宫景阳井中有响动,疑似有人,于是喊话,并警告说,若是不应,便要对井下石了。井底立刻传来慌乱的求饶声,士兵乃放一箩筐下去,让井底人坐上来。拉绳的士兵感到异常沉重,费劲拉近时,才发现箩筐中坐了三人,即后主陈叔宝、贵妃张丽华以及孔贵嫔。出井口时,张丽华口上胭脂蹭到井沿,留下一道鲜红之痕。后人于是称此井为"胭脂井"或"辱井"。岁月久远,这井逐渐淹没。大概在宋代,人们在鸡鸣寺中专升此井,立碑为"古胭脂井"。后人还专门刻篆文于石井栏之上,铭曰:"辱井在斯,可不戒乎?"

可以想见，这口井会引起多少文学的幽情与感叹！其中杜牧和王安石的诗词最为有名。杜牧《台城曲》其一云："整整复斜斜，隋旗簇晚沙。门外韩擒虎，楼头张丽华。谁怜容足地，却羡井中蛙。"说韩擒虎都打到门外来了，你这君王还在欣赏结绮、临春楼上的妖女张丽华。待到无处躲藏的时候，却羡慕起青蛙有井容身，乃效仿其沉入井底，讽刺意味竟是如此强烈，甚至让人闻到辛辣味。王安石写有《辱井》，诗云："结绮临春草一丘，尚残宫井戒千秋。奢淫自是前王耻，不到龙沉亦可羞。"这位有着深刻忧患意识的政治家，在这里严正警告统治者必须有耻辱感和戒备心，自觉远离奢靡的生活，否则前车之鉴就在此井。

2018 年 11 月 22 日，我来到陈武帝陈霸先的故里长兴，专程到他出生地下箬里参观。这才得知，这里最有价值的文物就是一口井，因为陈霸先做了皇帝，所以唤作"圣井"。民间传说，陈霸先出生时，水怎么烧都不开，恰好这口井奔涌沸泉，温度正好，不冷也不热。于是将水打出，用来为这个小孩沐浴。这一洗，洗出了一个好身体和好运气。陈霸先出身贫寒，从一个村长干起，南征北战，最后做成了一个奋发有为的皇帝。他平定了侯景之乱，保护了中华传统文化，保全了南朝江山,功劳不亚于刘备、孙权。而其个人又戒奢戒淫,操守谨严。司马光《资治通鉴》记载:"性俭素,常膳不过数品,私宴用瓦器、蚌盘,肴核充事而已;后宫无金翠之饰,不设女乐。"吃的、穿的以及享受的,和一般老百姓差不多。

1567 年,明代文学家归有光、吴承恩同时担任长兴县令和县丞,他们找到了这口圣井,并花力气将它整修,以资纪念。归有光为此写下《圣井铭(并叙)》,吴承恩抄写好并刻碑流传。这篇幅不长的文章,在极力赞颂武帝功绩和品格后,于结尾处发出这样的感慨:"嗟后之王,荒坠厥绪。丽华辱井,建康所记。"将圣井与辱井对比,批评后代的君王,特别是陈叔宝没有继承祖宗的好家风和好品格,结果取辱于历史,让祖宗蒙羞。

"人事有代谢,往来成古今。"站在历史遗迹面前,我与古人一样,心中满是嗟叹。朝代替换,河东河西,乃时势使然,所谓大厦将倾,独木难支也。而人的崇高和堕落,关涉的是品质的锻造和修炼。全国统一是大势所趋,陈朝的灭亡是早晚的事。陈叔宝最大的错误在于,他听任人性一直软塌下去,在温柔乡中乖乖被俘。虽然陈朝灭亡后,陈叔宝并没有被杀,再活了十五年,最后死在洛阳,葬在邙山。然而,在历史认可的生命长度里,他的坟墓就在辱井。

　　在下箬里的陈武帝故宫,陈列着陈朝三十多年间各帝王的事迹。讲解员在努力地为游客介绍,大家兴致盎然地听着。临走的时候,我对讲解员说:"说到后主的时候,你就一两句带过,是不是简单了点?"讲解员正色地点点头,说:"是的。他名声不太好。"

大脚西施

"秀色掩今古，荷花羞玉颜"，西施无可争议地成为美人的典型和标准。但世上没有完美的人，西施生就一双大脚，被人认为是美玉之瑕。西施父亲是个打柴的，母亲是个浣纱的，是典型的劳动人民。如此职业，基因所及，生个大脚女儿是再平常不过了。

大脚就真的不美吗？形体上或许见仁见智，但从精神内涵上看，妇女解放史其实就是大脚的回归，这无疑是一个美好的过程。原本男女都是天足，据说到了南唐李后主时，此人颇有尖新审美嗜好，"李后主嫔嫔娘，纤丽善舞，以帛裹足，令纤小屈上如新月状，由是人皆效之"。美人为了跳一段鸡鹤独立的舞蹈，以讨主上欢心，不惜以缠足来达到目的，这个风尚竟然祸及了中国上千年！那一双双自残而成的小脚在今天看来最是丑陋，连带着那一双双欣赏的眼光也一并猥琐狰狞起来。

西施这双大脚，彰显了她的健康和体力。据古书记载："越君勾践图复国，以吴王好色，乃用范蠡谋，遍访国中美色，得西施，饰以罗縠，教以容步，习于土城，临于都巷。三年学服，乃献于吴王夫差。"越王勾践为了复国报仇，采取了范蠡的美人计。在范蠡看来，美人计要成功，必须将美女训练成天下第一间谍。这样的美女，必须是刚柔相济的。天生美貌还只是基础，吃苦耐劳，经得起训练和打磨，方能成大器。长得好看又愿意吃苦，鱼和熊掌兼得，此等人才可遇不可求啊。

为了邂逅这样的人才，范蠡在国中劳而无功不止半年。终于有一天，他来到诸暨苎萝山下，蓦然回首，忽见一个浣纱女很有力地从后边走来，那一双大脚将大地踩得咚咚作响！这是一种奇特的魅力，这魅力来自女子的力量感和征服的气质。待到越走越近时，范蠡眼睛豁亮，这美女宛若荷花仙子，一份自然的绝色已经无法用词语来形容！他感觉到，女子的大脚和她的体态精神是如此魔性地契，"天将降大任于是人"，

"梦里寻她千百度""得来全不费工夫",这都是天意啊！于是范蠡很聪明地接近了她,知道了她大名叫施夷光。因住在西施村,她的美丽自然成了全村的代言人,大家都亲切地叫她西施姑娘。

范蠡将他的智商和情商全用上了,将西施姑娘带离了村庄。接着对她加以修饰,让她穿上了上等的服装。在心怀感激和憧憬的时候,范蠡的政治课上得光芒万丈,仇吴兴越的使命感深入西施的骨髓和心房。她得到了特别的指导和训练,一双大脚和着迷人的节奏,成就了别样的舞蹈。她也学习了刺杀术和爆破术,当然也有逃生技巧。三年寒来暑往,第一间谍惊天练成!"勾践征绝艳,扬蛾入吴关。"好一个"扬蛾"!飞扬的是美眉,这自信和杀气,全是这一双大脚传递上来的。

"朝为越溪女,暮作吴宫妃。"一到吴国夫差大王的身边,西施暂时将训练时的杀气和怒气收敛起来。只是略微撒娇,吴王的百炼钢顿时融化于无形。"西施且一笑,众女安得妍。"吾乡方言"比死色",说的就是这样的情形吗?她精心发明了拖地裙,暂时藏起了象征力量的大脚,并在裙边缀满了铃铛。铃铛声吸引了吴王,慢慢地大脚的缺陷感觉不再有,过段时间后,甚至能"以丑为美",如此看来,西施是最懂通感手法的人。那富有乐感的铃铛声仿佛带着吴王征战沙场的节奏,他眷恋的勇武气息在温柔乡中化作了艺术,那是多么令人心醉的沉迷啊。

夫差突发奇想,在宫殿中建立了一座走廊,上面铺满间隔的木条,下面则用空缸承之。西施大脚穿着木拖鞋,来回跳跃腾挪穿过其中,声传宫殿,温柔中传递着劲道,这不正是典型的踢踏舞前身吗?吴王兴奋得手舞足蹈,感激上天派了温柔可人的艺术家来到身边,管她是天使还是妖精,但愿长醉不愿醒!吴王将这专用走廊命名为"响屟廊",或者也可叫作"鸣屐廊"。"响屟廊中金玉步,采苹山上绮罗身。"不承想这"响屟廊"竟成为人们怀想西施的情感触发点了。"苎萝山下如花女,占得姑苏台上春","众女不敢妒,自比泉下泥",当西施成功"垄断"吴王后,力量和智慧的对比便要倾斜了。"君宠益娇态,君怜无是非",吴王自己都不知,何时沦落为可怜虫和糊涂虫了。

"越鼓声腾腾,吴天隔尘埃","脸横一寸波,浸破吴王国",终于西施大脚一扫,这城也倾了,这国也倾了。罗隐有《西施》诗:"家国兴亡自有时,吴人何苦怨西施。西施若解倾吴国,越国亡来又是谁?"我管你越国亡来怪谁，但你罗隐竟然为了做翻案文章，说西施不解倾吴国，你那江东才子不是揣着明白装糊涂吗？在同情西施的幌子下，罗隐淡化了这第一美女间谍的"倾国"之功。倒是卢注《西施》所言："越王解破夫差国，一个西施已是多。"吴伟业《一舸》所云："霸越亡吴计已行，论功何物赏倾城？"还原了历史事实，高度评价了这位间谍之花的绝世之功。

　　大脚走四方，山高水又长。在完成了千秋使命后，西施走了。"一破夫差国，千秋竟不还"，西施再也没有回到苎萝山，那浣纱石还在痴情等待。"一去姑苏不复返，岸旁桃李为谁春？"家乡人民深深思念自己美丽的女儿，女儿不回，桃李无光。西施的结局，无非以下两种：一是已杀说。有说自杀的，有说被吴王沉江的，有说被越王杀掉的。二是已逃说。范蠡决定在吴国灭亡后功成身退，带着西施泛游五湖。智慧潇洒的范蠡与勤劳美丽的西施，携手开创了辉煌的商业人生。西施樱桃小嘴和船板大脚并用，内助范蠡成为一代富翁，陶朱公的美名响彻时空。人们当然愿意相信后一种结局，由美女间谍到美女老板娘，中间还有惊心动魄的爱情，一双大脚踩遍了政界和商界，这样的传奇谁不津津乐道呢？

西施之后，地跨南北的安徽，出了两双著名的大脚。一是来自皖北的马皇后，一是来自皖南的赛金花。不过，颜色已是天壤别，大脚风云总不如。

山水诗城

　　不知道有没有这样的称呼，反正我要冠新昌以"山水诗城"的名号。新昌被称为浙东唐诗之路的精华地，天台被称为浙东唐诗之路的目的地，这两个广告语，我觉得符合实际。

　　新昌还在叫剡县的时候，吸引了大批高人，无论是官、士、商，还是僧、道、尼，他们在这里创造和留下了丰厚的文化。因为他们，新昌有了魏晋风流，有了佛光禅韵，有了仙风道骨，有了书艺雕术，有了山水诗踪，有了斑斓美梦。山川有了人文，这剡溪、沃洲、天姥、石城，念起来就不只是个地名。除此之外，还会有什么呢？唐人的眼睛和心灵总是充满好奇，于是他们扬帆骑马，不远千里，来到这里寻找答案了。

"此行不为鲈鱼鲙,自爱名山入剡中。"李白首次来到新昌的时候,他血管里装着长江,翻滚着呢。"借问剡中道,东南指越乡",这一"借"一"指",青年李白的生机和自信让着诗的纸都要飞了。而当李白再次来新昌的时候,他的血管变成剡溪了,尽管《梦游天姥吟留别》写得涛走云飞,他的理想却像剡溪一样宁静、秀丽、沉默了,他仰慕的朋友孟浩然,不是说过"愿承功德水,从此濯尘机"吗?"别君去兮何时还,且放白鹿青崖间",其实是不想"还"到这个让他处处碰壁的世俗社会,若是有白鹿,李白骑着走入白云,说不定就可以顺着故乡的方向,变成太白金星了。

说到"白",老实巴交的杜甫,心也被搅动了。他看着眼前的美女,不管是不是新昌的,竟然忘情地写下了这样的句子:"越女天下白,鉴湖五月凉。"俗话说:"一白遮百丑。"杜甫从苏州南下,一路想象西施的样子,到了越地,美女的皮肤和质感果然得到了验证。山月照舟,皎洁如水,竟不知身处何处。朱放的《剡山夜月》这样写道:"月在沃洲山上,人归剡县溪边。漠漠黄花覆水,时时白鹭惊船。"好一个"白鹭惊船",终于让人从梦中画里走出,记得注意行船安全了。

"两火一刀可以逃",剡地原是用来逃避人间一切灾害和烦恼的。入得新昌来,便是入了福地。这洞天福地,原本是神仙的家啊。"四明天姥神仙地,朱鸟星精钟异气。"说到这"异",杜甫也是有同感的,他说:"剡溪蕴秀异,欲罢不能忘。"仙人们的神异,往往在鹤发童颜,在长生久视。仙本是人,人修炼可成仙。"来往天台天姥间,欲求真诀驻衰颜",多少唐人都像许浑那样真诚,来到这里追求羽化而登仙。梦想还是要有的,万一实现了呢? 这里不是有两个采药的小伙子,一个叫刘晨,一个叫阮肇,上演过桃源仙境艳遇记吗?

"芳草白云留我住,世人何事得相关?"万念皆空的僧人,天然是诗人的朋友。没有执着没有魔,有的是一片澄明空朗的灵台世界。"茶炉天姥客,棋席剡溪僧",煮出的是慢生活,棋盘上停留的,是单纯的时间。"禅门来往翠微间,万里千峰在剡山。何时共到天台里,身与浮云处处闲。"那个追求艺术生活的刘长卿,真是超越了时空,替忙忙碌碌的现代人写出了心声。若要说禅,不得有馋,贪念一生,思绪绕缠,无暇望天,不见浮云,安得身闲? 我读刘长卿的诗,于今不能无慨。

不像京洛是功名之途,河西是英雄之途,山东是壮游之途,巴蜀是避难之途,岭南是贬谪之途,尽管它们也成了诗路，不过口味挺重的。浙东之途，新昌之旅，那是诗人放飞心灵，脚步跟着心灵走出来的。这样的旅途，来了岂能忘怀？还是看看马戴《寄剡中友人》吧，诗云："故人今在剡，秋草意如何。岭暮云霞杂，潮回岛屿多。沃洲僧几访，天姥客谁过。岁晚偏相忆，风生隔楚波。"过两天，我也要离开新昌了，一定也会多出马戴式的挂念。新昌，这座我叫作"山水诗城"的地方，总是叫我身在当下，梦回大唐。

寻道天台山

在没有来天台山"琼台仙谷"景区之前，我以为李白的《琼台》不过又是泛泛游仙诗罢了。在沿着灵溪一路攀登而上近两小时后，我发现著名的桐柏宫就在山上。我这才恍然大悟，欣欣然确证我走的就是李白当年寻道的路线。

"碧玉连环八面山，山中亦有行人路"，今天景区的道路差不多就是按照李白当年走过的路完善修建而成的。我来的时节正当酷暑，山中的清幽给了我奢侈的享受。而李白来的时候，却是在重阳节后，秋高气爽，琪木花芳。"天风飘香不点地，千片万片绝尘埃"，我不知道李白当年看到的舞动秋花是啥名，姑且叫作"仙花"吧。同样是游人，我和李白都感受到了山风,不过我是贪恋山风的舒爽,美美享受沁人心脾的味道;而李白,饱览的是风舞群花不着地的景象,幻觉是仙人在空中飘来荡去的逍遥相会。

天台山,桐柏山,所指原就是一座。佛教称之为天台,而道家称之为桐柏。这琼台仙谷景区,是非常纯粹的道家道教文化集中地。沿路走来,布置的当然是与道相关的人物与传说。据记载,王乔、葛玄、司马承桢、张伯端等都曾与之有深深道缘。至于传说中刘晨、阮肇采药迷路天台山中,具体迷到何处肯定众说纷纭。一定要让他俩迷到此处来,假定灵溪深处是桃花源,也未尝不可。但是,黄帝、八仙与这有什么确切关系呢?为何沿途造出这么多相关的景点?

一路走到龙潭,也就是古人说的百丈崖瀑布,旅程相对是轻松的。瀑布并不大,也说不上壮观。但一见瀑布就情不自禁夸张的李白,对着一张瀑布图,还是照样写下了令人心驰神往的诗句:"百丈素崖裂,四山丹壁开。龙潭中喷射,昼夜生风雷。但见瀑泉落,如潄云汉来。"也许李白见到的瀑布都让他失望之极,于是不惜夸张,誓要在文学中将理想的瀑布找回。庐山是这样,天台亦复如是。

自龙潭上琼台,是最险要艰难的一段路。经过短暂犹豫后，我还是跟着同事一起，决定走走这天路。经过"通天"门后，就全贴着峭壁走。愈走路愈险，愈走愈心悸，难怪此路被称为"凌云栈道"。我血压高，加之又有恐高症，有一段我不敢往下看，也不敢抓着边上的栏杆，就挨着这崖壁头仰着往上走。天很蓝，这时候我希望能生鸟翼，帮我越过这险境。胆战心惊经过"渡仙桥"后，到另一座山头，路逐渐变得平整，心跳也渐次平复。只是让人怅然的是，好不容易到了琼台，却没有发现桐柏宫所在，加之时间不允许，就这样轻易错过了这座扬名天下的道观了。

在山下景区入口处不远，立一方石，刻有东晋著名玄言诗人孙绰的《游天台山赋》开头的几句："天台山者，盖山岳之神秀者也。涉海则有方丈、蓬莱，登陆则有四明、天台。皆玄圣之所游化，灵仙之所窟宅。夫其峻极之状、嘉祥之美，穷山海之瑰富，尽人情之壮丽矣。"《游天台山赋》是这位玄言大诗人的得意之作，赋成后他志得意满，便迫不及待地将此赋拿给友人范荣期看，并假装不动声色地说："卿试掷地，当作金石声也。"

我当然没有声动金石的才华，但我也想留下点文字。既然有了这一段寻道之旅，自然就写了以上这些，权当是表达对先道贤哲的景仰之情。

宋韵临海：铭记两位庐陵人

一提及宋韵临海，人们总会想起"海山仙子国"的逸韵，以及被誉为"江南长城"的古城墙的英韵。前者美誉乃借助于英雄文天祥的诗笔，后者因在古城墙的修缮史中，镌刻着一位重要人物——彭思永。文天祥、彭思永两位庐陵（今江西吉安）人结缘临海，他们的精神和事迹融入宋韵，至今令人感怀振奋。

德祐二年（1276），因谈判被扣押在元军中的南宋丞相文天祥，乘敌人不备得以逃脱。历经千辛万苦，终于在南通通州下海，一路南下去追随南宋皇室。随同他的有台州义士，被文天祥称为"异姓真兄弟"的杜浒。有赖于杜浒对海洋地形和风土人情的熟悉，文天祥一行得以辗转进入台州海域。当他进入临海桃渚水域时，所见景象乃是"山渐多，入乱礁洋，青翠万迭，如画图中"。在洋中行舟，穿过大大小小、奇形怪状的礁石和海中丛山，文天祥的"孤愤愁绝"顿时得到缓解。这海山铺展的画卷，令人应接不暇，心目为之开阔明朗，文天祥情不自禁赞叹，此真"神仙国也"。于是挥笔写下《乱礁洋》诗："海山仙子国，邂逅寄孤蓬。万象画图里，千崖玉界中。风摇春浪软，礁激暮潮雄。云气东南密，龙腾上碧空。"首联写出视点和总体印象，颔联写静观之美景。颈联写海浪动态，柔则"春浪软"，刚则"暮潮雄"，对比生动。尾联写忠义祝福，期待龙腾东南，国运转昌。早在通州时，他就得到消息，皇室一行已经抵达浙南、闽北一带，所以才会有尾联这样的象征和双关写法。出于对文天祥的景仰，加之《乱礁洋》诗写得精彩传神，临海人民自然便将"海山仙子国"作为家乡的形象代言了。

据《宋史》《临海县志》《嘉定赤城志》《台州新城记》等记载，庆历五年（1045）六月，临海城墙"海溢复大坏"，造成成千上万人死亡。朝廷震惊，就近急派睦州（今杭州建德）通判彭思永火速赶往临海，代理台州知州。彭思永一到任，立即展开灾后重建工作：一是"尽葬死者，作文祭之"，吊死问丧，精神抚慰，安定人心；二是鉴于"民贫不能葺居"的现实，"为伐木以助之"，动用政府救治，让灾民尽快有个安顿的居所；三是修缮被毁坏的官舍，尽速恢复办公；四是痛定思痛，修复满目疮痍的城墙。他分工明确，命州府以及临海、黄岩、仙居县令及各属官员分别负责一个方向的工事，令从事苏梦龄等总其役，责权明晰。大家各司其职，"役徒忘劳"，结果"三旬而成"。完工后，彭思永又听从一线建议，为使城墙更加牢固，"周之以陶甓"，即将夯土墙的两侧全部用砖石包砌，首开全面以砖筑城之先河。彭思永代理州事不过半年，却紧张有序地干成了这么多大事，充分体现了其治理才干和敬业担当精神。敢于任事的背后，是儒家悲天悯人的情怀，《宋史》本传评价他"仁厚廉恕"，诚哉斯言！

文天祥，南宋抗元英雄；彭思永，北宋理政能吏。两位庐陵俊杰在临海的功业青史不灭，而其精神光焰更是万古长存。文天祥的忠义为国，鼓舞了杜浒等海上豪杰，自此"台州式的硬气"绵延不绝。彭思永的夙夜在公，契合了临海人实干能干和乐于奉献的精神基因，江南长城就是临海人坚韧牢固信念的堡垒。爱国为民，或许这正是宋韵最动人的旋律。

明代杰出的地理学家——临海人王士性，对庐陵褒奖有加。他在《广志绎》中称赞说："吉安夙称节义之乡，然至宋而盛。"接着列举了庐陵"四忠一节"，之后对文天祥及其门人的忠烈予以特别表彰。接下来又列举明朝靖难之变时庐陵忠义八人，指出此"良非他处所及"。一定要找出个相提并论的地方，那只有台州了，故他又补充说："今台靖难时亦有八忠。"有意无意间，王士性将庐陵和台州的节义之风连接起来，冥冥之中，仿佛在呼应与家乡临海结缘的两位庐陵人。

斯人已去，神韵长存。文天祥的尽忠为国，彭思永的推仁及民，是两束凝聚宋韵的火把。这样的精神火把，我们有责任在时代的跑道上，接过来，传下去，并使之闪耀出更加明亮的光芒！

彭仲刚善治临海

临海设县以来，令人称道的县令自然不少，彭仲刚是其中佼佼者。彭仲刚（1143—1194），字子复，南宋时平阳县金舟乡彭堡（今浙江苍南县金乡镇彭家堡村）人。他转益多师，博采众长。既师从陆九渊、徐谊等心学大师，又与朱熹、吕祖谦等理学巨擘来往密切，更与叶适、陈傅良等永嘉学派掌门过从甚密。结合志趣，底定方向，他更倾向于永嘉诸子的事功之学。凡事以力行为本，因而《宋元学案》说他"不事论说，以实践为宗旨，尤有吏才"。

淳熙四年（1177）秋，彭仲刚由金华主簿升任临海县令，直至淳熙七年（1180）由陈处俊接任。三年时间里，他励精图治，敢于担当，取得了显著政绩，完成了造福一方的使命。

甫一到任，彭仲刚办公场所就成了问题。早在四年前，临海县官廨便毁于大火。接任者因陋就简，只在废墟上仅存的两三间房子里开展工作。尤袤到任台州知府后，见彭仲刚有干才和干劲，便同意拨款三十万，"使营度之"。彭仲刚不辱使命，经过一年多的营建，便将官廨顺利建成。落成后的官廨规模宏大，布局井然，气象一新。尤袤《重建临海县治记》记载说："外为重门以严启闭；上建层楼，以敛敕书。治事有厅，燕居有室，翼以修廊，挟以外庑。吏值宾次，环列有序。奥者为藏，爽者为狱。为亭于大门之外，以颁诏令；为阁于东庑之上，以藏案牍……总为屋八十有一楹，中凿五池……以其余力建丞簿之舍，而新社稷之坛。"彭仲刚对于这呕心沥血的杰作，颇为自得，乃对其中的虚照堂、平心堂和琴堂，"皆有题咏"。此一工程，也得到了台州通判楼钥的高度赞扬。他兴奋地作《彭子复临海县斋》长诗，赞叹新建筑乃"起望轮奂美，壮观耸连甍"，足以开眼界；"久乃游其间，宏大使我惊"，足以撼心灵。

从尤袤眼中"向之荆榛瓦砾之场"，到"今乃为高明宏丽之观"，在工期紧、任务重的情况下，完成这样一个华美巨变,竟然"未尝巧取而奇敛也"。说白了,就是没有扰民,没有增加额外负担。楼钥《彭子复临海县斋》也证明说是"田里不知役,纤粟无输征"。这不只反映了彭仲刚的仁者之心,更充分显示了他高明的理财能力和高超的治理能力。此等"兴滞起废,不扰而集",作为长官的尤袤,都情不自禁竖起大拇指,夸他差不多可以比肩"古之循吏"。楼钥更是遗憾自己"无荐贤柄",否则便可以直接向朝廷举贤才了。因此他大声呼吁"安得采诗官,取以彻明廷",期待负责考绩的官员能目睹壮举,早日让这样的干才更上层楼,为朝廷所重用。

彭仲刚根据临海实际,对役法进行了大胆改革。为保护下层人民利益,他"先计其阔狭多少,中分而均役之,民甚便焉"。要知道,如此实行均役法,在当时并没有法律依据!但是,也没有法律禁止说不可以这样做。法无禁止则可为,彭仲刚深得其中三昧,敢于机变。据叶适《彭君子复墓志铭》记载,彭氏在担任金华主簿时,衢州发大水,上司叫他先去核实灾情,再视情况赈灾。他对上司说,水灾严重大家都看到了,等到他再去一一核实,恐怕灾民早就饿死了。上司觉得有道理,于是叫他打开米仓救济,老百姓这才"赖以活"。设想没有这样的当机立断,饿殍遍地的惨状何以避免?在临海实行均役法,体现的正是他权变利民的一贯风格。当时任提举浙东常平茶盐公事的朱熹听闻,大为赞赏,说:"今彭君所行……真可谓得法外意矣!"在《朱子语类》中,彭仲刚这次改革役法之举多次被提到,可见他印象有多深刻。

彭仲刚重视民间教化,善用家风家训来移风易俗。他从小便有"淳笃之资,博敏之学",深得父亲喜爱。据陈傅良《挽彭通直》诗所言,其父彭汝砺虽是一介贫民,但能"不令儿巧宦,所尚世清贫"。良好的家教让他懂得了春风化雨之功效,于是在治理中也自觉推广以文教化。他在郑至道《谕俗》一卷基础上,再作《须知》三卷,《琴堂谕俗》五篇,即《崇忠信》《尚俭素》《戒忿争》《谨户田》《积阴德》等。《四库全书总目提要》说它"文义颇涉于鄙俚",但这样的风格肯定是对路的,因为《琴堂谕俗》"本为乡里愚民设","故取其浅近易明,可以家喻户晓"。果然,这样的教化效果迅速呈现,不多时"民爱信之,忿斗衰止"。

《赤城县志》评价彭仲刚"惠爱恻怛",验之以上作为,他当之无愧。叶适在《彭君子复墓志铭》中称赞他"材为实材,德为实德","常左经而右律,目验而耳核"，唯实求是的作风，在官场中殊为难得。他重视调查研究，做事目标、路径都十分明确。常常"图县乡之地，几都几保，合为大图。地之所有，皆物数之"，这方法类似于今天所说的"挂图作战"。献图者标注若有遗漏，他能当场指出，这让部下深感惊讶。勤勉和务实的作风，让办事人员汗颜有加，并因此深受教育。

彭仲刚在临海的善治，形成了临海经验，当时便声誉广播。楼钥向人推荐关于基层治理的书籍，除了北宋吕惠卿的《县法》，便是当时彭仲刚的《临海》，还特别强调指出，彭仲刚的书"尤精详，可取而观也"。在彭仲刚之前，治声最高的临海县令是颜度。《嘉定赤城志》认为彭仲刚完全可以"继颜度"，《彭君子复墓志铭》则曰"至今言治临海者，（必）推子复"。历史公正有情，只要是好官，人民便会世代铭记。"鉴古而知今，彰往而察来"，彭仲刚善治临海的经验，以及当中体现出来的精神，也是值得当今为政者借鉴和学习的。

再访龙湫

大龙湫为雁荡景区精华。我隔了二十年，再次来到这里。龙湫之义，导游说是龙吐口水，开始我以其描述形象而信以为真。后见疑查字典，知"湫"即为水潭之意。龙湫的发现，很早就有记载。相传唐初天竺僧人诺矩罗进山开创佛法，就经常来此观赏瀑布，并坐化于瀑前，现在尚有纪念的观瀑亭和寓意更深的忘归亭。至宋代，龙湫应有了全国性的名气，南宋宁波人楼钥《大龙湫》诗即云："龙湫一派天下无，万众赞扬同一舌。"

入龙湫的峡谷名为经行峡，显然源于五代十国时期高僧贯休诗句："雁荡经行云漠漠，龙湫宴坐雨蒙蒙。"峡两边奇峰耸立，参差成趣，岩石沧海桑田痕迹明显，不愧是世界地质公园。峡行不久，抬眼就可见剪刀峰。清代袁枚《剪刀峰》诗云："远望双峰截紫霓，尖叉棱角有高低。倘非山里藏刀尺，那得秋云片片齐。"剪刀峰的奇特之处，在于横看成岭侧成峰，从不同的角度看各有象形，盎然成趣。古人也发现了这一点，故桐城派作家戴名世在《雁荡记》中就指出："大抵雁荡诸峰，巧通造化，移步换形，其名字因象取义者尚多有之。"围绕剪刀峰，移步换景，像剪刀，像巨螯，像啄鸟，像熊行，像天柱，像神棒，像桅杆，像张帆，凡八变。峰高一百六十八米，导游蜜糖嘴说，这代表着一路发。

峰回路转，壑风拂面，清凉爽身，果然大龙湫到了。七八月份干旱，仰首瀑布不过一线，从一百多米高的地方飘洒下来，在下面龙潭形成一道道游动的波纹，还真像是游弋的小白龙。人都说现在来得不是时候，如果春水充足的四五月份来，即可见瀑布壮观而下，奔腾怒吼，震撼力会让人倾倒。清代袁枚大抵是这个时候来的，所以一饱眼福，写下了《大龙湫之瀑》。诗云："龙湫之势高绝天，一线瀑走兜罗绵。五丈收上尚是水，十丈以下全以烟。况复百丈至千丈，水云烟雾难分焉。"龙湫给袁枚的感觉是经久难忘，难以释怀。故他又在《浙西三瀑布记》中将龙湫与天台石梁瀑布做了比较,云:"大抵石梁武,龙湫文;石梁喧,龙湫静;石梁急,龙湫缓;石梁冲荡无前,龙湫如往而复:此其所以异也。初观石梁时,以为瀑状不过尔尔,龙湫可以不到。及至此,而后知耳目所未及者,不可以臆测也。"无独有偶,同样认为龙湫胜过天台瀑布的还有绍兴人蔡元培,他将赞叹之情化作一首打油诗,诗云:"天台之瀑一大胜,雁荡之瀑长者优。天下之瀑十有九,最好唯有大龙湫。"龙湫右侧的忘归亭,楹联即云:"六龙卷海上霄汉,万马嘶风下雪域。"描述的也是水多急下的情形。

龙湫边上石壁石刻不少,我恭敬地立在"大龙湫"三个大字边留影。二十年前在此处留影时,我是模仿洒脱不羁的醉李白模样。而今回首,李白没有做成,发白倒是名副其实了。潭水碧绿,不知其深,水面有龙头竹排,供人照相,这和二十年前并无太大差别。只是价格涨了,过去照一张是五元,现在要二十元了。

从龙湫返回,被路边店家拦着吃饭,说是她家可以边吃饭边观赏走钢索表演。这项目廿年前就有,在两峰之间绷直钢索,两人配合在钢丝上表演惊险动作,腾挪变化,看得人心惊胆战,下面伸直的脖子嗷嗷叫好。看着离十一点半表演时间不远，我们就顺着她的热情坐在山脚下点菜吃饭。吃到十一点四十分还不见有人表演，食客们就开始嚷嚷了。这时女店主赶紧掏出手机用乐清方言打电话，完后对我们说："马上开始了。表演的人睡过头了。刚才电话打过去叫醒了他们，大家可以看了。"话毕，果然一上一下的两人配合着出来，喊了两声，动作也没怎么做，十分钟后就回去了。

"当时只道是寻常。"游览龙湫的时候，觉得不远千里来寻景致，到后又见不过尔尔，然时隔数日后，不禁又想念起来。今日读到浪漫剧作家汤显祖的《大龙湫》诗："坐看青华水，长飞白玉烟。洞箫吹不去，风雨落前川。"对着窗外毒花花的太阳，我也冒出了两句："雁荡天下秀，何日更重游？"下次再去，我定要夜宿灵峰，沐浴在月色中，听听那龙湫的夜之声。

山辉川媚映门楼

顶着江南的骄阳,我来到了泰顺。沿着雪溪,造访胡氏大院。

胡氏大院现为全国重点文物保护单位,但其实它的历史并不算长,胡家主人胡东伟于咸丰二年(1852)七月始建,距今还不到二百年。

进得大门,沿着甬道,踩着块石铺就的地面,迎面而来的是又一重门楼。门楼建在十一级台阶之上,除寓意步步登高,也构成错落的布局,好与周边山势默契呼应。门墙两侧对称有猫拱墙。所谓"猫拱墙",指其像猫受惊吓拱起的脊背。墙脊线流畅飞动,栩栩如生,看似寻常,却是下了极细致的功夫。我凝视再三,看这猫拱背,猫头对着前面青山,做跃跃欲扑势,显示出其无声的威武。猫招财镇邪，抽象化为墙面，便使得这份寄托含蓄不俗。

流动的曲线正与静穆方正的门牌相辅相成，共同融入周边景物，呈天人合一的画面。正面匾额题有"日拥祥云"四字，祝福之外，也是写实。站在门楼下，仰望蓝天白云，其正与深黑色屋顶瓦片辉映，色彩层次丰富，祥瑞和谐。匾额左边有传统的泥塑喜鹊、梅花，讨得喜上眉梢的彩头，旁边题有诗句："寻常一样窗前月，才有梅花便不同。"多么雅致的诗句，温润秀洁，深惬吾心。这诗句来自宋代杜耒的绝句《寒夜》，全诗为："寒夜客来茶当酒，竹炉汤沸火初红。寻常一样窗前月，才有梅花便不同。"寒夜有客相访，烧茶相待，客人如同高雅的梅花，他的到来，让旧时月色都染上了青眼灼灼的情绪。人生难得是知己，"蓬门今始为君开"，古人的热肠仁心，今日吾侪徒有羡慕了。匾额右边有泥塑杨柳等，那是冬去春来的生机。也配有诗："数枝杨柳不胜春，晚来风起花如雪。"多么优美、悠长的画面！站在群山环抱的胡氏大院中，遥想"花如雪"的场景，闭着眼睛，你是不是深刻地体会到"陶醉"一词的切实与惬意呢？这诗句也是有来历的，它来自刘禹锡的《杨柳枝词》。全诗为："炀帝行宫汴水

滨,数枝杨柳不胜春。晚来风起花如雪,飞入宫墙不
见人。"只是这全诗连起来一读,顿时有悲凉的感觉,
当初主人为什么不注意这一点呢?

　　跨过门槛,看到另一面匾额上,题写有"山辉川
媚"四字。这无疑也是切题应景的。这地方和高度,
正好迎接山之光辉与德泽。人立院中,让阳光和空气
淋透全身,沐浴便有了神圣的意义。这美好的题词,
来自"太康之英"陆机所撰写的《文赋》。其中有句:
"石韫玉而山辉,水怀珠而川媚。"山、水、石正是眼前
所见,吾爱吾庐,自然及于周边。地与物有灵性,人杰
呼之欲出。山辉川媚是由于怀珠抱玉,而这珠玉正是
用来形容德才兼美的人物呢。显然,"山辉川媚"较之
"人杰地灵",雅致和韵味更上一层楼。旁边同样有泥
塑,塑的是松和竹,和另一面的梅花构成了"岁寒三
友"。泥塑"松"的配诗为:"闭户著书多岁月,种松皆
作老龙鳞。"它来自王维的《春日与裴迪过新昌里访吕
逸人不遇》。全诗为:"桃源一向绝风尘,柳市南头访
隐沦。到门不敢题凡鸟,看竹何须问主人。城上青山
如屋里,东家流水入西邻。闭户著书多岁月,种松皆
作老龙鳞。"好一幅坚贞隐士的风度和气派,正与大院
给人的感觉契合,当然也反映出主人的志趣。泥塑

"竹"的配诗是:"有竹一窠长数尺,传令每日报平安。"这就是"竹报平安"的出处。平安是福,主人最大的心愿当然是希望这大院以及这院中人有这福气。刘克庄有词云:"书尺里,但平安二字,多少深长。"口头语说尽了多少百姓的心中事!

这大院的门楼,沉淀着文学的趣味、诗词的芬芳。没有一般人家浓浓的功名味,反倒散发着淡淡的隐逸风,这境界与周边风水环境相契相合,实在是可以提出来表彰一笔的。我总以为,胡氏后人应当出文学家。然而查遍资料,并没有发现。倒是近代出了一名数学学者,名叫胡维基。他毕业于国立劳动大学,中华人民共和国成立前在政府做过事,中华人民共和国成立后便归隐胡氏大院,潜心研究数学。他将"任意角"研究成果寄给周恩来总理,总理复函说,很遗憾,迟了一周,此项研究已被德国人抢先发表。1978年4月,他经过近二十年的努力,研究成功高次方程,但来不及将成果写成论文,便令人痛惜地离开了这个世界。命运如此捉弄人,怀珠抱玉者抱憾而终,平安二字值千金,断非虚言。

夕照西沉,这"山辉川媚"的门楼平添了一些沧桑感。"沧桑不可问,丘壑有余思。"我回首作别时,想起了明代王应修《新甫山怀古》中的诗句。和许多中国大院一样，胡氏大院是历史的经历者、见证者，我们必须好好保护它。在保护文物的同时，其实我们也是在呵护着内心如山路一样深远的情怀。

德怀儒风一亩居

刘德怀是近代丽水理学名家、教育家,因创办震东女子两等小学堂而闻名。在他的家乡,松阳县赤寿乡界首村尚完整地保留他的故居"一亩居",故居如今作为历史文化建筑被妥善保护。在故居旁的介绍牌匾中,有对得名由来的描述:"建于清乾隆年间,占地面积六百六十六平方米,故称'一亩居'。"我不知道占地面积是否真的准确,即便无误,如此解释"一亩居"也是肤浅,甚至是错误的。

"一亩居"当是用典,其直接来源应为"一亩宫"。《礼记·儒行》有曰:"儒有一亩之宫,环堵之室。筚门圭窬,蓬户瓮牖。""亩"在古代到底有多大?据宋代成书的《集韵》:"《司马法》,六尺为步,步百为亩。"这一说法自有根据,《晋书·傅玄传》曰:"古以步百为亩,今以二百四十步为一亩。"唐代孔颖达在注疏《礼记》此句时,即采用"步百为亩"的说法,具体则云:"儒有一亩之宫者,一亩,谓径一步,长百步,为亩若折而方之,则东西南北各十步为宅也,墙方六丈,故云一亩之宫。"

由此可见,古人所谓"一亩之宫",实为斗室,与今日的"亩"不是同一概念。儒者能居一亩宫,而不改颜回之乐,这就是先贤要大力赞扬的安贫乐道精神。所以孔颖达认为《礼记·儒行》中相关论述乃"明儒者仕宦能自执其操也"。后人用典,皆取此意。如唐代白居易《咏怀》云:"如何办得归山计,两顷村田一亩宫。"宋代郭印《次韵杨信仲见贻郊居二首》其一云:"野老樵夫作比闾,儒宫一亩亦安居。"

"一亩居"三字连用出现在诗歌中,笔者能查到的似从晚唐贾岛始。其《和刘涵》云:"京官始云满,野人依旧闲。闭扉一亩居,中有古风还。"宋人连用的渐多,如王禹偁《新秋即事》:"谪居始信为儒苦,生计兼无一亩宫。"无名氏《和别驾萧世范赠玉岩诗四首》其一:"富贵须论命有无,谋身只是半行书。饥肠不羡千钟粟,广厦何如一亩居。"杨时《藏春峡·老圃亭》:"避俗柴桑翁,不复叹荒芜。卷怀经纶手,治此一亩居。"杨万里《宿横冈》:"我岂忘怀一亩居,谁令爱读数行书。"

刘德怀家族以"一亩居"命名住宅,反映的当是儒家淡泊明道的情怀。居室无论大小,志向不能在求田问舍,而在于达则兼济,穷则独善,弘毅致远,一本于儒家之道。刘德怀是丽水最早的留学生之一,在日本留学期间就加入了同盟会。在奔走革命的同时,始终心系桑梓。他慷慨解囊,舍宅为校,女子学堂校舍最早就在一亩居内,其行其情令人感佩。旧传统,新思想,"一亩居"兼容并包,扬弃升华,给偏僻的山村带来了新的生机与活力,曙光与希望。

年华暗换,斗转星移。如今在界首村刘氏宗祠东西两面墙上挂满了本村杰出人物的介绍。数量之多,领域之广,是当得起人才泉涌这样的形容词的。古今辉映,新旧接续,实在令人震撼。彬彬有礼,儒风长存,传统在无声地展示着它鲜活的魅力。"一亩居"呈现出来的气象,让这个古老的船形村落,始终意气风发,扬帆起航,在琅琅书声中走向更加美好的远方!

人间至悲张玉娘

丽山丽水出丽人,此次到丽水,不由得想起悲剧才女张玉娘。

张玉娘这个名字,即使是研究古代文学的,知道的人也未必很多。在通行的文学史中,几乎没有只言片语提到。如此湮没不彰,就连词学泰斗唐圭璋先生也为之鸣不平。他郑重建议:"一般文学史家,应该留出一点篇幅,叙述这已经隐埋了六百多年的女作家。"

张玉娘是丽水松阳人,字若琼。琼玉兰雪,当是她取集名《兰雪集》的原因。我惯性搜寻"兰雪"的出处,至今未有满意发现。不过李白有《别鲁颂》,其中有句:"独立天地间,清风洒兰雪。夫子还倜傥,攻文继前烈。"慢慢想来,其风度和志向用以形容这位两宋之交的才女,真有一份别样的恰切。

张玉娘是位文学女青年,自幼聪慧敏感,读书之后更对爱情有神圣的期盼。她年轻时许配给沈佺,后来父母悔婚,怎料玉娘之心已然是"曾经沧海难为水,除却巫山不是云"。沈佺苦读,高中榜眼。然终是薄命之人,竟一病便撒手而去。玉娘顿失魂魄,忧痛难已,茶饭不思,很快便追随成双了。其诗文事迹,直到明代,才由松阳人王诏从《道藏》中钩稽而出,进而为之作传。不知这女子的诗何以入《道藏》,这应是一个很好的考证题目。《四库全书总目提要》说《兰雪集》:"卷首题张献集录,盖玉娘之族孙也。"此信息莫非也正是从《道藏》相关记载中拈出?

才女的故事总有人感兴趣,加之其诗词水平确实高,于是文学的想象便容易将人演义化。令剧作家兴奋的题材就这样来了,清代顺治间,著名剧作家孟称舜任松阳教谕,他为了大力表彰一方才女,创作了传奇剧本《张玉娘闺房三清鹦鹉墓贞文记》。剧本说,玉娘死后,侍女霜娥、紫娥或忧痛而死或自刎而死。就连那只有情的鹦鹉也绝食悲鸣,最终追随主人而去。人间至悲,人鸟不存,果真如赵景深先生所言,为"一出希腊式的大悲剧"?《四库全书总目提要》说玉娘

"失礼之咎自不可掩，而其志则可哀已"。前半句是站在批评其未能"发乎情止乎礼义"的封建立场，后半句是实事求是的描述。千古一恸，只为爱殇！

有人将张玉娘与李清照、朱淑真、吴淑姬并称"宋代四大女词人"。不过现在玉娘存词仅十六首，其散失者当在大多数。我读这十六首词，惊异其水平接近李易安，顿觉困意全无。词既有苏轼悠长的潇洒韵味，又有李清照清高绝俗的风致。完全是士大夫的胸怀和笔法，闺阁之态极为鲜见。存词中竟然有次韵苏轼的《水调歌头》（明月几时有），写生死相隔愿常相随的至痛，结合其身世来读，更有一哭之冲动。也有《如梦令·戏和李易安》，和的是李清照名词《如梦令》（昨夜雨疏风骤）。词云："门外车驰马骤。绣阁犹醺春酒。顿觉翠衾寒，人在枕边如旧。知否，知否，何事黄花俱瘦。"反清照词而言之，所以才有"戏"之谓也。

据载，玉娘存诗一百多首，《四库全书总目提要》说其"诗格浅弱"。我未曾读其诗，但据词来看，此判断未必确当。

经了解，《张玉娘》越剧已经上演。《张玉娘》《兰雪集与张玉娘研究》《兰雪集校笺》等书籍已经出版。松阳县还成立有"兰雪诗社"。看样子张玉娘的文化整理和研究并不寂寞，但为什么在学界引起的关注还是那么不相称呢？

"笑巫山神女，行云朝暮。细思算、从前旧事，总为无情，顿相辜负"，细品张玉娘这样的词句，深感这人间深情者终归于无情也。

蜿蜒在时空中的独山乡愁

天马山为屏,乌溪江为带,九龙山为障,就地取材为房。得天独厚的地理形势,环抱起一个叫独山的村寨。独山在今天的浙江省遂昌县境内,我在一个闷热的午后应约踏访,体会着岁月的无声沧桑。

松阳叶梦得,唐代高道叶法善的后裔,南宋尚书左丞,著名爱国词人。他的曾孙叶峦,带着家族的荣耀和使命,从松阳古市卯山出发,踏上了新的寻居之旅。松古平原为处州粮仓,自古丰饶,叶峦离开时眼神难免忧伤,表情定是复杂。几经辗转,就发现了这桃源般的存在,心中顿时有了安定感。迷茫的脚步就此留下,叶氏族人渔樵耕作,开枝散叶,在汗水淋漓中展开生活,在生儿育女中延续香火,独山从此不孤独。

最为难得的是，这个村落基本没有商业开发。原始古朴的风貌，天人合一的环境，让我这异乡游客刹那间涌起了乡愁。钱起《送征雁》诗句"怅望遥天外，乡愁满目生"，正与我当时心境相通。

黄土墙、黛色瓦、黑木楼、猫拱脊，举目望去，岁月的旧章封面呈现在眼前。徐徐翻开，细细体会，古今或同味。在我看来，岁月之大部并不如歌，它更像是平实的散文，在无声中显示悲欢离合。后代的读者读着前代的读者，"人生代代无穷已"，形散而神不散。有形的生命渐次离去，无形的生命有韵有味，流传千古，就像山脚乌溪江水永不停歇。

村中最具特色的是"明代一条街"。鹅卵石路延伸成深邃的时间洞，让人想起"古往今来曰宙"的意味；鹅卵石墙立起的房子处于天地之间，荡起"上下四方曰宇"的回声。这些光亮的鹅卵石，与你的眼睛惊喜相遇，闪烁着村庄宇宙的待解神秘。一条街，是宇宙的浓缩，文化在其中如草蛇灰线。这里有叶氏宗祠，门前一对斑驳的狮子还在栩栩如生地展示它的威严，两旁的旗杆还竖立着，静静地等待着功名的升起。紧临的葆守祠，纪念的是一桩丫鬟当娘的担当，守住的是一份书香和感恩，延续的是崇学向善的传统。再往前走就是高耸的旌节坊,表彰郑氏二十七年励志冰霜,守住了贞节和那些教化书里的脸面。二十七年挨过的时光与泪光皆是无声,而延续至今的牌坊亦是静立无语,这是用寂寞向寂寞致敬吗?

街头两端的财神庙和功名石牌坊,最让我徘徊。尽管财神庙不大,且那日铁将军把门,我还是好奇地让目光穿过门缝,半睹赵公明元帅威武的仪容。发财是绝大多数老百姓的梦,甚至是古代大部分当官人的梦,要不怎么会有"升官发财"这个成语?财神崇拜在这儿并不婉约,独山人的价值是坦诚的。叶氏家谱中的家训是务实的,它在教育子孙,人要根据自身禀赋,学会一门谋生技,故曰:"父兄于弟子,不论贫富,可读则使之读,宜耕则使之耕,不读不耕务必教以一艺。"又云:"人家子弟,宜各司一业,士农工商,随其才能,使专治之。"在这样的理念指导下,独山人展示了经商的天赋,依托山中丰厚的物产,开源节流,为此积累了可观的财富。叶宪、叶昭、叶久青、叶泮林等皆是山中富豪,钱财"动以万计"。一时之间,这偏僻山村还赢得了"独山府"的美誉,富在深山名难藏。可贵的是,叶氏富翁并非守财奴,相反乐善好施,古风至今令人景仰。他们或广置义学,或扶危帮困,或修路铺桥,或济渡利人，留下的都是为富且仁的好名声。

耕读传家是我国悠久的传统。独山在明代的时候，读书声和鸟鸣声此起彼伏，乐在其中的滋味，旁人闻之则企羡不已。蔚然成风，则必然人才辈出，据其家谱记载，当时情形是"以诗书为资，以学业为殖，以笔砚为耕者也，或为饩廪，或为增广，彬彬士风，比屋皆是"。读书人中的代表是叶以蕃，村头另一端的石牌坊正与他相关。明嘉靖四十一年（1562），叶以蕃高中申时行榜进士，位列二百九十九名登科者中的二甲第十九名。可惜的是，叶以蕃襟抱未全开，只做到工部员外郎便英年早逝，享年三十三岁。白发人送黑发人，我们难以想象他父亲叶弘渊的悲痛。按照过去的规矩，子贵父荣，父亲是可以得到和儿子相当的封号的。但是立个牌坊来表彰，其实还是罕见。或许知县池浴德为叶以蕃深感惋惜，也许是为了安慰叶弘渊，或者是有更高境界，要激发独山人再接再厉。明隆庆三年（1569），也就是叶以蕃去世三年后，这座巍峨肃穆的石牌建成了。题匾为"洊膺天宠"，意为父子俩受天子的恩宠，以示荣耀。小额坊署"封工部营缮同员外郎事主事叶弘渊由子以蕃贵立"，字迹依然清楚，当年叶弘渊当是睹物思人，怆然涕下。暗虫衰草几度，任是风雨如磐,牌坊依旧坚挺。凭着凌霄的站姿,如今它站成了全国重点文物保护单位。我立在牌坊下仰望,未及感慨,便见村民皱纹里绽笑,扛着长长的毛竹小心翼翼地穿过坊门。翠竹青青今又是,四百五十多年了,会有多少代人从此穿过生活,又留下了多少无法复述的故事呢?

独山的人才和钱财,自然容易吸引当政者或者反抗者的注意。大戏曲家汤显祖任平昌(今遂昌)县令时,数次来到独山,与病居在家的举人叶澳成为莫逆之交。他们一同谈古论今,登山玩水,相互激发,将人生的真意书写在青山绿水间。"独乐乐不如众乐乐",汤显祖还将好友屠隆也带来玩,如今他们的诗作还在山头田埂熠熠生辉呢。

然而,生活中更多的不是佳话,而是苦难、变故和由此带来的兴衰沧桑。"独山府"的名气带来了苛捐杂税,更招来了一拨又一拨的土匪和农民起义军。即便修建了谯楼和寨墙,组织了民兵,但这又怎么能阻挡住强敌的武装进攻呢?于是,杀的杀,逃的逃,徙的徙,独山变得寥落孤独了。所有的乡愁都因为离开而产生,"驱马傍江行,乡愁步步生""天寒闻落木,叶叶是乡愁""知君风雨夜,落叶起乡愁",此等诗句自然不是为独山而写，但兵荒马乱中的独山人，携老挈幼奔走，此等诗句又何尝不是他们情绪的写照！

夕阳将下，我缓缓地走出独山，再一次回眸那刻有"中国最美乡愁旅游村寨"字样的石头。最美的风景总在心中，旅游若不取休闲意，那就真是羁旅游子了。我青春年少便离开家乡吉安，如今久作临安旅，时常有"不知何处是他乡"的幻觉。古人诗云："昨日梦非今日梦，他乡愁是故乡愁。"我在独山，江西人汤显祖来过的地方，招来了一朵乡愁的云。其实啊，每个人心中都横亘着一座独山，乡愁像云朵萦绕其间，随着山势蜿蜒，通感着时空况味，散开又散开……

"无奈乡愁只强忘，独山唤起再思乡。故乡依旧千山外，却被独山断杀肠。"这是乡贤大诗人杨万里的《龙山送客二首》其二，我只是将"龙"字换成了"独"字，虽然最后一句在平仄上犯了孤平，但从内容上来说，却也十分贴合彼时踌躇独山的心境。由此看来，独山的乡愁不只属于独山人，作为传统中最深沉的情感力量，它已然渗透到许多中国人的骨子里了。

走笔临安

杭州王气天目来

　　著名历史地理学家、绍兴人陈桥驿先生在其著作中将杭州列为中国六大古都之一，大大提升了此"东南形胜"的地位。有无家乡偏爱暂且不论，但杭州也算是两朝之都，这事实是无法改变的。天目山下临安人钱镠，于唐末乱世之中建立吴越国，定都杭州；靖康之乱，赵构仓皇南渡，辗转之中也定都杭州。为表恢复之志，他将杭州改名为临安，意为"临时安顿之所"。

　　都城不论大小，皆为王气所聚之地。杭州的王气并不内生，而是来自百多里外的天目山。"天目高山何处起，脚绕临安五百里"，何其壮哉！相传晋代风水大师郭璞登上天目山，罗盘一转，便相信"五百年间王者兴"。乃作谶言诗："天目山前两乳长，龙飞凤舞到钱塘。海门一点巽山小，五百年间出帝王。"五百多年后，临安石镜村，一个孩子猛吼一声，便出生了。父亲嫌其"貌寝"，想要丢到井中，婆婆赶紧劝阻，于是将这未来之王留住了。这孩子就是鼎鼎大名的钱镠。仁慈的婆婆不但留住了一个王，也成全了一口"婆留井"。至于这钱镠之"镠"与婆留之"留"是否有关联，便不得而知。历史烟消云散，唯有寂寞婆留井，还在与人说兴亡。

钱镠建立的吴越国时间不算长，也就七十来年。但他稍做安定，便由武功转为文治，将吴越国治理得井井有条，把个杭州建设得空前繁华。没有钱镠乃至历代钱王的精心治理，如今所见的长三角当然也会繁荣，但至少会来得更晚，说不定还会晚许多。今天倒过来看历史，人们津津乐道的并非钱王开拓的神勇，而是他们治理的高明。杭州是一颗明珠，吴越国时期就擦得亮晶晶，如此耀眼，仿佛要为未来做准备。吴越国灭亡的时刻，谁也没有料到，钱王苦心经营的都城，一百六十年后还会成为南宋的都城。

都说吴越国最后的王钱俶是主动纳土归宋的，这"主动"的说法是站着说话不腰疼。当年钱俶被扣留在开封，内有生命之虞，外有大兵压境，不答应纳土能行吗？吴越国江山拱手送人，不只是钱氏心有不甘，即便是民间亦觉不平。据张岱《夜航船》记载：

> 宋徽宗梦钱武肃王讨还两浙旧疆垦，且曰："以好来朝，何故留我？我当遣第三子居之。"觉而与郑后言之。郑后曰："妾梦亦然，果何兆也？"须臾，韦妃报诞子，即高宗也。既三日，徽宗临视，抱膝间甚喜，戏妃曰："酷似浙脸。"盖妃籍贯开封，而原籍在浙。岂其生固有本，而南渡疆界皆武肃版图，而钱王寿八十一，高宗亦寿八十一，以梦谶之，良不诬。

中国人喜欢讲天道轮回，将这宋高宗讲成是钱镠转世，终于为钱氏要回了一个公道。如此说来，这天目山来的王气，到底还是要独钟家乡临安人。苏轼《表忠观碑》云："天目之山，苕水出焉，龙飞凤舞，萃于临安。"无意间为这民间传说作注了。南宋灭亡，人们伤悼的诗句，如"天目峰摧王气终，长江战舰顺流东""天目山崩王气消，北风夜退钱塘潮"等，还在将王气与天目相提并论。

在许多人眼中，杭州温柔无比，很难将它与王气之地连接。然必须站在高处外围俯瞰，才能将地理看个明白。站在比天目山更高的地方和更远的距离，像一只鹏鸟那样张望，这才发现："杭州地脉，发自天目，群山飞翥，驻于钱塘。江湖夹挹之间，山停水聚，元气融结……钟灵毓秀于其中。"有了天目山和钱塘水构成的形势，多少也能和雄壮挂上些钩，于是也就有了如"钱塘水阔吞鲸海，天目山高冠虎林""天目钟奇龙凤舞，钱塘汇秀水天连"等诗句产生的基础。

尽管"新见钱塘王气好"，南宋之后就没有谁再想着将杭州当作都城。不管是李思聪还是傅伯通，一干堪舆家还是看到了杭州"风水造化难称佳胜"，成一方巨镇有余，做一国之都水土就显得轻浮了。所谓风水、王气之说今日已不足取，但城市要有个好的藏风纳水的生态倒是无可争议。好生态能带来旺气，旺居、旺学、旺游、旺事业。如此说来，为了兴旺杭州，保护西部大屏障天目山仍然意义重大。天目山不仅仅是后花园，更是大气杭州的生态靠山，我们要始终对大自然充满敬畏。

钱王注目下的吴越名城

在临安高速入口处，高高耸立着钱王雕像。他注目过往行人，穿透风雨沧桑，仿佛在问一代一代的临安地方官："你们要把我家乡建设成啥样？"

钱王有深切的"家山乡眷"，时时不忘"吾家世代居衣锦之城郭"，他对临安的爱沁入骨髓，要说有多深沉便有多深沉。

故土名不改，换了人间。今天临安正意气风发走在大发展的道路上，"吴越名城·幸福临安"建设成了未来的战略任务。

吴越名城建设必然要转化和发展丰厚的吴越钱王文化。从传统的角度视之，这座名城的风貌该如何传承和超越？换言之，钱王注目下的吴越名城该展现怎样的风采和风度呢？在我看来，可从色、香、味、型四方面形象描述。

它是一座本色名城。在这里，人与自然和谐相处，"四序和风气色浓"，永葆生态的活力和魅力；在这里，人民虽富，本色不改，信奉《钱氏家训》所言"勤俭为本，自必丰亨；忠厚传家，乃能长久"；在这里，所有文物遗迹都应得到本样保护和利用，因为古色正是临安本色之一；在这里，我们更懂得吴越文化深契"不忘本来，吸收外来，面向未来"的发展方略，我们的本土情怀和本领增长同频共振，一定会使古城本色焕然耀眼！

它是一座书香名城。钱王虽行伍征战出身，然很快转变治国理念，不只是自己"勤学书，好吟咏"，而且要求家族"子孙虽愚，诗书须读"。"读经传则根柢深，看史鉴则议论伟。"读书从经史入手，走的是正道；"能文章则称述多，蓄道德则福报厚。"悟的是正理；"兴学育才则国盛，交邻有道则国安。"做的是正事。由武转文，弓箭得天下，笔砚治天下，宋朝文治之功便是深得钱王启迪。钱氏子孙，开枝散叶，今日多以学者、专长名世，书香熏陶，不绝如缕，形成了多么自觉和美好的传统！钱王故里，千年古城，今日书香当更浓郁，崇学风气起码要有领先杭州的志气。

它是一座韵味名城。钱镠当年写信给爱人："陌上花开,可缓缓归矣。"九字深情婉美,后人击节共鸣,这是多么悠长的艺韵!过一种审美的艺术生活,文雅高致如士大夫,"民间无事看花嬉""四时嬉游,歌鼓之声相闻",临安古时百姓玩得有品位,有雅韵,幸福指数就如那陌上花开。临安文化有底蕴,自然城市有高韵,这韵具有明显的辨识度,这是花钱打造不出来的。韵味离不开书香,若有书香弥漫如苇花,苕溪神韵更悠长。大力发展教育,共同营造向学氛围,当是建设韵味名城的题中之义。

它是一座范型名城。"余理政钱唐,五十余年如一日,孜孜兀兀,视万姓三军并是一家之体。"钱王心中记得民为邦本。"家富提携宗族,置义塾与公田。"钱王自古就提倡先富带后富。"恤寡矜孤,敬老怀幼,救灾周急。"钱王从来注重社会保障守住底线。"私见尽要铲除,公益概行提倡。"钱王深知慈善公益不只是德行,更是分配的重要调节手段。"官肯著意一分,民受十分之惠。"钱王谆谆告诫为政者必须以上率下,如此示范,榜样效应才能成倍发挥。今日临安,除在本色、书香、韵味名城上做亮特色,更应在改善民生、提升幸福感、共同富裕上呼应时代主旋律，做出切实示范，让名城建设服务于幸福临安，展现古老与现代交相辉映的动人画卷！

生活在名城，既有仓廪丰实，又有诗和远方。物质和精神富足和谐，个人和社会同步精彩，临此爱此，安之兴之，幸福的感觉当简约如是。钱王注目下的吴越名城，期待如璀璨明珠，熠熠生辉！

春风一树

浙江农林大学图书馆坐落在东湖畔，东西两条小溪绕行入湖，如此构成了三水致意的格局。这竟与古代诸侯学府泮宫暗合，郑玄解释"泮之言半也，半水者，盖东西门以南通水，北无也"，似正与图书馆地理一致。

在图书馆大小报告厅旁，有一大过厅，常用来布展。所展多为书画艺术，来往人多，这些经常性的展览自然能给人以文化熏陶。长期以来，厅堂无名，通知观展颇为不便。图书馆领导说我是文化人，便嘱我为之命名。我推托再三：一则不敢以文化人自居；二则文化谁都有发言权；三则毕竟要流传，自当慎重。怎奈命名之事急如星火，二位领导口才俱佳，一时让人觉得再行推脱，就有打太极的嫌疑。应承下来后，经过数夜思考，决定以"春风一树"名之。不料幸被采纳，四字已经高悬厅堂矣。

命名最直接的来源，是清代诗坛性灵派领袖、杭州人袁枚的诗句："春风开一树，山人画一枝。"造化自然是伟大宗师，我们无法穷尽其美妙，只能是用心去撷取一树一枝，每一次的展览都是谦卑的艺术展示。知识莽莽如林，吾生有涯，能探索和成就的也是一树一枝。我们拿起每一册图书时，是不是会因为自己的渺小而产生对前辈的敬畏？一树一枝的成长，是传承和突破的过程，只有沐浴在教育的春风里，这个过程才会变得睿智文明。

春居五行，方位属东，其色在青。浙农林大最美的季节是春天，这里处处彰显的是青春活力。白居易《春风》诗云："春风先发苑中梅，樱杏桃梨次第开。"仿佛专为校园而写。春风化雨，历来被认为是教育的最高艺术境界。《孟子》提出君子"所以教者五"，其首推崇的即是"有如时雨化之者"。春风风人，夏雨雨人，教育若能如此，快乐必是无穷无尽的。我所期待的是，走过这"春风一树"厅堂的，定能"满面春风，一团和气，发露胸中书与诗"。东湖是灵感之源，我期待每个人都能成为朗读者,不约而同,融融而诵的是朱熹《春日》诗:"胜日寻芳泗水滨,无边光景一时新。等闲识得东风面,万紫千红总是春。"

浙江农林大学,自然和树天生亲近。我希望来到这里的美女都是碧玉妆成,春风摆柳;帅哥都能玉树临风,倜傥多才。我更有个梦想,希望天下学校皆能守正创新,宁静致远,让一树能自自然然、大大方方生长。此刻油然而生的是《管子》的谆谆教诲:"一年之计,莫如树谷;十年之计,莫如树木;终身之计,莫如树人。一树一获者,谷也;一树十获者,木也;一树百获者,人也。"立德树人,松竹气节;培仁植礼,兰梅雅韵。我坚信:梦里自有心花开,春风东湖凌波来!

厅堂边的报告厅,几乎每天都有各种报告和演讲。祝愿这里的讲者能春风润物,听者能如坐春风,充盈着一树花开的心契。祝愿这被学生戏称为皇家大农林的学校,光华绽放,一树璀璨!

三休亭得名有感

　　杭州市临安区城西有玲珑山，山如名小巧，文化底蕴丰富。拾级而上，中有亭翼然，名曰"三休亭"。问何以得名？或曰：此山苏轼、黄庭坚、佛印三人曾结伴攀登，腿倦而在此休息，故有此名。查乾隆版《临安县志》，三人登山确有其事。据记载，后人还曾在亭中供奉他们的石像，可惜今日不见了。言之凿凿，让人差点听从此说。然苏轼有《登玲珑山》诗，颈联云："三休亭上工延月，九折岩前巧贮风。"则苏轼之前，三休亭名便有，前说不辩自倒。

　　《临安县志》未曾说明"三休亭"得名由来，这引发了我的探究兴趣。我首先想到是唐代司空图，他曾在自家庄园修建亭子，取名"休休亭"，又名"三休亭"，并作《休休亭记》说明取名之由。其中写道："休，美也。既休而美具。谓其才，一宜休也；揣其分，二宜休也；耄而聩，三宜休也。而又少而坠，长而率，老而迂，是三者皆非济时之用，则又宜休也。"照此说来，岂止三休，司空图该取名"四休亭"才对。司空图未曾到过玲珑山，玲珑山也非私家山林，也未曾听说过谁曾退隐于此而牵扯典故，显然"三休亭"得名应与此无关。

继续查证资料，西汉初年贾谊《新书·退让》有云："翟王使使至楚，楚王欲夸之，故饗客于章华之台上，上者三休而乃至其上。"这应是最早出现"三休"的记载，意思是章华台很高，登台者要多次休息方能上去。三休，后扩展为表示登高艰难的典故。想玲珑山三休亭，仰望之如在山台，情景甚是契合，亭名缘此，不易得乎？况由登台三休，发展为登山三休，屡见于诗句。如隋末唐初孔德绍《登白马山护明寺》云："三休开碧岭，万户洞金铺。"唐代卢鸿一《嵩山十志十首》其二云："穷三休兮旷一观，忽若登昆仑兮中期汗漫仙。"唐代王维《自大散以往深林密竹磴道盘曲四五十里至黄牛岭见黄花川》云："危径几万转，数里将三休。"

玲珑山上既有九折岩，建个亭子取名"三休"，正好来个意味深长的数字对。心曲折，路才会曲折，"路漫漫其修远兮",人毕竟不是求索的机器,累了确实该懂得休息了。到了三休亭,玲珑山差不多登上一半,坐在这里休息一会,山风习习来,息汗后倍觉神清气爽。若晚间于此,看月挂山谷天,听万虫高低鸣,脚下水声潺潺,顿觉身心俱忘。这便不劳登到上面卧龙寺,于此便可深得禅意了。

如今玲珑山有了通往山顶的水泥路,人们开车很轻松就能到达位于山高腰的卧龙寺。越来越多的人不走苏轼他们走过的登山道了,三休亭的名字很多人竟也没有听说过。山不用来登,山可休矣;脚不用来走,脚可休矣;景不用来读,景可休矣!

登大朗山

    风寒日丽，偕妻登大朗山。山属临安市区西墅街道辖，方言讹为"大梁山"，市民习以为常。山名曰大，实则玲珑小巧。有混凝土道盘旋至顶，亦有步行台阶直抵。余欲锻炼筋骨，乃拾级而上。山景寻常，心情恬悦。见山塘二，水碧映竹，游鱼不出。山多竹，翠立起舞，煞是可爱。沿路见竹为风雪所戕者，折且弯矣，前之风雪猛烈，触目可想。山间幽静，鸟亦不鸣；细水蜿蜒，怪石时见。一路广播梵音相随，至山顶，忽见旷地。乃为重建海会寺，着力平整耳。

    余阅《临安县志》，知海会寺千有五百年矣。梁大同年间成，昭明太子于此弘法，上赐匾"竹林寺"。今西墅有竹林街者，盖缘此欤？宋大中祥符元年，赐名

"海会寺"，意谓灵山莲池海会，众法归一。往昔香火旺，盛时僧侣至千余人。

先是，北宋杭州知府蔡襄游之，作《临安海会寺记》。后杭州通判苏轼作《跋蔡君谟书海会寺记》，云蔡氏已殁六年，有足感叹者。驰想竹林桥看暮山，乃人间绝胜之处。轼亦游此寺，作《宿海会寺》《海会寺清心堂》诸诗。诗云自长桥而来，饥肠辘辘，而日色已暮，遂宿于寺中。晚于此中引杉槽水沐浴，得大畅快，今民间谓之"泡澡"耳。睡香，呼噜如雷，惊倒四邻。起则安静食粥于僧堂。轼此游几无花费，类今之穷游乎？南宋张镃步其游踪，作《过临安海会寺东长桥有怀苏文忠公》今存。

余谓君谟（蔡襄）、子瞻（苏轼）、功父（张镃）辈皆擅书者，临安书法协会当迁至寺中，以示仰承流风，应景增色。

余做此游，乃临时起意。路偶遇司职学校保卫处郑君与罗女士，皆为赣人。罗陪其舅姑登山，老人健步，不见老态。路人见之浑然忘倦，疾步向前，顿悟天行健之奥义。

留椿屋，一卷书

临安西天目山禅源寺左侧不远的山坡上，有一幢民国风味的西洋小楼。二层石砌，精致美观。经看楼前简介和查询资料，得知此为民国时期上海市怡和洋行实业家潘志铨专为父亲养老所建。小楼不简单，后来住过不少名人，比如周恩来、黄绍竑、胡蝶等。看楼如看书，我凝视许久，历史的厚重感和神秘感油然而生。

楼前原来应是庭院。好似书中插图，一棵珍贵雪松舒展枝叶，直冲云霄。据介绍，这棵松树当时为天目山所独有，是潘志铨为表孝心，专门从南京买来种下的。几十年过去，雪松亭亭如盖，与小楼相映成韵，大美无言。

小楼有三名，"潘庄""天然居"和"留椿屋"。"潘庄"太直白，"天然居"太普通。唯有"留椿屋"之名，散发书香，耐人寻味。

让我惊讶和亲切的是，嵌在廊柱上的"留椿屋"三字，像是封面设计，秀婉而不失古朴，竟然是朱汝珍手书。我谋食于天目山下的浙江农林大学，给学生上传统文化课，讲到科举内容时，例子便举到这位饱含冤屈的末代榜眼。朱汝珍原本应为状元，却因姓朱让慈禧太后想到"红"，由"红"再想到"洪"，眉头一皱，"洪秀全"三个愁恨的字蹦出了脑海。再看"珍"，又想到那恨之入骨的珍妃，籍贯一看又是广东清远，立马想起洪秀全、康有为、梁启超、孙中山，这些个粤人，没有一个不给大清添乱啊。老佛爷的这成串不快，导致她情绪失控，于是煮熟的状元便如活着的鸭子一样神奇地飞了。

"留椿屋"有如精妙的书名，好在切题而又意涵丰富。"留椿"的谐音总让人想起留住春色。"春且住！"似有一声断喝，见出屋主人的爽气和霸气；"春且留"又似真挚的挽留，充盈着对春色满山的无限眷恋。都说天目秋色好，只因无奈错过春。

且止住联想，回到"椿"本字。椿为古树，正与这

"大树王国"的天目山情境相契。《庄子·逍遥游》中有言："上古有大椿者，以八千岁为春，八千岁为秋。"椿为树中老寿星，天生为长辈。男人如树，女人若草，草仰望着树，树呵护着草。就着这样的文化心理发展，后来人们便用"椿"来指代父亲，"萱"来指代母亲。用"留椿"来祝福父亲"椿龄无尽"，这是多么吉祥和讨人欢喜！

别忘记屋前的雪松，它不也是长寿的象征吗？古代还有并列构成的"松椿"一词呢。北宋著名词人晏殊《拂霓裳》词便云："今朝祝寿，祝寿数，比松椿。"睹名看松，没人会老。想见住在屋里的潘父，对着眼前的雪松一阵看，一阵想，精气神为之一振，鼓舞欢腾，涌起的该会是"不待扬鞭自奋蹄"的万丈豪情吧！

此刻，寒夜寂寂。我在书房灯光下，闭着眼睛，回放白天的天目之行。细思更觉，"留椿屋"确实像是一卷徐徐打开的书：这山，这树，这屋，这人，这情，就如同你翻过的每一页，总会在心底荡起层层涟漪。

高山茶亭好人家

临安昌北,四围皆山。高山之巅,镇曰岛石;白云深处,村曰茶亭。村前呼马公路如线飘过,两公里外便是安徽宁国市南极乡马家村。旧时浙皖山民往来,或在此天路设茶亭,沧桑迁徙,定居繁衍,渐成村庄。茶亭村为村委会所在,其余三自然村名曰马川、流水、汤家。山高自有深水,故三村名与水相连。

茶亭村被崇山峻岭上的山核桃树包围。靠山吃山,茶亭村民祖祖辈辈都靠这神奇的坚果为生。种树容易采摘难,白露时分多好汉。"白露、白露,山核桃撑破肚""白露到,竹竿摇;满地金,扁担挑",这些谚语满含着喜悦,昭示着一种对成熟的期待。每年这个时节,临安中小学和机关单位,都有一种放假或请假叫作回家打山核桃；每年的这个时节，都有一份情书这样写：如果你爱我，请陪我上山打山核桃；每年的这个时节，都有一种聚会在山头，在山腰，在树下，在树梢。

"不担三分险，难练一身胆。"打山核桃是一项高危工作，壮汉得手持长短两根竹竿，像猴子一样爬上十多米高的树枝。为此，一般在开竿前要举行平安祈福仪式，山神的要求通通满足。仪式之后，茶亭村民便准备好中午的干粮或锅灶，争分夺秒进山去采摘。从马村翻过马头岭来到马川的女婿，主动背着最重的担子走在前边。哎，这猛男就像是有"打不干的井水，使不完的力气"，表现了几十年，依稀还似新郎官。路再长，心不老；山再高，腿不软。茶亭的儿儿女女们，都像是山核桃果，结棍坚实。上得树后，壮汉要会用巧劲，一下一下很有节奏感地击打，像是诗人循着韵脚的欢快跳跃。不能心急乱扑，影响自己的重心，从而损伤来年的发芽。带着青蒲的果子扑簌簌落下，树下的妇幼得赶紧捡起装袋，连擦汗的时间都没有，不断兴奋地催促着"快点！快点！"夕阳西下，忙碌了一整天的村民，还顾不上喘气和歇息，又得赶紧打包，肩挑手扛将劳动成果运送回家。村民先是使用机器脱蒲，然后分出大、中、小三类果籽晒干，剔除其中不好的,接着再加工成各种口味的成品。成品包装好后,运下山去,收上钱来,茶亭村民的主要收入就是这样化繁为简。

"山间乃是人家,清香嫩蕊黄芽。"茶亭的茶,吸风饮露,全在山间长大。抓一把,闻一闻,立马让人想起"平地有好花,高山有好茶"这谣谚。淳朴的村民,只是摘来自家炒,自家喝。他们才不管所谓"早采三天是个宝,迟采三天变成草"的紧急令呢,想喝不分早晚,喝草又能怎样?草也是人间瑞草。茶碗中缓缓的热气冒出,慢悠悠,慢悠悠,送走人间春与秋。路口设茶亭,村民继承了先祖好客的基因。茶饭同思,今日茶亭村民将茶与饭的区别泯灭到最小。茶即饭,饭亦茶,来的都是客,吃喝都是茶,亦饱亦解乏。客人若是上门来,先上"三遍茶"。一道是绿茶,解渴除秽"清身茶";二道冻米茶,解饥去寒"暖身茶";三道长寿面,老幼健康"平安茶"。杯盏茶碗,古道热肠,茶亭的热情让你总有挪不开的脚步。

山上的冬风,钻入骨髓,茶亭村民的脸上都别有"风"味。上了点年纪的村民,人人提着竹编手炉,不知这陶盆里煨的可是山核桃壳炭火?见着我们外乡人到来,就像是桃花源中人一般惊喜,村民一字儿排开在路边亲切地笑着。他们就像是风中开的岁月花，那样自然，那样可信任，我不禁向他们扬扬手，有种久别重逢的感觉。有几家村民正在做豆腐，完全用的是古法。院子中冷冷的风吹不散豆腐腾腾的热气，就像是岁月的河冲不走我们童年的记忆。山里寒风过，人家心中暖。若有那袅袅炊烟，娘喊着孩子回家吃饭，摇尾黄犬在前面领路，便不再有远方的流浪，浮心的漂泊。

　　经过千重百折，我们下了高山。"远上寒山石径斜，白云生处有人家。"回眸山头那些星星点点的错落山房，回思茶亭村融汇吴越和皖南的文化，回想历史之路的平凡与奇崛，我的回味顿时有些恍惚，过去和现实有梦幻交织之感。"高山多白云，隐者自怡悦。"茶亭好人家，民风自淳朴。如果再有相约，定是山花烂漫时节。往茶亭，坐汤家，听高山流水，想马过川岭。人间的闲日子，这般慢慢打发，这就是传说中的风雅与幸福吗？

书画卓然秉大雅

吾初至临安，常于悬匾、勒石间见大字，刚健婀娜，中正俊雅。精气神为之一振，倦意顿无。观落款，记住"方志恩"之名。

十余载后，吾与先生始见于华氏海镜教授之心安居。是时，天冷欲雪，灯黄人稀。先生来时，神足步轻。鸭舌帽上带冬雨，光影摇曳一围巾。个头虽不高，却若图里墨竹挺拔干云；额首微微，气质便是苏黄米蔡席中人。观画廊天目怪松，太行削壁，主人神采飞扬，声高八丈，睥睨自雄，旁若无人。吾等嗟叹不已，独先生专注观画，罕有他言。乃签赠西泠印社出版之书画作品集于众人，吾翻阅一二，翛然忘俗。此后再与先生小聚两次，知先生谦谦君子，温润如玉。

席间话语不多，每言则精粹，略似惜墨如金。任他人抗言高谈，先生不辩不争，不厌不鄙，倾身恭听，含笑温淳。各色人等，先生尽阅矣，和而不同，皆一视同仁。忠厚包容而内有主心骨，先生真儒士也。

数日前，先生告吾《方志恩作品精选——中国高等美术院校教学范本精选》即将出版，并持样稿惠示，吾得以一睹为快。先生由书入画，非作而写，于法度之中极见生命精神。墨竹疏雅生姿，兰竹相视生暖，蝶兰与石生趣，书印同画生辉。生生不息，点石流墨，画脉直通心脉，吾于此深明"心画"之义。册中多红嘴蓝鹊，无不生机盎然，与黄居寀《山鹧棘雀图》图案装饰感迥然自异。红嘴蓝鹊，古名山鹧。俗谓之山鹊、麻喜鹊、长尾巴鹊等，不一而足。观诸鹊图，腾挪飞动者令吾念及李东阳诗《四禽图》之一："樛枝老树幽岩里，山鹧双栖掉长尾。高鸣俯搦势不停，似向春风矜瓜觜。"孤芳独赏者催吾吟哦司空图《山鹊》诗："多惊本为好毛衣，只赖人怜始却归。众鸟自知颜色减，妒他偏向眼前飞。"而深沉多思者使人长生"织翠为裳，凝丹作距，飞来何处烟暝"之慨。万物苍穹，皆能行健致远，若月华照水，不惊不怒。藏波澜于平湖之下，能感知生命温度却力避瞬间起伏，予人以"人生代代无穷已"之希冀与感怀。超越书画技巧，吾竟如此汗漫联想到敦厚大雅之生命妙道。

先生论画重大道中行与自然在心，故其笔墨浸润文化，以沁人心脾为归旨。细雨无声，春风无形，弃其两端，专取壮熟，先生实以书画诠"致广大而尽精微，极高明而道中庸"之大方传统也。字画有教，温柔敦厚，兰石花鸟和谐美观，人见之涤尘荡俗，于淡远宁静中自求风雅。山鹊纵有万姿，无一媚俗；兰竹历经千磨，终是君子。先生不喜尚怪扬己，言及一味以视觉冲击之时风，直斥之为无担当、无责任也。电闪雷鸣归之于内心风和日丽，此为修炼。若古人云："渣滓去，则清光来。"精神不磨而光耀千秋。唐人张彦远论画曰："图画者，所以鉴戒贤愚，怡悦情性。"庶几可与先生为知音。

道非悬空，道在实地。道生万物，万物皆道，万川映月，而月实一也。苏辙《王维吴道子画》诗云："吾观天地间，万事同一理。"此理此道，实为生活。先生生于临安昌化山区，为求生计，谋发展，工、农、兵、学、商皆有从事，血、汗、泪未曾少流。"勇士伸钩""百钧弩发""危峰坠石"诸般鲜活笔法，先生皆触之于目，感知于心，传之于手，布之于纸也。此番切实感悟，与不身历者谈，殆类隔靴搔痒。李肇《唐国史补》曾言草圣张旭"始吾见公主担夫争路，而得笔法之意；后见公孙氏舞剑器，而得其神"。先生神与古会，通之于生活一途。

吾尝叹其《阳澄湖蟹图》，蟹如小虎，栩栩如生，有破纸而出之神韵。先生云："昔日画时，左手持蟹，右手执笔，真写生也。"晋时名士毕卓亦曾"右手持酒杯，左手持蟹螯"之举，可发古今一笑。吾憨谬忧问："蟹不咬人乎？"先生笑，曰："反拿即可。"旁浙农林大文法学院院长王长金教授曰："为汝画画，汝咬人乎？"三人笑，笑一蟹乎？笑一人乎？笑一群乎？所笑者，一也。先生常云，乱石铺路，瓷砖上墙，犁铧下地，皆有规则手感，与书法无异。古人又曾云："古者庖氏之作易也，始于一画，包诸万有，而遂成天地之文。画道起于一笔，而千笔万笔，大则天地山川，细则昆虫草木，万类无遗。"天底下头绪纷繁复杂，若以简驭繁，直为一点一画耳！顾况《范山人画山水歌》亦云："漫漫汗汗一笔耕，一草一木栖神明。"先生友古人，悟贤道，不苟同时论，清风激流俗，真善"得一"者。

谓之"教学范本"，自当是楷模。"书，如也，如其学，如其才，如其志，总之曰如其人。"模范其字画自当师范其人，先生斯文大雅，文士气象，乃宝玉之昆山也。一其所本，为儒家圣道，为艺术生活。诗人六义寄于鸟兽草本，绘事之妙，亦多寓兴于此，诗家与书画，殊途同归，终是一理。志在高山流水，恩遇闹鹊闲云，"采采石上兰，萧萧水边竹"，先生之诗意画笔，卓然秉大雅。愿得后生书画丹青手亦能有此兴与志。咦！有斯人，则"大雅千岩秀，清标万玉前"之欣欣景象蔚然可成！

张昱与《临安访古十首》

　　张昱，字光弼，元末明初诗人，江西庐陵人（今吉安县）。元末大乱，随左丞杨完者镇江浙，为幕僚。杨氏死，隐居不出。杨氏仇敌张士诚礼致之，不屈，张昱坚守了庐陵人的气节。明太祖平定江南，征召至京师，然张昱老矣。太祖怜悯，赠以三字："可闲矣。"张氏因自号为"可闲老人"。晚年住在杭州城中花市，住所名曰"宴居"。自此，"徜徉西湖山水间，年八十三卒"，有《庐陵集》。四库全书作《可闲老人集》，四部丛刊作《张光弼诗集》，卷数各有不同。

　　翻阅张昱作品，发现他有次专程从杭州城区来临安访古。此行兴致颇高，一口气留下七绝组诗共十首，总题为《临安访古十首》。每首标明具体所咏，计有《石镜》《婆留井》《功臣塔》《锦溪》《化城寺》《衣锦山》《将军树》《环翠阁》《净土寺》《九仙山》十题。组诗最突出的旨意,是对吴越国开国之君钱镠的态度和感慨。临安是钱镠的出生地,杭州是吴越国国都,这样的因缘注定张昱此行内心怅触深长。他赞叹了钱镠的功绩,《锦溪》云:"钱王功业与天齐,百里旌旗照此溪。"对钱镠衣锦还乡之举,持肯定态度,《衣锦山》云:"设宴九龙堂上日,沛中歌后似王稀。"将一个诸侯王的行为与汉高祖返乡作《大风歌》相提并论。然而,值得关注的是,张昱对功业也有"而今安在哉"的梦幻感,曾经的辉煌如云烟,眼前的野草颓墙才是最真实的。于是,他在《功臣塔》中写道:"莫问蓬莱水清浅,野藤犹蔓劫余春。"既然一切皆是空幻,唯有看破者方是真英雄、大豪杰。于是,他在《化成寺》中写道:"敝屣视他闲富贵,男儿到此是英雄。"赞美了钱王第十九子能"以身施佛",参破红尘,出家为僧,变成了普照大师。乱世之中,人生渺茫,一方面渴望建功立业,一方面希冀遁世求全,这样的徘徊和矛盾,在张昱身上表现得如此明显,以至于不自觉融咏史与咏怀于一体了。

张昱在《净土寺》中写道:"试问竹林桥下路,往还曾见几东坡?"可见此行临安访古,张昱乃有意追步苏轼后尘。苏轼在任杭州通判和知州时，曾多次到过临安，对此地的山水人文印象颇佳。苏轼曾留下《将军树》《锦溪》《石镜》三首七绝，合称《临安三绝》。张昱组诗中有三首完全承袭苏题，苏轼在《径山道中次韵答周长官兼赠苏寺丞》中生动地写道："南望功臣山，云外盘飞磴。三更渡锦水，再宿留石镜。……玲珑苦奇秀，名实巧相称。九仙更幽绝，笑语千山应。"具体提到功臣山、锦溪水、玲珑山、九仙山等，张昱足迹皆到，并在诗中有专题题咏。《九仙山》诗，张昱还有小序说明："王、谢旧游，东坡有诗。"诗云："仙子何年化鹤群，至今名姓只空闻。我来欲访前朝事，怅望九仙惟白云。"其中物是人非的感慨，与苏轼《宿九仙山》中所言"风流王、谢古仙真，一去空山五百春。玉室金堂余汉士，桃花流水失秦人"如出一辙。

实事求是地说，《临安访古十首》在张昱诗作中并非上乘。然而，对于临安本地文史研究而言，却有不可忽视的价值。首先，以十首之多构成组诗来歌咏，成为一个系列印象，这在临安古诗词中并不多见，在今天仍然可以利用为很好的文化宣传词。和张昱差不多时代的胡奎虽有《临安胜览》十七首，数量远超张昱，但胡奎诗中的临安所指的是杭州，其"胜览"处无一处是今日临安。其次，组诗中提到的钱王照石镜现冕服，婆留井的传说，钱王既贵以镠代留字，还乡旌旗照锦溪，钱王第十九子出家，封赏将军树等事迹和传说，今天对临安人来说耳熟能详。说明这些是代代永流传，张昱在他那个时代，用诗确证了这些真实存在，从侧面反映出吴越钱王故事延续之深远。在后来的一些地方志中，还经常引用张昱组诗为据，例证山水和传说，其史料价值不言自明。再次，为谢安隐居临安，客观上提供了一个辩护证据。谢安"高卧东山"，这"东山"在哪里，素有争论，今天一般认为是在上虞区东山。不少临安学者认为东山乃今西径山之东山，未免爱乡心切，却也并非完全空穴来风。《晋书·谢安传》明确记载："（谢安）尝往临安山中，坐石室，临浚谷，悠然叹曰：'此去伯夷何远！'"而张昱的《环翠阁》写道："东山尚存环翠阁，谢傅来游经几年？可是旧时携妓到，粉香犹在画阑边。"张氏还在题下诗前有说明："谢安游处，今为寺。"足见他认定所游之处，就是谢安高卧之处。然而，《汉语大词典》却引此诗来说明环翠阁"相传为东晋名相谢安未仕时的游宴之所。故址在浙江上虞县（现上虞区）东山之上"。这虽不说是张冠李戴，但也难脱失之草率的嫌疑。

四库馆臣评价张昱："其诗才气纵逸，往往随笔酬答，或不免于颓唐。"以此验之《临安访古十首》也颇为恰切。其实，早期的张昱"颇有功业之思"，然看到幕主报国身死，沉冤莫辩，顿生"梦觉邯郸万有空，邦人犹自说英雄"之慨。这与《婆留井》中所言"而今率土皆臣妾，莫愿皇天产异人"的表述貌异心同。这份"颓唐"，封建社会大多数文士"雨露均沾"。既如此，我们还是要多些理解和同情。张昱另一自号为"一笑居士"，此一笑，乃会心其江西老乡黄庭坚之"未到江南先一笑"乎？世易时移，云山苍茫，庐陵彭庭松在杭州市临安区作此文，向先贤张昱奉上特别的敬意。

张昱的洞霄宫胜迹诗

张昱,字光弼,庐陵(今江西吉安)人,诗文落款常题"后学庐陵张昱志",有《庐陵集》。自号可闲老人,又号一笑居士。生在元末明初动乱时代,晚年定居杭州,徜徉西湖山水间。曾定遗嘱:"我死,埋骨湖上,题曰'诗人张员外墓',足矣。"年八十三,卒。

张昱遍游两浙山水,尤其对余杭、临安一带城西风光情有独钟。每至,必诗笔详记,好用组诗推之。如到临安,便有《临安访古十首》。到洞霄宫,则有《同贾守玄副官、顾存玄老监、曹空隐上座、龚脩然、吴逢原二监斋游洞霄宫,得遍览洞天福地诸胜迹,各纪一诗,刻诸崖石,以纪斯行之概云尔》十二首。长长的诗题,告知读者:此次是六人群游,兴致很高,遍游胜迹,每处郑重留诗一首,而且要刻到崖石之上。

诗中小标题提及的十二处胜迹,邓牧《洞霄宫图志》中明确记载的就有九锁山、大涤洞、栖真洞、升天坛、无骨箬、丹泉、石室洞、伏虎岩、汉宫坛、捣药禽等十处。邓牧和张昱,相差差不多一个元代,说明近百年来洞霄宫变化不大,古迹保存仍然完好,墨客文士歌咏不绝。

洞霄宫是著名的道教圣地,洞天福地榜上有名,宋元时期还一度成为江南道教中心。和众多参拜者一样,张昱在组诗中表达了对神仙逍遥生活的向往。其一《岫云隐居》中说到仙儒的大自在就在于"心与天倪共卷舒","天倪"一词来自《庄子》,郭象注解为:"天倪者,自然之分也。"由于道法自然,心便与天合二为一,格外和谐安宁。与此对照的是,人世的纷繁喧嚣是多么令人生厌。其四《大涤、栖真二洞题名石》云:"高车驷马人间世,几度浮云石上生?"将浮云富贵炫耀在涤心石上,仔细想来,是一种意味深长的反讽。当年汉武帝为求与日月同在,长生不老,曾在大涤洞设坛祈福。他一方面在人间颐指气使,一方面又叶公好龙,向往神仙生活,鱼和熊掌皆欲占为己有。贵为天子的贪婪、霸道和威风,怕是要唐突了清静无为的神仙。所以其七《汉祈灵坛》中有云："神仙岂有君王福，万国臣邻指顾间。"则是讽刺若论皇帝想要的福分，神仙是自叹弗如，更是给不了，设坛祈福看来是搞错了对象。凡夫俗子不重内修，总想外得丹药，幻想长生久视，延续世俗的快乐。其三《无骨蕈》中写道："无端许远留遗嘱，勾引闲人到处疑。"许远，即著名道士许迈，字远游，据传他临终前嘱咐弟子说："丹在无骨蕈下。"因了这遗嘱，一班闲人到处寻找，胡乱猜疑，据《洞霄宫图志》所载："有好事者攀援幽讨，终年不得。"在张昱看来，修身养性，探求真谛这才是主要的，没有信仰而妄求长生，求丹祈福只会是徒劳。

天地永在，人生如寄，文人于此多有物是人非的沧桑感。其八《驯虎岩》曰："世往人非事不同，岩前无复旧行踪。空山落遍千林树，夜夜如同虎啸风。"诗有小序："郭文医虎处。"《洞霄宫图志》亦云："郭文伏虎于此。"据《晋书》以及道书记载，晋朝名道郭文，曾隐居于此，见猛虎始终张嘴哀号，乃探手入虎口，将卡在喉咙中的骨头拿掉，并为其疗治伤口。虎感其恩，乃与郭文朝夕相处，日久成为坐骑。这段传奇已经成为往事，站在遗迹面前，只有风卷落叶，其声如虎啸。其二《升王坛》又云："千年落叶无行迹，时见郭文骑虎还。"人与虎能平安相处，道在自然，万物同仁，这样的境界空前绝后。对比张昱所见杀伐不断、朝代更易的情形，怎能不慨由心生，怅感昨是今非呢？

尘世越丑陋，道境就越美丽。其五《九锁峰》写道："青山九曲锁烟霞，隔断尘寰百万家。洞里有春藏不得，春风春雨泛桃花。"这是多么富有诗意的世外桃源！洞霄宫位于九峰锁钥的山间小盆地，只有一个出口与外界相连，隔断尘寰的说法是有现实依据的。山中五洞相连，幽深清凉，各有奇趣，使人联想起桃花源的入口。位于人间的桃花源终究是无法完全独立的，"桃花尽日随流水"，这从道境中泛流而出的桃花哟，不知能否触目而入凡人心？

烟霞桃花，自是美丽，而那夜间充耳的捣药禽声，何尝不令人心醉？其十二《捣药禽》云："因曾捣药事幽栖，羽化千年长未齐。得似杵声相继散，月明犹绕故山啼。"捣药禽即捣药鸟，明代董斯张《广博物志》卷四八云："葛仙公尝于西峰石壁上石臼中捣药，因遗一粟许，有飞禽遇而食之，遂得不死。至今夜静月白风清之时，其禽犹作丁当杵臼之声，名之曰捣药鸟。"因其长生不死，故永远年轻，所以诗才会说"羽化千年长未齐"。又《洞霄宫图志》云："（捣药禽）第见人则远去,故无识者。"《九华山志》亦云:"捣药鸟形罕见,春夏之间,独鸣于深岩幽谷之中。"诗中所言"幽栖",足见不是空言。捣药禽是不死的孤独鸟,张昱对于元代的灭亡,心情复杂,时常以遗民自居,因而听出"月明犹绕故山啼"的心绪便不足为奇了。

明代宰相、庐陵杨士奇称张昱诗:"气宇闳壮,节制老成,而从容雅则。"验之于上述诸诗,始觉为不刊之论。除组诗外,张昱还有《重阳日,寄洞霄宫贾道士》《尚䌹斋,为洞霄郎可道赋》两首写到洞霄宫,从数量上来看,无疑是写得较多的一位。从史料价值和文学审美来看,亦是洞霄宫诗中的上乘。目前的研究,罕有提及这位一生只为作诗而来的诗人,荒草埋没古人心,终究是有失公允,留下遗憾。我写下这篇小文,如果能引起大家对这位庐陵前辈的关注,作为老乡,就会像还完债一样如释重负,心底便有清风徐来,畅快轻松。

苏轼与临安九仙山

　　苏轼任杭州通判时，游历过的九仙山，位于今临安区玲珑街道。清乾隆《临安县志》载："九仙山，治西南十二里，玲珑山之西，上建禅寺，山半有棋盘石、巨人迹、葛翁丹灶，巅有望江石。"九仙山原名垂溜山，清宣统续修的《临安县志》载："梅福，字子春，西汉末人，见王莽有篡志，挂冠而去，隐于九仙山，下建梅仙桥，以济往来。"因高道梅福隐居种茶，后此山遂得以改名。之后众多道人慕名而来，九仙山着实热闹了一阵子。《玲珑山志》记载：九仙山曾有一祠，"祀梅福、左慈、许迈、葛洪、王羲之、谢安等隐君子"，窥一斑而见全豹，昔日道山人物之盛可以想见。

　　王文诰《苏轼诗集》将《宿九仙山》列于《登玲珑

山》之后，推断应是苏轼游览完玲珑山当晚宿于九仙山。山上有佛寺无量院，北宋初灵芝元照大师撰写《无量院弥陀像记》云："临安县实杭之巨邑，九仙山乃邑之佳境，无量院又境之精舍。"《临安图经》记载此院为"葛洪、许迈炼丹之地"。本是仙家地，后成佛家寺，中国文化的会通精神于此可得一证。

苏轼到玲珑山或为访佛，到九仙山则是问道。《宿九仙山》诗曰：

> 风流王谢古仙真，一去空山五百春。
> 玉室金堂余汉士，桃花流水失秦人。
> 困眠一榻香凝帐，梦绕千岩冷逼身。
> 夜半老僧呼客起，云峰缺处涌冰轮。

诗人于题下自注："九仙谓左元放、许迈、王、谢之流。"专门解释山之得名，可见时人对此山知者甚少。诗歌一上来便是感慨，昔年据说曾隐居于此，以道家潇洒自居的王谢，而今安在哉？《庄子·逍遥游》中说："楚之南有冥灵者，以五百岁为春，五百岁为秋。"站在历史长河的这头浪漫回首，五百年不过瞬间；若是站在特定空间沉重回溯，五百年就是一段遥远的距离。从王谢到东坡，其实六百多年过去了，风流相继，谁能为之？数百年空山待人来，今天我苏轼终于来了。《晋书》记载，当年许迈在写给友人王羲之的信中道："自山阴至临安，多有金堂玉室，仙人芝草，左元放之徒、汉末诸得道者皆在焉。"如今的"玉室金堂"陈列的汉代得道高士泥塑土偶还在，只是沧海桑田，这桃花源一样的九仙山似乎还在与世隔绝，外人很少问津。来不及深思，困得不行便在佛房香帐中睡着，梦中围绕千岩万壑在苦苦寻找，便觉得一阵阵寒气逼人。梦冷耶？身冷耶？真切切夜半老僧将我叫起，让我欣赏到云峰中涌起的一轮冰月。方东树《昭昧詹言》评论道："起二句叙题本事，三四就本事点化，自然高妙。后半所谓大家作诗，自吐胸臆，兀傲奇横。"所谓的"兀傲奇横"，我读出的是冷暖对比的落差带来的感觉和态度。"香凝帐"本是温暖的氛围，可梦里却是"冷逼身"；老僧是热情的，月亮却是冰冷的。苏轼因为与王安石变法意见不合，外放到杭州做通判，这过程让他备受世态炎凉，诗句正可曲折反映出其磊砢之气。因此诗，无量院后来便将一阁命名为冰轮阁。

王谢风流已遥不可及，吴越遗泽也成前尘旧影。在九仙山，苏轼还写下另一组诗《陌上花》三首。诗前有小序，曰："游九仙山，闻里中儿歌《陌上花》。父老云，吴越王妃每岁春必归临安，王以书遗妃曰：'陌上花开，可缓缓归矣。'吴人用其语为歌，含思宛转，听之凄然。而其词鄙野，为易之云。"闻歌而动心，苏轼对民歌进行了改造，使之雅化，然并没有失去民歌本质风味和特色，所以施补华《岘佣说诗》中赞其如同杜甫《江畔独步寻花》，"音节夷宕可爱"。"陌上花开蝴蝶飞，江山犹是昔人非"，"生前富贵草头露，身后风流陌上花"如此诗句，纪昀认为，一如原作一样，"含思宛转"，充满着无法抑制的低回惆怅，读者也免不了凄然一番。

苏轼在《登玲珑山》尾联留下满含哲理的诗句："脚力尽时山更好，莫将有限趁无穷。"凡事尽心尽力，到"脚力尽时"就知止知足，绝不要勉强进取。正如《宿九仙山》描述的那样，困了就睡，梦该来就来。即便被老僧夜半叫醒，醒了也就起来，看到啥就是啥，一切顺其自然，这就是最好的状态。人生有涯，富贵功业也极其有限，如同那"草头露"一样，眼看它在草头，眼看它蒸发了。万不可贪欲不遏，滋生虚妄，以有涯去驱逐那无涯，这不仅是徒增烦恼，而且极容易陷入危殆境地。如此认识和心态，有点像失意的柳宗元，在借着山水排遣，悟得宽慰道理来平衡内心。

　　无巧不成书。苏轼杭州通判任满，升为密州知州。在那里，也有一座九仙山。他赞扬"九仙今已压京东"，并以为风光"奇秀不减雁荡也"，同样是爱之有加。如今那里已经是小有名气的风景区了。遗憾的是，临安的九仙山除开发了一片公墓外，其余似乎并没有进展。它注定是要长守寂寞吗？

钱大王

吴越国国王钱镠，人们俗称他为钱王，也有叫作钱大王的。大王之称，原指国君或诸侯王，自然是敬称。《诗经·天作》有句："天作高山，大王荒之。彼作矣，文王康之。"以钱镠之功业和身份，像《诗经》尊称诸侯王一样，并不过分。所以，钱镠的重臣，晚唐著名失意诗人罗隐，在刚投靠他时，不得不暂时收敛起他那愤青个性，恭恭敬敬写了一首《献尚父大王》，诗曰："数年铁甲定东瓯，夜渡江山瞻斗牛。今日朱方平殄后，虎符龙节十三州。""歌德"的诗，都写得唯恐没有气势，罗隐这首也一样。

然词语也是随着时间和社会发展变化的，"大王"一词词义逐渐扩大，范围一"泛"，感情色彩自然也就

"平"了。"大王"由王贵之尊,变成平民之亲,是个不可阻挡的趋势。谓予不信,请看后来戏曲小说中,大王是不是用来称呼强盗首领,江湖味道是不是很浓厚?钱镠出身贫苦,贩盐起家,本身是江湖中打杀出来的枭雄。人民知根知底,从这个意义上,称呼他一声钱大王,心理距离就亲近多了。我听到过很多人眉飞色舞讲钱镠的民间故事,口口声声称钱大王,好像在他手下干过似的。据蔡东藩《五代史演义》,因为钱镠射潮,人们称其为钱大王,或者称呼为海龙王。这就有意思了,明明钱大王将龙王射杀,结果人们又称他为海龙王,是不是因为原来那龙王不干好事,换成钱大王上了龙位?

钱王的神奇,也写进了《杭州市志》的民谣里。里面有一首《钱大王》,这样写的:"钱大王/一脚跨过钱塘江/东蜀山,西蜀山/肩头挑一担/狗一喊/掷过一团烂泥变琴山/扔过扁担变成南门江。"这有幽默戏谑的成分在里面,钱王和普通人一样,狗一喊,赶紧抓泥丢扁担驱之。不同的是,普通人没有将泥变山,扁担变江的法力罢了,大王看来还是大王。陆游《老学庵笔记》记载的一则,也颇具幽默色彩:"钱王名其居曰握发殿,吴音'握''恶'相乱,钱塘人遂谓其处曰:'此钱大王恶发殿也。'""握发"典故,源于《史记·鲁周公世家》:"然吾一沐三捉发,一饭三吐哺,起以待士,犹恐失天下之贤人。"说的是周公唯恐慢待贤人,洗发时多次挽束头发停下来不洗,吃饭时多次停下来不吃,赶紧起身迎接士人。钱镠以此命名居室,显然也是彰显重视人才之意。无奈老百姓不卖这个雅账,硬是要用方言读成"恶发"殿。我不知道吴方言如何读"发",吾乡方言,"发"与"法"同音。若吴方言也如此,岂不让人联想到"恶法"了?钱王统治时期,赋税偏重,人民对钱王自然也会有不满。说有"恶法"之讽的可能性,并非空穴来风。宋代郑文宝《江表志》记载:"两浙钱氏,偏霸一方,急征苛惨,科赋凡欠一斗者多至徒罪。"这便是一个很好的论据。

不过,不管怎么说,总体上钱大王保境安民,好事还是做得多的。大多数的人民对他的怀念,感情是真挚的。现在很多地方的命名,都留下了钱大王的痕迹。譬如临安高虹镇,有个山头就叫"大王顶",过去还有个庙,里面塑个钱镠金身,老百姓称之为"钱大王菩萨"。更让人感动的是,远在福建的霞浦县牙城镇,竟有个"钱大王村"。据民国版《霞浦县志·交通》记载:"钱大王,唐末属越,越王钱镠屯兵于此,故名。"村边还有"钱王岭""王头陀岭""钱龙岭"等名称。钱氏三代都在此屯兵,对地方百姓多有爱护,当地人为怀念历代钱王,先后盖起钱一公庙、钱二公庙、钱三公庙三座庙宇,分别用来纪念钱镠、钱元瓘、钱弘佐。庙宇至今尚存,可见为人民做过好事的好官,世世代代都被念叨着呢。

今天,在临安高速入口旁边小山上,钱镠威风凛凛的雕像在注视着南来北往的人流。我见过钱王雕像不少,这尊是最具大王气质的。小山被大王带动得气韵生动,像是神气活现的侍者。每次回临安,仰望这尊雕像,心里都想说:"钱大王好!我回来了。"如此报告一声,就觉得踏实安稳多了。

清明时节感钱王

五代十国中有吴越国,其创立者钱镠,民间称之为钱王。作为钱王的出生地和归息地,最近这些年,每到清明节,临安都会举行隆重的恭祭钱王仪式。

清明时节,吴越家山,感佩钱王睿智战略。钱王尚武,力征吴越、北闽之地,便知已达能量之限,不贪止伐,从而休养生息,保境安民,以自知之明定下务实长久治理策略。中原大乱,仍尊正朔,重天子以存己国,深谙以小事大之理。不公然僭越,力避受虚名而遭实祸,闷声经营,不断壮大综合实力,此之谓明智,看得明,想得智;马上得天下,文教以治之,乱世之中,文武并重,相辅相成,聪睿莫过如此;身后事安排妥当,遗嘱若中原真王出现,四海一家有望,则速归附。

这为后来钱俶纳土归宋减轻了道义和思想负担,钱俶稍加犹豫,毅然选择大忠,加快了大宋统一进程,这不能不说得力于钱王的深具睿见。

清明时节,西子湖畔,感念钱王造杭之功。杭州本为中邑,钱王定都于此后,大兴土木,扩外城,建罗城,拓王城,城区面积迅速呈几何级增长,膨胀成腰鼓状,像个暴发户。又修钱塘大堤保卫安全,不听方士填西湖延国祚千年的妖言,大力疏浚之,以利农事灌溉。杭州城市商业繁荣,人口渐稠,俨然成为三吴都会。没有钱王的建设和保护,柳永自然难咏"钱塘自古繁华",南宋能不能定都此地亦实不可知。今日杭州宜乘凉喝茶,在悠然闲愁中体味宋韵。不免一问,若无钱王栽树之功,韵将安在?为了杭州城,钱王不惜动用大量民力,以至于晚年有感慨:"知我者以此城,罪我者亦以此城。苟得之于人而损之己者,吾无愧欤!"

清明时节,钱王祠里,感怀钱王兴族赤心。钱王有深切家乡情怀,一曲《还乡歌》至今读来,令我心波激荡。爱乡必爱族,家族情结伴随钱王一生。他善事中国,不执着于长久割据自雄,此不无全族之念在内;他大修钱氏家谱,作《武肃王遗训》,无不饱含对家族延续、兴旺、发达的殷殷期待。虽是行伍出身,终究人生观还是修齐治平,祖宗的心思后代读懂了,民国时期学者钱文选,将钱王遗训进行整理,分成个人、家庭、社会和国家四个层面,算是彻底将钱王的用心发明了。可欣慰的是,钱氏后裔爱亲睦族,谨遵家训,人才如鸢飞鱼跃,如泉涌井喷,终成"东南望族,两浙世家"之彬彬大盛局面。

清明时节,陌上花开,感动钱王侠骨柔肠。爱妃在杭州城里待得太久,钱王便准了她回临安老家省亲。终是禁不住小别,思念如水欲退还来。直接催人返程,显得粗直,也于心不忍。钱王思来想去,乃作九字书曰:"陌上花开,可缓缓归矣。"好一个花开缓缓,那真是百炼钢化为绕指柔才能点得开的场景啊。英雄壮气,儿女柔情,二者并之为一,钱王也就顺理成章成为文学形象。此后里中儿开口便唱《陌上花》,虽文辞土气,亦含思宛转。苏东坡因感易词而作《陌上花》三首,不料走入了物是人非的套路,动辄"遗民几度垂垂老,游女长歌缓缓归",将一个唯美的爱的表达,变成了一群遗民的刻板怀旧,将鲜活的爱变成了历史陈说。钱王的心,东坡不懂;东坡的诗,钱王不闻。

陌头又见花争发，清明踏雨缓缓来。站在钱王陵园牌坊下，不能无感。当我写下这些文字的当日，恭祭钱王又要开始了。

陌上花开,可缓缓归矣

临近年关,牙齿作疼。我坐在临安的书楼上,下意识望望楼下的树,盼望着春天的归来。

临安是五代十国时期吴越国开创者钱镠的家乡。乱世之中,钱镠投身军伍,历经无数次出生入死,最后定都杭州,建立了割据政权——吴越国。吴越王必定有一位妻或妃,来自临安。政权安定后,她思乡的情绪如同春草蔓生,春花绽放。或许大年初一刚过,便要告假回乡省亲。杭州的高楼城阙像旅馆似的,只有到了临安的家,她的心才像是远船靠岸,气候顿时变得温暖。家里的一切都亲切、自然,熟悉的味道沁入骨髓。家就像是一块巨大的磁铁,将她的心紧紧吸引住了。

　　春天的时间，若是没有世俗的热闹，它一定是漫长的。宫阙深深处，钱王想到花海深处旧时人，不免动了思念，又在滚烫的心炉上一加热，顿时觉得月是故乡明，老婆是家乡的好。想到家乡和老婆，百炼钢化为绕指柔，吴越王拿起案上笔，缓缓写下一封短信："陌上花开，可缓缓归矣。"写完之后，快马飞驰，送到了她的手上。她不一定热泪盈眶，而是理智地回归到了现实：嫁出门的女，走向前方才是自己的家，回转头那曾经熟悉的已经改名叫娘家。娘家，那是你娘的家啊。她拿着信，回转身叫了声："娘，王来催了，在家待的时间也够长，我得回城回家了。"

　　我牙齿疼，做这样的揣摩未必靠谱。因为这九字家书，还是一桩公案呢！到底是催还是留，后来的学者颇费揣测。主催的人认为，等到花儿开了，你是可以慢慢回来了。这"缓缓"的意思是不能再缓了。主留派认为，陌上花儿开，正是"风景旧曾谙"，你大可不必牵挂，多赏赏花，诗写得出就写，写不出也不要强憋，开心就好。回来的事不着急，不着急。催有催的理由，留有留的道理，两说其实归于一途一字：爱。陌为东西路，这方向连接着杭州与临安。"陌上"二字体现了钱王合乎平仄的深情潜意识，这路是花路，更是爱路。至于"花开",即便是老来写,也是青春的回放。这"可"表现了钱王的民主风度,有选择,才体贴。"缓缓"二字,是王者的高贵,是伴侣的高雅,是诗歌的高韵。"归"一字,不是简单地回来,让人联想到"之子于归"的场景,伴随着满陌花开,这时间仿佛就倒着回来,灿烂满纸。"矣"虽是完成时,但在"缓缓"之前,立即就变成了进行时,如水波荡漾,余音袅袅。

爱无等级与地域的局限,这九字的深情感染了家乡的草木与子民。情之所至,舒啸为歌,于是临安诞生了新的山歌《陌上花》。爱要爱到山花开,王的女人在徘徊。修书一封说想念,女人泪水流下来。山歌之词估计鄙野如此,到苏东坡时,国灭情存,多情的他还在"含思宛转"之外,听出了"凄然",又嫌山歌品位不够,乃改作《陌上花》三首。这几首诗入了文人的腔调,加了几个矜持的典故,读起来其实挺没趣,这里不录也罢。至于他的学生晁补之凑热闹也来三首,那就更有帮闲之嫌。把曾经的血肉情感抽取,晒干成典故,这是诗歌发展史上挺没趣但又忙得不亦乐乎的事情。倒是清初王士祯直夸这几句"不过数言,而姿致无限,虽复文人操笔,无以过之",否定苏东坡等人的费心改作,认为本身这九字虽出于"目不知书"的武夫

之手，但足以"艳称千古"，深得我心。王世祯真不愧
是"神韵"派诗人，他不看包装，注重原汁原味的品诗
原则，是与《诗品》《沧浪诗话》一派主张相通的。

　　年年陌上花开，书页中走过了多少缓缓归人！缓
缓脚步，款款深情，唯有这爱的永恒姿态，在每个人的
心中都成了一道风景。想到这，牙疼似乎好多了。

读洪咨夔《和礼灭翁感钱氏旧事》

民不知兵物自华，表忠消得老碑夸。

虎符龙节故王国，凤舞鸾飞今帝家。

遗庙断垣低槲叶，荒村旧井湿桐花。

冯夷尚怕潮头弩，一望西兴渡口沙。

此诗为诗人洪咨夔所作，诗题为《和礼灭翁感钱氏旧事》。洪咨夔，南宋后期著名文学家和学者，字舜俞，号平斋，今杭州临安人。诗题中的"礼灭翁"，乃释文礼，号灭翁，临安天目山人，因此别号"天目"。许是同乡关系，洪咨夔与他过从甚密，多有唱和之作。

临安是五代十国时期吴越国开创者钱镠的出生地和归息地，洪咨夔和释文礼自然对其怀有特殊情感。两人谈论感慨，行诸唱和，更存独特韵味，有着无可替代的乡土价值。可惜释文礼原作茫然不可见，只留下洪咨夔这首和作。

诗歌首联从苏轼《表忠观碑记》说起。此文乃苏轼任杭州通判时所作，用以歌颂钱王纳土归宋的功德忠义。文中写道："吴越地方千里，带甲十万，铸山煮海，象犀珠玉之民，甲于天下，然终不失臣节，贡献相望于道。是以其民至于老死不识兵革；四时嬉游，歌舞之声相闻，至于今不废。其有德于斯民甚厚。"本诗首联正是对这一段话的概括，隐隐透露出自豪感。

颔联用语亦直接点化于《表忠观碑记》。文云："天目之山，苕水出焉。龙飞凤舞，萃于临安。……金卷玉册，虎符龙节。大城其居，包络山川。"虎符古代为出征凭证，龙节为出使凭证，说明吴越王国乃奉中原王朝之命，并无分裂独立的企图。宋代钱俨《吴越备史》曾记录民间有假托郭璞的谶语："天目山前两乳长，龙飞凤舞到钱塘。海门一点巽山小，五百年间出帝王。"民间普遍以为，这是预言钱氏开国。然《钱塘遗事》则云："高宗驻跸，其说始验。"则认为预言的是南宋开始。诗中所言"今帝家"，显然认为真正的帝王乃南渡之赵家也。深一层寻"凤舞鸾飞"的来处，则知其来自《山海经》，中云："有鸾鸟自歌，凤鸟自舞。凤鸟首文曰德，翼文曰顺，膺文曰仁，背文曰义，见则天下和。"以此赞扬钱氏纳土归宋符合德顺仁义，舍小为大的义举，带来了天下的祥瑞和平。

颈联转向写实。钱王遗庙年久失修，断垣残壁见之唏嘘难已，何况槲叶放肆疯长，高高遮住那些颓壁断墙了。钱王出生的村落荒芜，那带着神奇传说的旧井——婆留井，水已漫溢，打湿旁边那桐花了。桐花是清明的"节令"之花，白居易《桐花》诗云："春令有常候，清明桐始发。"正是很好的注脚。在一片悲凉景色上布置清明桐花的背景，难不成要在十分伤感的情绪上再添十分？

尾联结之以神话传说。冯夷初指的是黄河水神，后来泛指一切水神。《吴越备史》中云，钱王筑捍海塘，"因江涛冲击，命强弩以射涛头"。后来钱王射潮的故事更是广为流传。钱王威风连着劲弩，水神、潮神退避三舍，一退便退到了西兴渡。西兴原为西陵，在今杭州萧山区，当年钱镠曾在此大战刘汉宏，大获全胜。《舆地纪胜》云："钱王以西陵非吉语，改曰西兴。"改名就像改运，自此，钱王事业也日益兴旺。

全诗先从咏史着手，融入了对钱氏贡献的赞扬和

作为乡后辈的骄傲。隐括典故和点化典籍成句,所谓
"点铁成金",是典型的江西诗派写法。次写眼前荒凉
景,渲染物是人非的感叹。结尾并不顺着悲伤的调
子,而是宕开一笔,以钱王劲弩射潮,潮神害怕退却的
动态场景作结,栩栩如生而又留有韵味,且洋溢一丝
幽默感,则又是深得杨万里诚斋体活法真传。全诗既
有典重叙述,又有即兴抒情,更有奇特想象。感情理
智克制,章法不断变化,像是笔底波澜上站着个弄潮
儿,一切都在潇洒掌控中。

读文天祥《书钱武肃王事》

文天祥《书钱武肃王事》原载于溧阳小宗庆系谱《钱氏家谱》，又见于《钱氏家书》，《全宋文》据此收入。刘德清等校点的《文天祥全集》，将此文作为"拾遗"部分附录。钱武肃王即五代十国时期吴越国开创者钱镠，民间俗称为钱王。

《书钱武肃王事》，"书"实际为跋，观其文势，当是在武肃王传记后题写的评价。文末"是为传"之"传"乃为"阐扬传注"之意，非传记之"传"也。因此有些选本将此文题目又作《武肃钱王传》，从内容上观之，显然是不准确的。

《书钱武肃王事》三百字左右，然含义丰富，层深浑成，文脉分明，一气流转。先是引前人语而发议论，定调钱王乃"仁人君子，豪杰之士"。接着概述钱王退黄巢、攻田頵、诛刘（汉宏）董（昌）、定江表之功，肯定其文武双全，"实有大臣贤者之风"。接着举钱王篇章，感念其"一片忠君爱民之诚"。继言其虽强大富庶，但"四十余年如一日，克守臣节"。至于治理河道，筑塘射潮，不只是利在当时，更是"千万年之功德"，至此作者以"钱王之功，可谓大矣哉！"赞叹自然绾结，文章似该结束。然意犹未尽，宕开一笔，追其深层原因乃长存"忠义之心"。再引《尚书》之论，呼应开头议论，屡赞钱王之德"非特自保"，而且"勉及子孙"，模范足以"风励千古"！文以意为主，此文紧紧围绕"忠义"立意，时而议论，时而叙述，时而共情，内容与手法合一成凛然之气，读来酣畅淋漓。文似看山不喜平，短文犹能如此起承转合，足见作者训练有素。

文章受到苏轼影响，几处引用皆和苏轼相关。起笔"古之成大事而立大功者，必有超世之才"，以及第三句"惟仁人君子，豪杰之士，必能卫社稷，福生灵"，皆是化用了苏轼《晁错论》中句子。分别对应的是"古之立大事者，不惟有超世之才，亦必有坚韧不拔之志"，以及"惟仁人君子豪杰之士，为能出身为天下犯大难，以求成大功"。至于"贡献相望于道"则完全同于苏轼《表忠观记》里的表述。文天祥共鸣于《晁错论》，当然和他熟读历史，知晓晁错不无关系。早在当年考状元时的《御试策》里，文天祥就严厉批评了晁错的"刑名之说"。《表忠观记》也是赞扬钱王功德之文，引用表述相同，自然是在此完全赞同苏轼之说。文天祥《出海》其二曰："我爱东坡南海句，兹游奇绝冠平生。"以此观之，文天祥不只是爱苏轼雄旷诗句，散文句子照样爱，而且熟悉到信手拈来的程度。

文为心声。文天祥在《书钱武肃王事》中赞扬了钱王《谢表》《遗嘱》及致董昌之檄并覆邗江杨氏之信，称赞其是"义正词严，凛不可犯"，强烈的共鸣源于两人皆有坚如磐石的忠义之心。钱王《劝董昌仍守臣节书》中云："与其闭门作天子，使九族百姓涂炭，不如开门为节度，俾子孙富贵无忧。"《谢铁券表》中云："谨当日慎一日，戒子戒孙，不敢因此而累恩，不敢承此而贾祸。"《复邗沟杨氏书》中云："倘以缪劝为非，窃恐祸至临头，异日相处，缪惟知唐而不知有麾下。"此等话语皆晓之以情，动之以义，完全站在国家统一的立场上，读后谁不感动？何况文天祥是一位笃信"三纲实系命，道义为之根"的读者！

一个是宋末时誓死抗元的英雄，一个是五代时

"善事中原"的豪杰之士，文天祥和钱镠跨越时空，基于忠义的强烈共鸣，是爱国主义两个方面的奇特交汇。《书钱武肃王事》理应引起研究者更多的注意。无论是忠义思想的创造性转化，还是短文的谨严而不失灵动的章法，对于今天的读者来说，无疑还是深具启迪意义的。

钱宰珍重家族情

　　钱宰，字子予，一字伯均，会稽（今绍兴）人。所取名与字反映了鲜明的儒家倾向。孔子弟子中有叫宰予的，字子我。"子予"一字，便将人家的名与字都囊括了。又，西汉宰相陈平分肉均匀，得到乡人称赞，陈平叹曰："嗟乎，使平得宰天下，亦如是肉矣！""伯均"一字，许是来源于此。"不患贫而患不均"，这正是孔子的忧虑。钱宰名与字的这种关联，显然寄托着儒家的理想。好在钱宰没有辜负这份用心，自幼颖悟好学，钻研经史，充盈腹笥，磨砺岁月，终成明初宿儒。他受人推荐到朝廷参与编纂《孟子节义》《书传会选》等，出色完成任务。在做国子学博士时，"学问老成，训导有方"，因此得到朱元璋厚赏。钱宰淡泊名利，退休后逍遥田园，享年九十有六，可谓是仁者寿。

钱宰是"吴越武肃王十四世孙"，武肃王是五代十国时吴越国开国君王钱镠。钱宰珍视钱氏后裔身份，对祖宗十分虔敬。钱镠是临安人，钱宰身在会稽，心系临安，于是干脆把自己的文集命名为《临安集》。他在《临安集》的《自叙》篇里落款便是"临安钱宰"，在《吴越钱氏庆系谱序》中也称"先世家临安"。四库馆臣看明白了他的拳拳之心，于是在《四库全书总目提要》中不忘特意交代一句："宰本浙东人，集以'临安'名者，盖自以为吴越武肃王十四世孙，从其旧贯也。"

认祖归宗，谱系是根本。钱宰为《吴越钱氏庆系谱》作序，明确了自钱镠后历代传承大概情况，厘清了钱氏北迁南播的线索。祖先辗转沧桑的行迹，让他深切感到血浓于水的宗族情义。文中他两次呼唤道："友爱之情，宜何如耶？"言之谆谆，情之切切，读者亦为之动容。他应临海钱用勤之请，欣然作《永思亭记》，文中再次回顾了家族的历史，对祖先的教导念念不忘，对家族兴盛充满殷殷期待。

钱宰在《瓜洲夜泊》中写道："天堑无南北，川流自古今。隔花渔唱起，千里故园心。"这一份故园心，一头压下的是相思苦，一头挑起的是家族情。王的后代满是荣耀和自豪，不消说，还自带贵族气质呢。这让送行者羡慕不已，他的好朋友贝琼在《送钱子予序》中就竖起了双拇指，夸赞道："在朝公卿大夫莫不以为荣，啧啧叹息，咸谓武肃、文穆二王功德在吴越人，宜其子孙久而益蕃。"向阳门第春常在，积善人家庆有余，一顿猛夸大意如此。看来这祝福声中，还洋溢着春联般的喜气呢！

同样的祝福可以上溯到苏轼的《表忠观记》，这位杭州通判在文末的《铭》中朗声喊道："天祚忠孝，世有爵邑。允文允武，子孙千亿。"苏轼所写，自有所本。《武肃王遗训》的第一条便是"要尔等心存忠孝，爱兵恤民"。钱氏家族由于保境安民，遵训纳土，归宋后兴旺发达。皇帝看得也是满心欢喜，御手点个赞："忠孝盛大，唯钱氏一族。"忠孝传家，这一钱氏最突出的家风代代劲吹。到了钱宰这里，依然浩荡拂面。在《永思亭记》中，他提高了声音，满含深情喊话："先世以忠孝称天下，勋泽之深长，后之人思世守而弗替，固不以穷达间也……今吾钱氏至汝贤，且十有七世矣。而忠孝之泽，世济其美，为子孙者，又其可或忘之邪！"凡钱氏子孙，不论穷达贫富，都要时刻不忘祖宗所传，坚定不渝地擦亮这金字招牌，钱宰明显感到使命在肩。孝是忠之始,所以家族的凝聚力在于"教斯人以孝,而使之百世不忘焉"。钱宰自己也是耿耿忠心,力行孝道,《明史》记载,他在元代至正年间虽中了甲科,但还是选择了"不仕",原因是父母年纪大,不能远游了。作为忠孝传家的重要信物,唐昭宗封钱镠为王的敕书,以及宋徽宗所赐"吴越家宝"铜印,钱宰一直藏在家里,视作是最珍贵的传家宝。

"忠孝传家远,诗书继世长。"钱宰自觉继承了诗书文章的家学传统,写就了《临安集》流芳后世。他在文集自叙中写道:"先世自文僖公与从昆弟秘监昆、内翰易、侍读藻洎诸子若孙,咸出入词林,世以文承家。"文僖公是西昆体重要作者钱惟演,钱昆有《谏议诗文集》十卷,钱易有《南部新书》《青云总录》等,钱藻文辞"闳放隽伟,名动一时",这几位都是北宋初年出入文场的高手,钱氏作为文坛群体光耀一时,于是自然形成了诗书传家的传统。"诗书满家,田园满涯",这样的耕读生活成了钱宰的诗意向往。今存《临安集》主要从《永乐大典》辑出,远非钱宰创作的全部。《临安集》有六卷本和十卷本两个系统,现存文40余篇,诗歌220首。钱宰诗歌不同于祖先钱惟演的典故堆砌,辞藻华美,而是"吐辞清拔,寓意高远","波澜老成,诸体悉称"，"自然洪亮"。他的拟古诗和题画诗，很有个性特色和见解，屡被各种选本采用。文章则是"谨守法度"，"无卑冗之习"。诗文整体追求古调，庄重而不失亲切。

钱宰的为人和为文，对后来的钱氏子孙产生了良好的影响。明朝中叶思想家钱德洪在有关家族文章中，多次提到他，肯定他在家族中兴中的贡献。清代大诗人钱谦益在《列朝诗集小传·甲集》中努力展现他的作品，并为之精心作一小传。

饮水思源，敬爱祖宗；忠孝传家，知行合一；激扬诗文，身体力行。钱宰在其漫长的一生中，始终珍重家族情，心里头总装着一个"钱"字。频频回首来时路，守正创新向未来，这深沉的感情力量弥足珍贵。或许我们可以透过这样的窗户，一窥这"千年名门望族，两浙第一世家"何以长盛不衰的秘密。我在临安，打开《临安集》，散去的是历史风云，低回不已的是钱氏家族情。故国山川，故园心眼，不知道等待过多少登楼人？世事茫茫中，家国情怀在心头如洪波涌起，我的目光再一次与钱宰相遇了。

千里来杭祭钱王

十多年前,我在临安钱王祠捐建功德碑上,发现刻有"江西吉安市青原区富田镇横坑村"的字行,一时颇感亲切和惊异。没想到钱氏开枝散叶,在千里之外的家乡也有后裔繁衍。富田文天祥对钱镠以及钱氏一直敬仰,在诗文中一再提起。想必在家乡时便与附近钱氏多有交往,从而第一印象留下好感。

兔年正月十七,我正在德寿宫遗址纪念馆参观。突然接到初中时语文老师曾思政先生的微信,告知钱其昭校长和钱氏宗亲要来杭州和临安祭祖,希望家乡人能见个面。我在庐陵文化相关群里与钱其昭先生有过联系,但一直未曾谋面。只知道他一直在为弘扬家乡文化笔耕不辍,退休前担任过小学校长。我忙问:"钱老师是富田横坑的吗?"曾老师说:"是的。他们村很多姓钱的。"

可能钱其昭老师微信不是很会用,我打电话给他总是不通,只好通过留言的方式来联系。第二天才知道钱老师他们的行程,上午参加杭州钱王祠的"癸卯元宵杭州钱王祭",下午则前往临安钱王陵谒陵。因我还在杭州城区,于是决定到元宵祭现场去见见他们。十点多的样子,我们到达祭拜现场。管理人员还好,允许游客进去观礼。果然人山人海,隆重热闹。我进去时,祭拜流程进行到领读《钱氏家训》环节。我一边听,一边赶紧给钱老师留言。一时间也没有回复,我正担心人多怕会找不到呢。

妻说:"你站在这里不动,继续联系。我去周边转转,说不定能听到他们说话。"我和爱人都是同一个乡镇人,来钱王故里工作都将近二十年了,"乡音未改鬓毛衰"。所以,只要钱老师他们用土话交谈,她是一听一个准的。这招果然奏效,没一会儿,她就打电话来说:"在廊下找到老乡了。快过来相见。"我赶紧过去,先自我介绍,然后握住钱老师他们伸出的手。时代发展了,今天当然不会出现老乡相见的"泪汪汪"情形,但毕竟还是"他乡遇故知",激动和兴奋在所难免。方言交谈，距离顿时拉近，风土人情凝结涌来，这感觉才是宾至如归。钱老师他们很重视宗亲联谊，这次一行10人，刚好两部车子。相亲无远近，千里若比邻，钱氏祖宗若地下有知，定会倍感欣慰。

按照家乡的规矩，得要招待一顿。我就近搜索，在南山路上的"一路吃·新杭州杭帮菜"馆订了个席位。吃到一半，我才想起要吩咐服务员加个剁椒调料来。江西、湖南和四川三省之人，都是无辣不欢的。然而餐馆只能提供油泼辣酱，这是四川火锅的常用，对江西人并不适宜。老乡们连说："没关系。没关系。现在没辣的菜也能吃得惯了。"边吃边聊，我逐渐对横坑有了了解。正好钱老师在编《横坑村志》，对于村庄的历史，更是温故知新，如数家珍。

横坑村的历史最早可追溯到北宋初期钱惟济。他是吴越国最后一任国王钱弘俶的第七个儿子，因为纳土归宋之功，被朝廷派往吉州任防御使。一部分家属便在泰和乌鸦坑定居下来，后来他的孙子钱闻又到吉州，担任通判。在这期间，钱闻将家族从泰和迁往富田钱家源（三衮源）。元至顺二年（1331），钱尧翁从钱家源迁至今横坑村开基，屈指一算，村庄历史将近七百年了。可能是钱惟济防御使的缘故，他的后代相当长时间内获得"军户"地位,享有漕运供粮的权利。为此,横坑村建成了船形,就连主祠孝敬堂也为船形,别具一格。

横坑村目前一百三十多户,六百多人口,以钱姓为主。是国家第一批传统村落,江西省历史文化名村。原有二十三座祠堂,现存七座保存完好。此外还有不少古迹,追随文天祥抗元的英雄邓光荐墓地也在离村落五里地的山坑里。村庄是当年红军频繁活动的区域,现还存有曾山故居、红军标语墙等。共和国少将钱江从这里走出。古村生态环境优美,古木参天,鸟语花香。如此红古绿三色辉映,村庄被评为3A风景区顺理成章。

横坑村念祖绍远,对吴越钱氏始终有深厚感情。防御使第、彭祖庵等遗迹是无声的纪念,村内还有清光绪年间的古屏风一架,上刻苏轼的《表忠观碑记》。其制作精美,气势雄伟,是目前吉安市发现的最大的古屏风。村中祠堂中很多对联,如"孝可作忠溯先世镇唐归宋赐券封册表臣节敬宜尽礼冀后人报平穷原露濡霜降举礼明""溯钱塘分派以来世缵五王令绪卜泓水肇基而后代守四忠遗徽""杭郡婆留金戈铁马创吴越国三世五王铁券玉册彪炳青史 庐陵尧翁披棘拓荒立泓溪基千秋万代含辛茹苦启迪后贤"等，都表达着对钱镠与吴越国钱氏的尊崇，以及子孙永不忘本的心志。

由于下午还有活动，中餐显得有些简单和匆忙。在烟雨空蒙的西湖边，我们挥手作别，在洋气的杭州说着掏心窝的土话。村落在现代化的冲击下，都在发生前所未有的变化。我托钱老师回去后，发些村庄照片给我。现存的历史文化不能再破坏了，随着时间远去，那些物质的和非物质的文化遗产会越来越珍贵。

下次返乡，我要下决心到富田去看看。从文天祥抗元到红色革命，那里的历史是何等的波澜壮阔！

清芬世守的《钱氏家训》

钱穆先生在《略论魏晋南北朝学术文化与当时门第之关系》中说："欲研究中国社会与中国文化，必当注意研究中国之家庭。"要研究中国家庭和家族，家训是其中一个非常重要的方面。吴越钱氏被点赞为"千年名门望族，两浙第一世家"，从其开枝散叶，欣欣向荣；鸢飞鱼跃，人才泉涌的画卷来看，这一赞语受之无愧，乾隆曾感佩而授予钱氏"清芬世守"匾额。"清芬"用来比喻高洁的德行，晋代陆机《文赋》有云："咏世德之骏烈，诵先人之清芬。"在钱氏世代守护的"清芬"中，《钱氏家训》尤为魅力绽放最著者之一。

从广义来说，钱氏家训包括《武肃王遗训》《武肃王十训》和钱文选先生编纂的《钱氏家训》。开启这一系列家训制订的，就是吴越国开国君王钱镠。

《钱氏家训》非常重视好家风的建设与传承，强调家庭家族要有好规矩和好规则。《钱氏家训》云："欲造优美之家庭，须立良好之规则。"可谓开宗明义。好规则的核心在于"敬"。一是要有方正敬畏之心，所谓"心术不可得罪于天地"；二是要对祖宗诚敬不忘，有云"祖宗虽远，祭祀宜诚"；三是对长辈要孝敬有加，即云"父母伯叔孝敬欢愉，妯娌弟兄和睦友爱"；四是对礼教要恪守肃敬，如此外则能使"内外六闾整洁"，内则"尊卑次序谨严"。好家风要子孙绍续，断非易事。为示庄严，《遗训》中不惜放狠话"倘有子孙不忠、不孝、不仁、不义，便是坏我家风，须当鸣鼓而攻"。

《钱氏家训》崇学崇教，要求子孙以圣贤言行为准的，勤奋攻读，为修齐治平做好准备。崇学崇教是浙江人民的优良传统，当代浙江人民还把"崇学"写在了共同价值观的旗帜上。钱镠虽行伍出身，一生戎马倥偬，然其"七岁修文"，足见对读书的重视。即使驰骋战场，他也是像关公那样，"稍有余暇，温理《春秋》，兼读《武经》"。在长期的军事和政治生涯中，钱镠深切体会到了人民的力量，懂得了要长治久安必须力行文治。《武肃王遗训》中言："吾主军六十年来，见天下多少兴亡成败，孝于家者十无一二，忠于国者百无二三。"终其一生，钱镠领悟到了忠孝根植于心，才是最锐利的武器和最坚固的长城。他要求子孙后代"言行皆当无愧于圣贤"，因而，"子孙虽愚，诗书须读"。为保证子弟不失学，不辍学，提倡"兴启蒙之义塾，设积谷之社仓"。虽然开卷有益，但毕竟还要有选择，努力做到取法乎上。读书既要根底深，功力厚，又要识见广，眼界高，因而《家训》中云："读经传则根柢深，看史鉴则议论伟。能文章则称述多，蓄道德则福报厚。"对于国家而言，读书才能有人才，"兴学育才则国盛"，"进贤使能则国强"。

《钱氏家训》提倡的为人之道，处世之法，极高明而道中庸，表现出行公道，守谦柔，明事理，识时务，知进退的特点。《礼记》云："大道之行，天下为公。"《家训》中云："利在一身勿谋也，利在天下者必须谋之。"又云："私见尽要铲除，公益概行提倡。"既然为公，廉洁自当是题中之义。这些皆体现出为民忧天下的情怀与胸怀。《尚书》云："谦受益，满招损。"《家训》则云："富有四海，守之以谦。"又云："大愚误国，只为好自用。"这些都是做人治国的及时提醒：对于天下大势和个人能力，要有自知之明，做出准确的判断。"功被天下,守之以让",正是在这样的原则下,钱镠深刻认识到"德薄而位尊,智小而谋大,未有不遭倾覆之患也",有鉴于此,他要求后来的当政者"要度德量力,而识时务,如遇真主,宜速归附",做出免民陷于干戈的正确选择。持中而取两端,是谓知进退。能自觉进退者,多半严于律己,"持躬不可不谨严";亦能宽以待人,"存心不可不宽厚";"尽前行者地步窄,向后看者眼界宽",如兵家最忌孤军直进,为人处世也不能一意孤行。《家训》中这些特色,具有鲜明的江浙家族文化基因,是一种儒家坚守与道家圆融结合的水样智慧。

曾国藩在谈到对未来家族希望时曾说:"吾不望代代得富贵,但愿代代有秀才。秀才者,读书之种子也,世家之招牌也,礼仪之旗帜也。"从结果来看,曾氏家族做得不错。如果移之来观钱氏家族,似乎还更为恰切。崇学兴族,厚德传家,《钱氏家训》承传不辍的精神火把,照亮了一代又一代的子孙。钱学森父亲钱均夫就曾说:"我们钱氏家族代代克勤克俭,对子孙要求极严,或许是受祖先家训的影响。"综观璀若星辰的钱氏人才,多是"秀才"和"大师",他们对知识有纯粹的热爱,在专业领域内笑傲群雄。钱氏家族的斐然成就,是崇学崇教的典型而又生动的案例。唐代政治家、诗人权德舆有诗句:"祖德蹈前哲,家风播清芬。"引用来赞美这个高山仰止的家族,是多么贴切得当!

古风庐陵

永远的庐陵欧阳修

庐陵,江西省吉安市的古称,宋时称吉州。庐陵地名虽古老,但很长时间默默无闻。它的广为人知,当从欧阳修开始。凡读过《醉翁亭记》的,对其结尾"醉能同其乐,醒能述以文者,太守也。太守谓谁?庐陵欧阳修也",莫不印象深刻。语气舒缓自得,仔细品来,欧阳修对身为庐陵人的自豪感洋溢在字里行间。

然而,欧阳修真正待在庐陵的岁月并不多,这就导致了有些人质疑他对庐陵的感情。特别是母亲去世后,他将母亲灵柩护送至家乡永丰县沙溪泷冈与父亲欧阳观合葬后,守丧制也选择在颍州,之后就一直没有回过庐陵。

欧阳修确实喜欢颍州,至少将它视作第二故乡,为此写下满含感情的《思颍诗》。他在那儿买田养老直至去世,最后按照宋制,葬在了河南新郑。

叶落没有归根,家乡人有遗憾是可以理解的。但竟然出现了不满和指责的声音,很值得思考。最激烈的当属江西鄱阳的洪迈,他在《容斋续笔》中对欧公两首《思颍诗序》对颍州的夸赞和眷恋不以为然,对欧公"未尝一日少忘焉"实在是不能同意。接着他更是说:"其逍遥于颍,盖无几时,惜无一语及于松楸之思。崇公唯一子耳,公生四子,皆为颍人,泷冈之上,遂无复有子孙临之,是因一代贵达,而坟墓乃隔为他壤。予每读二序,辄为太息。嗟乎!此文不作可也。"说直白来,你爸就生你欧阳公一个儿子,你托福生了四个孩子,这倒好了,他们都成了颍州人了,泷冈上的坟墓子孙不再去祭扫,这究竟是很悲哀的事情。你还写什么《思颍诗序》,我看还是免了吧。和洪迈意见相似的,还有离永丰更近的吉水人罗大经,他在《鹤林玉露》中批评道"然公自葬郑夫人之后不复归故乡","前辈议其无回首敝庐、息肩乔木之意"。既然没有回家的打算,当时在作《吉州学记》时所言"归荣故乡",与诸君子歌酒同庆不就食言了吗!为了突出对比,他还引用了永丰人尹直卿所作一首恭贺周必大退休返乡的诗,诗云:"六一先生薄吉州,归田去作颍昌游。我公不向螺江住,羞杀青原白鹭洲。"用周必大归还桑梓来反衬欧阳修优游颍州,含有明显的嘲讽味道。与洪迈、罗大经二人意见相似的还有元代吴澄等人,可见这股舆情力量还不小。

自然也不乏辩解的声音。与罗大经同为吉水人的曾敏行在《独醒杂志》中曾记载说:"里中父老至今相传云,公葬太夫人时,尝指其山之中曰:'此处他日葬老夫。'后葬于新郑,非公意也。"元代欧阳玄在《送振先宗丈归祖庭》小序中说:"欧阳公晚年乞守洪州,累表不得请,于是归江右之志遂不果。……盖公之不归庐陵,其志深有可谅者矣。"两人都认为,主观上欧阳修有归老之志,只是由于各种原因导致未能遂愿,实在应该体谅。至于说他不关心祭扫,那更是站不住脚。他请人专门照看坟园,在《与十四弟焕》中还特意嘱咐:"诸大小坟域,且望更与挂意照管。"人在官场,相距遥远,自己无法回来,难免愧疚。但欧公心里并没有忘记,真情始终未曾消减。明代人王袆在《送笪生序》中则认为:"欧阳子葬其亲于乡,而宦留中朝,又居颍上,盖终身不复返其乡焉。是皆情之不得已,处乎礼之变者也。"不是不顾礼,而是情不得已,这是相当通达的看法。

其实,"宋时士大夫多不归本籍"的比比皆是,他们选择在首都周围定居,一方面是宋朝有褒荣制度,另一方面也是出于感恩和忧患意识。正如明末清初吴伟业所言:"盖有宋待臣子之礼为最厚,为之臣者亦恋恋君父,不忍远归故土,而于宛、雒、汝、颍之间起居朝请,以近于京师。韩、范、杜、富诸公皆然,不徒欧阳公也。"舍小家为大家,饱读诗书的宋朝士大夫在境界上确实令人敬佩。

翻检欧阳修作品,写庐陵乃至江西的不在少数。其很多著述署名"庐陵欧阳修",本身就有力表明他光宗耀祖的责任意识以及身份认同的自觉。他在《寄题沙溪宝锡》中说:"为爱江西物物佳,作诗尝向北人夸。"这份"夸"透露的家乡之爱不是令人振奋吗?在《寄阁老刘人》中又说:"梦寐江西未得归,谁怜萧飒鬓毛衰。"这份"怜"不正是难归家乡酸楚的表白吗?每读《泷冈阡表》,读者莫不震撼,孝感天地,这不正从另一侧面呈现出对家乡的深厚感情吗?后世心契之人,读懂了他对庐陵的深沉眷恋,干脆就直接称呼他为"庐陵""庐陵公""欧阳庐陵"等,庐陵仿佛成了欧阳修一个别号。

归葬在哪里，原因实在太过复杂。即便是在封建社会，除了叶落归根，也还有四海为家，价值伦理并行不悖。清代厉鹗曾有诗句："人生穹壤间，栖止无定境。宦学便择居，何必恋闾井。往者欧阳公，终日苦思颖。"对欧阳修的选择还站在"四海为家"的高度予以赞许。庐陵二大佬周必大、杨万里退休后都回归故里，最后也长眠于家乡。二大佬对欧阳修安息他乡没有丝毫不满，相反还对他的道德文章和不朽功业深表崇敬，为家乡出了这么一位伟大人物而由衷骄傲。他们通过各种方式不遗余力地表彰这位先贤巨人，让庐陵的声名也齐与生辉。

无论走到哪里，欧阳修都没有忘记根在庐陵。今天的家乡读者站在时代的高度，是更能充分理解这位巨人的真切情怀了。永远的庐陵欧阳修，是家乡的巍峨文化灯塔。我们有责任共同搞好研究，让欧公不朽的精神创造性转化，在新时代放射出更加璀璨的光芒。

天祥第一

　　文天祥,字宋瑞,号文山,封信国公,今江西省青原区富田镇人。作为伟大的民族英雄,文天祥可谓家喻户晓。对他文章节义的赞美,从来就没有间断过。近读吉林文史出版社据《养吾斋集》编辑而成的《刘将孙集》,其中有《题文信国公燕山与外氏帖后》篇,有段话引起了我的注意,曰:"信公年二十一魁天下,为进士第一;仕二十年以辅臣死国难,为宰相第一;艰难困踣必无负其忠志,为东南人物第一;而受祸亦人间第一。"连续用四个"第一"分别从学业、政绩、节义、遭遇等方面来评价文天祥,崇敬和惋惜之情弥漫字里行间。另一篇《题文山撰外祖义阳逸叟曾公墓志后》,亦有相似论述:"历考三百年间,生庐陵、长庐陵,以科目荣庐陵，以宰辅称庐陵，以精忠大节重庐陵，独文山信公一人止。岂但一代之无二，自庐陵来，山水之钟英亦仅在乎此也！"从庐陵人物角度，肯定其在科举、仕途、大节等方面独一无二的地位。在《文氏祠堂记》中又赞曰："千年庐陵，魁彦一门。……一门之昌，一郡之光。……一身之逢，一代之荣……"其超越门第、地域、时间的崇高意义再次得到强调。

刘将孙对文天祥的高度评价，从个人感情上来说，源于"先人交丞相兄弟为厚"。刘将孙是刘辰翁的儿子，因辰翁号须溪，人称之为小须，又将其父子比之为苏洵、苏轼。刘辰翁与文天祥同学于白鹭洲书院，同为江万里门生。文天祥起兵勤王，刘辰翁还做过其幕府。从此可以看出，两家可谓世交。《刘将孙集》中有关文天祥亲族的记载不少，两家交往之深可见一斑。

刘将孙对文天祥的最大敬意，来自为国死难的"精忠大节"，舍生取义奏响的是爱国主义主旋律，这是穿越时空历久弥新的公义。其次，少年状元、时危宰相、慷慨大义三者集于一身，铸成亘古功业与精神，这在历史上也是罕见的，自然让刘将孙感慨系之。差不多同时代的留梦炎遭际与文天祥相似，但他却投降元朝，贪生失节而成"两浙之羞"，忠奸判若冰炭，这样的对比，毫无疑问更加增添了刘将孙对文天祥的崇敬。"疾风知劲草，板荡识诚臣"，文天祥用生命谱写了精神长歌。

对家乡风土文化有着深沉的爱，这让刘将孙能从地域文化的角度，指出文天祥为山水英气所钟，实为庐陵"一人"而已。欧阳修、杨万里、周必大等皆是庐陵赫赫人物，然而他们并没有将状元、宰相和生命忠义综合一身。便是从少年成长经历来看，文天祥在家乡的岁月更长，家乡文化浸染最深，基因最纯正。刘将孙这么早就从"河岳英灵"的地域视角来看重文天祥，这为我们今天庐陵文化创造性转化提供了重要参考依据。如今许多地方文化研究者，对于谁最能代表庐陵文化争辩不休。我原本是力推文天祥的，今天读了刘将孙的相关记载，更觉坚持是正确的。

"孤臣腔血满，死不愧庐陵""青原万丈光赫赫，大江东去日夜白"，回想文天祥这样的诗句，不只是刘将孙，每一位庐陵儿女都会为之动容。天祥会有很多第一，但最核心的，还是那"留取丹心照汗青"的巍巍精神高度。

胡铨的两则值夏功德疏

胡铨,字邦衡,号澹庵,今江西吉安市青原区值夏镇人。近日翻阅《全宋文》,他的两则有关值夏功德疏,引起了我的注意。抄录如下:

值夏修庙疏

伏以祭神如神在,非假庙则神何以依? 好仁则仁兴,非施财则仁何以见? 欲一新于庙像,宜勿吝于货泉。必有当仁,共成胜事。

修值夏街疏

修心还须修路,路若平即是心平。安居须念安行,行者稳自然居稳。愿资众力,共辟坦途。

"疏"是一种文体,本是疏通解释的意思,用在这里文体上相当于今天的告示,功能上相当于倡议书。修庙修路,是古代功德之举,民间往往靠募捐成其事。对于一个小镇来说,这两件事的重要性不言而喻。要做成的关键是如何叫人掏腰包。要是今天来写这个倡议书,非得目标、意义、举措、组织等一个不落,洋洋洒洒非数千言不可。胡铨两则告疏加起来不过百字,读起来不但知其所以然,而且感觉神清气爽。古今对比,更觉得简短有力的文风实在可贵,值得大力提倡。

修庙、修路捐款,主动者本已踊跃,难得的是说服那些犹豫的人。两则告疏,针对的就是这些吝惜自己钱包的人。第一则的潜台词是:你们平日也在祭神,如果没有庙,神将在哪里安身? 如此,你们的祭祀有灵吗? 流于形式的祭祀你们心安吗? 你们口口声声称自己"好仁",如同"孝在于质实",不好施怎么见得你们"好仁"? 现在要对庙像翻新,这是大好事,也是给大家表现的好机会,千万不要疼惜这几个铜钱。我相信一定有当仁不让者,能够共襄盛事,你要是再犹豫,就落伍了,恐怕会遭到乡里乡亲的笑话呢。

第二则所言修路，或牵涉面更广，耗资更多，分歧自然更大。告疏起首立意便高，指出心平先要路平。如果门前路坑坑洼洼，你闭着眼睛修心，维持自己的清高，其实是办不到的。要住得安心，先要行得安稳。出门没有稳路，家里住得就不安心，住和行本一体，门和路是一家，平静想想大家都应当明白这理。所以真诚期待大家克服困难，"众人拾柴火焰高"，一起集资将这路修好。路平坦了，生活也就舒坦了，子孙后代出入平安都有保障了。

两则告疏无一空言，抓住乡民的心理，回应他们的关切。语言是老百姓看得懂的语言，道理是老百姓爱听的道理。行文语气不卑不亢，对乡民的觉悟充满自信，用今天的话来说，就是充分相信群众。

中央提倡走转改多年了，在我看来，文风还是存在许多问题。空话套话还在盛行，又臭又长的八股文章挥之不去，往严重里说，这是写作秀才们的形式主义和官僚主义。戴个假面具出来吓人，其实群众看都懒得看。特别对于公文来说，捡要紧的说，有话则长，无话则短，这是节约时间，提高效率的需要。假大空的文字气球，包装得再美丽，最终依然是"非直乖于体用，固亦失于事情"，这气球迟早是要爆的。文风浮华,不接地气,是历史上的顽疾,反复发作,屡禁不止。过去皇帝对于那些写长而浮文章的人,有过革职治罪的先例,今天借鉴历史上刚性的做法,杀一杀文牍主义还是有必要的。今天的干部,太需要从文山会海中解放出来,街头巷陌,田间地里,有太多的问题需要他们到现场去解决。

学习胡铨两则告疏的写法,不只可以感受到短小精悍的力量,更可以疏通主政者与人民之间的距离。只有真正懂得人民,与人民心连心,下笔才不会浮浪,庶几可免除德薄才疏之讥。

古来海内几省斋

"省斋先生太高寒,肯将好官博好山。"这诗句是杨万里写给庐陵同乡周必大的。周必大,字子充,号省斋居士,晚年又自号平园老叟,今江西吉安县永和人。一生著述甚丰,《四库全书总目提要》中载其以"省斋"命名的著作有《省斋文稿》四十卷、《省斋别稿》十卷。《直斋书录解题》《文献通考》录其《省斋历官表奏》十二卷。

"省斋"之"省",当念作"醒",含"三省吾身"之意。以"省斋"为名、为字或为号,抑或别人尊称者,自不在少数。借助于文献检索之便,略列民国前较为突出者。

先说宋代。《全宋文》收《莲峰集序》,作者署名为省斋,甚为特别,到如今都"不知何人"。《全宋词》收刘省斋《沁园春·赠较弓会诸友》词一首，写得豪气冲天，可列上品，然作者其余信息惜茫然不晓。此外尚有：

吴獬，字清臣，号省斋，福建龙溪人。为学者师，好道学，貌古、心古、学古、文古，有《省斋集》。

张泳，字潜夫，号省斋，学者又称为"墨庄先生"，福建福安人。主朱子之学，有文集传于世。

苏思恭，字钦甫，福建晋江人。笃志朱学，兴理义之学，促士风丕变，所著有《省斋集》。

凑巧的是，三位都是闽人，对道学和朱熹之学都深有钻研。在地域上亲武夷，志趣上则与周必大略相仿佛。

明代较卓著者有三位。一是沈锐，字文进，号省斋，浙江仁和人。为官江西时，注重兴学化民，乃重修白鹿洞书院，有《省庵稿》十二卷。二是何唐，字宗尧，号省斋，安徽桐城人。宗朱子理学，辞官结社讲学于乡里，自诩为圣门狂徒，后桐城派兴盛，与他前期的努力割不断关系。陈璋，字宗献，号省斋，浙江乐清人。审案判狱有一套，无意间成为法学家，著有《比部招议》《恤刑录》等。

清代的"省斋"们，数量较多，学科门类也够齐全。

军、政、文、医、法、工皆有其擅长,实践果然出真知。

陈肇昌,字扶升,号省斋,湖北黄冈人。有《秋蓬诗》《南湖居士集》。

陈潢,字天一,号省斋,浙江钱塘人。水利专家,成就体现在其友张霭生整理的《河防述言》一书中。

刘良璧,字省斋,湖南清泉人。官台湾道,稳海疆,有治声。还主持重修过《台湾府志》。

李铎,清代医家。字省斋,江西南丰人。有《医案偶存》传世。

陈梦雷,字则震,号省斋、天一道人,晚号松鹤老人,福建闽县人。著名学者、文献学家,最大贡献是主编《古今图书集成》。

韩体震,字省斋,河南夏邑人。守卫孝感,与捻军战,城破身亡。

牛树梅,字雪樵,号省斋,甘肃通渭人。擅长决狱,人称牛青天,晚年主持成都锦江书院,有《省斋全集》。

诸多"省斋"中,最有名的是周必大和陈梦雷。撇开其他不论,两人都是著名的文献学家,对保存中国典籍、弘扬中华文化做出了突出贡献。百科全书《古今图书集成》作为"类书之最",被英国李约瑟博士称为"无上珍贵的礼物",早已经闻名遐迩了。周必大位高权重,诗文颇佳,这是人们较为熟悉的。需要指出的是,他退休后,主持重新刊刻了宋代四大类书之一的《文苑英华》一千卷,还刊刻了《欧阳文忠公集》一百五十三卷、《附录》五卷,使得欧集有了最早权威的定本。文献两省斋,流芳千秋长,每念及必油然而生敬意。

如此多的"省斋",而且以此命名的著述亦不少,会不会有可能发生混淆的现象呢?别说,还真有。南宋有位廖行之,字天民,号省斋,衡州人。其子廖谦编《省斋文集》十卷,《文献通考》还载有《省斋诗余》一卷。不知啥原因,廖谦"表启多互见周必大集中"。四库馆臣认为原因就是"盖以必大亦有省斋之名,故相淆混"。好在后人还是小心的,至修四库全书时,馆臣"检勘必大全集,实无一篇与此相复"。从而推断出"当由后人知其误载,从而刊除矣"。

人生代代无穷已,前人功德后人记。青史没有成灰,"省斋"们的德行借助于竹帛流传,让后人在回首先人来时路时,心里格外安稳踏实。

陆游的一番"老人言"

送子龙赴吉州掾

我老汝远行，知汝非得已。

驾言当送汝，挥涕不能止。

人谁乐离别，坐贫至于此。

汝行犯胥涛，次第过彭蠡。

波横吞舟鱼，林啸独脚鬼。

野饭何店炊，孤棹何岸杙？

判司比唐时，犹幸免笞箠。

庭参亦何辱，负职乃可耻。

汝为吉州吏，但饮吉州水。

一钱亦分明，谁能肆谤毁？

聚俸嫁阿惜，择士教元礼。

我食可自营，勿用念甘旨。

衣穿听露肘，履破从见指。

出门虽被嘲，归舍却睡美。

益公名位重，凛若乔岳峙。

汝以通家故，或许望燕几。

得见已足荣，切勿有所启。

又若杨诚斋，清介世莫比。

一闻俗人言，三日归洗耳。

汝但问起居，余事勿挂齿。

希周有世好，敬叔乃乡里。

岂惟能文辞，实亦坚操履。

相从勉讲学，事业在积累。

仁义本何常，蹈之则君子。

汝去三年归，我倘未即死。

江中有鲤鱼，频寄书一纸。

　　"树老根多，人老话多"，大诗人陆游似乎比一般的老人话更多。他有七个儿子，有时轮着教训，有时合起来教训，写的家训诗就超过二百首。"人老疼孩儿，猫老嚼孩儿"，越到老，陆游就越疼孩子，生怕他们不懂事而生事。"老牛肉有嚼头，老人言有听头"，我

在夜深灯火下，细读《送子龙赴吉州掾》，深感陆游既
细致入微体谅儿子的心理，又能在训勉谆谆中讲道
理，这是一首要读过三遍后才能体悟其妙的好诗。

写这诗的时候，陆游七十八岁了。他的二儿子陆
子龙在徘徊中坚强，决定远赴我家乡吉州去做九品官
司理参军，这是一个料理司法狱讼的属官，所以叫
"掾"。老父壮子送别，开头也不必比兴了，直接有话
说话：我年纪这么大了，知道你不忍心远游。没有谁
愿意离别，只是因为贫穷，你不得不出去做官。这个
时候就不要守着"父母在，不远游"这句古话了，而是
要想着"家穷亲老，不为禄仕"也是不孝的训诫，"千里
做官，只为吃穿"，你现在说是做官，实际就是谋生。
这次走的是水路，先经过伍子胥兴风作浪的钱塘江，
进得江西便要经过风涛险恶的鄱阳湖，那里传说鱼可
吞舟，还有什么独角鬼，虽然荒诞不经，但也不是来历
不明，行走江湖，多个心眼。在哪里吃饭，在哪里靠
岸，都要早计划好。

你做这个官，相当于唐代的判司。韩愈曾经写诗
说："判司卑官不堪说，未免捶楚尘埃间。"也就是说官
确实小，做不好还会打屁股。我大宋朝人道，打屁股
这样的事情总算可以幸免了。但在其位，尽其职，不

可辜负岗位托付。经常请教上司不是耻辱，你不过是个属官副职，要懂得勤汇报的道理。你做了吉州的官吏，白喝的只有吉州水。其他即便是一钱也要清清白白，人品清廉过硬我看谁还能嚼舌头？"宁可一日没钱使，不可一日坏行止。"切记！切记！做官最怕贪，"人心不足蛇吞象，贪心不足吃月亮"。我读书不算少，这样的事情见多了。要节俭存钱，你用钱的地方多，阿惜女大当嫁，元礼还要拜师受教，花费不是小数目。当然，你不要担心我，我还能有自己这口吃的。俭朴就俭朴点，衣服破了露出手肘，鞋子破了露出脚趾，出门被人笑话，我这把年纪也不在乎了。"知足常乐，终身不辱"，问心无愧，一顿好睡，这就是你爹现在的心态。

你也知道，退休在家的吉州两大佬是你爹的老朋友。益公周必大以宰相之身荣退，名望如山。一般人怎么可能见到他？这次你去，因为老熟人的关系，你去拜访，他肯定会见的。见一面就是荣耀，其他事情切莫开口。诚斋先生杨万里，他的诗我佩服，他的清贫耿介，这世上也难有第二人。他最不喜欢听世俗的言论，若是听了就会像古人那样去把耳朵洗干净。你去了就问问身体起居，其余说诗论道就免了，万不可在前辈面前不懂装懂。"礼多人不怪,话多人不爱。"总之,你见到他们要多请安,少说话。

陈希周和我们家一向关系好,杜敬叔又是乡里人。他们不只是文辞好,而且品质也好。"树怕空,人怕松",你一定要好好向他们学习,共勉前进。仁义事业都在日积月累,"功成由俭,业精于勤",君子就是这样炼成的。这些大道理,你这个年龄要懂,更要讲。

好吧,也不多说了,"话多不甜,糊多不粘"。希望你不要嫌我啰唆,记得"天下无不是的父母"就好。你这次去做满三年,就赶紧回来,估计到那时候我还死不了。古人写诗"呼儿烹鲤鱼,中有尺素书",意思是说信写好了都用鲤鱼形状的信封装好。吉州就在赣江边上,那里鲤鱼特别多。你要经常写信回来,写好塞进鲤鱼肚子里,让它游回来送给我吧。

"老马识路数,老人通世故。"这老陆游将一辈子的经验都倾囊相授,目的很明确,要陆子龙打心底里明白:"人是实的好,姜是老的辣。"真切的日常最动人,所以古人说这看起来不像是诗的诗,真是"以韵语作训词,真情极切,自然成文,朴茂浑坚,大家本领"。读了三遍后,我完全同意这样的看法。

"大儿新作鹤林游,仲子经年戍吉州。日日望书常至暮,时时入梦却添愁。"陆子龙到吉州一年后,陆游便写下了这样深情的诗句。"天怕秋来早,人怕老来难",老人最难的,就是得时刻忍受这份儿子不在身边的孤独啊!

杜审言遭贬吉州

杜审言，字必简，唐代著名诗人，诗圣杜甫的祖父。审言并不"审言"，而是常出狂言，无端引发旁人的嫉妒和恨。例如他说自己的诗作水平超过屈原和宋玉，书法王羲之都要甘拜下风，硬要将自己夸成古今天下第一。为人矜诞如此，焉有不吃苦头之理？古语云："人有寸善，矜则失之。"验之于杜审言，足见此言不虚。

本来杜审言因为文才好，在京城中做做学士之类的官，清闲而有地位，前途是一路向好的。无奈太不谦逊，不安于低调，傲骨峥嵘，傲气冲天，搞得同僚很不舒畅。自然就被贬出长安城，到东都洛阳去做了个洛阳丞。这不算什么大贬，毕竟还是东都嘛。然而，这一小挫,让杜审言更加心态失衡,出语越加不逊。很快就得罪权贵,在五十多岁时被贬到江西吉州去做了个司户参军。

中唐白居易被贬到今天九江,就哭哭啼啼,发出"江州司马青衫湿"的酸苦之言。吉州在九江更南处,其荒凉程度让人想起来就怕。中唐诗人刘长卿有《重送裴郎中贬吉州》,诗云:"猿啼客散暮江头,人自伤心水自流。同作逐臣君更远,青山万里一孤舟。"从中透露出,贬到吉州已是很重的惩罚,感受就两个字:伤心。

贬到吉州本来就让人心急,何况还只是个司户参军,是个比芝麻还小的官。我们无法想象杜审言一路上是如何愤愤不平的。病中的诗人宋之问,作有《送杜审言》,诗曰:"卧病人事绝,嗟君万里行。河桥不相送,江树远含情。别路追孙楚,维舟吊屈平。可惜龙泉剑,流落在丰城。"这首送别诗,写得字字含情,将杜审言的被贬比作是受屈的西晋文学家孙楚,以及战国大诗人屈原。说好端端的一把龙泉宝剑,流落到了江西丰城一带。不知道这样文字上的打抱不平,对杜审言是否有些安慰。

高傲的人到哪里都高傲,失衡的心到哪里都是炸弹。到吉州没多久,杜审言不出意料,和同僚司户郭若讷发生了严重冲突。基层干部郭若讷咽不下这口气，于是到上司司马周季童那里告状，两人轻而易举定了杜审言一个罪名，将他打入牢房，随时准备找个借口杀了他。杜审言十三岁的儿子杜并极孝，见父亲危在旦夕，一日混入周季童的酒席，趁其酒酣耳热，毫无防备之际，抽出袖中的匕首对着周司马一阵乱刺。左右两边的人惊愕几秒后，迅速包围，将杜并杀死。周季童重伤不治，死前发出哀鸣："杜审言有这么孝顺的儿子，我不知道，都是郭若讷害了我啊。"这当然是一桩轰动全国的血案，上级果断将杜审言免职，从狱中提出，并令他回到洛阳听候处理。

只要不是傻狂，自然狂便有狂的资本。在同时代诗人中，杜审言的诗是数一数二的，这在许多人的评论中可以得到印证。小他十五岁的陈子昂，对，就是那个写《登幽州台歌》的四川诗人，同样是狂得不行，但是他对更狂的前辈还是佩服得不行。在《送吉州杜司户审言序》一文中，他这样赞扬杜审言："有重名于天下，而独秀于朝端。徐、陈、应、刘，不得屩其垒；何、王、沈、谢，适足靡其旗。"徐干、陈琳、应场、刘桢，是建安七子中人，何逊、王融、沈约、谢朓是六朝大家，说杜审言的成就都超越了这些前人，这评价离登峰造极距离不远了。杜审言大限将至，宋之问、武平一等前去探望，他说："我被造化小儿弄得痛苦不堪，还能说什么呢？不过如果我活着，压制你们也太久。我今天将死，你们固然欣慰，但是遗憾的是找不到替代我的人啊。"人之将死，其言仍狂，这份对自己才华的自恋和自信简直无可救药。

宋代江西大诗人黄庭坚《寄舒申之户曹》曰："吉州司户官虽小，曾屈诗人杜审言。"景仰和怀想之情可细细想见。在这之前，吉州虽也有文学家光临，然留下的文章和事迹几乎湮没不彰。杜审言来吉州虽然不久，但他能身体力行，教化吉州子弟。据说他在今天吉安城内高峰坡一带建有茅草屋，创立诗社，于此教习弟子，培育读书种子。宋代有人在茅屋旧址上建有诗人堂，延续对杜审言的纪念。明代解缙《西游集后序》云："至唐杜审言为吉州司户，始大兴诗学，庐陵之律诗尤盛，吉诗人堂之作由是也。"高度评价杜审言对吉州诗学的开创性贡献。南宋周必大有《赵正则司户沿檄而归玉蕊已过追赋车字韵诗奉答》，诗中有句："今得审言诗胜画，传神何必赵昌花。"在诗末有自注："唐诗人杜审言为吉州司户，正则尝刻其诗于廨舍。"可见吉州官府曾刻杜审言诗。清代胡友梅编撰《庐陵诗存》，其序中说："自杜司户创诗社而诗学兴，自宋建诗人堂而诗学盛。"基本沿袭解缙看法，将杜审言看成是吉州诗学兴起的源头。

宋之问《祭杜学士审言文》中说杜审言："名声高而命薄。"于杜审言而言，被贬吉州是为不幸；于吉州而言，得杜审言之任是为大幸。赣水扬波，惊涛涌起，吉安自宋欧阳修后，文采彬彬大盛，诗人争先恐后。回溯源流，我们不会忘记，那个曾经站在江边的司户参军。杜审言向远方一望，希望和曙光便跃跃升起了。

张天赋的《过吉安府》

张天赋（1488—1555），字汝德，号叶冈，广东兴宁人。有《叶冈诗集》四卷，清咸丰《兴宁县志》有传。

张天赋有次风帆高举，沿赣江北上，经过赣中名城吉安。作《过吉安府》，诗曰："仰止西江文献邦，环城一带水悠长。暖风远扑游人笑，犹有当年翰墨香。"吉安，古称庐陵、吉州，自宋以后，节义隆盛，人文蔚起，为国之文化重镇。《永乐大典》总编纂、吉水人解缙曾有诗句夸家乡："节义庐陵古所夸，宋朝冠盖盛中华。"解缙身在此山中，他尚不知道他所处的明代，吉安人物之盛较之宋代未遑多让。

《过吉安府》说吉安是江西文献之邦，并非虚美，而是虔诚的实写。赣江到吉安城边，曲缓三致意，因而"水悠长"是眼前景、心中诗，让人也联想其文化传承的悠长。暖风是气候，更是心情，由花香联想到当年的翰墨香，则是油然而生的敬意表达了。这首诗肺腑流出，朗朗上口，真情实意，活水流畅，我读来甚觉亲切，心生欢喜。于今日而言，这诗作为吉安的宣传之用，亦是十分得体和恰当。遗憾的是，我看过许多关于乡邦的宣传文字，绝少引用这首诗，难道是因为张天赋名气不够大吗？

短短四句诗，满载的是对吉安深厚的感情。诗以志之，中心发之，张天赋写下这诗，背后是有丰富的阅历积累的。能对一个地方的历史人物、风土人情熟稔于心，这是一个方志工作者的职业敏感。张天赋曾三次应邀作为主要人员修撰《兴宁县志》，因才华突出，后又调去修《广东通志》，接着又被推荐到南京参与编修《武宗实录》。这样一位资深的方志学者，对吉安名邑自然不会陌生，船还未到吉安城，说不定他就激动不已，作诗的动力如同饱满的风力，只等挥翰这一刻了。

吉安多出才子、诗人，张天赋身上恰有才子和诗人的气质，容易视吉安为精神故乡。祝枝山称他"渊淳虚自似黄叔度（黄宪），英秀朗察似杨德祖（杨修）"。

乃是以才子相推许。吉安又是理学重地,宋明两代著名理学家都曾在白鹭洲书院、青原书院等地聚集讲学,声势浩大,影响深远。张天赋师从著名理学家、广东增城人湛若水。湛若水信奉程朱客观主义理学,与发扬陆九渊主观主义理学的王阳明,合称为"王湛",他们各有弟子,各领风骚。而王阳明又在吉安庐陵县做过县令,在他影响下,吉安有一批追随王门的弟子。张天赋得乃师真传,曾讲学于南京崇正书院,对理学钻研甚深,经过吉安,他庶几有朝拜圣地的感觉了。深受理学浸润的吉安人如杨万里、周必大、罗洪先、聂豹等都清正廉洁,节义干云。张天赋也是如此,在他晚年辞去浏阳县丞时,曾写下"天风送我东归航,萧然图书何物长?收拾清风做一囊,收拾明月做一箱"这样的诗句,读来感人至深,张天赋可谓官者清廉之楷模。

张天赋的故乡兴宁与吉安人物亦有关联。在宋代,吉安人文天祥曾在兴宁屯兵三月,英勇抗元,现在兴宁还有许多关于文天祥的事迹在流传。和张天赋同时,吉安人黄国奎任兴宁知县,还续修了县志,两人可能还相识。张天赋与吉安人有较多交往,他所作诗中,就有《庐陵锦原曾地师月鉴别号》《墨庄十有为庐陵高半穷神道人题》《平川别号为庐陵宗侄介题》《答泰和朱仲滇秀才》等诗题。正因为如此,张天赋路过吉安,陌生感消失大半,亲切作诗的兴致勃然在胸。

和知己祝枝山一样,张天赋也是屡困科场,止步于乡试。他屡败屡战,考到人老发白。好在和祝枝山性格相似,乐观诙谐。他有《次韵戏题》,诗曰:"仰首几瞻望,蟾宫桂吐新。嫦娥应有意,偏爱少年人。"开玩笑说蟾宫折桂的年年都是新人,要怪就怪嫦娥专意爱少年。又《贡院门》曰:"低声门外问殷勤,十八年前许嫁君。脂粉至今犹检点,不妨春老谩成婚。"模仿唐代朱庆余《近试上张水部》的比喻方法,将考试与情事关联,转出幽默的效果来。十八年前心许科场如意郎君,一直未曾生成好事。如今虽人老珠黄,但仍然努力打扮,不知道等到春天老去的时候,还能否看上我,不负我约终成婚?将泪点化成笑点,这当中会有多少的心酸!张天赋经过吉安府时,或要羡慕此地科场英雄们了。明代是吉安士子驰骋科场的好时代,不少人一举成名,少年春风,考个进士如同探囊取物。甚至还出现过三鼎甲全是吉安人的状况,这怎能不让那些名落孙山的人感情复杂呢?

感谢张天赋留下《过吉安府》这首好诗。我写下这么多文字，貌似复杂，其实单纯，就是为了纪念这位有真才实学的正直学者和诗人。这位吃尽科场苦的阳光男人，今年五百三十周岁了。

五言金城刘洞

唐代大历年间，著名诗人刘长卿擅长作五言诗，并颇为自信，"自以为五言长城"。无独有偶，南唐时期，刘洞"长于五字唐律"，亦自号"五言金城"。

刘洞，庐陵人，一说福建建阳人。生平主要见于《江南野史》卷九、马令及陆游《南唐书》本传、《十国春秋》本传。

刘洞痴迷于诗。据《十国春秋》记载，他"少游庐山，学诗于陈贶，精思不懈"。他的老师陈贶乃"五代时闽人。孤贫力学，苦思于诗。秉性恬淡，不乐仕进"。又，他"与同门夏宝松相善，为倡和俦侣"。夏宝松亦为庐陵人。名山秀水，激扬藻思，师徒三人在庐山紫霄峰下推敲吟哦，乐而忘忧，当年风采犹可想见。

庐山是座诗山，徜徉其间者，流连忘返。老师去世后，刘洞还长期居留于此，前后共二十年。可想而知，刘洞该有多少歌咏庐山的诗章！至为遗憾的是，竟一首也没有流传下来。

刘洞"得贾岛遗法"，"常自谓得浪仙之遗态，但恨不与同时言诗也"。崇拜贾岛，是那个时代的新时尚。贾岛以五律闻名于世。有李洞者，"遂铜写岛像，戴之巾中，常持数珠念贾岛佛"。同处南唐的孙晟，"尝画贾岛像，置于屋壁，晨夕事之"。正如闻一多在《贾岛》一文中所言："由晚唐到五代，学贾岛的诗人不是数字可以计算的，除极少数鲜明的例外，是向着词的意境与辞藻移动的，其余一般的诗人大众，也就是大众的诗人，则全属于贾岛。从这观点看，我们不妨称晚唐五代为贾岛时代。"刘洞"自谓得浪仙之遗态"，不是自怨自艾，相反表露的还是引领诗坛风尚的自信。

刘洞本有诗一卷，已佚。《全唐诗》仅存其诗 1 首、断句三联。吉光片羽，弥足珍贵。从存诗和句来看，刘洞并未像贾岛那样气韵枯寂，表现上也不"生峭险僻"，"别出尖新"，实在看不出他学贾岛的痕迹。刘洞隐居庐山，然并未忘怀世事，相反对政治十分关心，并积极参与。残句"千里长江皆渡马，十年养士得何人?"直接感慨和讽刺国难当头、无士可用的凄惨时局。

又据《十国春秋》记载,后主李煜即位后,"洞遂献诗百篇,卷以《石城篇》为首……后主读之,感怆不怡者久之,因弃去,洞亦不复见省"。《石城篇》又作《石城怀古》,诗云:"石城古岸头,一望思悠悠。几许六朝事,不禁江水流。"题为怀古,实为讽今,担忧和感伤全在其中。读此诗,让人油然想起韦庄的《台城》:"江雨霏霏江草齐,六朝如梦鸟空啼。无情最是台城柳,依旧烟笼十里堤。"有着极高文学修养的李煜,读懂了《石城篇》的感怆,于是"掩卷改容"。诗歌挑动了他敏感脆弱的神经,心力交瘁的他面对着风雨飘摇的江山,实在是害怕到哪怕听一声乌鸦叫。刘洞诗歌中的刺耳声音,李煜怎么能愿意听得进去呢?既如此,刘洞只能接受"因弃去"的命运了。李煜错杀变法大臣潘佑后,刘洞同情惋惜,作诗悼之。现存残句"翻忆潘郎章奏内,阴阴日暮好沾巾",诗中直接化用了潘佑谏表中语:"家国阴阴,如日将暮。"南唐灭亡后,刘洞"过故宫阙,徘徊赋诗,多感慨悲伤",黍离之悲,深足痛之。

据《南唐书》记载:"(夏宝松)与诗人刘洞俱显名当世。百胜军节度使陈德诚以诗美之曰:'建水旧传刘夜坐,螺川新有夏江城。'"刘洞的《夜坐》和夏宝松

的《宿江城》，今日俱不见传。刘洞的诗歌被评价为
"格新而意古，语新而理粹"，走的正是才理融合、守正
创新的路子。后来庐陵诗人欧阳修、杨万里、文天祥
等人的诗歌创作，正是循着这样的道路前进的。宋代
庐陵之盛，端倪在南唐。刘洞一发先声，预示着庐陵
诗坛春潮涌动的时分不远了。细细想来，诗人刘洞一
丝不苟的精思态度，变古而不失古的创新精神，关心
时事、注重兴寄的创作初心，敢于媲美前人的豪迈自
信，都是满满的正能量，很值得后来者认真吸取的。

藏书为公的曾崇范

　　曾崇范,庐陵人,五代十国时期著名藏书家。其事迹可见于马令《南唐书》、吴任臣《十国春秋》,以及《江西通志》《吉安府志》等。诸书记载大同小异。唯有的将"曾"姓改易为"鲁"姓,估计为形近导致传抄所误。泉州曾公亮学术研究会编《曾氏史撷》,厘清了其族谱资料。据此可知,曾崇范,字则模,为曾子四十代孙。其父曾耀,母刘氏,为南唐宫检司,拜真州刺史,徙居水塘源(今属吉安永丰县),是为曾氏"东宗"。崇范生有二子延膺、延茂。

　　曾崇范,"九经子史,世藏于家",说明他出身于儒学门第、藏书世家。藏书家各有类型,有的只是一种占有癖好,"藏书满屋是生涯",以藏书为炫耀满足,书中内容则不闻不问;有的是为后代做准备,所谓"藏书数万卷,留与子孙看",子孙到底看不看,则是另外一回事;更多的是藏书为读书,读书又激发藏书,此之谓"藏书读书两相兼"者也。

曾崇范属于"两相兼"者。家有藏书,精神是富有了,但往往带来的是经济上的贫穷。同样喜欢藏书的南宋大诗人陆游就曾发出"万卷藏书不救贫"的慨叹。崇范"家贫,灶薪不属",家里穷得连柴火都接不上灶了。然而,他"读书自若,意豁如也",如同"不改其乐"的颜回,颇有"忧道不忧贫"的风范。对于一个真正的藏书家,"博雅藏书手自翻"还不够,他还得是一个精于校订的版本专家。曾崇范"广贮一室,手自校之",为了鉴别这些宝贝,在一灯如豆的夜晚,不知道耗费了他多少心力和心血!

南唐国主、重臣一个比一个更具有文艺气息,崇文兴学自然是他们最感兴趣的事情。历经战乱,建学立校面临的最大问题是"典籍多阙"。吉州刺史贾皓动员曾崇范为国做贡献,并愿意用自己的俸禄来购买这些藏书。曾崇范笑曰:"坟典,天下公器!世乱藏于家,世治藏于国,其实一也。吾非书肆,何估直以偿耶?"好一个"天下公器"!好一个"其实一也"!这是何等开阔无私的境界，又是何等透脱深刻的理解。那些自矜秘籍，不肯示人的藏书家，和曾崇范比较起来，真是有天壤之别。贾皓这位父母官未曾想到，他治下的子民竟分文不取，无偿捐助，此等境界倒是令他自感羞愧，慨叹是"俗吏"见"高义"。后经贾皓极力推荐，南唐授予曾崇范太子洗马、东宫使之职。做官后的曾崇范"复守廉俭"，始终保持淡泊自如的藏书家本色。

《全唐诗》《古谣谚》《贤弈编》等记载，曾崇范妻命够硬，凡是先前答应要许嫁的，此人必死。郁闷的她有天做了个梦，梦中有高人指点："田头有鹿迹，田尾有日炙，乃汝夫也。"后来成功嫁给曾崇范之后，她这才明白过来，原来诗句是个字谜，谜底便是"曾"字，看来真是上天注定、非曾不嫁的宿命。然而，字谜揭示的有田有禄（鹿），却并没有实现。曾崇范一心为公，两袖清风，有的只是千古书香熏陶出来的圣人气象。这求田问舍、富贵福禄的追求，只是庸碌俗人们的理想。

至于日久（炙），这倒是应验了。"门传通德推前辈，家有藏书启后贤"，曾氏的后人们没有忘记这位先祖。在有的曾氏祠堂中，镌刻有"舞雩逸致坟典淹通"

的对联。上联用的是曾点"风乎舞雩，咏而归"的典故，下联浓缩的是曾崇范"坟典，天下公器"的名言。"忠厚传家远，诗书继世长"，只有这满载着诗书的藏书走出私阁，公行天下，文明的薪火才会日久天长！

彭齐文章三味

彭齐，族谱名思齐，字孟舒，号醒庵，江西吉水人，人称"江西夫子"。宋真宗景德四年丁未科（1007）解元。大中祥符元年戊申科（1008）进士。曾任职秘书中丞，南丰知县、建宁节度推官、太常寺博士等。据王庭珪《卢溪文集》记载，彭齐"以文章名播海内，一时公卿倾慕之至"（《故彭夫人墓志铭》），可谓"擅声一时"（《彭大博家传》）。真宗很器重他，曾经在殿柱上写下："彭齐之文章，杨丕之廉谨，萧定基之政事，可谓江西三瑞。"有意思的是，这三瑞都是今吉水县黄桥镇人，相距或不远，所以明代吉水人解缙在《送萧观复省兄安庆序》说："江西三瑞，而皆在吾乡指顾之间。"吉水人才之盛，于此可见一斑。

据汪泰荣先生《庐陵古文献考略》所载,彭齐曾著有《醒庵集》《犀浦集》《强仕集》等,可惜今已不存。笔者目力所及,彭齐诗文仅存《谢赐衣表》1篇,为《全宋文》收录;诗歌3首,为《全宋诗》收录。

明代吉水状元罗洪先曾有诗句:"春风随物改,人文不相待。"面对这位本家乡前辈,我对其诗文在时间长河中如此泯灭痛惜不已。因而怀着特别珍重的感情,在书屋里将其硕果仅存的4篇诗文读了又读,竟也读出了三般滋味。

一曰甜味。综合各种家谱记载,在宋真宗改元天禧时,彭齐曾献作《天禧大礼赋》,皇帝读后心甜意洽,便赐给他紫衣锦袍,并御笔加勉,以示荣宠。感激之余,彭齐作《谢赐衣表》。这例行公事的感恩之文,声调甜润,辞藻工巧,铺陈用典,大得当时流行的西昆体真味,难怪此派领袖杨亿是如此赏识他。《谢赐衣表》用骈文写成,先是表达了感动,接着是对圣上和国家的祝福,再就是表达了自己勤政为民的决心:"齐敢不恪守官箴,精求民瘼?下以免素餐之诮,上以符洪覆之仁。"这番甜言,折射出彭齐在政治蜜月期间的踌躇满志。

二曰苦味。彭齐孙子彭闻明作有《齐公家状》。

他悲伤于祖父的不幸早逝,对于人生大限苦蒂,慨叹道:"惜哉,未及大用而天夺我祖之速!"有才而天不假以年,这自然是在人生苦短上更添悲苦。有限人生,又生而不自由,宦途苦奔波,往往忠孝不能两全。彭齐有诗《寒食忆江南》云:"四度逢寒食,江南身未还。二亲青草冢,三月子规山。榆柳藏新火,松楸病故关。东风两行泪,原上夕阳间。"诗中可以看出,彭齐父母已双亡,坟墓就在故乡。寒食祭扫,自己没有办法回去,如此遗憾持续四年了。想到死不能祭的不孝,这内疚之痛,真似杜鹃啼血。夕原上的洒泪,连东风都感到酸楚哀苦。诗感情沉挚,苦情低回,读者读着都免不了郁苦,不自觉都要掬一把同情泪了。

三曰辣味。宋代吴处厚《青箱杂记》记载说,彭齐"才辩滑稽";王庭珪《故彭夫人墓志铭》亦云他"醉墨戏稿时见于野史小说,则其魁豪风味可以概见也"。不难看出,彭齐是一个幽默豪爽的人。不过,他的幽默不是插科打诨式的帮闲,相反是饱含讥刺和嘲讽,是带呛味的辛辣。《青箱杂记》记载说,南丰县令平时不喜欢读书人,平日从来不施礼。有天夜里,老虎跑到县衙,将所养猪羊饱食一顿,丢下残余骨肉扬长而去。县令竟然用这些残骨败肉来宴请客人,彭齐也在受邀之列。第二天，彭齐献诗一首，其中有句："令尹声声言有过，录公口口道无灾。思量也解开东阁，留取头蹄设秀才。"对于老虎入衙，县令口口声声说"有错有错"，押司录事却忙不迭地说"没事没事"，这唱和的情态确实够滑稽了。又想着要平衡一下秀才们，免得他们到处议论，这才想到要向西汉宰相公孙弘那样，开东阁门热情款待宾客。可是这礼节谁见过？用猛兽吃剩的头蹄，来招待那些文质彬彬的书生，这到底是礼敬还是轻慢？几笔漫画式的勾勒，便将县令无礼、虚伪、愚蠢、可笑的面目定格纸上。这无情的嘲讽真是酣畅解气，难怪当时"览者绝倒"。

《论语》云："唯仁者，能爱人，能恶人。"对于那些深恶痛绝的人与事，彭齐如鲠在喉，不吐不快。据《宋史》记载，寇瑊开始时依附权倾一时的奸相丁谓，自己跟着发达起来。等到丁谓失势，他又"郁郁不自得"，惶惶不可终日，彭齐见到这副怂样子，作《丧家狗赋》来讽刺他。1005年，宋辽两国签订澶渊之盟。宋朝为了输诚讨好，竟然撤掉了边境许多军事设施。彭齐作《酒旗》，诗云："太平天子束戈矛，惟许青旗在酒楼。我有百瓢元帅量，使君酣战客中愁。"自认为可以做太平天子了，就把戈矛战旗统统收起，如此就只允许酒楼飘扬青旗了。可怜那些战将战士无事可做,那就来酒楼与我战一场吧,我有元帅级别的酒量,足以陪你们一醉解了那客中之愁。诙谐的叙写中,是对掩耳盗铃般太平盛世的讽刺,矛头直指天子,这就有点大无畏的气概了。

因为彭齐,彭氏宗祠多了个堂号:三瑞堂。这位以文章名动天下的才士,临终时回顾仕途三十年,问心无愧,他说自己"所到之处,以恺悌化民,弗忍用刑,阴德及人最多"。他相信积善人家必有余庆,后人"必有兴者",激励子孙们要勤勉奋斗,取得超越前辈的功绩。子孙们记住了他满含期盼和情味的话,自立自强,好学不倦,不坠诗书家风。六十多年后,其孙彭闻明亦登进士科,祖孙进士为宗族添了一段佳话。

潇洒君子杨存

在江西省吉水县黄桥镇涩塘村，有一忠节总祠，内有一对联，曰："中奉大夫第，诚斋学士家。""诚斋学士"说的是大名如雷贯耳的诗人杨万里，"中奉大夫"所指则是杨万里的曾叔祖杨存。

杨存传记见于各地方志，所载内容基本相同，且较为简略。诸志都提及，他曾知杭州仁和县，有一尼依仗宰相权势，强占民地，民告于官，杨存不顾上级压力，为民做主，主持正义，维护了"三尺法"的尊严。由此，他得罪了上司和宰相，官职难得升迁，最高实职只是做到了洪州通判。明万历、清顺治《吉安府志》未提及他曾受封中奉大夫。雍正《江西通志》始提及"终中奉大夫"，光绪《吉安府志》《吉水县志》仍之。杨存为仁和县令事,《咸淳临安志》、嘉靖《仁和县志》皆有明确载录。记载杨存事迹最详细的,当属杨万里的《宋中奉大夫洪州通判杨公墓表》。后《宋史翼》为杨存立传,内容皆来自此。

杨存,字正叟,一字存之,元丰八年进士。纵观杨存一生,不无坎坷跌宕,然始终坚持刚正自守。在仕则勇毅进取,奉法为民;退处则逍遥山林,乐己忘忧。读圣贤书,为圣贤事,邦有道则兼济天下,邦无道则独善其身。进退自如,洒脱不羁,光风霁月的君子人格令后人崇敬仰慕。

不畏权势,耿介清廉,杨存立身堂堂正正。知仁和县时处理霸尼侵占民地案,知府明确告诉他:"此宰相意也,宜从之。"然杨存偏不"从之",反而"正色"教训上司:"三尺之法,人主所与天下共也,而由宰相乱之,此不可之甚也!"多么掷地有声的回答,今日听来仍然荡气回肠!在奉符县做县令时,杨存不同流合污,坚决打击官吏贪渎行为。贪官污吏恼羞成怒,反咬一口,诬告他并将他送进大牢。上司查证审讯,发现他秋毫无犯,不禁感叹道:"公之清,虽畏人知,而神已知之矣!"不查则已,一查还查出个大清官,杨存的清介真可以动天地、泣鬼神。

抓住关键，宽猛相济，杨存理政井井有条。早年在长乐（今广东五华县）为县尉，杨存发现此处最大的问题不是物质上的贫穷，而是精神上的"士不知学"。治贫先治愚，这才是一切问题的根本。于是"公首延士子，修学校，与诸生行乡饮酒礼"，很快便"民风一变，声最诸邑"。在通判建昌军时，强盗横行，挟徒烧杀，气焰嚣张到"巡尉惮之"。杨存挺身而出，"设方略尽擒之"。在处理匪徒时，他严格区分少数和多数的关系，惯犯与胁从的关系，狡匪与愚民的关系，最终严惩首恶，宽待其余。如此刚威与怀柔结合，致使"民感悔，盗遂息"。宽严标准把握恰到好处，运用得灵活自如，反映了杨存政治手法的成熟。

退处独善，寄情山水，杨存胸怀磊磊落落。徽宗、钦宗朝，奸佞当道，民不聊生，杨存深感"时事日异"，便有"拂衣告老"之志。即便钦宗"恩加朝议大夫"，也阻挡不了他退休回家的决心。退居澁塘后，不在其位不谋其政，做到"口不道朝廷事，手不染州县牍"，乐得"友溪山，艺松竹，葛巾藜杖，寄傲其间"。这固然有他对朝政的失望，甚至是无声地抗议，然也表现出他毫不恋栈、干脆利落的作风。杨万里称赞他"宇量恢疏，名宦冲澹"，诚非虚言。

杨存因得罪"穷奸极妖"的时宰蔡京,终致有才不得大用,这不只是个人的遗憾,更是国家的可惜。在他去世七十三年后,杨万里慨然为之作墓表,不平则鸣:"使是时公遇主,得为谏官、御史,则斩安昌,破铜山,为国除此贼不难也,君子是以为国惜也!"然而历史终究没有假设,我们在对正人端士奉上无限同情的同时,另一方面则是对自私奸贼的无比痛恨。好在杨存并不以个人得失挂怀,无论顺境逆境,皆能泰然处之。做官便做好官,不避锋芒;为民则为良民,自然大方。"予进可蹉,予退可磨,其予如何?"吾心光明洞彻,进退何能损我光辉? 杨万里这一问,可谓深得其曾叔祖之心。

潇洒有才之君子,必定爱诗,更何况杨氏家族读书人"皆能诗"。杨存在知仁和县时,吴越胜地更激发了他创作灵感,暇日他与文士登临赋诗,"为一时绝唱",因而得到了"诗将军"的雅号。可惜的是,这位诗将军竟只有一联"月中丹桂输先手,镜里朱颜正后生"存世,此真是让人无端又兴"此事古难全"之浩叹!

潇洒君子杨存是涩塘杨氏第一位进士。正由于他的导夫先路,杨氏人才踊跃继起,蔚为大观。杨氏流芳谱上,他的名字一定会让后人再三提起。杨存的卓立人格与处事风格，对杨万里的影响很是明显和深刻。"毅毅杨公，载凛其风。"青史有如青山在，独立苍茫，不问远近。睹史思人，我们对杨存的深切怀念，恰正如这青山绵绵、岭树苍苍。

廉吏刘禹锡

唐代诗人刘禹锡，大名如雷贯耳；宋代廉吏刘禹锡，却鲜为人知。

刘禹锡，初名珪，字秀成，绍兴二年壬子科张九成榜进士。庐陵永丰人，与大名鼎鼎的欧阳修同乡。其事迹见于《同治永丰县志》《万历吉安府志》《光绪吉安府志》和《宋元学案补遗》第三十四卷。各书记载大同小异，在细节上略有出入。

值得注意的是，《宋元学案补遗》中称安福刘廷直为禹锡弟，曰："绍兴初年复诗赋科，（廷直）与兄禹锡同升里选，而先生在第二，州闾称'二刘'。已而禹锡登科，先生登十五年进士第。"然《万历吉安府志》有《刘廷直传》，并未提及两人的兄弟关系，《同治永丰县志》亦无刘廷直传记。不知《宋元学案补遗》所据何在,抑或误将两刘禹锡视为同一人。

刘禹锡是位态度鲜明的爱国者。在南宋初期,是抗金收复失地,还是和敌以求苟安,这是摆在每个士大夫面前的选择题。选择战,意味着爱国;选择和,意味着卖国,这当中没有任何模糊的余地。刘禹锡中进士后,"授筠州司理参军",按照南宋的规矩和制度走上了仕途。但直到虞允文为左相,才得到被推荐的机会,"表署江州观察推官,擢朝散大夫,守鄂州,兼领荆湖北路提刑"。这当中刘禹锡沉寂了三十多年。而这正是秦桧当政,不遗余力推行投降路线的时期。和胡铨、王庭珪等庐陵俊杰一样,刘禹锡用行动和秦桧划清界限,放弃荣华富贵的追求,用自己的气节撑起国家和民族的尊严。

刘禹锡是位意志坚定的主战派。他"尝诣阙上书,请乘北边岁饥,选将调兵,复中原,修陵寝"。尽管上书极有可能在秦桧死后,然奸臣虽亡,路线还在,党羽汤思退们仍然在顽固推行。不承想,金兵在海陵王完颜亮的主导下,制定了灭亡南宋小朝廷的计划,"霍霍"的磨刀声清晰可感。在这样的压力下,高宗不得不暂时倒向主战派。因此对于刘禹锡的上书请求,皇帝出人意料"嘉之"。绍兴三十一年(1161),中书舍人虞允文临危担当,在军事主帅李显忠未曾到任时,当机立断,以参谋军事之任担代理主帅之责。振奋士气,一鼓作气,取得了采石矶之战的胜利,使得南宋转危为安。之后,主战派在朝廷中暂时占有上风。乾道五年(1169)虞允文拜相,这位爱才的良相,非常愿意成为主战同志政治上的伯乐,他将刘禹锡录入《翘材馆录》。正是虞允文的力荐,刘禹锡得以在人生晚年,还能出仕为国效力。

刘禹锡是位受人尊敬的清廉官。《光绪吉安府志》记载:"时有误犯死刑者,禹锡平反之,及归,持金帛来谢,固辞不受。从者私纳之,事觉,索而投于江。从者载一缸于舟尾,命碎之,曰:'毋污我。'"当官要为民做主,发现冤案及时纠正,避免了一起人头落地事件,这对当事人来说,不啻再生之恩。当事人送来真诚的"感谢费",刘禹锡断然拒绝。没想到身边的人竟然收下,刘禹锡发觉后,没有疾言厉色,而是直接将金帛投江明志。即便是不值钱的"一缸",也要当场打碎,绝不能让名节蒙尘,操守碎地。刘禹锡秉一身正气,行无言之教,为从者树立了楷模。致仕归家,他"筑清风台,吟咏其中",自得其乐。后来这清风台变成了清风书院,在这琅琅书声中,刘禹锡的精神和情操激励着一代代的读书人。吕本中《官箴》中说:"吏不畏吾严,而畏吾廉;民不服吾能,而服吾公。"能照箴言做的,都是心中装有老百姓的。老百姓心中有杆秤,好官在他们心目中自有分量。《宋元学案补遗》中称赞刘禹锡:"为政以宽为本,民爱慕之,不忍欺。"这"爱慕"和"不忍",就是老百姓对清官的最高评价。

皇皇文章在,铮铮节义邦。刘禹锡不负桑梓不负学,他所展示的庐陵风骨,后人不应也不会忘记。这位"雅静博闻"的廉吏,虽然没有留下任何诗文,但他用一生的立身行事,写就了夺人风采的精神长歌!

徐俯始咏白鹭洲

　　清代吉安永丰人刘绎,乃江西最后一位状元。京城辞官归里后,长期主持吉安白鹭洲书院。他曾作《鹭洲书院即事四首》,其一云:"遥从章贡抱潆洄,忽到中流异境开。二水何人别泾渭,三山有路近蓬莱。文章波折须看势,风景流连也要才。为忆师川题咏始,凭栏瞻瞩几徘徊。"这首诗后还有一段自注:"白鹭洲始见于宋宣和间徐师川题咏,时徐判吉州,此洲尚为沙门所有,流连寄慨,盖先得古人之志而建置有待者也。"

　　刘绎提到的徐师川,即著名江西诗派诗人徐俯。徐俯,字师川,自号东湖居士,原籍洪州分宁(江西修水县)人,诗人黄庭坚的外甥。这段自注透露的一个重要信息便是，徐俯曾做过吉州通判，这在《宋史》本传中都失载。他是刘绎见到的第一个题咏白鹭洲的诗人。在未建书院之前，此洲为佛门所有。徐俯的诗散失严重，刘绎见到的"流连寄慨"的诗或已不存。

今日我们尚可见到徐俯的《白鹭洲》。诗曰："金陵与庐陵，俱出白鹭洲。相望万里江，中同二水流。"金陵白鹭洲，因李白《登金陵凤凰台》名句"三山半落青天外，二水中分白鹭洲"名闻遐迩。同"陵"同"洲"同"二水中分"，为官一方的徐俯将吉安与南京这样连接起来。有诗情便是有感情，徐俯不负庐陵；而刘绎特别表彰徐俯，则是庐陵不负徐俯，这真是不负山河不负卿。几乎可以断定刘绎是读过《白鹭洲》的。他在《浴沂亭八咏》其一《二流交汇》中这样写道："二水中分句，金陵白鹭洲。那知双派合，章贡有源流。"无论是诗法还是句意，都可以看出与徐氏《白鹭洲》的联系。

从各种记载可知，吉安白鹭洲得名，同样是借助于李白这名句。元代周巽《白鹭洲》，诗题下有一小序特别提及得名由来乃至闻名之由，序曰："洲绵亘吉州六七里，江水分流萦回此州，宛然金陵二水中分一洲之势，因以白鹭名之。丞相文忠公建书院其上，种竹万竿,公卿大夫多出此焉,由是白鹭洲之名闻天下。"清代吉安知府林逢春《云章阁》也有诗句:"庐陵文物照江天,院寺钦崇自昔年。水占芳名分白鹭,诗题古壁效青莲。"也赞同洲名源自李白李青莲。

白鹭洲得名也晚,徐俯始咏,使得这荒草萋萋的洲岛名气逐渐大起来。以至于后来,吉安士大夫提到庐陵,都以"白鹭""青原"对举而代称。如吉水杨万里《送蔡定夫提举正字使广东》云:"我家江西更西处,白鹭洲对青原山。"泰和刘过《赠刘叔拟招山》云:"草路青原泪,烟波白鹭心。"徐俯吟咏白鹭洲的诗句,也被庐陵人赞赏,并引以为豪。宋代名相,永和周必大在《简提刑吴大卿(宗旦)二首(辛亥六月二十五日)》其二中写道:"堆胜横看白鹭洲,青原稳著钓台幽。鲁公翰墨师川句,访古何妨与一游。"向友人推荐家乡名胜,不忘将颜鲁公(真卿)和徐俯都拉来"做广告",妙书和美诗交相辉映,青原与白鹭分外妖娆。

值得一提的是,徐俯还有另一首《白鹭洲》。诗曰:"山光浓复淡,江面落还收。不见飞凫鸟,空看白鹭洲。台城久蔓草,宋玉又悲秋。却羡释门秀,早从方外游。"有些选本和文章引用,想当然看成是庐陵白鹭洲,误。此处"台城"就是特指南京,而宋玉悲秋是怀念亡楚，用在南京古都伤怀，正合乎诗境。

　　"人事有代谢，往来成古今。"徐俯去世后整整一百年，淳祐元年(1241)，吉州太守江万里在水洲之上，创办了白鹭洲书院。在书院的琅琅书声中，徐俯优美动人的诗句时时传来，引发人们深长的怀念。

儒者典范欧阳守道

　　吉安县永和镇，为古东昌县治所。明初《东昌志》云："异时谈吉安之盛萃于庐陵，故庐陵为郡之望；谈庐陵之盛，萃于永和。"永和得青原之秀和赣水之灵，如一颗明珠璀璨在赣中大地。南宋名儒欧阳守道就出生在这块物华天宝的土地上。

　　欧阳守道，字公权，一字迁父，初名巽，晚号巽斋，学者称巽斋先生。淳祐年间进士，历官零都主簿、赣州司户、秘书省正字、校书郎兼景宪府教授，著作郎兼崇政殿说书等。曾受聘为白鹭洲书院山长和岳麓书院副山长。今存著作《巽斋文集》二十七卷等。

　　欧阳守道六十五载人生，堪称是儒者典范。他守儒专一，根柢深厚；他培植后学，教育得法；他孝悌友善,仁心可鉴;他高尚廉洁,人格巍峨。七百多年过去了,每每游历这两大书院,我透过古朴深邃的门,仿佛看到他手持书卷,微笑着走来。

欧阳守道学本醇儒。《宋史》称其"少孤贫无师,自力于学,年未三十,翕然以德行为乡郡儒宗"。盖棺定论,正史给出的赞语是:"庐陵之醇儒也。"欧阳守道所学远绍孔孟正宗,在书院讲学,一开始便是旗帜鲜明:"发明孟氏正人心,承三圣之说。"文天祥亦称赞他是"名理轶晋魏,雅言袭轲思"。直接指出其思想来自孟轲和子思一派。从有宋一朝近处看,其学问继承了欧阳修、二程到朱熹的理学主流门派。在守正的基础上,又有严谨的创新,能自成一家,故《宋元学案》专立《巽斋学案》,足见其影响。

醇儒核心主张之一是经世致用。《宋史》记载欧阳守道在"经筵所讲,皆切于当世务,上每为之动色"。他力主文章要根于"理"与"学",要有益而作,如此才能枝繁叶茂,切实发挥社会功用,即如他所言:"文资于理,理资于学。"作为最得意的门生,文天祥更有切身体会:"先生之文,如布帛菽粟,求为有益于世用,而不为高谈虚语以自标榜于一时。"今日读《巽斋文集》,验之于上述言语,果然是文如其人,言为心声。

醇儒一本于仁，诚于内，恭于外。欧阳守道景仰欧阳修，然承认同源别枝，绝不攀附名贤自重，诚实若此。《四库全书总目提要》评价他"持论咸有根柢，非苟立异同"，显见忠诚内心之坚贞操守。他初名巽，曾更名应举，后悔之，因而"当祭必称巽"，恭敬地维持祭礼的严肃性。理宗驾崩，消息传来，"守道与其徒相向哭踊，僮奴孺子各为悲哀"。这是对朝廷发自内心的忠诚，以及主敬的平日严格教养，因而在尽臣礼上便有这恭肃的哀痛。

欧阳守道诲人不倦。学高人之师，欧阳守道自知"书之有味"以来，便"不肯舍去"，成了学而不厌的身教者。年轻时家贫，欧阳守道经常给人做点手工体力活，只要稍微有点空闲就抓紧读书。有时一手干活，一手拿着书看，即使在下雪天也是如此。邻居见此情景，便隆重邀请他来书馆教子弟读书，身份因此变为私塾先生，经济条件和读书环境都得到较大改善。

由于力学有成，欧阳守道受到时任吉州太守江万里的青睐。江万里创办白鹭洲书院，先是自己亲自讲学，忙不过来，便盛情邀请欧阳守道前来主讲，稍后便以山长之任托付。出于对教育事业的热爱和对知遇之恩的感激，欧阳守道赣州司户任满后，便欣然接受了邀约。江万里和欧阳守道，珠联璧合，成为书院的金字招牌，四方学子接踵而来。弱冠之年的文天祥于宝祐三年（1255）入学，正式"登先生之门"，文天祥深情写道："先生爱某如子弟，某事先生如执经，盖有年于兹。"欧阳守道恪守"以教化为第一事"，大力弘扬"二程"朱熹理学，重视人品气节与学问气象的统一。书院中供奉庐陵"四忠一节"，生徒们以此为典则，砥砺学风，振奋昂扬向上之气。终于在宝祐四年丙辰年的科举中，文天祥高中状元，白鹭洲书院同时考取了四十余名进士，成绩在全国名列前茅。理宗皇帝亲题"白鹭洲书院"匾额以示奖励，书院声名隆起。欧阳守道自感兴奋，挥笔写道："庐陵自欧阳文忠公以来，甲科相望，丙辰最盛，继此可知也。"

宝祐元年（1253），应湖南转运副使吴子良聘请，欧阳守道前往潭州，担任岳麓书院副山长。他身登讲坛，大倡理学，"学者悦服"。江万里入朝后，向宰相推荐欧阳守道，说他"宜史馆，宜经筵，其文可爱"，只可惜的是"其人老矣"，不然还可大用。欧阳守道在京城担任的是史官和讲官，这或许是他最合适的舞台。每次朝廷讲官缺，江万里就会想到他，并感叹道："欧阳守道老儒，真讲官也。"

欧阳守道一生与教育结下不解之缘,桃李满天下,硕果耀人眼。元代刘诜在《跋四君图后》说:"秘监欧阳公巽斋先生以雄文邃学,为世师表,一时名士,多出其门。……其教学者皆本仁义忠孝,故其效如此。"除文天祥外,刘辰翁、邓光荐等皆出其门,他们不辱师门,以忠义节气彪炳史册。

欧阳守道为官清廉。出身贫寒的欧阳守道,少年时想到的是逆境奋发,刻苦攻读。待到为官时,亦不曾有发财致富的念头,相反想到更多的是俭以养德,廉以养直。文天祥说他"晚见召擢,一再登朝,先生居之淡如也。其修于家,终日清言,接引后进,未尝为担石谋"。江万里也赞他"其事亲孝,谨身如玉,澹然无世间荣利意"。他站在民为邦本的儒家立场,同情百姓,十分痛恨贪渎行为。多次在奏章中呼吁,要富国足民,就必须遏制那种"以仕进自肥"的腐败分子。

在朝廷为官时,欧阳守道曾"以言罢"。收拾行李出钱塘门,人们见到的是"唯书两箧而已"。清风两袖归田去,不舍肩上一担书,这正是庐陵人的风骨和形象。他的兄长早逝,侄儿由他抚养,长大成家后办婚事要钱,尽管为数不多,欧阳守道还是拿不出,后来在文天祥的帮助下,才将事情办成,了却了心头一桩大事。《宋史》本传，记载他临终时"家无一钱"，走得如此干脆和干净。文天祥在祭文中也言及恩师去世之日，"橐无赢赀"，家徒四壁，只好"诸生为集丧事"。面对此情此景，学生深深被感动，"泫然而哭吾私"，都自责太自私，只想着自己，没有照顾好老师。

欧阳守道敦亲睦族。"百善孝为先"，他为人极为孝顺。年轻时私塾坐馆，吃饭时将肉食和素食分开装，自己吃素食，肉食带回去给母亲吃，左邻右舍无不感动。他的兄弟和嫂子都去得早，留下两个可怜的孩子，一个五岁多，一个才数月。那时他还没有成家，没有谁能为小侄子哺乳，"日夜抱二子泣，里巷怜之"。大侄子演长大，走丢了，他哭着找遍了永和附近郊野，最终还是没有找到。这成为他一生无法释怀的痛，为此，他"三年不食肉"，以此惩罚自己。

欧阳守道珍惜宗族之谊，不论远近，尽量予族人以帮助。《宋史》本传记载，欧阳守道到岳麓书院任副山长，宗族之人欧阳新和儿子欧阳必泰前去拜访。由于"晤语相契"，他便请求吴子良礼聘欧阳新为讲书。当欧阳新讲《礼记》"天降时雨、山川出云"一章，他深为感佩，并说既然有欧阳新在这里，我何必来呢？欣然有让贤之意。第二年，欧阳新不幸去世，他悲痛不已，为之作墓志铭，并向掌权者推荐他儿子欧阳必泰。这既是举贤不避亲的坦荡，当然也是一份血浓于水的宗族情谊。

作为一名德高望重的学者和教育家，欧阳守道受到了学生及社会的极大尊重。文天祥《祭欧阳巽斋先生文》全面给出了这位儒者能为人中典范的理由。文中写道：

> 先生之文，如水之有源，如木之有本。与人臣言依于忠，与人子言依于孝。先生之心，其如赤子。先生之德，其兹如父母，常恐一人寒，常恐一人饥，而宁使我无卓锥。其与人也，如和风之著物，如醇醴之醉人。及其义形于色，如秋霜夏日，有不可犯之威。其为性也，如槃水之静，如佩玉之徐。及其赴人之急，如雷霆风雨互发而交驰。其持心也，如履冰，如奉盈，如处子之自洁。其为人也，发于诚心，摧山岳，沮金石，虽谤与毁来而不悔。其所为，天子以为贤，缙绅以为善，类海以为名儒，而学者以为师。

　　无论是道德文章还是为人处世，这位被称为巽斋先生的醇厚学者，坚守了理学正道，开辟了育人大道，真不愧是"通务之儒，识时之杰"。今天我们追思怀念他，还不仅仅是因为他"讲学天出，从游满门"；更重要的是，他在白鹭洲头铸造了庐陵精神长歌。文天祥等人继承并发扬光大其衣钵，在"天地有正气"的浩荡气氛中，用生命完成了对儒家仁义最高境界的激越歌唱。

读泷江

　　赣省之中,赣江之东,有泷江似山间龙,逶迤来到家乡。我把泷江当作书,一里一页,一共二百九十六页,一路翻读,光景常新。

　　打开泷江的封面,最耀眼的是红色篇章。泷江发源于兴国县天心坪,"天心"二字,分量何其沉重!《尚书》云:"克享天心,受天明命。"王符《潜夫论》则曰:"天以民为心。民之所欲,天必从之。"可见天心本仁,唯民是爱,若是无法无天,不仁不义,则天必弃之。土地革命时期,国民党反动政府逆天而行,向工农挥舞起恶狠狠的屠刀。不屈的共产党人奋起反抗,"红旗卷起农奴戟",领导穷人"为天地立心,为生民立命",泷江于是成了著名的反围剿红色战场。这里见证了公略县的壮烈历史，上演了追击唐云山旅的传奇，听闻了无数令敌闻风丧胆的枪炮声……今天在水南旧街上尚留的红军标语，像是在无声地致敬这血与火的岁月。为了革命的胜利，泷江儿女做出了巨大的牺牲。"为有牺牲多壮志，敢教日月换新天"，他们用年轻的热血浇灌崇高的理想，舍生取义未曾有过丝毫的悔。泷江流经兴国、永丰、吉水、青原四县区，作为革命幸存者，大而言之，这四县区走出去的开国将军超过百人。小而计之，泷江流域应不下二十位。泷江又名孤江，这里确实有过孤军奋战的悲壮，人民度过了不少孤苦的岁月，但泷江更像是孤胆英雄，用鲜血铸造了坚韧的悲壮和不朽的神采。泷江是一条红色的飘带，又像是共和国历史中一道极为醒目的书签，无论是回望还是前瞻，总是无法也不能、更不会忘记这抹鲜红的存在！

走到百里贤关，泷江之书迎来了它最自豪的贤人篇。百里贤关又名杨公坪，杨公者，杨救贫也。杨救贫，名益，号筠松，唐僖宗朝风水国师。为避黄巢乱，杨筠松来到兴国三寮定居。因为不远，他沿泷江而下，徘徊于潇泷外三里处，见此地形，不禁脱口而出："百里有贤人出也！"地便由此言而得名。承堪舆大师吉言,至北宋,泷江流域之永丰沙溪,便出了大名鼎鼎的欧阳修。欧阳修葬其父于泷冈,并作千古名篇《泷冈阡表》,以青州丈石镌刻。因人和文,泷江逐渐为更多的人所知。至南宋,隔泷江不远的富田,诞生了气壮山河的民族英雄文天祥。欧阳修官至参知政事,实为副相,文天祥做了丞相,故民间有"隔河两宰相"之说。若以杨公坪为圆点,百里内宋代的贤人还有胡铨、周必大、杨万里、罗泌、刘辰翁等,一个个名字在史册中光芒璀璨。至明代,泷江流域连出大魁,先是带源王艮,王艮本为状元,结果因为貌丑,而降为榜眼,但老百姓还是认了这个状元。再是夏朗的刘俨,再就是住在泷江边泷头的彭教,还有他的表弟永丰的罗伦。这泷江就像有泉眼似的,让状元这稀罕物喷涌迸发。同样的圆点,百里外还有状元罗洪先、胡广、刘同升等,还不用再列举解缙、邹元标等其他名人。风水不足信,但人杰地灵却是神奇的事实。泷江又名明德水,读书明德,求大学之道,以此观之,诚为名至实归也!东林党领袖、乡贤邹元标曾到此凭吊彭教和罗伦共同读书过的泷江书院,写下了满含自豪的《怀古》诗:"秀色东南此一天,嵯峨怪石虬相连。……振衣亭畔还谁语,百载风流忆昔贤。"对于这个状元窝,大旅行家徐霞客也是好奇满满,不顾路途的偏僻,专门来寻状元故里,领略彭教命名的潇泷八景。在罗家埠登岸后,他还久久回望,满脸是参不破谜的表情。

水至螺滩,即《徐霞客游记》中所记载的罗潭,我们便打开了泷江之书最振奋人心的现代篇。20世纪70年代,泷江人民战天斗地,拦河筑坝,修建了螺滩水电站。犹记得儿时我村通电的那一天,下午全都将灯泡装好,要等到晚上八点统一由螺滩水电站输电,全体村民兴高采烈,这等待于是成了世上最幸福的憧憬。到接近八点,小孩子异口同声喊着:"变!变!变!"这眼前一亮如期而至,全村都沸腾了。大家相互串门看电灯泡发光,总是怀疑每家光亮不同。此后,我再也不用在墙上挂着煤油灯看《敌后武工队》,在电灯泡下看的小说也换成了刘心武、张贤亮、冯骥才、邓友梅等更加现代的作家作品了。家乡富滩镇,在叫富滩乡的时候,归吉水县管辖,这里成了吉水县的边远之地。随着时代的发展,在2000年左右,它划归新成立的青原区,顿时由昔日边地变成了新区门户龙头,发展的势头真可用日新月异来形容。与富滩相邻的值夏镇,自古繁华,插上现代化翅膀后,变化也是一日千里。每次回富滩,或者逛值夏街,好像是捧着一本新潮的书,渐渐地,渐渐地,就有些读不懂了。

泷江这本书,读到张家渡时,赣江便自然地来给它作封底。封面是高山喷雪,封底则是海纳百川。泷江流经的每一处,都是在挥手作别。渔樵江渚,山间灯火,野渡横梭,放排对歌,读着它可以体会到遥远的温暖。先贤文章,铮铮节义,读着读着,便有了"理解的同情",毕竟是同一方水土养育的灵魂。无论是古色的苍茫,抑或是红色的激昂,还是现代的五彩华章,我们不能告别的是,这乡愁总在我们血管中流淌。

读泷江,乡关在烟波江上;读泷江,乡思在眉梢鬓角;读泷江,乡音在船埠渡头;读泷江,乡情在相助守望。泷江永是年轻,是游子将它读老了。好在我们相信,一本老书,它深厚的底蕴里,藏着的还是绿油油的希望!

如今再无朱陵观

在我的家乡吉安市青原区富滩镇,有个自然村叫观前。其得名源自后山曾经有个著名的道观,名唤朱陵观。朱陵许是源于朱陵洞天之说,为道教三十六福地,原在湖南衡山,后就泛指为神仙住所。据记载,在观边曾有洞,洞顶有突出的巨岩,水自山上流经岩石,即飞身落下,水量丰沛时,就形成了壮观的水帘洞。洞里开阔阴凉,可置方桌数张。瀑布和大洞形成的气势,自是不同凡响。南宋吉州著名词人刘辰翁曾在此作《水调歌头》,其中有描述:"坐久语寂寞,泉响忽翻空。不知龙者为雨,雨者为成龙。看取交流万壑,不数飞来万丈,高屋总淙淙。是事等恶剧,裂石敢争雄。"

山不在高,有仙则名。观所在的山叫方广山,为青原山脉延续而来。传说东晋道教大师、游仙诗人郭璞曾到此处游历。唐代吉州刺史阎棻弃官不做,先到此学道修炼,并在此留下很多美丽的传说。南宋名臣胡铨告老还乡后,看中了这块离他家值夏大约十里路的地方,在此依着洞岩建房,逐渐建起书院。为观瀑,他还特地建造了一座亭子,取名为自雨亭。胡铨一面在这里著书立说,一面也在此教子弟和乡人读书。他的两个孙子胡槼、胡榘,就在此受到严格的教导,后来官至尚书。

同是庐陵人的周必大和杨万里,家离这儿都不远,退休后他们可是隔三岔五地来此游玩。他们和胡铨一道,在自雨亭中饮酒论道,作诗言志,尽显文士风雅。山川人物相辉映,庐陵地灵涌风华,这一方胜境引得名士纷来,题咏不绝,道观的宁静也就渐渐打破了。

世俗和高雅在这里融为一体,各有其乐,老百姓干脆在这里一并将"天地君亲师"跪拜。我还是在吉水中学读高中的时候,来到观前村姨父家里做客。他带着我参观了后山尚存的遗迹,那时仅有一座土地庙的规模,正面供奉的是老子、孔子和释迦牟尼三尊石像,并且孔子还位于正中间。当时觉得有些不伦不类,后来我逐渐了解到,像这样儒释道三教并列而祀的景观,在九州民间并不少见,体现了中国文化的会通精神。不过,这里的三尊石像,还自有所本。朱陵观为道,自然要供奉老子;书院为儒,自然要拜谒孔子;而山北面不远就是名气更大的净居寺,自然要将佛祖也纳入拜祭。一庙三神,烧香磕头方便省事,谁也不得罪,老百姓乐得一总求个心安。

人世间没有宁静的桃花源。元代末年,动乱不已。为保卫乡间,胡铨的后代胡鹤皋募集义兵,以朱陵观为根据地与强盗周旋血战。盗兵怒而烧毁了道观,胡鹤皋并不屈服,最终率领乡民破贼成功。几十年后,他的侄子胡兰畹主持重修道观,恢复了以前的规模,并将胡鹤皋的墓迁至观旁。

明代吉水大才子,《永乐大典》总编解缙应胡兰畹之邀,来到新建成的朱陵观。抵达时,春雪如絮,"兰畹大喜,炽炭置酒,尽出其图书,痛饮沉醉。明日竟去,许为记"。第二天离开的时候,作下《游洞岩》诗,诗云:"独向山中觅紫芝,山人勾引住多时。摘花浸酒春愁尽,烧竹煎茶夜卧迟。泉落林梢多碎滴,松生庭石是傍枝。明朝却欲归城市,向我来时总不知。"虽然答应下来要为这重修的观写一篇记,但这文债一欠就是几十年！此时的兰畹奉诏来京，解缙正在京城做官。解缙再见故人，已经是"鬓发皓白"，然"精神烨然"。兰畹重提旧约，再求为记。解缙慨然，于是在京城写下了《重修青原洞岩朱陵观》，交由兰畹带回去刻石留念。

"满眼榛芜迷故址，伤心丹灶在荒丘。我来欲问阆君事，谷口萧萧落叶秋。"这是明代泰和人康复隆的《游朱陵观》诗，读来真能使人激烈共鸣。是啊，这人间事情动态发展，有盛有衰，当中不知道有多少东西烟消云散，怎能不让人发出物是人非的感伤呢？保存历史记忆，传承优秀文化，每代人都有责任。即便是片瓦块石，一片废墟，我们能尽努力的，都要将它保存好。可惜今天的洞岩和朱陵观已"无复旧时容"了。这么一个有人文价值的所在，这么幽静的一个环境，终归还是面目全非，让人惆怅难已。岁月"行行重行行"，历史离我们的视线越来越远。"此情可待成追忆"，好在尚有文献可征，朱陵观的过去能有所知晓，这也算是无可奈何中的一丝安慰吧。

抚今追昔西华山

位于吉安市青原区富滩镇的西华山，这些年正在开发，它的历史文化也逐渐引起了大家的注意。"山不在高，有仙则名。水不在深，有龙则灵。"用这耳熟能详的名言来形容现在这小有名气的山，似乎也越来越贴切。

西华山原名华盖山，为青原山脉的一支，正好成为富滩镇与河东街道、天玉镇的界山。山脚下的张家渡，是泷江、富水汇入赣江之处。在西华山顶鸟瞰，三江汇流的轮廓十分清楚，果然有"龙盘虎踞西华丘，岿然下镇双江流"的气势。江流形成的广袤沙洲绵延匍匐，其状就像是一只随时起飞的大鹏。难怪明代尹直有诗云："两江水击三千里，展翼南溟过此关。"化用庄子《逍遥游》中鲲鹏的典故，让山河更添壮势。赣江于此环绕，沿着西华山脚一路北行，如同矫首游龙。西华山则如一只老虎蹲踞，山顶面江的寺观如同虎头，张家渡如同它的后肘，活灵活现，果然是"神之所从来久矣"。

建在西华山上的佛寺与道观，现在虽然规模不大，但过去是有过辉煌的。道观自唐代始建，名曰崇先观。宋代开始有所扩大，主要供奉真武大帝，系武当山派系。真武为北方水神，老百姓期望他镇压洪水，保一方平安。由于离吉安城和青原山都近，又在赣江水道边，自宋以来，游历者络绎不绝。青原山腹地崇佛，为著名禅宗七祖道场净居寺所在地，自然是名动天下。而作为它外围的西华山，却以道教的悠久历史见长，如此形成了很有意思的竞争与互补。

来西华山上朝拜的人多了，自然就会到处题写。洒墨挥毫，或题于观壁，或留诗文为道观所保留。明代隆庆年间，西华山殿宇重修，规模甚大，布列有序。甚至建有专门供士大夫休息的精白堂，这客观上也为文事活动提供了场所。当时江西右参政张恒，或参与了收集歌咏遗文的工作，将历代仙客文人的诗文从残垣颓壁和老鼠啮齿中抢救出来，编成了《西华遗集》，并为之作序。编集的目的,不只是为了保留文献,也是要留住仁根,感通仙界。因而有云"山谓之华,文人之心亦谓之华。诗歌以写其心,仙仙然惟其所之,以其华传其仁,以其根传诸山"。我不知道《西华遗集》是否亡佚,如果还在,对于开发西华山意义之重大可想而知。

现在可见的写西华山的诗歌还有一些,读来可窥测一二风貌。如尹蓬头《题西华壁》云:"只说西华旧有仙,谁知仙备此身前。能将尘事闲抛却,到处安身是洞天。"诗歌充满着道教超脱哲学,哲理深可玩味。摘录这首诗的《青原志略》将尹蓬头定为梁代人,五代十国的后梁?我深表怀疑。我推测尹蓬头就是明代的尹继先,是位传说活了三百多岁的人物。宋代赵潜在江西制置使任上,也曾忙里偷闲,到西华山一游。其《西华》诗云:"人道西华美矣,吾今一见果然。更喜青原路迩,何殊白日翩翩。"诗写得一般,但心情却是非同一般的畅快。明代吉水名士周述对西华山也是情有独钟,他也留有一首重游的诗。从"故人同眺览,终夜独徘徊"句来看,他还在山上留宿过。

西华山何时有了佛寺,这也值得考证。《吉安府志》记载,六祖慧能曾到山上一游,后人为纪念他,在山上建有六祖庵，与青又庵相接。山内曾保存有赵孟頫手书《般若经》，今日不知尚在否？现在的西华山是佛寺与道观并存，在一处牌坊上还写有"佛道安然"四个字，充分体现了中国传统文化的会通包容精神。香客上山，佛道都礼拜，他们才不想去细细分别呢。在寺观旁边还住有人家，浸透出浓厚的世俗人间情味。

今年正月，我与寄寓京城的胡国荣博士、教席闽南的刘书炘博士以及设坛井冈山大学的陈冬根博士，携手登山远眺。正前方赣江因得二水汇入，江面顿时开阔。江面现在只有一些挖沙船在作业，显得有些荒寂冷清。对面的永和镇，曾经荟萃"庐陵之盛"，当年"百尺层楼万余家，六街市连厩峻宇"，著名的吉州窑也在镇内密集分布。可以想见当年此处必然繁华，赣江商船奔梭、千帆竞发的情形当是常态。

江山如画，人杰地灵。西华山俯瞰下的三江流域，土地何其厚重，人文何其光耀。泷江一路而下，流经的是欧阳修、刘俨、王艮、彭教和胡铨的家乡。富水从山中走来，带来的是文天祥、罗泌等豪杰的问候。对面的永和镇，就曾经孕育过南宋名相周必大，抗金名臣欧阳珣，白鹭洲书院山长、教育名家欧阳守道等。三江流域还是一片红色的土地，诞生了许多共和国政要和将军。

今天的西华山下，青东公路贯穿而过，正在通向现代化的路上。风流看今朝，这片土地上的人民正在用辛勤的汗水和智慧创造发展的神话，金庐陵的招牌一定会在这一代人手中越擦越亮！

吉水人与大乌山

　　大乌山，原名大雾山，是周边最高的山峰。位于江西省赣州市兴国县境内，与吉安市的吉水县、永丰县、青原区接壤。所以大乌山有"吃兴国米，喝庐陵水"的说法。

　　大乌山上的寺庙，据记载最早建于唐代。后来屡次翻修，现在更是在原来寺庙下新建一组寺庙，气势颇为壮观。新寺庙是典型的佛寺，老寺庙则是儒释道三教并存特征明显。政府还在陡峭的山上修建了盘绕公路，大胆的司机和摩托车手可以将车直接开到新寺庙下。大乌山祈福灵验，十里八乡都有口碑，山上人气在春节期间尤其旺盛。我于正月初七登山一游，满眼云雾缭绕，始信大雾山之名副其实。又耳闻寺庙中鞭炮声不绝于耳，接近更是硝烟弥漫，隔门不见任何景致，于是更信大雾山之深隽贴切。

果然是"山不在高，有仙则灵"，山口所立"大乌山仙境"之碑石，仿佛专门诠释刘禹锡的名句。一座山的名气，自然景观或许还在其次，人文历史的因素当然更为重要。大乌山今后若要进一步开发，必然要在三个吉水人身上做足文章。

一是文天祥。文天祥过去属于吉安（庐陵）县，现在划归青原区。但在很长一段时期，文天祥故里富田是归吉水管辖的。广义上，文天祥也认可自己属于大吉水，其《生朝》诗中有句"田园荒吉水，妻子老幽州"，便是明证。大乌山离文天祥故里大约四十里的路程，或许他不止一次登过此山。现在在山顶老寺庙大殿，还有他手书的"永镇江南"匾额，字迹遒劲有力，庄重雄迈。在风雨飘摇的南宋末年，文天祥在家乡起兵抗元，他深知其中的艰难，格外期待神灵保佑，题写的这四个字饱含着对国家的忧心！尽管南宋半壁江山最终没有镇住，文天祥也为了民族气节献出了宝贵的生命，但他的伟大精神像高山一样耸立，大乌山因为文天祥熠熠生辉。出于对英雄的崇敬，现在大乌山寺庙中还保留着具有珍贵文物价值的文天祥画像，朝拜的人络绎不绝。

二是解缙。这位出身于吉水县城的大才子,因为总编《永乐大典》而扬名中外。其诗文书法成就,在明代也堪称一流。在历尽艰难登上山顶来到寺庙时,解缙突然有了哲思,顿时忘却疲惫,挥笔题写了"进步登天"四个字。在参拜诸神时,庙里的灯烛突然全被山风吹灭,室内顿时一片漆黑。生性幽默的解缙马上对同行者说:"都说这是一座名(明)山,我看应该是乌(黑)山了。"于是这则传说,便成了大乌山得名的由来。"进步登天"题词,触怒时忌,也让上天不满,因而这四字原本题写的地方,屡次遭雷击被毁。现在在寺门右侧,还保留有这四字,隶书体,中规中矩。解缙最有名的是狂草,开了明代的先河,人评价为"傲让相缀,神气自倍"。但在这四个字当中,我是看不出"傲"和"神"的。或许,这可以理解为解缙进拜时心情的虔敬吧。

三是邹元标。吉水县城小东门邹家人,著名理学家,后期东林党领袖之一。刚考上进士后不久,年轻气盛,上书反对张居正夺情留用,结果被打得皮开肉绽。但邹元标永不屈服,愈炼愈刚,民间于是有了"割不完的韭菜兜,打不死的邹元标"的说法。他几十年闲置家乡,此间聚徒讲学,收获了不少声望。后张居正去世,邹元标被重新录用。在一片倒张声中,唯有邹元标肯定了张居正的改革功劳,完全站在国家立场上说公道话。大乌山的山门上,完好留存有"乌山仙境"四字,这正是邹元标手书。我目睹石刻,字迹方正威严,有凛然不可犯之气概,字如其人,于此得到印证。

据说在万里无云的时候,站在大乌山顶,可以远眺到庐陵城郭。当年三位吉水人所看到的故乡河山,今天发生了他们意想不到的变化。但时代不管怎么变,人总是要有学问涵养的。我在三位乡贤前辈的墨宝前沉吟徘徊,感受他们高深学问和巍巍人格。"墙上芦苇,头重脚轻根底浅;山间竹笋,嘴尖皮厚腹中空",刹那间我想起了解缙的这副对联。做人做学问,写字著文章,都要沉潜精进,踏实苦修。今天不少人总想炒作出名,想成为招摇的芦苇和迅速长高的竹笋。希望他们能读到这对联,读懂解大学士的讽刺,从而收敛起那投机钻营的心思。

下得山来,我再次回眸大乌山时,云开雾散。在阳光的照耀下,山势的雄伟壮阔显得异常清晰。没有浮云遮仰眼,但凡步入高层,人生的境界和位置是在前人指引下一步步走出来的。"世上无难事，只要肯登攀。"从结果回望来时，幸运地想想，确实如其所言。

燕坊三槐堂

燕坊，中国历史文化名村，位于江西省吉水县金滩镇，目前已成为 4A 级景区。我最近一次去那里，是 2017 年 7 月 25 日。村里退休老支书作义务讲解，土话和普通话结合，乡谚和诗句打成一片，别样的热情、幽默和生动让游客捧腹大笑，这本身就是一道别样的风景。

在古村，我见到了最常见的王氏祠堂堂号"三槐堂"。堂匾书法遒劲，庄严端正。"槐"字"鬼"旁一撇没有写。老支书解释说，这一撇像个乌纱帽，王氏最不喜欢当官，所以不写这笔，表示挂冠而去的潇洒。我以为这是老支书的精彩文学发挥，会心一笑。但在旁边看到介绍牌时，说到堂名的由来，竟也和老支书所言差不多，都认定王家高人不愿做官，手植三棵槐树以表示隐居之意。

照一般的说法，三槐王氏始祖为王祐。据《宋史·王祐传》及相关族谱记载：祐公少笃志词学，性倜傥，有俊气。……祐公生逢五代战乱，历事后晋、后周和宋朝，皆以文武忠孝而显名。祐公宦居于汴梁城东时，筑室于仁和门外，尝手植三槐于庭院中，言称其子孙必有为三公者。后王祐裔孙因之而被称为"三槐王氏"。有意思的是，北宋与南宋之交有位著名翰林叫王槐，字植三，取名定字绍述祖先之意如此明显。

王氏移民总觉得自己的根在山西洪洞大槐树庄。有首流传甚广的歌谣云："问我祖先来何处？山西洪洞大槐树。问我老家在哪里？大槐树下老鸹窝。"王氏姓得是霸气，但其百姓也免不了流浪四方，这份背井离乡的凄凉还是挥之不去。

槐树在中国北方地区遍种，是深受人民喜欢的树。我总觉得"槐"音近"怀"，常有怀念家乡的意思，诗意蓊郁如槐。又"槐"形似"魁"，总与科举登第相关联。每到科举备考季节，古人首先想到的是谚语"槐花黄，举子忙"。金末元初诗人段成己《和杨彦衡见寄之作》其一云："几年奔走趋槐黄，两脚红尘驿路长。

梦破邯郸成独笑,半生回首只空忙。"每读之,一面想落泪,一面想鼓掌。

槐树的高贵,在实行科举考试前就被认同了。周代有"面三槐,三公位焉"之说。反过来想,王祐植三槐的来历就再清楚不过。写到这里,突然想到,我读大学时,教我"中学语文教学法"的老师名叫王显槐。这名字取得多典雅喜庆,庶几可与王槐植三相媲美。

北方能种槐树的地方,几乎家家都种,如此祥瑞之树焉有不种之理?南方人,尤其是王姓人家,大概都想种,但说实话不容易种活,无他,水土异也。写槐树的古诗词自然不少,我最喜欢的还是白居易的《庭槐》。兹将全诗抄录如下:

南方饶竹树,唯有青槐稀。

十种七八死,纵活亦支离。

何此郡庭下,一株独华滋?

蒙蒙碧烟叶,袅袅黄花枝。

我家渭水上,此树荫前墀。

忽向天涯见,忆在故园时。

人生有情感,遇物牵所思。

树木犹复尔,况见旧亲知!

好一个"人生有情感,遇物牵所思!"我读白诗类此者,深感朋友对白乐天"深于诗而多于情"的评价是何等的恰如其分。如果我是北人,睹槐思怀也是再平常不过的事情。但只有白居易,能将如斯情怀表达得既明白晓畅又深沉回荡。

离开燕坊时,夕阳西下,我们就在三槐堂前与老支书道别。祝福他像槐树一样生机勃勃,吉祥安康。老支书这才挥手擦汗,连声回谢,真诚的笑容像槐花一样香甜。

水木清华

在江西吉水金滩镇燕坊村，有一处建于道光年间的庭院牌坊分外引人注目。不是说建筑在村中有何特别，而是这座建筑的牌匾刻有"水木清华"四个字。

一看这四个字，人们马上想到的是清华大学。在今天的清华大学工字厅后门外，有两座古亭，正额上题写的也是"水木清华"四字，字庄秀挺拔，为乾隆御笔。朱柱上悬有殷兆镛撰书的名联："槛外山光历春夏秋冬万千变幻都非凡境，窗中云影任东南西北去来潇荡洄是仙居。"可见当时此处还是幽静之境，不像今天大学的喧闹与浮躁。因为御笔的存在，后来这地方就叫作清华园。之后，在此地兴办的学校都以"清华"为名，从学堂到学校再到大学。

燕坊古村与清华大学的相同题字，应是巧合，因为这四个字古雅深致，是特别适合题写匾额的，相信全国各处应还有不少。无巧不成书，这正可以增加旅游讲解的故事性和生动性，提高游客的兴奋点。一眼静观门坊，一眼随心北望，有的家长都要把这看成文庙了。一个赣中的村落就这样与帝都发生了亲切的关系，这只能用缘来解释。想起这种缘，回味世界是普遍联系的哲理，会心一笑。

不管是燕坊古村还是清华大学，"水木清华"四字典出是共同的，皆出自晋代谢混《游西池》诗："景昃鸣禽集，水木湛清华。"西池位于今天南京市，谢混想不到在南京一游，千多年后北京有所大学会因此而取名。这就是文化穿越时空的力量，此刻我感受到了历史的脉动。"水木清华"从字义上确切理解，应该是"水清木华"，"水木清华"是古汉语的一种修辞。

从上述名联看出，清华园中"水木清华"景点景致是优美幽静的。燕坊古村的牌坊位置，从风光来说也应不输。牌坊背靠长满茂盛樟树林的后龙山，前对清水澄怀的大水塘，出门便有诗意葱茏荡漾。"人鱼皆静乐，水木亦清华"，住在屋子里的人想想丰神何潇洒，风度何优雅！这真正是个水清木华的村落，遥想这题词是何等贴切。牌坊两边对联惜看不清了,若是能认出,再与清华这一名联来对比一下,该是多么有意思的事情!

在五行中,水生木,木生火。水木的相生相顺,预示着生命的和谐发展,在时间和能量累积到一定时候,它就会兴旺发达。这是中国哲学稳健致远,宁静图久精神的一种寓意。"清华"二字,要既"清"且"华",美丽显贵是人生的追求,但追求的过程与结果一定要清新高秀,万不可与庸俗势利为伍,这不正是中国哲学"极高明而道中庸"在人生风姿上的表现吗?

由于濒临赣江,燕坊自古以来利用水运便利做生意,发财的很是不少。商人们赚钱回来建造的房子,都很低调而不失品位,这是我参观古村时触动很深的印象。村子不大,有两处学堂,足见有钱了想到的还是培养读书种子,这村商人的理想足以让我们今天汗颜。能想得起"水木清华"四个字的人,本人是否"辞藻清华"无从判断,但期待"门族清华",人有"清华之望"大抵是真诚的。现时代遍地都是商人,不管赚钱与否,起高楼,开豪车,穿名牌,吃奢宴,在很多人那里成了时尚。在如今商人阶层中,找个水木仕女、清华公子远比过去难许多了。

　　我伫立水木清华牌坊良久,任夕阳余热晒我,汗出如浆。再次凝望堂前塘水清湛,仰观后山古樟华茂,闲看道上人来人往,竟想起元好问《清平乐》中的句子来:"山深水木清华。渔樵好个生涯。梦想平桥南畔,竹篱茅舍人家。"陪伴的主人催我,天色已晚且多炎气,我们还是赶往金滩镇,找个有空调的地方吃饭吧。

青原英雄气

"山河犹带英雄气。"我的家乡吉安市青原区便是如此。"气"因人而生，人因"气"而高。这片狭长土地上的英雄生生不息，气势若虹，英姿宛在眼前。

南宋名臣胡铨，被称为"江西历史上脖子最硬的人"。在秦桧当国的时代，人人噤若寒蝉。即便是主战派，多数也是敢怒不敢言。偏偏这大前村走出的编修官胡铨，不怕鬼，不信邪，一腔忠义热血沸腾。他上书高宗，表明"义不与桧等共戴天"，请求立斩秦桧、孙近、王伦三卖国贼人头，若不得所愿，自己宁愿赴东海就死，绝不苟活于小朝廷。这英风壮举，直让人想起"胸中一片英雄气，生不杀奸死不休"的豪迈诗句。胡铨振臂一呼，朝野为之震动。秦桧震怒，将胡铨一路南贬至荒凉的海南岛。挨到秦桧死，胡铨才调回内地，归来时依然举首向青天。

富田人文天祥值宋季国家危难之际，毁家纾难，战至被俘，宁死不屈。留下"人生自古谁无死，留取丹心照汗青"的千古表白，践行"富贵不能淫，贫贱不能移，威武不能屈"的圣人教导，拒绝任何劝降，在大都英勇就义。"天地英雄气，千秋尚凛然"，文天祥无可争议地成了伟大的英雄，英名永垂不朽。

胡铨、文天祥等奠定的英雄传统，在 20 世纪上半叶的革命斗争中得到继承和发扬。李文林、赖经邦等在大革命时期就举行暴动，创立了有"小井冈"之称的东固革命根据地。驻守值夏的国民党靖卫大队队长罗炳辉深受革命影响，在水北罗家毅然起义，投入了革命的怀抱。遗憾的是，这位驰骋疆场的虎将于 1946 年病逝，中华人民共和国成立后被追认为解放军三十六位军事家之一。东固点燃的火种，一直在延续，青原土地上走出了二十多位共和国将军。

值得大书一笔的是，渼陂村一个村就出了三位将军。同村人梁兴初、梁必业两位中将有段时期还一起执掌三十八军，分别任军长和政委。三十八军是我军一段传奇，立下了赫赫战功。特别是抗美援朝时期，松骨峰战斗打得特别漂亮，被志愿军总部通令嘉奖，称为"万岁军"。魏巍《谁是最可爱的人》，便是根据三十八军事迹写成的。通过这篇脍炙人口的课文，人民更熟知了英雄，也记住了军长梁兴初。

英雄都有群众基础。有英雄的土地，便有英雄的人民。战争年代，舍小家，顾大家，妻子送郎参军、父子同时参军等场景时常出现。我在夜灯下读《梁必业将军自述》，读到这么感人的一段："我和父亲被批准参加红军后，回到家里高兴地向母亲述说了此事。她竟然没有一点犹豫，表示赞同……临行前一天，她让人把出嫁到小水口的姐姐梁润英叫回，做了一顿饭，为父亲和我饯行。其间，母亲没有说多少惜别话，却总是为我们祝福，祝我们一路平安。离村时，一家人把我们送到陂头街义仓阁。后来我才知道，红军离开江西苏区后，国民党在陂头实行白色恐怖，母亲被捆绑拷打，反动分子追问他，你的丈夫和儿子哪里去了，要把人交出来。为此，她吃尽了苦头，两臂膀都严重损伤，难以抬起来。我的母亲是革命的母亲，她为革命做出了贡献，做出了牺牲。"这真是一位深明大义的伟大母亲，她同样是革命英雄。

佛教圣地青原山，禅宗七祖行思在此开创青原法系。唐代英雄颜真卿在任吉州别驾时，入得山来，挥笔写下"祖关"二字；宋代英雄李纲，曾在此作《游青原山》长诗；明末清初英雄方以智，抗清失败后，出家于此，成为大智大师。英雄文天祥，不但在青原山读书，而且每有疑难，都愿意到山中来，与法师讨论。禅师仰慕文天祥才华气节，请他书写了"青原山"三字。如此看来，青原山英雄气蓊郁，同样散发着这片热土的特有气质。

青原山下，青东公路悠长而来。张家渡口，泷江、富水、赣江交汇融合。江南形胜的和风细雨，没有消弭这里的英雄气。日月已换新天，今日青原的英雄儿女，在各条战线跃马争先。他们有的是古道热肠，怀揣着忠勇红心，正在为建设绿色生态、和谐家园而努力奋斗。"尚想英雄气，千古犹森森。"欢迎诸君来这片深邃厚重而充满活力的土地上做客，英雄山川壮情怀，相信你一定不虚此行。

历史深处的永慕堂

"永慕"之意为长久思念、终生感怀。遵循中国慎终追远的传统，有人便将居所、书房或祠堂命名为永慕堂。

孟子曰："大孝终身慕父母。"永慕堂多用来感念父母，表达孝思。如福建东山县湖塘原名永慕堂的孝子祠，浙江金东区雅金村永慕堂，《古书图书集成》收录的佚名所著《永慕堂记》，明代大儒陈献章所著《永慕堂记》等皆是用来推行感恩理念，表彰思亲行孝之人。湖南邵东县灵官殿镇石株桥铁塘村，有座八百年古屋场，亦名永慕堂，得名缘由出于感念皇恩浩荡。据其家谱记载，南宋年间铁塘罗宗之为特科进士，他为人正直清廉，在朝廷做官，因看不惯奸相贾似道弄权殃民,屡次请求归田。度宗准许,并书"肃清"二字赐之。罗宗之感怀皇恩,在家乡新建堂屋后,书"永慕堂"三字,并将"肃清"二字装于万岁筒内,悬于大梁之上,以励子孙。

江西吉安市青原区渼陂古村梁氏宗祠永慕堂,随着旅游开发名气也大起来。祠堂建于南宋初年,大门牌坊书"翰林第"三个大字。祠堂占地一千二百平方米,建筑按照礼法原则布置,散发着浓厚儒家文化气息。堂内"教授"二字,不只是纪念先祖曾任江州教授、太常博士,在我看来,更多包含有教诗书以授人的意味,凸显的是耕读传家传统。祠堂牌匾之一书"对越在天"四个大字,此来自《诗经·周颂·清庙》,曰:"对越在天,骏奔走在庙。不显不承,无射于人斯!"诗句表达的是后人对周文王的深切思念。引用此典雅庄重的成句,或可看出祠堂得名亦是源自感念先祖。堂内石柱林立,柱上刻有楹联,且每副都是包含"永慕"二字的嵌字联,猜想应是在征作品中择优而刻。"永慕堂"匾两侧书"忠""信""笃""敬"四个遒劲大字,每个字都高到要人仰视,无声的威严弥漫在历史时空中。

渼陂还是著名红色之村。土地革命时期,这里曾是赣西南以及江西省苏维埃政府所在地。毛泽东曾在此主持过著名的"二七会议",村庄内有大量的红色遗址。永慕堂曾是红四军总部旧址,因此祠堂现在已经升级为国宝文物单位。

春节期间,我夜游渼陂。工作人员梁兴询破例为我们延长将军纪念馆参观时间。临别时,他还指着一条石巷,自豪地说:"这就是将军街。不到二百米,出了三位将军。"他所说的三位将军,指的就是1955年授衔的梁兴初中将、梁必业中将和梁仁芥少将。梁兴询又说:"按照辈分,万岁军军长梁兴初是我堂哥。"梁兴初是38军军长,因在抗美援朝中打出威风仗,司令员彭德怀高兴地将38军称为万岁军,万岁军的名头从此名闻遐迩。由于夜晚不开放,我们没法进到永慕堂去参观。夜色灯光照映下的祠堂,更加神秘厚重、庄严雄伟。驻足于此,历史就像是书页,在心灵书桌中次第打开。

渼陂永慕堂,在今天增添了对革命先烈感念追思、对红色根脉坚守护持的新含义。这是一座红色和古色交相辉映的大学堂,要把这学校办好,当然不只是旅游部门一家的事情了。

钓源古村的正与邪

　　与其说钓源古村是民间建筑文化的博物馆，不如说它凝固了传统中国的真实文化风情，这里美与丑同在，正与邪共存。钓源古村位于江西省吉安市吉州区兴桥镇，肇基于唐朝末年。全村无杂姓，皆姓欧阳。欧阳修先祖，正是从这里迁往永丰县的。南宋年间，欧阳修七世孙欧阳腾继嗣钓源，从此欧阳修的后裔便聚居于此。

　　村内少不了有纪念欧阳修的文忠公祠。耕读传家，诗书绍远，这是自有威严庄重的封建正统文化。代表乡间意识形态的祠堂在这里到处可见，欧阳氏总祠天井呈品字型排列，除了欧字繁体因素再现外，更重要的寄寓是希望欧阳子孙有人品，有官品，有文品，成就立德、立功、立言的三不朽。除总祠外，分祠按照仁义礼智信来排行，兄弟派系井然有序，尽显大家族气派。既然祖上有欧阳询这样的大书法家和欧阳修这样的大文学家，他们的祠堂门前，就大可不必请猛狮来镇守，取而代之的是两方侧立的砚台，随时准备平放下来，舞文弄墨，笔走龙蛇。存礼堂前的牌坊，匾刻"文章世家"四字，两边还有对联，内容分别为"忠义寸心足千古，文章二字值千金"和"九成翰墨无双品，八代文章第一家"，洋溢的都是满满的自豪和自信。在这样的家风和传统激励下，钓源村也算得上是人才辈出，共出过五位进士，三十多名举人。总祠前立的旗杆石，镌刻有科场胜利者的名字，曾经光耀门楣的热闹化作历史的无声语言，让今天的游客浮想联翩。

胸有万卷诗书，食有一亩良田，晴耕雨读，知足常乐，心中自然风生水起，气象伟岸。然不知何时起，钓源村却外借于风水，在布局上也"共怜时世俭梳妆"，热衷于八卦，好像有先见之明，要为后来的旅游埋伏笔似的，这多少让人感觉有点邪门。笔直的道路走不到头，一定要弯一下；巷子一头窄一头宽，不忌讳地称作"棺材巷"，急吼吼地表示说要升官发财。更有傲慢的明代落第秀才，建造的房子门是歪的，墙是拱的，他要用这"歪门邪道"来愤怒地表达对无良社会的不满!这是如愤青一般的狂者,也有如惊鼠一般的懦者。村中有座八老爷别墅,这是一幢建于乾隆年间的中西合璧的建筑。然而居住在里面的八老爷,眼界并不见得开阔,心亦不能雄于万夫。享乐时他在逍遥床中忘怀世事,而一到晚上,总怕碰到鬼怪邪魅,胆小到不敢上厕所。据说八老爷夜晚出恭,必放三声鸟铳,驱除夜鬼后,方才敢一释重负。村民有戏谚曰:"三声鸟铳,八爷出恭。"

钓源古村曾经是江西通往湖南的驿站,三教九流经过此地,逐渐将这单纯的耕读传统驱赶,迎来了鱼龙混杂的市街。这么个偏僻的小山村,一时间竟然开起了钱庄、跑马场、妓院、赌场等让人动邪念的行当,而且繁华张扬,得了一个"小南京"的称号。商业的价值大行其道,铜臭和肉欲挑战着寒窗梅香,古村在世俗生活的天空下,如日沉西山前的躁动,变得多元和狂野。顺着岁月的长河走,尽管屋舍俨然,但钓源不再是悠闲垂钓的桃花源。村若小舟,出没在历史的风波里,见证着和经历着时间与空间。在总祠古老的柱子上,还保存着现代不同时期的标语。仔细想来,这貌似平静的丘陵山村,又何曾不见过惊涛骇浪?

　　村里有件国宝级的文物,那就是清初三大家之一的钱谦益书写的"存礼堂"牌匾,字苍劲潇洒,有着凛然不可犯的正气。据说这是钱氏亲书保存下来的唯一一块牌匾,自然价值连城,估价在亿元以上。这件国家级文物长期"养在深闺人未识",一旦价值显露出来,竟然引起了盗贼的注意。2012年的一个雨夜,三个想发邪财的雅贼将牌匾盗走,数月之后公安机关成功追回。

　　钱谦益取名来自正典《尚书·大禹谟》:"满招损,谦受益,时乃天道。"而欧阳修在《五代史·伶官传序》中结尾还曾引用这句名言,钱氏和欧阳竟然有如此机缘巧合。钱谦益一生和这"礼"也有密切关联,他曾做过礼部尚书和礼部侍郎。然而,这位大才子最终没有守住封建正礼,沉醉风流不回头,高调迎娶可做他孙女的名妓柳如是。这一行为被一些卫道士看成邪行,这些人气愤地往婚船上丢石头,钱氏毫不介意。更要命的是,他最终失去了人臣大礼,没有为大明殉国,而是投降了清朝。投降后,于心不甘,又暗地里与大明残部联系,还做着反清复明的梦。四库馆臣严厉批评他:"首鼠两端,居心反复。"乾隆皇帝看不起他,说他"乃既不能舍命,而犹假语言文字以自图掩饰其偷生,是必当明斥其进退无据之非,以隐殛其冥漠不灵之魄"。最终钱谦益被打入《贰臣传》,不断在历史的审判台上接受拷问。这位明末东林党领袖,内心中充满正义和邪恶的较量,令他痛苦不堪。然而,这或许只能引起同情,阎尔梅有诗云:"大节当年轻错过,闲中提起不胜悲。"即便内心再痛苦,一部分人始终不原谅他。刘声木曾言:"自知大节已亏,欲借此以湔释耻辱,此所谓欲盖弥彰,忏悔何益?"站在"存礼堂"牌匾下,我踌躇不已。这是人性的正邪斗争,还是封建礼教自身正邪并生的矛盾对人的绞杀,我茫然不知答案,徒有感慨而已。礼之不存,人将焉附?封建纲常的巨大力量,全然邪气吗?在面临舍生取义的时刻,每个时代不都有它自己的呼唤吗?

古村七星塘上有座廊桥,清风徐来,心旷神怡。许多钓源村民在此休闲打牌,承继着古人的隐逸之乐。有位满头银发的老奶奶,年纪七八十岁,看着手中牌甚为满意,嘴角竟然呈现出老来俏的可爱来。陪同我参观的同学看着她桌上小堆的筹码,不禁笑问:"您赢了不少啊?"老奶奶更开心,眉角就要笑开花样风情,让人看出单纯而不失狡黠的桑榆霞天。她不屑于看我们一眼,边打牌边说:"小赌怡情哟,一天输赢不出两块。不贪不邪,不湿绣花鞋,这日子天王老子管不着啰!"豪语一出,牌友笑得欢。我和同学相视一笑,心里好像走过一趟江湖,到头来"看山还是山,看水还是水",光风霁月,天真无邪。

凭眺造口

　　江西万安水电站,将赣江拦截,形成了广阔深长的湖面,这湖面便直接唤作万安湖了。不消说,万安湖成了新的旅游项目。游船的路线一般是从大坝开始,到观音寺折回,整个游程两小时左右。

　　我曾在一个炎热的下午,随船来到观音寺。观音寺历史悠久,据记载自晋代以来香火旺盛。在万安水电站未曾修建之前,观音寺地势较现在低得多。在崇山峻岭包围中,这江边的古寺显得萧条、渺小,人的哲思油然而生。观音寺又名一粒庵,大有"渺沧海之一粟"的况味,亦有一粒灵珠亮佛性的联想。由于水电站的蓄水,人们将观音寺迁徙到了比原来高一百多米的山腰。如今站在观音寺外围栏边,俯瞰江水湖面,一片辽阔，雄浑苍茫。情景正如这里大雄宝殿楹联所描述的那样："宝刹傍山居庄严国土十八滩头赏风月；殿宇迎水立清静胜地一片平湖壮胸怀。"寺与水默契相望，似乎都在低首怀念那湮没在水底的历史。

赣江最险，在九泷十八滩。到底有多险，不妨看看宋代徐鹿卿《之官过赣滩》其二里的描述："滩声嘈杂如轰雷，顽石参差拨不开。行客尽言滩路险，谁教君向险中来？"

如今的十八滩，早已淹没在湖底了，无法想象当年的骇人景象。万安水电站坝址正是著名的惶恐滩。高峡出平湖，就连这惶恐滩也一点都不惶恐了。要是文天祥今日从这儿经过，《过零丁洋》的颈联恐怕写不出来。

从观音寺极目远眺，对面就是赫赫有名的造口。造口又写作皂口，当是两水交汇之口。即使从现在湖面轮廓来看，也可以判断此处在历史上一定是水陆要津。靖康事变，金兵一路追拿隆裕太后。太后从南昌一路沿赣江南上，至皂口舍舟登岸，总算逃过一劫。据说太后将这归功于对岸观音寺的菩萨保佑，因此对寺庙多有加持。其实首先要感谢的是同仇敌忾的军民，其次要感谢的是万安的山水形势。正如清朝万安知县胡万年《惶恐滩》其二中写道："吉州南上水环湾，十八滩头是万安。来客莫言万安恶，万安无数好青山。"没想到这险要的地势，也有利好的一面。金兵至此，看山丧胆，闻水心惊，再骁勇的铁骑也不敢再向前一步了。

若干年后，力主抗金的大词人辛弃疾赴赣州就任江西提点刑狱，路过造口，追想往事，悲慨兴发，于是写下这冠绝千古的名词《菩萨蛮·书江西造口壁》：

> 郁孤台下清江水，中间多少行人泪！西北望长安，可怜无数山。
>
> 青山遮不住，毕竟东流去。江晚正愁余，深山闻鹧鸪。

这看起来好像没有写具体的事件，但罗大经《鹤林玉露·辛幼安词》条云："盖南渡之初，虏人追隆祐太后御舟至造口，不及而还。幼安自此起兴。"无数山水，无数悲愤，面对着南宋统治者"剩水残山无态度"，怎么能不让志士"悲从中来，不可断绝"呢？"中间多少行人泪"，由史伤身，辛弃疾自己不就是这样一个无奈的行人吗？脚步越走越南，而理想是向北向北，如此辙轨相背,怎不会让人有揪心之痛？卓人月评此词云:"忠愤之气,拂拂指端。"确实是说到要害,深惬稼轩之心。

"青山遮不住,毕竟东流去",这单用来形容时间也是恰切、形象、生动的。往事越千年,如今的湖面已然浩瀚,四围青山葱郁,方圆人烟稀少,江面也早无千帆竞发的盛况,"江晚正愁余,深山闻鹧鸪"的情景或许还在,但是"愁"的内容发生了巨大变化。美丽的造口,我看你像是忧郁的姑娘。一江万安水,不知道能否读懂你的心事？

转过身来,历史又将远去。观音寺的钟声响起,黄昏来临,山鸟次第鸣叫。在返回的江面上,还有几声渔歌传来,无酒也微醉。

韶口说古

在江西省万安县,有个移民大乡——韶口乡。小小一乡,竟有九省一市的移民杂居全乡各村落。做这个地方的父母官,是不是要有相当的声望和能力呢?

据《江西通志》《万安县志》等记载:"世传虞舜南巡,曾于此奏《韶》乐。"《竹书纪年》载:"有虞氏舜作《大韶》之乐。"可见《韶》乐为伟大舜帝的原创。乐声不只是端庄雅正、雄伟动人,而且自然优美、直指人心,不然也不会有孔子"闻韶三月不知肉味"之慨叹。美丽的天籁唤醒了自然界草木花鸟的心契与共鸣。于是鸟儿环绕了一层层,翩翩翼舞。大自然此刻都陶醉在诗的氛围中,能流泪的一定闪闪盈眶。于是乎,后人为了纪念这场原创音乐演奏会,将这儿的水叫作韶水,将这儿的山叫作韶山。因为位于赣江汇入口,这地方自然而然就叫韶口了。人们为了怀念虞舜,曾经在韶口建有舜祠,宋宝祐景泰间,僧了敬建买田百余石以奉祭祀。南宋著名词人刘辰翁有感于此,还曾专门作了一篇记文。

到过韶口的名人未必很多,万安段的赣江是十八险滩所在地。谁经过谁害怕,据《万安县志》载:"章贡二水北流赣县东北始合,故谓之赣江,二百四十里至万安县治,其间有滩十八……水性湍险惟黄公滩为甚,故东坡诗讹为'惶恐',今因之。"连苏东坡这样号称参透生死的旷达之人,都被黄公滩吓得以为是惶恐滩,可见这路险水足以让人紧张到出一身冷汗。不用多说,谁过这两水交汇的韶口,都是不能从容游且玩的。

我费了不少劲,找到了几首写韶口的诗。一是南宋江湖诗人萧澥有《韶口山家》,诗云:"茅屋一区山四围,门前蔬圃带葵池。儿童似骇儒衣到,两两三三壁缝窥。"萧澥是赣州宁都人,离韶口不远。诗歌写得清新形象,场景生动,尤其后两句,将山里人的胆小和好奇描绘得极为传神。有的地方竟然将这首诗误以为是描写湖南韶山的,那是因为这韶口没有那韶山有名。

明初泰和诗人刘崧，也有两首写韶口的律诗，兹录于下：

送友人入韶口山中

问客买乌犍，去耕韶口田。

地饶无恶草，山近有流泉。

过雨听春鸟，寻墟望晓烟。

野人应避席，莫遣识遗贤。

奉和孙景贤游韶口永福废寺

韶口人家几处存，鸟飞日落见孤村。

梵宫草满埋铜瓦，虞庙苔荒合石门。

流水忽惊秋露冷，好山长是晚烟昏。

故交最忆前村客，不独东偏段与温。

前一首写得欢快，农耕社会的逍遥如画在纸上。后一首写得悲凉，孤村废寺的黄昏触碰到了心底脆弱处。同一个韶口，不同的心境，即使是同一个人，也会有或悲或喜的感受。刘崧诗写得不错，是西江诗派的代表人物，四库馆臣在《四库全书总目提要》中称赞其诗"平正典雅，实不失为正声"。从这两首诗看来，我觉得评价是允当的。

　　韶口的龙舟文化很盛行。处于险滩湍流旁的万安人民，没有被自然环境吓倒，而是用赛龙舟、唱十八滩调这样的豪迈，宣告自己的勇敢和乐观。这些九省一市的移民后裔们，喊出的号子，似乎可以呼应遥远的《韶》乐，他们立志要奏出时代的最强音，在属于他们的人生舞台上一展英姿！

韶舟竞渡嘉年华

一

　　端午水涨,龙舟跃兴;江河竞渡,桨开水花。随着端阳节日的临近,韶口、百嘉两乡镇正在为马上到来的龙舟比赛作精心准备。韶口、百嘉隔赣江相望,深情脉脉,是江西省万安县两个深具浪漫情怀的星座。当年舜南巡,流连往复于山水辉映的画境中,斩杀孽龙,奏《韶》乐化育万物,群鸟环集,瑞溪逡巡,沉浸在伟大的音乐中。为了纪念舜的这场古老演奏,所在之地便命名为韶口。而对面灯火星点,黑暗中舟楫停靠,下来的各色人员轻轻敲响了百姓家的门。这一敲,敲开了旅馆产业,从而也生发了兴旺的百业。长街如画,徐徐展开,繁华的商埠呈现在众人面前。三教九流往来不断,商铺鳞次栉比,多达百家,"百家"之名由此而得。乐观自信的"百家"后人,为了表达对家乡的热爱和未来的美好希冀,便以"嘉"取代了"家"。一字之改,真有万种风情。

韶口、百嘉的龙舟竞渡,纯粹由民间自发,已经有几百年的历史了,《万安县志》早有记载:"端午……龙舟竞渡惟百嘉韶口为然。"端午之前,两乡镇便已自筹经费,更新龙船,招募桨手、骑手、鼓手和舵手。进入五月初一,便正式进入比赛阶段。每天至少赛八场,风雨无阻,一往无前,直到初五分出输赢才结束。自过年以后,人民辛勤劳作,经过三荒五月,实在是枯索压抑。恰好龙舟比赛可聚集人气,欢娱的气氛甚至盖过大年。说它是一场嘉年华,虽是新词,倒也是恰如其分了。

龙舟下水前,有隆重的请龙和祭祀仪式。长者将龙舟从宗祠中请出,并举行祭祖和祭祀仪式,祈祷风调雨顺,国泰民安。赣江如同赣巨人,从赣州深山奔腾而来,到万安境内便格外险峻,历经十八滩。过去行船过万安,没有谁不提心吊胆的。有道是:"赣江十八滩,滩滩鬼门关。十船经过九船翻,一船虽过吓破胆。"其中便有著名的惶恐滩,被苏轼和文天祥写进诗中,名扬天下。"万安"之得名,便是饱含"万民以安"的祝福。祭祀活动表明了对远祖艰辛开拓的敬意,也表达了对大自然的敬畏。祭祀后,还要对龙舟上漆点睛安龙头。龙头漆成红色,表示红红火火;龙尾漆成绿色,预示生机勃勃。

二

韶口的龙舟是公船,秉承了大舜的阳刚之气。百嘉的龙船是母船,令人联想到江边人的聪慧秀美。若是文雅一点来称呼,韶为乾船,嘉为坤舟,天地阴阳一气谐美。按照东方礼仪,公船先鼓乐齐鸣,划到对面,诚挚邀请母船参与竞赛。母船也落落大方,愉快地接受了这以邀请为名的挑战。

激动人心的龙舟竞渡开始了!三连铳响过,"船争先后渡,岸击去来波"。韶、嘉之船皆如离弦之箭,驶向锦标所在地。船上的旗手"手把红旗旗不湿",在有节奏地挥舞指挥;鼓手抡圆了胳膊,高喊着恨不得把鼓擂破;锣手推波助澜,手如鼓点敲,锣声都来不及悠扬舒展;只有那舵手,是最冷静和理性的一个,他呼应着旗手,默契得像是多年的夫妻。指挥官表面看是旗手,实际起关键作用的是舵手,要不怎么有首歌叫《大海航行靠舵手》呢。两边的划手,喊着整齐的号子,均匀用力,像写文章一样,起承转合要自己把握。这情形古人用"迅楫齐驰,棹歌乱响"来形容,也算是贴切飞扬了。而唐代诗人张建封《竞渡歌》更是如此描述:

> 鼓声三下红旗开,两龙跃出浮水来。
> 棹影斡波飞万剑,鼓声劈浪鸣千雷。
> 鼓声渐急标将近,两龙望标且如瞬。
> 坡上人呼霹雳惊,竿头彩挂虹霓晕。
> 前船抢水已得标,后船失势空挥桡。

这真是绘声绘色,传神入妙。设若不是亲临其境,怎能写得如斯惊心动魄?

号子端的是十分讲究。过去有"赣江十八滩船夫号子",不知道如今还传否? 只是光阴流水,与时俱进,号子有可能被歌声替代,各种《龙船歌》应运而生。其中有一首歌这样写道:"两边岸上人儿多,看谁好汉看谁弱。桡片要扎三尺水,手臂劲要鼓起砣。埋起脑壳出大力,艄公只管紧扳舵。锣鼓三通向前划,一定要把头标夺。"这歌形象生动,不是深谙其道的人怕是写不出来。划船都是汉子的事业,加油是姑娘们的嗓门,这个时候是万万不能谦让的。号子和歌声就像是洒在龙头上的鸡血,这是要鼓舞人亢奋和爆发。击楫中流的时刻,每个男人都明白,生命中的雄性激素都是用来战斗的。

比赛要持续五天,因而最忌争一时之胜,到头来成强弩之末。如何科学合理分配体力精力,运用好田忌赛马般的智慧,这是考验教练组的难题。每天下来,两队都要一起开会,总结分析,知己知彼,百战不殆。一切忙完后,大家便要一起吃"龙舟饭"。除了"五子"和"雄黄酒"等应节景的饮食,大家最喜欢吃喝的还是本地的酒和菜。"走上走下,不如百嘉",百嘉人自爱百嘉,他们最喜欢的还是喝着百嘉的酒,就着窑头的豆腐,津津有味地品尝着江边特有的味道和文化。"莫要抖,天下最好是韶口。"同样号称移民之乡的韶口,其人民也深深爱着他们选择的土地。他们喝着原来故乡传下来的酒,将赣江的鱼头烧到最辣,把歌声洒向赣水苍茫处,让江面上的渔船顿时载满乡愁。

三

不消说,龙舟竞渡时,赣江两岸观者如云。不只是韶口、百嘉乃至万安县域的,周边赣州和吉安的也多慕名而来。观众中历来妇女居多,故古人有这样的形容:"两岸罗衣扑鼻香,银钗照日如霜刃。"青山如画作背景,赣江搭台看人生。这龙舟和舟中人,都成了观众和啦啦队中的实景演员。岸上的人看水里,水里的人回头看你,相互都成了风景,这嘉年华便是在这样的热情互动中将人生演绎到淋漓尽致的。加油声此起彼伏,龙舟中的小伙子愈加豪迈风流,正如歌中唱的那样:"锣声(哟)密密(哟)鼓声稠,鼓声稠。端阳赛龙舟,嘿!端阳赛龙舟。粗胳膊的小伙显身手,哟啰哟啰嗬。大嗓门的姑娘喊加油,哟啰哟啰嗬嗬。浆作蛟龙腿呀,旗是那蛟龙头。江上搏来浪里斗,不夺头名不罢休,不夺头名(哇)不罢休哇!"

对于一般的老百姓而言,看热闹不怕事大。宋代黄公绍有《潇湘神·看龙舟》,词云:"看龙舟,看龙舟,两堤未斗水悠悠。一片笙歌催闹晚,忽然鼓棹起中流。"用词很文雅,但实在是写出了看热闹的心态。只要龙船一启动,随着各种响声而起的是心的波涛,外化为手之舞之，足之蹈之，着急得恨不得凌波微步，到舟中将桨夺来，自己使劲。有一妇人，在江边洗饭甑，洗好后看比赛正激烈，便站在岸边忘情地为龙舟加油。她右臂紧紧地将甑夹住，使劲地鼓掌、跺脚、叫喊，直到龙舟夺去锦标后，才长长舒了一口气。这才发现好像甑不在自己臂下，朝地上一看，散架的甑片在可怜巴巴望着她。于是"河里划龙船，岸上夹烂甑"便成为当地一俗语，衍生为讥讽别人多管闲事。

"哪个少男不善钟情？哪个少女不善怀春？"在这样的嘉年华里，爱情的烦恼也在滋生。那美丽姑娘喊破嗓子，竟是在为一个人加油。那舟中划得最卖力的，也相信他的表现一定在姑娘的眼眸中。而正如舟车来往常错过，有种爱是长恨无绝期。听听这首船歌唱得人心碎："五月人扒船，听见锣鼓闹纷纷。船头打鼓别人婿，船尾艄公别人君……"

也有人从龙舟竞渡中悟出哲理，看出机心。唐代状元卢肇，今江西宜春人。会昌三年（843）高中状元，满满当当体会到竞争中胜出的雄壮感觉。于是在观龙舟赛时，写下的是这样的句子："冲波突出人齐譀，跃浪争先鸟退飞。向道是龙刚不信，果然夺得锦标归!"这种志得意满、笑傲群雄的姿态,是多少男人梦寐以求的!而张建封在目睹竞渡输掉的一方不肯散去,要求继续比赛时,不禁联想到党争的残酷,从而发出了"不思得岸各休去,会到摧车折楫时"这样的感慨。在一切竞争中都要有输得起的胸襟,否则持续斗争,只会是两败俱伤。

四

五天之后,韶口和百嘉的比赛一定会决出个胜负。双方皆尽力,输赢到那时并不重要。世代友好的邻居,在相伴赣江的日日夜夜中,其实早就有灵犀相通的基础。一场比赛,是在欢娱中释放能量,欢畅地发散游戏的力量,也让人因此对传统怀想和敬仰。比赛中表现的不畏艰险、团结拼搏、奋进不息的精神,永远会是高贵尊严的最坚实堤坝。

比赛既已结束,就要送神收龙了。龙船缓缓地绕河岸巡游一圈,让龙神回归,并祈求保佑。之后便将龙船收起,并郑重安放在宗祠或者专门的龙舟公园。龙舟走过的江水为"大吉水",两岸观众趁机捧起来洗把脸,将晦气和邪气洗去,剩下的自然便是吉祥明净了。

意犹未尽是一种美，美是期待的过程。一年又一年，这韶舟竞渡嘉年华循环往复。只是，我们都别老了这颗童心才是。

状元王佐知吉州

　　王佐（1126—1191），小名千里，小字骥儿，字宣子，号敬斋，绍兴府山阴县人。南宋绍兴十八年（1148）中状元，年仅二十二岁，正是春风得意年少时。朱熹、尤袤、刘安世等皆与其登同年榜。王佐后历任秘书省校书郎、秘书郎、永州知府、吉州知府、明州知府、户部侍郎、建康知府、宣州知府、潭州知府、临安知府、户部尚书等。淳熙十四年（1187）辞官还乡，光宗绍熙二年病卒。葬于山阴县天乐乡竺里峰（今杨汛桥联社村竹林尖下），同居山阴的陆游为其撰《尚书王公墓志铭》。

　　翻阅《建炎以来系年要录》，万历、顺治版《吉安府志》，可知王佐是在绍兴三十二年（1162）卸任永州知府而来知吉州的。依照周必大《咏归亭记》相关记载推算，至少隆兴二年（1164）他还在吉州任上。据《尚书王公墓志铭》所言，由于吉州为当时"江西剧郡"，刚来时郡人还担心他"困于事不得复闲暇"，但他很快就用行动证明了他优裕从容的治理才能，以至于"治声闻于行在"。这点在《宋会要辑稿》中也得到印证，书中收录的一份诏书上明言："知吉州王佐，曾任起居郎，治郡有声，可除直宝文阁。"这有力地说明了这位状元公不仅不是书呆子，而且有着卓越吏才。

王佐得到了庐陵名士的认可，彼此交往密切。安福泸溪老人王庭珪长王佐近五十岁，然不妨碍两人成为忘年交。王庭珪有《谒王宣子舍人》诗，赞扬了王佐"鸿文独高翰墨场"，祝愿他"破卵插翼飞鸾凰"，表达了自己"始欲杖策窥门墙"，甘愿做个老学生的愿望。全诗写得真挚诚恳，充满着对后生才俊的深切期许。

王佐与周必大、杨万里这庐陵二大老的互动也频繁。王佐在吉州学宫前建起咏归亭，取《论语》中"莫春者，春服既成，冠者五六人，童子六七人，浴乎沂，风乎舞雩，咏而归"之意。周必大欣然命笔，作《咏归亭记》，称许该亭"沂泗之风，宛然在目"，表彰王氏"善政多矣"和"劝学思乐"。睹亭生情，豪气干云，周必大顿时涌起对家乡的文化自信，文中写道："吉为大邦，文风盛于江右，而学亦闳大显敞，称公侯之国。"情动于中而形于言，足见这并非应酬之作。值得注意的是，周必大号省斋，这与王佐之父王俊彦的号相同，王俊彦因出使金和谈得成，官封越国公，为一时风云人物。两人号相同，这不像是"无巧不成书"，或更多是出于尊崇景仰吧。周必大文集中尚存《回吉州王守佐先状》，从内容和语气来看，两人熟悉且随和，彼此书信来往应不少，可惜大多已亡佚。

王佐与杨万里关系亲密，这与他两位安福老师王庭珪和刘安世有关，三人的交集有助于彼此增深情谊。两人与名相张浚关系也深切，俨然以门生自居。杨万里自号诚斋，正是感于张浚在零陵时，勉励他"正心诚意"而取。张浚在朝主政，都极力推荐过两人，认为乃"可大用"之才。得知王佐要来家乡任职，杨万里是满心期待，喜悦于"父母之邦，今乃得大夫之贤"，特作《贺王宣子舍人知吉州启》。杨万里《诚斋集》中现存《题王宣子新作吉州学前咏归亭》《见王宣子侍郎二首》《清晓出城别王宣子舍人》诗三题四首。诗歌或是发明好友的用心："咏归风味谁知点，克己工夫未减颜。"或是表达依依不舍的珍惜："三年才一见，百岁几三年。"或是倾诉自己的不顺与烦恼："病来诗久废，觅句费商量。"凝结的都是饱满的信任和情谊。

王佐与同为状元的张孝祥更有一份特殊的心契，袁桷《跋于湖帖》中指出："于湖先生与王宣子皆绍兴进士第一，而皆以政事发身。"在同一年，张孝祥到与吉州相邻的抚州担任知府。张孝祥为时橄女婿，时橄亦曾通判吉州，死后归葬在崇德（今桐庐）。时家为彭城大族，渡江而南后有一派居在庐陵。为此，他还专请王佐"访寻"时家后人。据张孝祥《赠时起之》记叙，王佐不负所托，四处走访，特别对一个三岁随母亲改嫁而改为伍姓的人，找到后"告以家世，为更其名曰起之，而字之曰子家"。

王佐离任吉州，归朝经过抚州，张孝祥置酒招待。据《宋稗类抄》载，郡士陈汉卿席间对一个机智的歌妓说："太守呼为五马，今日两州使君对席，遂成十马。汝体此意做八句。"妓果然反应机敏，高吟道："同是天边侍从臣，江头相遇转情亲。莹如临汝无瑕玉，暖作庐陵有脚春。五马今朝成十马，两人前日压千人。便看飞诏催归去，共坐中书秉化钧。"诗作风趣得体，把人夸得恰到好处，浑身舒服，这足以让离任途中的王佐踌躇满志，对前程充满信心。

王佐离开吉州后，仕途稳步上升，才干不断得到历练。特别是在知潭州任上，还扑灭了茶民陈峒领导的起义军，书生统兵立功，令人刮目相看。辛弃疾为此作《满江红·贺王帅宣子平湖南寇》，夸赞其"把诗书马上，笑驱锋镝"，有古儒将风采。

《浙江通志》说王佐一生"忠劳备著"，去世后宋光宗敕赞其"豪杰之才，公辅之器；对策大廷，状元及第；柱石当朝，模范后世"。可以说，王佐是状元中的佼佼者。吉州自古是文章节义之邦，盛产状元，对于王佐这位贤侯本该多一分亲切感，怎么能让他的事迹湮没不彰呢？我梳理他在治理吉州期间的一鳞半爪，目的自然在于抛砖引玉，期待方家此后能有更详备、更深入的研究。

彭教兄弟取名索趣

据庐陵作家张昱煜文章转述,明代状元彭教后代彭信林家藏有《泷江富溪彭氏重修族谱》。族谱记载,彭教五兄弟取字很有特点:老大为主一,老二为用二,老三为贵三,老四为崇四,彭教排行老五,字则为敷五。很可惜,除彭教外,其余四位,我只知其字而不闻其名。

彭教的祖父叫彭不同,以硕学闻名乡里。名字今天看来有点幽默感,然取名含义挺庄严,应是来自《论语》中的"君子和而不同"。彭教的父亲叫彭汝弼,读起来很庄雅,自然也是有出处。有个成语"予违汝弼",是根据《尚书·虞书·益稷》中相关语句凝练而成,意思是我若有错,你就应当匡正。既然"君子和而不同"，当然就要提倡"予违汝弼"，父亲为儿子所取之名，确保了理念的一脉相承，一经玩味，还真有深趣。

轮到彭汝砺为儿子们安名取字了。这位做了一辈子教谕，赢得一路好口碑的进士，最谙名正言顺的重要，苦思冥想要平中出奇，自然要有与众不同的思维。老大之"主一"，当来自《二程粹言》："主一之谓敬。"老二之"用二"，在下孤陋寡闻，用典难以确定。臆断当来自《老子》："德者，道之用也，二者一也。人合于道，则德；物合于道，则序。"抑或来自《史记·郦生陆贾列传》："且汤武逆取而以顺守之，文武并用，长久之术也。"道之用，不外乎二，文德武备，如此说来，亦通。老三之"贵三"，当来自《论语》："君子所贵乎道者三：动容貌，斯远暴慢矣；正颜色，斯近信矣；出辞气，斯远鄙倍矣。"老四之"崇四"，当来自《礼记·王制》："乐正崇四术，立四教，顺先王诗、书、礼、乐以造士，春秋教以礼、乐，冬夏教以诗、书。"所谓"四术"，就是诗、书、礼、乐；所谓"四教"，乃四季皆教，即春夏秋冬择书而教。老五之"敷五"，当来自《尚书·舜典》："帝曰：契，百姓不亲，五品不逊。汝作司徒，敬敷五教，在宽。"孔颖达对"五教"的解释是"五常之教"。何为"五常"？孔氏进一步具体解释："品谓品秩，一家之内尊卑之差,即父母兄弟子是也,教之义慈友恭孝,此事可常行,乃为五常耳。"引经据典,煞费苦心,满腹经纶的书生父亲,总是习惯于将对儿子的期盼当作心中的文章来做。

状元多半不是平地崛起、横空出世,说白了很少是"暴发户",其文化禀赋常常要受到家庭能量代代聚集的影响。"诗书传家远""门第继世长",这些说法不只是鼓励,更是事实的描述。从彭教祖上三代取名考字可侧见一斑:这位泷江边走出的状元,是彭家数代文化书香熏陶出来的,是长时间沉淀的结晶。若是白丁子弟,哪有这么多兴趣和墨水来为群儿之名字绞尽脑汁?贱名贵运,他们多半也会依照排行来取名,顺势一叫,就叫"头狗""二狗""三狗""四狗""五狗"之类,人如宠物,活灵活现。有时候还真羡慕古人能生一群儿来训导,用养育之苦换取天伦之乐。今日计划生育深入人心,已成自觉,用一二三四或者伯仲叔季来为后代取名定字,庶几没有可能了。

邹元标的"菜根"诗

　　明代洪应明《菜根谭》流传甚广，影响很大。在它之前或同时，有关"咬菜根"的诗和哲理记载其实也屡见不鲜。吾乡名人邹元标便有"菜根"四言组诗十首，读之可侧见作者的风骨与性情。

　　邹元标，明代中期江西吉水人，一生以耿直刚严、威武不屈而闻名。吾乡有谚语"割不尽的韭菜蔸，打不死的邹元标"，便是形象写照。邹氏组诗题目为《客有惠予菜图者予悬之斋头日夕爱之书俚言自勖》，爱画而日夕赏玩，有触动则思而自勉，作诗来由在题目中交代得很清楚。

　　古人爱画菜图，往往托此言志，如元代张颐便有《题梅道人画墨菜图》，曰："只宜滋淡泊，安足奉膏粱。

食肉非无辱，何如此味长。"说吃肉不如吃菜，要守得住清贫淡泊之志，邹元标呼应的正是此类旨趣。

邹元标组诗十首，其一："咬得菜根，百事可成。不负天子，不愧苍生。"从君子胸怀国之大者角度表述；其二："咬得菜根，可以躬耕。无忝庭训，贻亲令名。"从孝亲扬名角度言之；其三："咬得菜根，进退惟轻。舍我斯退，用我斯行。"从进退自如的潇洒心态角度明志；其四云："咬得菜根，物不能撄。如霆斯震，我心不惊。"以处变不惊的风度述之；其五云："咬得菜根，与世无争。所至虚舟，坦坦平平。"描述不争心平的老庄哲理之悟；其六："咬得菜根，高卧柴荆。何必崇朣，布衣也荣。"表达安贫乐道的追求；其七："咬得菜根，义利严明。为世之瑞，为国之祯。"此类似于严正操守的宣言；其八："咬得菜根，万善皆诚。塞于天地，心迹双清。"从正心诚意修养角度强调；其九："咬得菜根，扶危定倾。首阳人远，匪弟伊兄。"从力挽狂澜的志向角度宣示；其十："咬得菜根，顺事无情。味虽淡薄，其中有精。"则从顺从大道的高度做总结。诗歌所悟，就这样从不同侧面申言，足见思虑之深和思而有得。

用咬菜根来说甘于清苦、抵制诱惑、保持定力的哲理,较早的记载是北宋后期吕本中所著《东莱吕紫微师友杂志》,其中有云:"汪信民尝言:'人常咬得菜根,则百事可做。'胡安国康侯闻之,击节叹赏。"后来朱熹在《小学·善行实敬身》引用这一说法,又在《朱子语类》中再次提道:"某观今人因不能咬菜根,而至于违其本心者众矣,可不戒哉!"由此可见,咬菜根体现的是正宗儒家思想,因而得到朱熹这样的大理学家的赞赏。

用组诗来阐述对"咬菜根"的理解,这种形式和这份认真是空前的,反映出邹元标修身持节的自觉和严谨。纵观邹元标磊落奇伟的一生,践行的正如诗中所言。"人能咬菜根,愈久名愈香","布衣暖,菜根香,读书滋味长",这菜根咬着咬着,便能化清苦为芬芳,人的境界不经意间得到飞跃提升。

在消费主义和浮躁心态横行的今天,读邹元标的"菜根"诗,足以引发我们的反思与自省。好诗常读常新,它转化出来的意义,对于当下的廉政教育和道德教育不无裨益。

吉水人的"活"与"鹜"

在宋明两朝,江西吉水人才奔涌,令国人刮目相看。明代更有"翰林多吉水,朝士半江西"的说法。在灿若星河的名人中,吉水民间印象最深刻的是两位:解缙和邹元标。有意思的是,恰好是这两个人代表了吉水人"活"与"鹜"的普遍性格倾向。

以主编《永乐大典》闻名天下的解缙,诗才敏捷,头脑灵活,有"大明天下第一才子"之称。小时候,听到不少他对对子和作诗的机智故事,讲述者眉飞色舞,手舞足蹈,举止形容写满了佩服。故事讲完后,意犹未尽,非得再添句评论:"这个死矮子,真个是活!""活",有灵活、敏捷、精明等复杂含义。我没有看到文献中有关解缙身高的记录,民间都说他是个矮子。

"矮子肚里疙瘩多。"吾乡总认为矮子精于算计,有过人的聪明。

解缙虚岁二十便中了进士,做了翰林学士。刚开始朱元璋十分喜欢他,甚至有情同父子的说法。他年少气盛,恃才傲物,得罪了不少人,把个官场弄得怨气盈天。久而久之,朱元璋也觉得他太"活"了,有点才有余而德不足的嫌疑。于是干脆把他父亲召来,要他将儿子领回去,好好在家里待上十年,闭门思过,严加修炼,期待日后能锻成大器。解缙在家一待就是八年,一听朱元璋驾崩的消息,他赶紧进京吊丧。本想在新帝面前表个忠心,结果反被当朝官员指责没有孝心。他们批评说,你母亲去世了还没有安葬,父亲都快九十岁了,你怎么好离开家乡跑来京城?建文帝认为批评是对的,便将他贬到兰州去做个小官。后来解缙写信向礼部侍郎董伦求救,董伦被他精彩的文辞打动,不久找准机会在皇帝面前说好话,这才将他调回京城,并做了翰林待诏。

燕王朱棣为夺侄子的皇位,攻入南京,前朝旧臣面临政治选边。解缙、王艮、胡广、吴溥四人聚会,解缙慷慨激昂,誓言自杀殉国。然而当晚他就改变主意,"识时务者为俊杰",一大早就出城去迎附燕王。

只有那实心眼的王艮兑现诺言，服毒自杀。方孝孺宁
肯诛灭十族，也不为燕王草诏书，最后还是解缙巧笔
饰言，将今上逆取写成了顺应民意。解缙得到朱棣信
任和重用。在立太子的问题上，朱棣本想立二儿子，
解缙主张为了国家安定，还是要立大儿子，何况大儿
子的儿子是朱棣最看重的贤孙呢！朱棣不好反驳，但
偏爱二儿子的心始终没变。有一次，朱棣以超过太子
的礼节，隆重招待二儿子，解缙上书批评，朱棣顿觉扫
兴，龙颜不悦，认为这是离间骨肉，将解缙贬出京城。
永乐八年(1410)，解缙进京面圣，正值皇上北征，解缙
等不及，就去见了太子，汇报了近期的工作。朱棣知
晓后，大怒，心想：难不成你以为我回不来了吗？这么
急不可耐就要投靠新主？二话没说，将解缙逮捕入
狱。三年后，锦衣卫统帅纪纲遵旨上呈囚犯花名册，
朱棣见到解缙的名字，淡淡说了一个短句："解缙还在
世吗？"纪纲当晚跑到囚牢，祝贺解缙，并要请他喝酒。
解缙半信半疑，头脑还算活络，说："不会是毒酒吧？"
纪纲啥也不说，嘴角一笑，将酒先喝了几口。沉浸在
复出念想中的解缙，轻而易举便被灌醉了。纪纲将他
拖入雪地，命人用雪将他深埋，直至没有呼吸。解缙
在一片白茫茫中死去，享年四十七岁。"活"了一辈子

的解缙就这样活不成了，让后人长叹不已。

"割不尽的韭菜菀，打不死的邹元标。"这句带有比兴意味的歌谣，几乎所有吉水人都熟悉。"打不死"，用土话说，就是性格"骜"。邹元标也是神童，但几乎没有关于他才思敏捷的传说。他虚岁二十七岁考中进士，入刑部观察政务。也就在这一年，权相张居正的父亲病逝。按照古礼，他要回到湖北江陵老家去守丧三年。正在改革的紧要关头，张居正不愿走，还想带丧坚持工作，万历皇帝支持并挽留，美其名曰"夺情"。邹元标等坚决反对，在奏疏中痛骂这是"贪位忘亲"，猪狗不如。张居正大怒，赏了这位新科进士80大棍杀威棒。接着邹元标拖着一条断腿，来到流放地贵州都匀。六年后，张居正死，邹元标回到朝廷，依然是风仪凛凛，不改本色。该批评的照样批评，该弹劾的果断弹劾，绝不姑息苟且。慈宁宫遭火灾，邹元标上奏神宗皇帝说，这是上天警示陛下，"若要人不知，除非己莫为"，陛下要好好反省，是不是该节制点欲望了？皇帝哪里听得进这样的逆耳之言，拉长脸打发他到南京去任个闲职。南京待了三年，邹元标见没啥作为，干脆称病回家。他安心在家讲学，一讲就是三十年，门徒遍天下。天启元年（1621），邹元标重返朝廷,在职位上制止党争,平反冤案,雷厉风行,尽显东林领袖、治世能臣的风采。他襟怀坦荡,不记张居正的前仇,肯定和维护他所进行的改革。他忘我工作,直到干不动了,便向皇上呈上《老臣请去国情深疏》。好一个"情深",侠骨柔肠! 天启四年(1624),邹元标在吉水家中病逝,享年七十四岁。

四十七岁的解缙,"活"得让人羡慕;七十四岁的邹元标,"鳌"得让人佩服。"活"如鉴湖水,"鳌"如大东山,两位吉水人代表了这方土地上人民的鲜明性格。今天很多吉水人,更欣赏"活"。不过活如泥鳅,往往抓不住,因而在这当中又有怀疑和警惕。于是经常听到说:"这细伢子活得鬼赢!""你要跟他做生意? 你活得过他? 不要到时候输得短裤都没得穿!"对于"鳌",吉水人在现代汉语使用中贬义的色彩已经很明显了。"胳膊鳌不过大腿","砧板鳌不过刀",我们经常可以在父母和长辈嘴里听到这样的家训。

吉水居赣之中,自当领会"极高明而道中庸"的奥妙。"活"不过头以防聪明误,"鳌"不过分力避刚被折。今天的吉水人民,一定能将"鳌"化作对事业追求的钢铁意志,将"活"化作解决矛盾的上善智慧,在建功立业的征程中守正创新。

脑后插笔

  《全唐诗》载有《江右四郡谚》，曰："筠袁赣吉，脑后插笔。"谚语不是表彰江西筠州（今高安）、袁州（今宜春）、赣州、吉州（今吉安）这四州文风好，相反是批评这里的人民"好讼"。古代史官有"珥笔""簪笔"之说。曹植《求通亲亲表》中云："安宅京室，执鞭珥笔。出从华盖，入侍辇毂。"《汉书·赵充国传》云："持橐簪笔，事孝武皇帝数十年。"据古人注解，这"珥笔""簪笔"意义，指的是插笔于冠侧，以备随时记录。也就是说，褒义的"插笔"是庄重地置笔于官帽侧边，而不是置之脑后。

  脑后插笔，暗含阴谋，类似于今日收集证据，偷偷录音。聊者无心，讼者有意，当证据出现时，他突然从脑后拔出笔来，当场记下，让聊天的人后悔不迭。有太多的文献记载，江西人"好讼"。宋代"讼业"陡然兴盛，出现了一大批职业"讼师"，这让官府大为头疼。《名公书判清明集》卷十二有记载："袁自韩文公时，称为民安吏循，守理者多，则其风俗淳厚，盖已久矣。不知何时有此一等教讼之辈，不事生业，专为嚚嚚，遂使脑后插笔之谣，例受其谤。"这清楚表明，官府对"教讼之辈"是深恶痛绝的。一个喜欢打官司的地方，官老爷是不喜欢去的，沉冤昭雪的事情虽说是积功德，但对官老爷来说毕竟太累。到江西来做官，人们期许或夸赞的政绩，就是看看官司数量是不是大幅度减少。北宋司马光送唐询任江南西路转运使，期盼他治下的景象便是："闾阎无插笔，田亩有栖粮。"宋代一位姓程的给事同样如此，离任南昌到越州去做知府，章衡送别他的诗中，便用"揽辔思澄插笔乡"来夸奖他的治绩。

古代江西大的农民起义没有发生过。赣民总体上相信朝廷，信官怕官，到后来发展成对官文化的迷恋。许多学者站在今天的角度，说"好讼"终归是有法律意识，值得肯定。我却不这么认为，在"好讼"成为贬义词的古代，走到这一步，说明是图穷匕首见，双方彻底撕破脸面。这也明摆着宣告自治能力不强，民间调解机制失效，一定程度上反映省民素质的改善还有很大空间。宋代黄庭坚在《江西道院赋》说："江西之俗，士大夫多秀而文，其细民险而健，以终讼为能，由是玉石俱焚，名曰珥笔之民。"细究其语气，充满着对"细民""以终讼为能"的深切遗憾。士大夫是"秀而文"，细民是"险而健"，两极对比，表明精英阶层对广大人民的影响有限。民间谚语说"衙门八字开，有理没钱莫进来"，"赢了官司输了钱"，一路硬和拗下去，为了个面子和出口气，最终也只能是"玉石俱焚"，又何苦来着！

"好讼"实际是好斗，是文斗，是阴斗，是内斗。江西小农经济一向发达，地形三面环山，一面是浩渺的鄱阳湖和天险长江，相当封闭自足。特别是赣江不再成为联通岭南的黄金水道后，其开放性又大大削弱。加之长期远离政治中心，天高皇帝远的心态逐渐酿成。"好讼"的性格，遗传到今日，其消极影响不容忽视。在一些人看起来，江西人抱团做大事业的基础差些，他们习惯于窝里斗，崛起的胸襟和视野总是缺乏。就算是在外的江西人，口头上有老乡观念，实际上地域文化认同感不强，一个"赣文化"的提法，到现在内部都统一不起来。江西不乏精英，但多崇尚自我奋斗，所以难免遭到"江西老表自顾自"之讥。

当然，江西人也是中国人，它的优劣，别的地方也会有。就拿脑后插笔来说，拥有水浒梁山的山东也干这事。元代丘处机《金莲出玉花》写道："登莱潍密。四海皆闻头插笔。爱诤多词。不肯饶人些子儿。"江西是"筠袁赣吉"，山东是"登莱潍密"，看来都是四海闻名的插笔之乡。只是山东既拳斗，又笔斗，斗争精神看起来比江西还更生猛些。

书楼乡韵

屏山县书楼镇,位于金沙江畔的坝子里,隔江与云南相望。这是书楼镇的新家,它的老家在金沙江底。向家坝水库的兴建,让这古镇搬到了新家。

在老家的时候,书楼镇的名称是楼东乡。楼东乡在民国以前,便叫作罗东驿,明清时期是马湖府的重要通道。"湖广填四川",沿着金沙江而来的,都有点背井离乡的悲壮,他们的脚步都是故事。当年的罗东驿,乃客家人的聚居地。水来陆往,都不容易,好客的客家人在驿站迎接人群马队,给远离家乡的人带来温暖和安宁。这金沙江畔的驿站,以为它会永远在那里,将祖辈们的生活代代传承,如同这川流不息的江水。

沧海桑田，须臾之间。谁会想到21世纪初，承袭驿站而来的楼东乡，会随着电站水位的升高而升高，以至于搬迁到了今天这新地方呢？由于要和同样淹在水底的福延乡合并，新名称便更改为书楼镇了。新名称自有来历，乾隆版《屏山县志》有记载："宣庙有学士薛文清公，晋阳人也，少随父宦游龙湖，筑室书楼山，以儒术淑彼乡人。"薛文清公即明代大儒、河东学派创始人薛瑄。书楼山，据书楼镇副镇长朱宏同志介绍，就是今天书楼镇的鸡罩山。薛瑄有诗《忆昔行》，其中写道："忆昔年才十二三，老亲携我游西南。西南道路蜀山里，累月不尽经巉岩。"十二三岁的少年，便随着父亲来到偏僻的马湖府，父子担负着教化的职责，在这里留下了兴文昌邑、励俗维风的佳话。受文教恩惠的人民，一直铭记着这父子俩。于是，借着这改名契机，新地新名便自然产生了。

淹没在库区的还有屏山县城、新安镇、新市镇等，沉于江底的文物和建筑始终是移民的牵挂。负责修建向家坝水库的三峡总公司将库区的重要建筑和遗存搬到了书楼镇，就在江边，按照修旧如旧的原则，复建了马湖古城景区。在朱宏副镇长等陪同下，我们在一个烈日炎炎的中午，缓缓走进了这座尚在建设中的古城，触摸砖瓦坊墙，感受时光的心跳。朱镇长热情健谈，他冒着大汗，为我们讲解着这一幢幢建筑的历史，满满是情怀，我这才记起他的微信名是"斑驳的轻舟"，岁月斑驳，轻舟如飞，所有历史，正应作如是观。

蜀地风光异，客游暂忘归。不过，当走到万寿宫牌坊前，我的故乡之思便被历史点燃了。万寿宫原名许仙祠，宋真宗时赐现名。万寿宫，是赣人乡心的重要图腾和符号。江西人魏禧《日录杂说》云："江东称江左，江西称江右，自江北论之，江东在左，江西在右耳。"江右，一般而言，即是特指今天的江西省。万寿宫，为纪念江西地方道教净明道祖师许逊而建。许逊，东晋时期南昌人，又称为"许真君""许天师"，修道炼丹于西山，创立"太上灵宝净明法"。传说许真君制伏作恶多端的孽龙，将它囚禁在万寿宫的水井里，保住了一方平安。平安求财是商人的心愿，历史上的江西商帮，习惯称为江右商帮，它在全国各地建设的商会，大都以万寿宫命名。书楼镇的这座耸立在江边的万寿宫，当时是商会和庙宇合二为一的建筑。透过斑驳的石柱，发现上面刻有对联："荡涤邪气仙术在昔宏江右，巍峨庙貌神灵永世庇楼东。"我猜想这是江西商人将福神许真君请到了此地，希望在保佑自己的同时,也要永远庇佑楼东。横批是"忠孝神仙",标示的就是许真君的求道问俗的精神。道教经典《劝世归真》卷二曰:"天心所慕者,忠孝二字。为臣尽忠,为子尽孝,则人事尽而天心亦顺矣。古语云'忠孝即神仙',诚哉是言也。"明清时期的江右商帮十分活跃,足迹遍布天下。"赣人迁湖南,湖广填四川",随着赣人西迁潮,江右商帮大举西进,顺着长江逆流而上,勇进金沙江,直入云、贵、川。王士性《广志绎》云:"滇云地旷人稀,非江右商贾侨居之,则不成其地。"边远的云南尚且如此,四川就更不必说了。据统计,江右会馆设在四川各州县府的,竟多达二百余处。所以在书楼镇,见到万寿宫,虽然惊喜,但细细想来,也不足为奇。

大江东去,波翻澜卷,淘不尽的正是这悠悠乡韵。何处是故乡?它不在一个不变的地理空间,却似血脉河流,永远心传。伫立在书楼镇金沙江边,前面是云南,后面是马湖古城的复原,历史与现实若即若离。我一个赣人,竟有着蜀人陈子昂"念天地之悠悠"的激越惆怅!江流应笑我,还似坡公,早生华发自多情。蜀南友朋若相问,我家江右何州府?醉里且笑指:故乡遥,东南系舟处,是庐陵。

别趣诚斋

无声的雕版

在杨万里的故乡吉水县黄桥镇湴塘村，保存着一套杨万里著作的雕版。雕版现在存放在杨文节公总祠的一个偏房里，用几十个黝黑的长木匣子盛着。村里自然将这当成至宝，平时不轻易开放参观。十多年前，我第一次来这儿的时候想看看，就未能如愿。

这次由于是召开杨万里国际学术研讨会，来自各地的专家学者以及杨氏宗族成员，当然想一睹雕版的风采。村里也相当配合，将迎接参会人员参观雕版列入会议内容。2017 年 8 月 22 日，天炎地热，我大汗淋漓地随着人群来到陈列室。杨氏族人赶紧提醒我，这是国家一级保护文物，汗滴千万不要掉在木板上。在北方，刻版一般用枣梨木材，有个成语"祸枣灾梨"，意思是滥刻无用的书,浪费木材。但这里的这些雕版,据介绍采用的是枫木材质。看着这一箱箱的雕版默默地陈列,参观者内心无不震撼。它们就像是一个个威武的文化卫士,庄严如兵马俑。驻足其间,历史的变迁和人事的代谢就像流水在身边经过。

著名文史学家薛瑞生教授拄着手杖伫立已久,满头白发与黑色的雕版相辉映,这一场景令人肃然起敬。他转过头来对我说:"你看,这字迹雕得多么生动清晰!一百多年过去,还保存得这么好,实在是难得。文物一定要代代相传,这是重要的使命和责任。"

我看到了刻有杨万里墓画像和墓地的好几块雕版。端详片刻,发现杨万里肖像瘦削精神,不像是现在通行的脸型圆胖的那种形象。墓地确实是处于莲花形山中,古墓的平面构成与分布清晰。现在新修的杨万里墓,应该就是根据这张图来设计的。我又仔细看了几块文字刻版,发现雕的都是诗歌。

天气实在太热,时间又紧,这次参观只能是走马观花。事后才想起,我把最重要的事情忘记了,竟然没有搞清楚这雕版是否为杨万里全集。杨万里集最先流传的是他按照"一官一集"体例,自行编订的诗集单行本,现在国家图书馆还留存有,极为珍贵。全集

是其长子杨长孺自嘉定年间主持编定。端平年间,自
称是杨长孺学生的刘炜叔到吉州做官,合诸集刻为
《诚斋集》,这理应是杨长孺编定本付梓。全集 132 卷,
字数 807108。其后,杨万里集辗转刻印,但大多数是
依照这一版本而来。现在这个家刻本,会是全集吗?
我赶紧查阅相关资料,有说是全集的,有说是部分的。
据载,这里面有《杨文节公诗》四十二卷,为清乾隆年
间杨云彩据明本校刻;《诚斋诗集》十六卷,为清嘉庆
年间徐达源校刻。这些雕版就是这两种吗? 又周文
有《涩塘的怀想》一文,里面有段文字,兹录于下,博雅
君子可再去求证。

　　　　家刻版《诚斋集》,又名《杨文节公诗文
　　集》,是清乾隆五十八年(1793)族人出资合
　　力请人开始镌刻的,第二年文集完工,第三
　　年诗集完工。所刊印的古籍线装本存世极
　　少,江西省图书馆收藏的版本,共三十册,计
　　一千八百三十二页。涩塘现存的雕版,计一
　　千四百九十一块,族人视若至珍,奉若神明。

据杨万里研究专家,江西师范大学王琦珍教授介

绍，这雕版中不仅有杨万里的作品，还有《杨氏人文记略》一书，不印刷出来实在是可惜！我也纳闷，保存那么好的版字，为什么不可以全部去印一份出来？也有人想到并建议相关部门将这印刷出来做成线装书，当成是旅游产品。这主意不能说不好，只是太充满商业气息。

我有些担心雕版的保护问题。以前据说用麻袋装着堆放在礼堂阁楼，现在专门辟有一间来存展，条件算是改善不少。2016年，这诗词木刻的修复还入选了吉安市文化事业和产业发展专项资金支持项目。政府加大投入是件大好事，保管文物光有感情和愿望不行，一定要有人、财、物配套支持。保护与开发应并行不悖，这么好的文物，要努力发挥好它的研究职能。杨万里不只是属于一个村，自然这雕版也不应是一个村的私有财产。保护和利用好这些木刻版，是政府和全社会的共同责任。

古来四海几诚斋

　　民国前或字或号"诚斋"的还真不少,最为大家熟知的当然是南宋大诗人杨万里。杨万里,字廷秀,号诚斋,有《诚斋集》《诚斋易传》《诚斋诗话》等。"万首七言千绝句,九州四海一诚斋。"这是同代人王迈高度推许杨诚斋的诗句。于当时诗坛地位而言,这样富含感情的评价,并没有太多的夸张成分。由于杨诚斋的光芒太盛,名声太大,以至于后来叫"诚斋"的虽然不少,但能让人有所了解的就不多了。以下笔者就翻检到的相关史料做个简单罗列。

　　元代林坤,自号诚斋,著有《诚斋杂记》二卷,书中多艳异事,四库馆臣多有批评。

　　明初朱有燉在文学史上有较高的地位,这位王室新贵,号诚斋,又号锦窠老人、全阳道人、老狂生等,著有《诚斋杂剧》《诚斋乐府》《诚斋录》等。

明代施璜,字虹玉,休宁人,慕朱熹之学,学者称诚斋先生。有《诚斋文集》二卷,附《西铭问答》一卷。

盛符升,明末清初江南昆山人,字珍示,号诚斋。先后师事张溥、夏允彝、王士祯,有《诚斋诗文集》等。

孙勷,字子未,号莪山,又号诚斋,德州人。性简傲,不谐于俗,有《鹤侣斋集》三卷。

叶希曾,字文孙,会稽人。生前以诚自守并传诸子孙,乡人私谥诚斋先生,有《叶诚斋集》以及《诚斋公年谱》一卷。

贾霖,字沛然,号诚斋,无锡人,官直隶灵寿知县,有德政。《梁溪诗钞》录其诗五首。从诗中"七十韶光似掷梭,生涯落拓半蹉跎"一句,知其年过古稀,仁者寿也。

郑虎文,字炳也,号诚斋,秀水人,有《吞松阁集》。

叶庆梓,字诚斋,仁和人,有《芦闻室诗稿》。

沈铦,字元咸,号诚斋,娄县人,工印画,有《贫家行》传世。刘启秀说他"情多每赋怀人句,官小常存报主心"。

莫宏勋,字诚斋,钱塘人,作《类字本意》。四库馆臣以为"不足据为典要"。

金鹗,字诚斋,临海人,邃精三礼之学。卒后稿全佚,陈奂求得之,厘为《求古录礼说》十五卷,《乡党正义》一卷。

叶金,字诚斋,与其父叶夔及同邑毛宪共同写成《毗陵人品记》四卷。

阎魁纯,字文候,号纯玺,又号诚斋。官员、妇产科大夫兼诗人,有《胎产心法》三卷、《济美堂诗稿》等。

以上皆为"文"诚斋,竟然还有"武"诚斋呢。

明代汪铉,字宣之,号诚斋,今江西婺源人,官至兵部尚书。海上打击葡萄牙的入侵,取得中国历史最早抗击殖民侵略的胜利。

清代杨芳,字诚斋,贵州松桃人,从征苗疆有功。

清代富察·福长安,字诚斋,满洲镶黄旗人,边关将领,官至军机大臣。

清代塔克什布,字诚斋,蒙古镶白旗人,曾官理藩院主事。

以上"诚斋",粗略观之,好文学者多,亦有深研易学、理学者,这点倒与杨万里有几分相似。此外,看不出明代以来的这些"诚斋"们,受到杨万里多少影响。这也说明,曾经雄霸中兴诗坛的杨诚斋,到明清时影响力变弱,远不如陆放翁了。归根结底,杨万里是拳打脚踢在诗坛开天地,既不主宋,也不宗唐,而是任心性与灵性的自然和理化的宇宙无碍激荡,从构思到句子时刻都想要新人耳目。他是诗坛的调皮鬼和莽汉,个性完完全全显露出来,有叫好的,当然也会有皱眉的。明清两代有个性的人到处是,但是在诗歌创作上守规矩的却占了绝大多数,要么偏唐,要么佞宋,将复古的潮推得荡来荡去。这样的背景下,杨万里的"现代性"自然会受到差评,好在还有袁枚等在为他打抱不平。

一众"诚斋"中,叶希曾引起了我的特别注意。《诚斋公年谱》一卷并不易得,这抄本列入了《北京图书馆藏珍本年谱丛刊》。我在网上读到年谱前面的《叶诚斋先生行略》,得知叶诚斋和杨诚斋一样,也是活到了七十九岁。从叙述的语气来看,叶氏奉诚自守的虔诚和作为,与杨万里何其相似乃尔。乡人私谥他诚斋先生,我感觉就是以为他与杨诚斋是心契的,乡里人实诚是理解了他,也真诚地读懂了他。

网上有《诚斋公年谱》复印本在卖,我在深夜毫不犹豫下了单。

仰慕诚斋的项安世

前不久参观松阳博物馆,我看到了南宋诗人项安世的画像,这才知道他竟是此间人,顿时感到更加亲切。我知道项安世的名字,是因为我老乡大诗人杨万里。具体点说,项安世还是杨万里的"铁杆粉丝"呢。

项安世(1129—1208),字平甫,号平庵。杨万里(1127—1206),字廷秀,号诚斋。两人相差两岁,上下年纪的同辈本是最容易犯文人相轻的毛病,不料项氏竟是如此服膺诚斋,可见杨万里在当时诗坛的影响力和号召力。在项安世的眼里,杨万里就是四海诗坛一霸主。他在《送杨主簿》中写道:"诚斋四海一先生,诗满江湖以字行。"而在《又用韵酬赠潘杨二首》其二中说得更为直白:"四海诚斋独霸诗,世无仲氏敢言箎。"

这并不是应酬或者无原则的客套话。项安世对后来称为"诚斋体"的诗风是深谙其中三昧的。且看他的《题刘都干所藏杨秘监诗卷》：

> 我虽未识诚斋面，道得诚斋句里心。
> 醉语梦书辞总巧，生擒活捉力都任。
> 雄吞诗界前无古，新创文机独有今。
> 肯为小山题短纸，自家元爱晚唐吟。

项安世是如何看待"诚斋句里心"的？换言之，"诚斋体"的诗心是什么呢？一是"巧"，无论何等内容皆能机巧表现，或正如杨万里自己所说"风月诗天巧"。二是"活"，所谓"生擒活捉"，不只是得活法，更是追活态。表现最有生命力的动态瞬间，这是杨万里的拿手好戏。后来钱锺书先生在论述杨万里时，就特别欣赏并引用到"生擒活捉"这个词。三是"雄"，杨万里有些诗歌确实有李白雄迈之貌，周必大所谓"扫千军、倒三峡、穿天心、透月窟之语"，殆言此。更多是不愿依傍的雄豪之志，亦周必大所言"天生辩才，得大自在"也。四是"新"，杨万里对新的追求不是局部的，而是从人生乃至学问境界而言，"不是胸中别，何缘句子新?"这一问,正是典型的夫子自道。第五是和"新"紧密相连的"创",杨万里《跋徐恭仲省干近诗三首》其三云:"传派传宗我替羞,作家各自一风流。黄陈篱下休安脚,陶谢行前更出头。"这简直就是要辞谢古人,独创门派的宣言书!正是有这份本于才华的自信和自觉,才使得他诗歌的原创性和独创性在整个宋代都是独一无二的。同样是中兴四大诗人,严羽《沧浪诗话》中就没有"陆放翁体""范石湖体""尤延之体",而是独标"杨诚斋体",谁是诗坛霸主,不言自明。项安世这首七律,言无虚发,句句说到点子上,足见他是从内心深处懂得并深深敬佩诚斋的!

项安世这辈子极有可能没有与杨万里见过面,但是他见过诚斋画像。他有《胡仲方送周退傅杨待制二像》,诗云:"九霄仙鹤平园像(自注:退傅自号平园老叟),大室神龟野客真(自注:待制自号诚斋野客)。不是胡郎相介绍,草间麋鹿得相亲。"从中看出,项安世对诚斋画像是会心和亲切的。更有意思的是,竟然有人说他"貌似诚斋杨公",崇拜谁长相也会接近谁,这就是传说中的相由心生?他很开心,在《曾宣干(燠)谓余貌似诚斋杨公作此报之》中写道:

客来唤我似诚斋，始晤行藏合打乖。

虽负江湖真格律，且赢土木伪形骸。

生来仕宦无多日，老去佯狂只少谐。

莫怪今朝欢喜极，被人题个好先牌。

这份油然而生的欢喜，天真中带有几分幽默，可爱之态神似诚斋。

项安世"笔有造化之春风"，又"材力富赡，每每以诗自豪"，酷似杨诚斋，在写诗上自然少不了要用心学习。钱锺书《谈艺录》："（项平甫）自运各体皆有肖诚斋者。"杨万里《诚斋诗话》中提到"自隆兴以来以诗名"的"近时后进"十家，其中便有"项安世平甫"一家。"卿不负我我怜卿"，值得欣慰的是，这位铁粉在杨万里心中到底还是有一席之地的。项安世与杨万里两位皆为人正直，为官刚廉，为学则亲近"二程"与朱熹。两人对易学都深有研究，前者有《周易玩辞》，后者有《诚斋易传》传世。巧合的是，他们皆享年七十九岁。

杨万里的永和情

　　"永和古名市,益国是家乡。"江西省吉安县永和镇乃旧东昌县治所,濒临赣江,自古繁盛,人称"舟东一大都会"。山环水绕,人杰地灵,这里还是南宋著名丞相、益国公周必大的家乡。以此为中心走水路,东南沿泷江上三十来里,即是南宋名臣胡铨的家乡值夏;东北顺赣江下五十来里,即是南宋著名诗人杨万里的家乡湴塘。"二三大老,风流相望",这百里人文水道,留下了他们相互交往的篙声桨语。"永和不到又经秋,淡日微风好放舟",杨万里多次来往于这一水道,与永和结下了特殊的情缘。

　　永和激发了杨万里的山水情思,缓缓钩动着他的诗肠。在《至永和》诗中,他这样写道:"出城即便见青原,正在长江出处天。却到青原望城里,楼台些子水云边。""青原"即青原山,是禅宗七祖行思的道场,著名的佛教圣地,杨万里称之为"山川第一江西景"。出城仰望青原山苍翠连天,与赣江形成动静呼应。若是换个角度来欣赏,从青原山头俯瞰永和城,楼台屋宇仿佛就在水云之间,自然和诗意交融如画又胜画。他似乎对这一换位观察的艺术灵感颇为自得,几十年后又在《寄题周子中监丞万象台》中写道:"昔从永和望青原,永和在地山在天。今从青原望万象,青原在下台在上。"在山水诗情中自然融入哲思,这是杨万里孜孜以求的艺术境界。"佛像看都好,林花静自香",在永和面对仁山智水,杨万里启迪人们相互包容和欣赏,胸中不存滞阻,留下光风霁月的宇宙朗境。

永和契合了杨万里的自由情趣,轻轻摇动着他的诗笔。《春晚往永和》这样写景:"绿光风度麦,白碎日翻池。"这该有多好的捕捉瞬间的精敏能力,才能将这美景定格在艺术的风景框中啊。又说:"郊行聊著眼,兴到漫成诗。"杨万里呼吸着永和自由的空气,兴致勃勃看春风中万象谁来成诗。《永和遇风》中上手就是脱口一吟:"未嫌春晚不多花,只爱青原绿似瓜。"这"绿瓜"一喻,只有自由地想,大胆地写,调皮地看才能结成呢！又云："待船小立看鸥没，倚杖微吟尽帽斜。"风吹风的，鸥飞鸥的，帽斜帽的，我吟我的，只有诗，将这些自在的事象摄入纸笺，这《永和风中吟哦图》才神完气足。

永和连接了杨万里与周必大的情谊，牢牢促他们成为盟友和知己。从绍兴庚午（1150）一同参加庐陵解试相识算起，两人持续了五十多年的情谊。政治上若有升迁，必相互分享道贺，文字都留在他们的书、信、启等众多文体中了。如有失利，必相互鼓励和安慰。隆兴元年（1163），周必大因缴驳孝宗亲信奏章，触怒龙颜，贬官归家；次年杨万里父亲去世，回家丁忧。杨万里来到永和看望周必大，作《见周子充舍人叙怀》。安慰说"公今贫贱庸非福"，看开点，如今的挫折说不定会有塞翁之福。尽管"我更清愁恶似公"，但在逆境中肯定不会倒下。放眼未来，清浊自分，这就是"云泥政自未应同"。淳熙二年（1175），周必大升任敷文阁待制、侍讲，他高风亮节，要将这一官位让与杨万里。于是在孝宗面前郑重夸他："居家孝谨，从事廉方。富于艺文，可备西清之访；邃于经术，无惭重席之荣。臣实不如，举以自代。"举贤不避亲，杨万里自然感动，写了一封谢启来表达心意。绍熙三年（1192）和五年,被罗大经称为"庐陵二老"的杨万里、周必大分别退休回家,这一回就不再远行,直到长眠在家乡的土地上。

荣归桑梓后,他们有更多时间和兴致来往。诗作相互酬唱,生活相互关心,东西相互馈赠,花草共同赏评。周必大的从兄周必正晚年也退休在家。有日他们三人同游,后辈刘讷将游览情状绘成《三老图》。杨万里和周必大都有题画诗。周必大诗中有"相亲相近此应无"的感慨。杨万里赞扬"刘郎写照妙通神",欣喜于"三老图成又一新"。他们还将友谊传递到下一代。杨万里儿子杨长孺知南昌县令前,特地到永和向周必大辞别,周必大作诗勉励:"君今治南昌,家学世其官。"同样周必大的儿子周纶做抚州通判前,也到湴塘去向杨万里辞行,杨万里深切期待这位世侄:"忠孝兼美,家国俱荣。"两人知根知底,知心知意,因而交往起来很轻松。他们的文字来往,诙谐谑笑的居多,毋庸置疑,两人性格都属于乐天派。然而这又无损于他们相互的敬重,周必大评价杨万里是"学问文章独步斯世",当之无愧"执诗坛之牛耳"。杨万里则推崇周必大是孔孟哲人,词冠群臣,乾坤天柱。今天看来,两人名副其实,评价不是场面上的恭维话。仁者寿。有意思的是,杨、周二人享年分别是七十九岁和八十岁,如此接近的高寿,令人长想兄弟之义。

永和见证了杨万里与欧阳𫓧的情分,慢慢玉成了这一对相互激赏的诗友。欧阳𫓧,字伯威,号寓庵,永和人。有《胵辞集》《漫成遣兴》等,惜均已亡佚,《全宋诗》存其诗 10 首和残句若干。欧阳𫓧与周必大同年生,然先两年离世。年轻时与周必大共同参加科考,连战失利,遂笃意于诗,以教习子弟为生。周必大称他"负气节,有文章,安与义","尤工诗骚,涵咏锻炼,启人关键",有人将他诗歌比作孟浩然、贾岛。杨万里为《胵辞集》作序,言及两人初次见面是在他人酒席上,当时对欧阳𫓧的印象是"扬眉吐气,抵掌论文,落笔成文"。兹一别,二十年后再见面。杨万里慨而叹:"伯威之气,凛凛然不减于昔,独其贫增焉耳。不以增于贫而减于气,如伯威者,鲜乎哉!"颇有"穷且益坚,不坠青云之志"的气骨。杨万里很欣赏欧阳𫓧的诗歌,简直是爱不释手,"尝摘其警句抄之",并作《跋欧阳伯威诗句选》。其中写道:"手抄此数纸,自有用处。每鸟啼花落,欣然有会于心,遣小奴,挈瓕樽,酤白酒,醡一梨花瓷盏,急取此轴,快读一过以咽之,萧然不知此在尘埃间也。"幽默地把欧阳𫓧的诗当成是下酒菜,吃过后便可以不染尘埃了。

欧阳铁去世后，杨万里悲痛难已，不顾年迈体衰，写下挽诗《悼伯威》。诗曰："酒魄飞传月，诗星流入脾。豪来无一世，贫不上双眉。泸水奇唐律，香城赏楚辞。前身定东野，又得退之碑。"首联悼其亡，颔联赏其品，颈联人所赞，尾联友定位。泸水指的是号泸溪老人的安福诗人王庭珪，他称奇欧阳铁有唐代律诗之风。香城即芗城，指的是庐陵名臣胡铨，他认为欧阳铁有楚辞之风。杨万里则以为，欧阳铁诗风更接近孟郊，而我杨万里现在写此挽诗，就如同韩愈为孟郊写墓志铭。如斯则把两人关系类比成相互推重的知己韩愈和孟郊，这怎么能说不是诗友之间的崇高评价呢？

"数点家山常在眼，一声寒雁正关情。"周必大是如此热爱他的家乡，因为他的关系，杨万里也对永和青眼有加。在永和城里，在赣江边上，杨万里将他的率真性情和斐然才情熔铸成千古文字，为后世读者所津津乐道。杨万里的永和情，是如青原花树蔓延的远致高情，是如吉州窑火酝酿的深久雅情，更是那赣江流水卷不走的世道人情！

杨万里诗颂吉州太守朱晞颜

　　朱晞颜，字子渊，《宋史翼》作子团，安徽休宁城北人，宋孝宗隆兴元年（1163）进士。历知永平、广济县，通判阆州，知兴国军、吉州、静江府，任广南西路转运判官、太府少卿、权工部侍郎兼知临安府等职，享年六十六岁。《宋史翼》将其列为"循吏传"，谈钥为其作行状。

　　杨万里有《送吉州太守朱子渊造朝》二首，兹录于下：

其一

　　庐陵难做定何如，请看黟川朱大夫。

　　秋月满怀春满面，视民如子吏如奴。

万艘白粲何曾欠，百雉金城旧更无。

归侍玉皇香案了，甘棠便是瑞莲图。

其二

公在乡邦我在京，百书终不慰生平。

西归一见还倾盖，夜坐相看话短檠。

老去可堪频送客，古来作恶是离情。

云泥隔断从今始，肯倩征鸿访死生。

据万历《吉安府志》记载，朱晞颜是淳熙十三年（1186）就任吉州太守的。《宋史·杨万里传》云，淳熙十五年，在高宗配享人物选定上，翰林学士洪迈"不俟集议"，"独以吕颐浩等姓名上"，而杨万里是极力主张张浚当预，因而激烈指责洪迈是"指鹿为马"。孝宗十分不悦，杨万里"由是以直秘阁出知筠州"。在就任筠州知府前，他先回到老家吉水，正是在此时，朱晞颜要"造朝"，即入朝觐见述职，两人见面，杨万里颇有感慨，专作此诗。据此推断，朱氏在吉州任上至少三年之久。大概淳熙十六年，朝廷发布他广南西路转运判官新任，相互交接一耽搁，接替吉州太守的方崧卿直到光宗绍熙元年（1190）才到位，这时间在《吉安府志》当中也是有明确记载的。

从"西归一见还倾盖"句来看,两人是第一次见面。西归指的是西归江西,"倾盖"用的是邹阳《狱中上梁王书》所引谚语:"白头如新,倾盖如故。"于此,可知彼此实乃一见如故。而从"百书终不慰生平",则又知两位早已相互仰慕,书信往来很频繁了。一见如故当然是性格投合,据张鸣凤《桂故》记载,朱晞颜"为人豪爽自喜,然最倾意当世有文名者"。"四海诚斋独霸诗",杨万里在当时的文名可谓如日中天。尽管妹婿洪迈和杨万里新近在政治上交恶,但这并没有影响到朱、杨二人的交情和心情。

投桃报李,杨万里在诗中也热情歌颂了这位知己。《送吉州太守朱子渊造朝》其一中,首联赞扬朱晞颜善于治理,自古庐陵之民喜讼好斗,太守难做,如今都被朱大夫治理得井井有条了。《宋史翼》载,朱氏理政切中肯綮,"深合机宜",所以许多策论"孝宗嘉之"。陆九渊《与朱子渊》更具体谈道:"庐陵积弊之余,仍以旱歉,调度有方,无异丰岁,惟窃健羡。"可见杨万里的夸赞是符合事实的。

颔联赞扬朱氏春风秋月的仁者情怀与无瑕节操,他关爱人民,视民如子,而对官吏则严加管理,视若奴仆,足见其民为邦本的理念之深。不只是在吉州,之前在知永平时，老百姓对其感恩戴德，立生祠纪念他。之后两次为官广西，在那里"讲究盐策……革客钞科抑之患，广右民赖以安"，改革盐政，让利于民。足见杨万里所言不虚。

颈联赞扬朱氏让府库充足，城池坚固。"白粲"用《宋书》何子平白米交换粟麦事，又贴用苏轼《送江公著知吉州》中句"白粲连樯一万艘"，为朱氏治理下财富丰盈点赞；"百雉金城"暗用《左传》所言都城礼制，以及《管子》所言筑城法度，为朱氏造就城坚兵利的新功喝彩。

尾联祝福切题，总评其政绩卓著。此次造朝，有机会成为皇帝近臣，可喜可贺；朱氏留下的德政如同《诗经》中召公甘棠遗爱，《方舆胜览》有载，吉州物华天宝，有三瑞堂。其中一瑞便是双莲，唐代皇甫湜《吉州刺史厅壁记》有云："瑞莲猗猗，合蒂公池。"用典表达之意是，朱氏虽然离开吉州，然其功德会遗泽久远，如《瑞莲图》悬挂公堂，后之继任者睹之便要见贤思齐。

两位心期已久，初次相见的知心朋友，"夜坐相看话短檠"，言谈可以想见是多么投机！"相见时难别亦难"，想想此刻，杨万里六十一岁，朱晞颜五十六岁，此一分手还真有点死生相别的味道，下次见面还不知道有没有这样的机缘呢！念及"云泥隔断从今始"，还真是要再三嘱托鸿雁传书不辞劳了。

两人之后再相见的记载我终究没有发现，莫非杨万里一诗成谶？庆元六年，朱晞颜去世，葬于家乡。1952年，工人在施工中挖出了他的墓，墓中文物堪称国宝，所幸其精品在安徽博物院得到妥善保存。

据邓红梅女士考证，宋代著名女诗人朱淑真，实为朱晞颜之女。

杨万里诗赞谢深甫

　　杨万里(1127—1206),字廷秀,号诚斋,吉州吉水人。"今日诗坛谁是主? 诚斋诗律正横行",杨万里是中兴四大诗人之一,也是当时公认的诗坛领袖。谢深甫(1139—1204),字子肃,号东江,台州临海人。他官至右丞相,是南宋政坛上重要人物。这两位相差12岁的名人,有过一段感情不浅的交往,不失为一段佳话。杨万里曾作《送谢子肃提举寺丞》二首,艺术地赞扬了谢深甫。全诗如下:

其一

天台山秀古多贤,晚向池塘识惠连。

十载江湖州县底,一言金石冕旒前。

方陪廷尉甘堂舍,又赋皇华小雅篇。

拾得澄江春草句,端能染寄仄厘笺。

其二

谁遣孤舟蓑笠翁,强随桃李竞春风。

交情顷刻云翻手,古意凄凉月印空。

可笑能诗今谢朓,也能载酒过扬雄。

待渠归直金銮日,我已烟沙放钓筒。

其一颔联透过典故,让读者可知诗歌写作背景和年份。出句"甘堂"实为"甘棠"的通假。出句和对句都取典《诗经》,篇目分别为《召南·甘棠》和《小雅·皇皇者华》。前者歌颂周召公"决狱政事"甘棠树下的故事,结合"廷尉"乃为大理官职的代称,知写的是谢深甫担任大理寺丞之事;后者《小雅·皇皇者华》序曾明言:"《皇皇者华》,君遣使臣也。"《宋史·谢深甫传》载:"江东大旱,擢为提举常平……光宗即位,以左曹郎官借礼部尚书为贺金国生辰使。"显然是用典,指谢氏奉命出使事。两句诗的大意是,你作为副手陪同大理寺长官决狱的情形如在眼前,没多久便见你外出提举常平仓,这次风尘仆仆又要去出使金国了。光宗1189 年即位,这就明示了本诗的写作时间。

诗歌含蓄地赞扬了谢深甫卓越的政治才干。"十载江湖州县底",说的是谢深甫有过十年的州县治理的成功经验,这是不可多得的底气。在任嵊县尉时,他不但明察秋毫处理了诬告案,而且"剡之文治熠然一变"。后升为昆山丞,又为浙漕考官,选拔人才深具慧眼,受到司业郑伯熊的称赞。接着又做青田县令,由于政绩突出,"侍御史葛邲、监察御史颜师鲁、礼部侍郎王蔺交荐之",如此便得到了宋孝宗的召见。"一言金石冕旒前","冕旒"指的是皇帝。在应对皇帝问答时,他从容果断,忠坚如金石,孝宗赞扬他有"有古人风"。在提举常平上,赈灾任务完成出色,还得到杨万里同乡好友,时任左丞相的周必大的热情表扬。

诗歌真诚赞扬了谢深甫重情谦虚的品质。杨万里此时已经年过花甲,宦途上正处于党争的夹缝中,看多了"交情顷刻云翻手",不免有古意不存的凄凉感。但此时作为政坛上如日上升,诗歌上也很有成就的谢深甫,还是谦逊礼敬这位诗坛前辈,执礼如"载酒从学"的扬雄学生,低调真切,这让有"孤舟蓑笠翁"寂寥感的杨万里暖心。

诗歌热情赞扬了谢深甫的诗歌才能。杨万里将他比作六朝时本家谢惠连和谢朓,是含蓄肯定了谢深

甫继承的"清新秀发"的风格。可惜的是,谢深甫的
《东江集》已经亡佚,《全宋诗》中也仅收录其《天台道
中》一首。仅存的这首诗,少用典故和议论,写实和抒
情融合,还确实有谢朓清丽的风格。袁枚在《随园诗
话》中肯定谢深甫所说"诗之为道,标举性灵,发舒怀
抱,使人易于矜伐",同时也高度称赞杨万里"风趣专
写性灵,非天才不办"。足见在"性灵"为诗上,杨谢二
人乃为同道,惺惺相惜,这应是交情的重要基础。

诗歌中也隐藏着真挚的期许和祝福。"拾得澄江
春草句,端能染寄仄厘笺",是叮嘱谢深甫在出使途
中,如果能写得像谢朓"澄江静如练",谢灵运"池塘生
春草"那样的妙句好诗,哪怕用简短简陋的信笺,都别
忘了寄回来分享。"待渠归直金銮日,我已烟沙放钓
筒",是说你出使回来,一定会得到朝廷重用,可是我
这个早已有退意的"孤舟蓑笠翁",那时应该是逍遥在
烟沙中的独钓翁了。我且归去,国事有劳你等,祝福
前程似锦,早成国之栋梁。

谢深甫没有辜负杨万里的期待。在杨万里退休
的年月里,谢深甫凭着老练的政治才能和勤勉的工作
实绩,在仕途上可谓芝麻开花节节高。台州前辈,仙
居人吴芾曾有《送谢子肃之官》,其中有"吾乡人物苦

凋零"的落寞慨叹,更有"赖子传家有典刑(型)"的勉励。所幸的是,谢深甫止住了"凋零"态势,也确实成为台州人在政坛上的典型。勉励让人成长,岁月检验操守。在庆元党禁斗争中,谢深甫顶住了压力,旗帜鲜明地支持朱熹、蔡元定的学术探讨,拒绝上纲上线到"伪党"的政治层面,断然不给包藏祸心的小人打击君子的空间。这应让与理学人物有深厚交情的杨万里倍感欣慰。有谢深甫在,退休闲居吉水老家的杨万里,对千里之外的朝廷党争以及道学中人的命运,心里多少有点数,不至于那么焦虑了。

杨万里的《登凤凰台》

古今凤凰台多矣！杨万里和李白一样，登临的是南京凤凰。兹将杨万里《登凤凰台》诗照录：

千年百尺凤凰台，送尽潮回凤不回。
白鹭北头江草合，乌衣西面杏花开。
龙蟠虎踞山川在，古往今来鼓角哀。
只有谪仙留句处，春风掌管拂蛛煤。

既然提到"谪仙留句"，不惮其烦，亦将李白《登金陵凤凰台》抄录：

凤凰台上凤凰游，凤去台空江自流。

吴宫花草埋幽径，晋代衣冠成古丘。

三山半落青天外，二水中分白鹭洲。

总为浮云能蔽日，长安不见使人愁。

杨万里诗首联即写得异常冷静，完全不同于李白的先声夺人，于此也可窥见唐宋诗风调的不同。"百尺"不可谓不高，但在"千年"这样的时间长度里，这点高度又算什么呢？"潮回"令人想起刘禹锡在《金陵五题》之一中所写："山围故国周遭在，潮打空城寂寞回。""凤回"是呼应李白诗中的"凤去台空"，也是否定李白《金陵凤凰台置酒》中"凤凰去已久，正当今日回"的期待。寂寞回而凤凰不回，昭示现实是铁一般的冰冷存在，浪漫则是美丽的泡影。

领联"江草合"，让人立即想起韦庄《台城》中句子："江雨霏霏江草齐，六朝如梦鸟空啼。"既然已经草与洲合，则李白的"二水中分白鹭洲"壮观之景便不复见。"乌衣"指的是乌衣巷，接着我们就会吟哦起刘禹锡著名的《乌衣巷》："朱雀桥边野草花，乌衣巷口夕阳斜。旧时王谢堂前燕，飞入寻常百姓家。"乌衣门第已成沉舟病树，杏花争先恐后开放则是千帆万朵春。有的研究者，往往引此为据，说这杏花指的是凤凰台边

的杏花村。以此来确证杏花村名至迟南宋就有，进而
证明杜牧《清明》中牧童遥指，正是此处。我读之再
三，并没有读出"杏花开"指的是杏花村花开的意思。
一定要掉书袋说这里用典，我宁肯相信是化用了姚合
《杏园》中句："江头数顷杏花开，车马争先尽此来。"如
此契合去者寂寞，新来热闹的感触，倒也是说得通的。
总读此一联，则李白的"吴宫花草""晋代衣冠"意思似
都隐括在内。

　　颈联是说虎踞龙盘的江山形胜依然雄伟，但接续
的却不是"一时多少豪杰"的壮气，引发的不外乎是古
往今来战乱不断的哀戚之情。杨万里对南京是真诚
同情的，而大部分人对这座城市却是慷慨想象，在欣
赏中挥霍个人情感的。他希望南京不必成为兵家必
争之地，人民需要休养生息，要给予它本应有的安宁！

　　尾联呼应李白的"长安不见使人愁"，但是愁有何
用，气有何用？时间没有将千古佳篇遗忘，然而却稀
释了当时情绪的场景，人们任蜘蛛网查封谪仙的诗
句，忙得没有时间拂去尘埃。只有春风有情，像是一
个扫碑人，时不时将蛛网尘埃掸去，让后来有意登临
者能穿透岁月，看到一盏有吸引力的灯。

　　杨万里此诗是在江东转运副使任上所作，此时他

已经做好了随时弃官回家的准备，对功名早已看得云淡风轻。这位为国操劳了一生的诗人，已经清醒看到，宋金之间将长期对峙，光有壮志热情无济于事，朝廷必须作好长久准备，才有可能战而胜之，一统旧山河。这境地和心情，参破天时，无奈却平静，显然不同于李白报国无门时的愤懑。《登凤凰台》中对历史的理性认识，对战争不断的忧虑，对寂寞难免的坦然，综合起来的感受是心老不再澎湃，眼光转更犀利。读者在这样的诗中，找不到激动，血热不起来，和李白的相比，便会显得陌生新奇。喜欢读诗的朋友，知否，知否？你的感受正是诚斋体要呈现的一个侧面呢！

杨万里《小池》三境

小池

泉眼无声惜细流,树阴照水爱晴柔。

小荷才露尖尖角,早有蜻蜓立上头。

这首脍炙人口的小诗,作者是南宋吉水人杨万里。杨万里,字廷秀,号诚斋。其诗不只数量众多,更注重创新变化,形成独特个性,时人号为"诚斋体"。

杨万里既是诗人,又是理学家,他既用学问的眼光,又跳脱学问的桎梏来看诗写诗,因而呈现出的特别之处往往能出人意料。"诚斋体"诗,可以大笑,但绝不能一笑了之;可以惊讶,但不能不追溯惊讶之由;可以怀疑,但不能不于"非诗"之处去悟诗之真谛。

《小池》,赏析者多矣,唯从境界角度探之者鲜见。冬日萧索,吾细读再三,悟其诗有三重境界,更觉古人心蕴宏富及用心之妙。

一曰画境。全诗视角错落,有高处的"树阴照水",次高处的"泉眼无声"。降至水面,亦有高低层次,小荷尖角,突出水面;蜻蜓立荷,高出尖角。从视角的跌宕即可感知水并不多而生命之旺盛;以色彩观之,有浓色树荫和蜻蜓,也有柔色水面与轻荷,淡妆浓抹,高明的画笔可使之相宜;从布置来看,泉眼树阴乃为衬托陪景,小荷露角实为中心,蜻蜓立上则为点睛之笔,此种经营,笔墨流畅而诗意层出矣。整个画面,活泼有趣,给人印象强烈深刻。宋代王迈《赠传神庄士仪》中有句:"非是画事难,难得画中趣。"以此观《小池》,仿佛是最确当的评语。"画中趣"非得要有一颗诗心,此正是先有诗情而后有画意矣。生就一双趣眼,妙手烹出趣味,诚斋这先天的趣,罕有人能望其项背。

二曰理境。南宋严羽《沧浪诗话》中说:"夫诗有别材,非关书也;诗有别趣,非关理也。"严羽扬唐抑宋,对宋代诗中的说理颇为不悦。事实上,若从形象中自然得出理,构筑兴象之外更深一层的理境,又何尝不是好诗？《小池》表面看类似晚唐，实际却是地道的宋诗，其理由便是理境的开拓。"泉眼无声惜细流"便内蕴有细水长流的哲理，小池不枯，正源于细水不止。"小荷才露尖尖角"，可喻示新生事物崭露头角，而且生机无限，前景可期。而那只"立上头"的蜻蜓，俨然是沉思的哲学家，敏锐地意识到新生事物的魅力与力量，积极投入并拥抱它。杨万里主观上很自觉地进行理境的营造，在很多诗中往往描写与议论融合，来表明自己的哲学思悟。如《荷池小立》："点铁成金未是灵，若教无铁也难成。阿谁得似青荷叶，解化清泉作水精。"以清泉、荷叶之"化"来诠释江西诗派的"点铁成金"，便是一种典型的哲理诗。《小池》虽化解了直接的议论，然哲理表现得更加巧妙无痕。这样的处理方式，便可知《小池》既是写出来的，更是悟出来的。

三曰心境。小诗给人无声画面之感，在无声中再出之以"露"和"立"，打破静态而赋予生机和跃出哲理。这是平静心境下谛观的审美书写，是坐忘功利心境下的妙思和领悟。小诗也给人生动纯净之感，类似于儿歌风调，这是葆有童心的诗人的"活泼刺底"心境的呈现。小诗还给人和谐灵动之感，人与自然并无隔阁,如诗中之一"爱"一"惜",彰显出生命之间的相互理解和包容,这反映出诗人胸中装有的是民胞物与的宇宙心境! 全诗意象取得小,"泉眼""细流""晴柔""小荷""尖尖角""蜻蜓"无一不小巧玲珑,与题目正相契应。然而这"小",正是大心境下的活摄取。

《小池》三境,包孕感性、理性和灵性。诗中有学问,但不以学问为诗;诗句朗朗上口,然意思却不一览无遗;景物寻常所见,却有不同寻常的巧思。《小池》跻身于中国一流诗歌行列,庶几无愧色。

杨万里的两首关于值夏的诗

值夏镇位于江西省吉安市青原区中部，因有芗城山，东晋永安年间始得名芗城。流行的说法是，至南宋开市之日正值夏至，芗城因此改名为值夏。然南宋名臣周必大提出不同看法，他在《闲居录》中说："王仙在此值盛夏，因以为名。""王仙"指的是晋朝王子瑶，有人说他是著名仙人王子乔之弟，也有说为其后裔。值夏是南宋名臣胡铨的故乡，这位敢于上书请求斩秦桧的大臣，被称为江西省脖子最硬的人。

明代以前，与值夏相关的诗寥寥无几。因而杨万里的两首以"值夏"为题的诗，便显得珍贵。两首诗都与胡铨相关，都是写从值夏泛舟归吉州城。

一首为绝句《自值夏小溪泛舟出大江》，诗云："放溜山溪一叶轻,山溪尽处大江横。舟中寂寂无人语,只有波声及雨声。"此诗作于孝宗乾道二年(1166),这年杨万里丁父忧在家,胡铨亦奉祠在家。胡铨在旧居基础上建成新居,以门生自称的杨万里从家乡吉水县湴塘出发,去吃上梁酒。先到永和会见罢官在家的周必大,留有名胜游览和心灵安慰的诗篇。这首诗写从值夏吃完酒后回来,乘船沿泷江而下,直到与大江(赣江)会合的情境。泷江毕竟小,杨万里不知道其名,姑且就作"值夏小溪"了。泷江出赣江处,便是今富滩镇张家渡。

诗歌写得很形象,"放溜"一词说明舟小轻便,顺风速度快。泷江沿今日青原山脉而下,纵行无碍,可见描述的真实。入赣江后,水面宽阔,方向改为横行。所以这一"横"字下得准确又精妙。前两句写船,接下便写人,人在舟中都不说话,一则以陌生,一则以古人更懂安静之礼。不像今天我们只要在一起就大声嚷嚷,声音大得连船都摇摆。人不说话,这波声和雨声自然更加突出,衬托出安静和诗意来。雨天乘船,或还有几分担心,心情也相对郁闷些,船中人不爱说话,这也是原因之一。

另一首为古体诗《晓出郡城,往值夏谒胡端明,泛舟夜归》。不惮长，全诗录下：

> 郡城至值夏，两日非宽程。
>
> 奔走岂吾愿，诏书促南征。
>
> 出郭星未已，归棹月已生。
>
> 问人水深浅，舟子喧未应。
>
> 水石代之对，淙然落难声。
>
> 危峰起夕苍，暗潭生夜清。
>
> 江转风飒至，病肩难隐棱。
>
> 添衣初懒寻，忍寒良不能。
>
> 近城一二里，远岸三四灯。
>
> 望关恐早闭，驱舟只迟行。
>
> 多情半环月，久矣将西倾。
>
> 欲落且小留，知我要入城。
>
> 月细光未多，大星助之明。
>
> 至舍心未稳，丽谯才一更。

这首诗作于淳熙七年（1180）正月，54岁的杨万里往值夏拜见79岁的胡铨。"端明"指的是胡铨被朝廷授予端明殿学士，杨万里以此来尊称他的老师。这次往值夏，是因为去年胡铨被皇上召见，年迈还要赴京城临安任职,他特地赶去送行。这宋孝宗不知道是因为加意恩宠呢,还是朝廷特别仰赖老成,这个任命真的有点不近人道了。胡铨当然辞谢了,朝廷也恩准,当时杨万里还不知道这经过。这个正月,杨万里出门也早,也是因为"诏书促南征"。朝廷去年正月就任命他提举广东常平茶盐公事,因为吉水家中事情接二连三,焦头烂额,杨万里竟然拖了一整年,未去上任。今年正月当然不能再耽误,于是匆匆从吉水出发,赶到吉安时,抽出时间去为胡铨送行。他哪里知道,这是他和恩师的最后一次见面呢。这年五月,胡铨就病逝于家中。

诗中说正常到值夏往返一趟,两天都会很紧。但因为赶时间,我杨万里只好不顾星星尚在天宇,便打早出发。值夏匆匆见面茶叙后,就要赶回吉州城,这时接近天黑了。胡老师说怎么这么赶啊,我说我哪里愿意奔波,实在是朝廷催得紧呢。走没多久,月亮已经挂天上了。只感觉到船行驶得不顺利,问撑船人水深浅,水声的喧闹让他听不见。天暗下来,山峰苍苍,水面清冷。突然江风变大,我肩膀疼痛的毛病便又犯了。本来嫌麻烦懒得找衣服,但实在太冷还是穿上了。离城还有一两里,前边岸上出现了一些灯光。我怕城门会关闭，就催促着快点走，哪知船还是慢悠悠地前行。这半环弯月倒是挺多情，知道我要进城，特意多留会儿，照着船前进。月光细弱不够啊，数颗大星来帮忙照明。靠岸后我赶紧进城，到住处了心还在扑扑跳，远处高楼传来打更声，天哪，船其实走得挺快的，现在才一更。

　　两首事关值夏的诗形象地写出了坐船心情和赶路心理，在艺术上很有感染力。若是这段水路上的船你坐过，对照着诗来读，说不定你的感受还真是"悠然神会，妙处难与君说"呢。

诚斋诗中看莳田

　　杨万里,江西吉水人,字廷秀,号诚斋,我与他为同乡。诚斋诗中,农事诗不少,其中莳田诗特别值得玩味。吾乡方言,将插秧称为"莳田"。方言通古韵,"莳"字早在《说文解字》中就出现,解释为:"莳,更别种也。从草,时声。"把秧别插到田里,这就是"莳",有诗云:"分秧匀插莳。"准确地说,莳田就是莳秧。吾乡所言"莳田",乃为一时段,从"懵懵懂懂,清明浸种"到五一前后莳完上田岸,历时大约一个月。

　　莳田最要紧的是抢农时,杨万里《三月三日雨作遣闷十绝句》其六云:"秧早不由田父懒。"说的正是这个道理。"五一前,莳完田",这是一道约定俗成的期限,更是时光的无声命令。"清明一到,农夫起跳",这

般争分夺秒地忙,其中的辛苦可想而知。杨万里《插秧歌》这样写道:

> 田夫抛秧田妇接,小儿拔秧大儿插。
>
> 笠是兜鍪蓑是甲,雨从头上湿到胛。
>
> 唤渠朝餐歇半霎,低头折腰只不答。
>
> 秧根未牢莳未匝,照管鹅儿与雏鸭。

农忙无闲人,分工要合理。田夫力气大,抛秧能远,田妇刚好能接住,没有多年的默契,不会有这么恰到好处。儿童都有一个从拔秧到插秧的训练过程,少年儿童在秧田里呆三年,拔秧做到得心应手,才能从秧田解放到大田,学习插秧直到成为能手。莳田跟打仗似的,打仗是轻伤不下火线;莳田是除非冰雹,否则风雨无阻。穿蓑衣,戴斗笠,像个披盔带甲的战士一样,即便是雷公哗闪,田中之人哪还顾得上害怕,谁还在乎"雨从头上湿到胛"这区区狼狈呢!为节约时间,农妇将饭送到田间地头,像《诗经》描述的那样:"馌彼南亩。"她体贴地叫丈夫上岸歇息一会,要吃早饭了呢。丈夫腰都没起,照样打起精神莳着,还不忘大声吩咐:"喂,带耳朵的! 刚莳的田,秧还没有生根粘泥,苗是浮的,屋里的鹅仔和鸭仔要关好,要是到田里来,我们算是冤枉累了。"整首诗白描写来,生动形象,活泼真切,扑腾腾涌来的是生活气息。忙得井然有序,累得甘心情愿,唤得体贴入微,防得提前到位,这《插秧歌》岂止是一幅图,还是一出情趣盎然的短剧呢!

最辛苦的还不是体力付出,作田老表最怕的是天不如人意。在小农经济时代,农业基本靠天吃饭,风调雨顺才是丰收的前提。春天雨水缠绵,天气容易转寒,种谷下田到长出水面,最忌讳遇到寒雨天,故有谚语云:"清明热得早,早稻一定好。"杨万里《农家叹》云:"两月春霖三日晴,久寒初暖稍秧青。春工只要花迟著,愁损农家管得星。"写的就是对晴天久盼不来的焦急。特别是秧苗,需要一段南风畅吹的晴好天气,才能长势苗壮。杨万里《积雨小霁》云"新秧犹待小暄催",《踏青》云"秧田暄处早",实为知农之言。

雨生百谷,正好插秧。雨水太多自然不利,但反过来春旱缺水,则问题更为严重。"水稻水稻,无水无稻。"一旦缺水,脖子便被卡住,农夫只能徒唤奈何,怎一个愁字了得。杨万里《明发海智寺遇雨二首》其二云:"农人皱得眉头破,无水种秧君奈何。"《己未春日山居杂兴十二解》其一云:"今岁春迟雨亦然,生愁无水打秧田。"描述的正是这愁苦实情。杨万里挂念苍生,在做地方官时,还虔诚地参加过求雨活动。他在《和昌英叔夏至喜雨》写道:"去岁如今禾半死,吾曹遍祷汗交流。"祈祷到汗流浃背,布衣百姓都感受到这份用心,就不知道这老天爷,是不是还无动于衷。

"好雨知时节。"要是雨来得恰逢其时,便是上天赐予莳田人的最大快乐。杨万里《和李子寿通判曾庆祖判院投赠喜雨口号八首》其三云:"雨早些时打麦残,雨迟许日即秧干。"《六月喜雨三首》其二云:"今年不是雨来悭,不后秧时亦不前。"表达的正是对雨不早不迟到来的欣喜:及时雨,你真是善解人意的代名词。《夏日杂兴》云:"九郡报来都雨足,插秧收麦喜村村。"描述的则是雨水丰沛时抑制不住的激动。大旱逢甘雨,农人立马忙。《晓登多稼亭三首》其二写道:"雨前田亩不胜荒,雨后农家特地忙。一眼平畴三十里,际天白水立青秧。"三十亩田地,好像一夜之间莳满青秧。这是眼前景,更是心中漾起的翠绿希望。

莳田有苦有乐,辛勤的农民用汗水在织就美丽的图画。在杨万里看来,这图画是整齐悦目的,《暮行田间二首》其二云:"新秧乱插成井字,却道山农不解书。"没上过学的农民或许不认识什么是"井"字,但他们懂得横竖对齐成方格，这样一行行抖擞精神莳下来，就会"漂亮得像一封书似的"。这图画高情远致，《过百家渡四绝句》其四云："远草平中见牛背，新秧疏处有人踪。"《晚过黄洲铺二绝》其一云："数峰残日紫将销，一片新秧绿未交。"《农家六言》写道："插秧已盖田面，疏苗犹逗水光。白鸥飞处极浦，黄犊归时夕阳。"都是将秧苗作为远眺图的一部分，通过疏密的对比，将美透过眼睛浸润在心里。这图画是奇趣横生的，奇就奇在它充满动感。《暮行田间二首》其一云："露珠走上青秧叶，不到梢头便肯休。"《过南荡三首》其一云："秧才束发幼相依，麦已掀髯喜可知。"这类给人"活泼剌底"和"摄影之快镜"感觉的诗，正是地道的"诚斋体"，辨识度极高。他人便是模仿，怕也是难得要领。

杨万里《明发三衢三首》其二云："拔尽新秧插尽田，出城一眼翠无边。"莳田完成后，可以稍微喘口气，欣赏欣赏劳动成果。接下来从管护到收割，一刻也马虎不得，这辛苦路还很长。正如明代谢肇淛《五杂俎》所言："水田自犁地而浸种，而插秧，而薅草，而车戽，从夏迄秋，无一息得暇逸。"农村的美丽和诗意，都闪耀着劳作者黄豆般的汗珠，这点出身于农家的杨万里

比谁都懂。杨万里对莳田的熟稔,反映出他对家乡田
园的亲切和热爱。宦途浮沉几十年,最终能让他心安
的还是吉水黄桥涩塘村的田地山水。他在《晚春行田
南原》中写道:"吾生十指不沾泥,毛锥便得傲蓑衣。
只愿边头长无事,把耒耕云且吾志。不愁官马送还
官,借牛骑归不用鞍。"这是将一片淳朴的愿望写在丰
沃的纸田上了。《题龙舜臣逊志斋》云:"龙子辛勤莳
纸田,少年笔势已翩翩。"杨万里将通常的笔耕之喻,
转换成"莳纸田",给人以新异感和生动感。我常想,
一个莳过田且有深深感悟与心得的读书人,他应会更
懂得写作的辛苦和庄重。那莳到纸田里的文字,恐怕
会别有一种沉甸甸的美,这同样需要读者用生活经历
去体会。

退休老子作渔夫

在古代以官为业的体制下，退休多半指辞官解甲，告老还乡，因而退休也叫致仕。《尚书大传·略说》曰："大夫七十而致仕。"七十岁退休是刚性规定，所谓"七十退休人所共"，这一共识得到了普遍遵守。白居易在《不致仕》诗中说："七十而致仕，礼法有明文。"告诫大家这是白纸黑字的明文规定，是符合礼制的，轻易不要去破坏它。

唐代杜甫《曲江》诗云："酒债寻常行处有，人生七十古来稀。"这意味着许许多多的古代官员要工作到死，没有福分挨到退休那一天。由于身体、精神等多方面问题，官员可以主动申请退休。皇恩浩荡，申请也多半会得到批准。"六十难称致仕年，君今独许乐林泉"，你瞧，花甲之年获准退休还引来这样的羡慕！
"归心已动不容留，多谢君恩许退休"，这心声表达发
自肺腑，兴奋之情可以想见。古人退休待遇保障总体
优厚，这也是很多人想早退的原因之一。以宋人为
例，仔细翻检一下他们的退休记录，等到七十岁才退
的还真不多。

当然也有八十多岁还在任上的。比如西汉贡禹，
干到八十一岁，已经自感"血气衰竭，耳目不聪明，非
复能有补益，所谓素餐尸禄污朝之臣也"。他十分担
心"孤魂不归"，屡次上书"乞骸骨"，却得不到批准。
唐代贺知章，也是八十多岁还在勉强着干，经过屡次
陈情，玄宗才举行隆重仪式准他归故里，完成他"少小
离家老大回"的愿望，他回到家后，便生出"唯有门前
镜湖水，春风不改旧时波"的无限感慨。有制度不执
行，能臣转成依赖，皇帝这不是尊重人才，而是不知不
觉把自己变成"废柴"。

退休难得是自由清闲。再无案牍劳形，也不必再
看领导脸色，下属也不找你了，该是何等畅快！南宋
杨万里《雨后至溪上三首》其三云："拟借丹青画作图，
退休老子作渔夫。凤凰池上虽荣贵，何似清闲看浴
凫。"人到老了，"看山还是山，看水还是水"，如元好问

所言"繁华落尽见真淳",自然把这"清闲"看得亲切,而视那"荣贵"不过浮云一场。明代杨荣《送叶俊太守致政归乡》云:"山可樵兮水可渔,退休之适安以舒。嗟君之乐兮世所无,白云为侣鸥为徒。"返老还童,回到儿时的自然怀抱,让情绪得到天真释放,这确实应该是退休后应有的逍遥状态。明代薛瑄说"退休自是升平事,只道闲中岁月长",也是看得开的人说出来的话。只有把这闲岁月品出真滋味,这退休的境界方能让人企羡不已。

不在其位不谋其政。退休了,认了这人走茶凉,原来单位的那些人和事尽量少管,免得讨嫌。"世事不愿闻,相知勿复言","朋旧来相过,浊醪聊共欢",欢迎光临寒舍,但只是高兴喝喝酒,泡杯暖茶,扯扯闲天,工作上的事情一律免谈。明代泰和人梁兰告诉大家,这才是退休应有的姿势。宋代韩赞则干脆闭门谢客:"退休十五年,谢绝人事,读书赋诗以自娱。"希望抓紧时间活出一个快乐的、真实的自我。工作的时候,无暇顾及诗,负重前行奔向远方。退休了,远方慢慢看得到头了,再不抓紧过点诗生活,那来到这人世间意义何在?

"人生有子万事足,含饴弄孙增百福。"享受天伦之乐，这本是退休的重要内容。可如今世道不再法古，这帮孙子们的事极容易变成老人之累。为儿孙做马牛的现象越来越多，确实让许多退休老人苦不堪言。再则，老人之苦，还在于有些人老看不开。总想到年轻时有过遗憾，年老要抓紧弥补回来，全然忘记孔老夫子的告诫："及其老也，血气既衰，戒之在得。"杨万里曾说"裌袄未著愁多事，著了裌袄事更多"，套用一下，没有退休嫌忙嫌烦，退休了没曾想更忙更烦。局外人看来是要提醒一句：辛苦了一辈子的退休老人，还是安耽些，千万不要又陷进围城迷局了。

"退休老子作渔夫。"一竹竿，一纶丝，一板凳，一轻钩，逢水便钓，日落而回。泥鳅虾米皆不管，只要快乐上钩就行。做杨万里这样的渔夫，君以为然否？

一生爱杀招贤酒

无论是东来朝天,还是西归道院,往来于浙赣之间的杨万里,必经常山。

常山位于浙赣交界处,古代是交通要道,素称"两浙首站,四省通衢"。常山江是钱塘江的上游,只要从这里踏上船,便可一路顺风直下到京城临安。杨万里来临安,浙江境内几乎全走水路。如果要返家,也是溯流而上,到常山后再换成陆路,直奔江西而去。这样的常山怎么能不让诗人动容呢?由西往东奔向京城方向,这是希望的所在,杨万里不禁喜上心头。当年赴任常州,一路阳光心情。未出玉山,便作绝句《入常山界二首》,其一有"喜声",其二又"喜晴",心情不复含蓄。其一曰:"未到常山三十里,此身已在浙中行。"所谓心驰神往,大抵应如是。其二曰:"一峰忽被云偷去,留得峥嵘半截青。"这机灵和调皮的诗思,该要多少欢泉才能涌出!

有喜必有愁。有顺风顺水,必有逆水行舟。何况人生不如意十之八九,杨万里留在常山途中的愁又何尝少过呢。只要自京城西返,要么贬官,要么奔丧,要么赋闲,此等无可奈何,让人不免感叹"如何白发不教生"!

招贤渡,多么美善的名字,它本是常山江上的一个繁华官渡。然而,此处留给杨万里的记忆,却是"旅情甚恶"。原来在此地,他曾遭遇过"水涸舟胶","也知滩恶船难上,仰踏桅竿卧著篙",船工们手脚并用,费尽九牛二虎之力,也不见船行一分。心有余悸,以致后来"说着招贤梦亦愁"。行船如此,航道也不顺畅。比如河岸就经常崩塌,"危岸崩沙新改路,断渠横石自成桥",给行人们带来极大的不方便。这些经历,杨万里后来又用回忆的笔调再次描写和抒怀,诗题为《过招贤渡》。诗曰:

归船旧掠招贤渡,恶滩横将船阁住。
风吹日炙衣满沙,妪牵儿啼投店家。

一生憎杀招贤柳，一生爱杀招贤酒。

柳曾为我碍归舟，酒曾为我消诗愁。

　　船被搁浅了。船客们风吹日晒，满衣服都是沙子，真是焦急又狼狈。小孩们再也忍受不住，开始哭闹，哄也哄不住，杨万里这才吩咐妇人牵着他们上岸去住店。或许搁浅跟柳树有关，或许竟毫无关联，无非是在店里颦眉踌躇，恰巧有棵柳树在旁边不识趣，鲁莽地闯进诗人的眼帘。柳者，留也。其实我想走，你却将我留，怎不让人"憎杀"！好在有酒，能青诗眼，能"消诗愁"，怎不让人"爱杀"！这爱憎分明，透射出羁旅的无趣，游宦生涯的苍凉只有向诗诉说！

　　旅途沉闷无聊，像是在有意考验诗人的耐性。从临安到招贤渡的查濑，"老夫只费五六日，行尽浙山西复东"，风正帆悬，走了差不多一个星期，杨万里还觉得挺快，要是平时说不定要花费十来天呢。对抗枯闷，消解羁愁的唯有诗。好在招贤渡两边的山于诗多情，常能吸引诗人的目光。杨万里的好友项安世在《常山县》中曾写道："多情小艇招贤渡，载我溪南看山去。"杨万里则有《过上湖岭望招贤江南北山四首》，从不同侧面写出了看山的感悟，描绘传神，新颖而富哲理。其一云:"远山高绝近山低,未必低山肯下伊。定是远山矜狡狯,跳青涌碧角幽奇。"用出人意料的拟人想象,将山的生机和活力描绘传神,同时形象之外还能产生耐人寻味的思考。其二云:"岭下看山似伏涛,见人上岭旋争豪。一登一陟一回顾,我脚高时他更高。"将司空见惯的登山感受,特别点染和概括,扩展比喻意义的想象空间,让人对奋斗进程中的艰难以及个人的渺小有清醒的认识,从而也悟出谦卑进取的重要性。其三有句"一水横拖两岸峰,千痕万折碧重重"。着一"拖"字神妙有趣,着一"折"字精准而又精彩,像是浓笔重抹而成的图画。其四有句"画工著色饶渠巧,便有此容无此姿",表明在大自然的面前无论多巧的画工,都无法比肩自然天成的神姿。

杨万里借酒而成就了常山之诗,尤其是招贤渡,经此翁数次诗笔,加深了在历史中的印象。"一生爱杀招贤酒"的诗人,即便是写尽愁肠和惆怅,这真实的描写和抒怀都是独一无二的珍贵遗存。岁月沧桑,斗转星移,今日的招贤已成古渡,然而人民对于杨万里的"爱杀"却与日俱增。招贤古渡宋诗展馆暨杨万里诗歌纪念馆已经建成,游客们在这里吟诵着杨万里灵动风趣的诗句,遥想常山江作为宋诗之河的魅力与风采。

也许并不需要太长的时间，常山江与江西信江之间这三十公里的距离，将会以运河的形式贯通。钱塘江流域一旦和长江流域连通，常山江水量自然丰沛，像杨万里那样搁浅行船的事情，料想将不再会发生。

杨万里抗肺病

南宋大诗人杨万里，享年七十九，属于长寿之人。然他身体基础并不是很好，"半生灾疾里，谁遣未休休"。夫子自道，所言应是事实。尤其是到了晚年，病情发展更为频繁严重。"老无星事可营为，政是长闲好病时。"退休在家，多病就成了他主要的痛苦来源。粗略统计一下他的诗词，写到病痛的就有二百多首。淋疾、痛风、眼花、耳聋、脚痛、肩痛、腹痛、痔疮、疟疾……诸病缠身的懊恼，在他诗中屡屡提及。较为严重的是肺病，诗人备受其折磨，只好不断与之抗争。

生病问医，从不忌讳，杨万里请来的大夫有陈国器、戴良辅、周叔亮等。除了普通用药，大夫还对他施用"法外刑"。"刲剔备百毒,更以虐焰烹""倒囊刺手探玉札,一洗愁肺冰雪清""发药何用多,刀圭起沉痼",这些诗句表明,医生希望采取火罐、针灸和手术等外科综合疗法,达到通经络、去湿气、排淤毒、促循环、缓疼痛的效果。这样的治疗起到了一定作用,杨万里在《丙寅人日送药者周叔亮归吉水县》中做了描述,并不吝夸奖周医生:"向来肝肠痛如割,今来疾痛全然脱。捉著根源尽扫除,周郎神医天下无。"

除积极配合大夫治疗外,杨万里更注重自己用药和养生。中医主张药食同源,枇杷、银杏、栀子花、沙枣、党参等,都是治疗肺病的传统药材,杨万里对它们分外在意。枇杷止咳的功效明显,杨万里大量采摘。《枇杷》诗中写道:"大叶耸长耳,一梢堪满盘。荔支分与核,金橘却无酸。"枇杷味美,所以杨万里是整盘整盘地采,随时抓吃。而对于银杏,则是"深灰浅火略相遭,小苦微甘韵最高",要放在火里煨熟才好吃。好友岳大用寄来产于新罗的珍贵紫团党参,杨万里"新捣珠尘看雪飞",则是将它捣碎成粉末米冲服。饮茶历来也被视作治疗心肺病的有效方式,杨万里一辈子酷爱喝茶,但这次"茗饮小过,遂得气疾",导致"旧赐龙团新作祟,频啜得中寒。瘦骨如柴痛又酸"。喝得过头了,反而加重了病情,诱发了"气疾"。物极必反,因而杨万里要"特地减清欢",控制好用茶量。

除了节制喝茶,杨万里还果断戒酒。"老来因属疾,不饮五月余""老夫病肺怯清秋,对酒不饮月莫愁",看来戒酒决心很大,效果也明显。然而,这对于酷爱喝酒的杨万里实属不易。一度他还认为饮酒有助于驱疾,曾豪情万丈写下檄文似的诗篇:

> 病势初来敌颇强,排山倒海也难当。
> 老夫笑把东西玉,竖子难藏上下盲。
> 酒阵时闻报三捷,诗坛元不费单枪。
> 夜来梦入清凉国,风月冰人别是乡。

诗写得畅快淋漓,其实也不过是借酒浇愁,以酒催睡罢了。饮食的调配和节制,还是属于堵病的一面,要疏病自然得靠运动。杨万里注意户外散步,吸收新鲜空气。"从今日日来,愁肺要湔浣",每到傍晚,即便是策杖,他都要到村旁南溪边上走走,借助那里流动的空气洗洗肺。

"老里还多病,贫中却剩诗""老生穷事业,此外岂无他",即使肺病再严重,杨万里都没有丢下他心爱的诗歌。写诗成了他转移痛苦的重要手段："却因三日痛，理得数编诗。"生病严重影响了他的创作，"发于贫里白，诗亦病来疏"，创作频率和数量大不如前；"病来诗久废，觅句费商量"，创作思维和灵感与以前亦是不可同日而语。自己没办法写了，那就"呼儿细拣新书策，体不佳时看一回"，看看别人写的也好。"偶拈白傅《长庆集》，又得欢欣片子时"，随手拿来白居易《长庆集》读读，便有深得吾心之感。一阵欢乐之风从唐代吹过来，将那现实的苦痛暂时赶跑了。

杨万里还有家族肺病史。初入仕途，在做零陵县丞时，他便有诗写道："吾母病肺生怯寒，晚风鸣屋正无端。"明确提到母亲生有肺病。全身都染病的杨万里，痛感频发且日益强烈。"极痛过于割，通身总是灾""翻来覆去体都痛""疾痛呼天天岂知"，这样的描述令人心生同情。在这样的情形下，杨万里还能做到长寿，跟他的性格和意志有着密切关系。他是一个有"性气"的人物，为人独立刚强，对疾病始终有战而胜之的信心；他是一个坚定的乐天派，读读他那些风趣机巧的诗便可想见其为人；他是一个对宇宙有透彻理解的学问家，对一切采取遵循天道、取法自然的态度。他始终认为"贵人多病皆养之太过耳"，因而在养生上,奉行辩证原则,绝不做过犹不及的傻事。一言以蔽之,杨万里紧紧握住了自己生命的方向盘,自然而有尊严地将自己送到了终点站。

除夕赶路的杨万里

年关脚步急,归心似箭来。过年临近,游子总是朝家的方向赶。然而,1166 年的杨万里,却来了一场逆行,年关往京城临安赶,除夕夜还寄宿路边旅馆。有《除夕宿临川战平》为证:

> 一腊天频雪,千山梅未花。
>
> 终年不为客,除夕恰辞家。
>
> 雨又垂垂落,风仍故故斜。
>
> 难开愁里眼,只益鬓边华。

诚如所言,到年终了本不应再外出为客,可为何却还是"除夕恰辞家"呢?一言难尽,这还得从杨万里担任零陵县丞时说起。

　　1160 年,零陵县丞杨万里请求拜见谪贬永州的大臣张浚,经数月努力,在他儿子张栻的引荐下,终得一见。张浚勉之以正心诚意之学,杨万里服膺终身,并将读书之室命名为诚斋。自此杨万里对张浚执弟子礼,视张浚为政治导师。1163 年 12 月,张浚入京为相,举荐杨万里为临安府教授。次年正月初七,作《归砍赋》。因父亲病而归家乡吉水,杨万里未赴新职。八月四日,父亲去世,始丁忧。稍前月余,张浚亦病逝。短时间内连丧恩师与慈父,杨万里悲痛不已。

　　1166 年,杨万里进入不惑之年,到年底服丧期满。丁忧三年期间,他写成了《千虑策》,分"君道""国势""治原""人才""论相""论将""论兵""驭吏""选法""刑法""冗官""民政"等部分共计三十篇,这是他苦心孤诣的力作,集中反映了他治国的核心见解。起初杨万里想研习博学鸿词科,挚友张栻反对,以为不足学,并相约共习孔门德行科。杨万里大悟,乃作成此三十篇。同遭丧父之痛,服满后挚友状态如何,杨万里一直牵挂。而此时潭州(长沙)太守刘珙命张栻主持岳麓书院,所用得人,因此书院蒸蒸日上,讲学之风大盛。恰好《千虑策》又成,杨万里正也想着要去和张栻探讨,于是他决心去长沙一趟。九月,他从家中出发,经安福、分宜、袁州、萍乡、醴陵,十月到达。

"一别时飞儿? 重来事总新。"这次千里专程,所见所感都同以往很不一样。"祥琴声尚苦,可更话酸辛。"两人先是追忆逝去的父辈,酸辛的感受涌上心头。接着探讨学术,张栻看过《千虑策》后,赞叹不已,有诗曰:"吾子三十策,字字起三叹。岂欲求人知,正自一心丹。"由衷肯定挚友的拳拳之心、报国之情。

丁忧期满后,新职将如何安排,杨万里不能不忧虑。此时他至少有五个儿女了,老大杨长孺也不过十岁。孩子们嗷嗷待哺,人到中年的压力与日俱增。他甚至想在岳麓书院求得一个教职,这样和张栻就能常在一块,不也是快事一桩吗? 他诗中写道:"不应师友地,只么遣空回。"不复含蓄地表达了不希望空手而归的愿望。这事情张栻说了不算,得要刘珙点头才行。杨万里只好认真去见见这位"潭帅"了,他写了两首诗热情夸赞刘珙。说他是"文星",是"典刑(型)","不遣肃朝廷"实在有大材小用的可惜。顺势感谢他百忙之中的接待,最后忐忑问一声"许寄病身么"? 杨万里是多么期待得到一个肯定的回答啊。

然而所愿并未如愿,杨万里还是要空手而回了。

唐代孟浩然别王维,就有"寂寂竟何待,朝朝空自归"的牢骚感叹。有着深厚理学修养的杨万里,当然不会像孟浩然那样情绪化,他理解人家的难处。何况宋代和唐代到底很不一样,朝廷赋予一个新职不过是早晚的问题。他很高兴这次长沙之行,交换信息后,他对朝廷生态有了更多了解。又结识了像刘光祖、刘述祖、甘彦和等一班新朋友。"乐莫乐兮新相知",他大笔一挥,还为刘光祖门额书写了"怡斋"二字呢。眼看着要到年底了,不能久留,这才依依不舍作别诸友,于十一月返回到吉水老家。

这个时间本来是要忙着准备过年了,谁曾料到还会要外出呢!朝廷趁着过年节点,紧锣密鼓调整人事。主战派得势,张浚的亲密政治盟友陈俊卿、虞允文分别担任枢密副使和枢密使。杨万里闻之十分激动,他看到了政治复兴的希望,这希望的火光中映照着自己的前途。于是他携带着《千虑策》,不顾已是腊月底,坚毅地朝着东北的临安出发了。走着走着,就走出了文章开头的那首诗。

到临川就除夕了,说明出发很晚,推断是过完小年后出发的。这个腊月雨雪缠绵,确实是太冷,连梅花都开不出来。这年冬天雨雪来得特别早,杨万里九月长沙之行,一路上就是"寒从平野有,雨傍远山多",竟至于"冻手奈频呵"。十月到长沙,天就下大雪,江南这样的景象确实罕见。谁会料到,整个冬天就这样雨雪交加,没完没了。老百姓骂这样的天是楼板天,一点都不严实,漏风漏雨。除夕夜寄身旅馆,本来就不是滋味。结果你还"雨又垂垂落,风仍故故斜",好像专门来堵心,这怎么不让人愁眼难开、愁眉不展呢?自然气候和心理症候交织,满天满心都是冷冷的风雨,杨万里的孤苦只有自己懂。

自临川到安仁、弋阳、玉山入浙江常山江,顺钱塘江而下,杨万里走了差不多一个月才至京城临安。这位"远方书生",终于将《千虑策》顺利呈给陈俊卿、虞允文两位枢密大人,算是登上"王公贵人之门"。尽管两位交口称赞,并答应"将荐于上",然而一个春天过后,依然没有消息。五月,杨万里启程返回故乡。直到1169年11月,两位大人交荐于朝,杨万里才得奉新县令之任。一年后,又得虞允文力荐,杨万里到京城任国子博士。

1166年杨万里的那场逆行,目的是希望走出仕途的顺境。他的谋官求职活动,主要是为了实现他《千虑策》中的政治理想,与那些"千里做官,只为吃穿"的庸俗官吏有本质区别。事实证明，杨万里在从政生涯中能坚持原则，大义凛然，哪怕被皇上批评"直不中律"也在所不惜。他正气清廉，为官为民，在百姓口中和历史书中都留下了很好的怀念。

又是一年除夕至。从头到尾，为了生活奔波，我的白发是越来越多。正要自怜伤感，眼前浮现出杨万里风雨冷宿图，顿时释怀。只有走过寂寞泥泞路的人，才会真正与杨万里共情，从而读懂中年男人古往今来不变的世界。

后 记

呈现在读者面前的这部学术文化随笔集，共计一百余篇，前后历经十多年时光写成。最早写的少量篇章，曾在"国学数典论坛""孔夫子旧书网"等网站的相关栏目发布，得到不少书友的谬赞，令人既喜且惭。如今，"国学数典论坛"毫无预兆地关闭了，带给热爱这片园地的书友的是难言的遗憾和怅惘。"此情不向俗人说，爱而不见恨无穷"，怀想在论坛上的交流，那时身心何等愉悦！一旦心有所期，蹦出来的每个文字都是那样鲜活，那样有温度！书友之间未曾谋面，然心契不已，互相引以为同道。所谓古仁人之心，殆类此乎？

"画眉深浅入时无？"书是出来了，读者是否接受和喜欢,此时此刻我心怀忐忑。不才如我,始终觉得作品不管是高雅还是通俗,争取读者是永恒的话题。晚唐苦吟诗人贾岛《题诗后》云:"两句三年得,一吟双泪流。知音如不赏,归卧故山秋。"可见如此呕心沥血的诗人,推敲出来的作品也不是为了孤芳自赏。他泪眼模糊,举目四望:天地之大,谁知我心?

拙著之得名,最直接的缘由,是几乎每篇都引用古诗词,旨在串联起文章别开生面的诗境,诗意地表达学术趣味和文化气息,抒写生活感悟和挥之不去的乡愁。书生"掉书袋"乃积习,我岂能免俗?不过我希望掉出来的不是陈腐气,而是与时代共鸣的生气。

全书分为"情亲书卷""心遇浙韵""走笔临安""古风庐陵""别趣诚斋"五部分。其中绝大部分文章是结合自己来往浙赣的生活经历以及在两地阅读的古代文献而作,希望借此寻觅古今心灵的连接点,重构起诗境江南的文化原乡图。我本赣地庐陵(今吉安市)人,1994年于江西省吉安师范专科学校(今井冈山大学)毕业后,不意久做两浙旅,后竟在杭州市临安区生活了近二十个年头。我出生于农村,那份乡土中国情结难以割舍。走得再远,家乡总是精神港湾,正因如此,当年做博士论文,便毫不犹豫地选择了乡里大贤诚斋杨万里先生作为研究对象。年华蹉跎，霜鬓笑我，近年来怀旧思绪如浪奔潮卷，催人不能不拿起笔，求得一份如孟子所言的"放心"。这部随笔集，从某种意义上来说，既是一种生活记录，也是一份乡愁的安放。这份用岁月书写的心灵轨迹，对于有着相似生活经历的人，或许也会是一份独特的慰藉。

　　拙著旨趣虽是学术文化，但也考虑到大多数读者的需求，尽量减轻阅读压力与障碍，因此文笔力求简明凝练而不失隽永余味。行文时坚决摒弃学术论文腔调，还原随笔的洒脱特性，力求使文字表达流畅，并与当下生活融合、与读者有共鸣，同时，注意选材的趣味性，彰显文章本身的生机与活力。

　　拙著中绝大多数文章在笔者的个人微信公众号"雅俗乐赏"中发布过，点赞和评论者甚多，有不少朋友总是催我结集成书。毋庸讳言，本书的出版，很大一部分得归功于这些忠实而不失热情的读者。我不太喜欢主动投稿，让人感动的是，关注我个人微信公众号的不少是报社和线上平台的编辑，有劳他们主动联系，笔者刊发了本书中的大多数文章。特别要感谢"学习强国"平台，以及《钱江晚报》《井冈山报》《今日临安》《今日临海》等报社的编辑朋友，他们十分敬业，而且对文学的热爱已经沁入骨髓。和他们打交道，体会到的是如阳光一样美好的力量。

感谢浙江工商大学出版社对拙著的接纳和期待。温婉秀雅的编辑张晶晶女士为本书的出版没少张罗，她的热心和眼光，让笔者深受鼓舞。

赣风吹拂，浙韵悠悠，感动大地，感恩生活，生生不息的文脉让人深感民族的伟大和人民的坚韧。惊回首，往来浙赣间已近三十年，岁月如歌，有苦有甜。拙著有如一瓣心香，我将它敬献给行走在浙山赣水间的人们。跋涉固然艰难，然"回首向来萧瑟处"，不正是"也无风雨也无晴"吗？于此，我想对往返于浙赣的年轻一代朋友说：山高水长，何须迷茫？从山重水复到豁然开朗，奋斗才是前进的唯一方向。